中国水浒学会　盐城市水浒学会主办

水滸爭鳴

第十六辑

耐庵故里论水浒

主　编　张　虹　浦玉生　窦应元

中州古籍出版社

图书在版编目(CIP)数据

水浒争鸣. 第16辑 / 张虹, 浦玉生, 窦应元主编

- 郑州: 中州古籍出版社, 2016.3

ISBN 978-7-5348-5989-2

Ⅰ.①水… Ⅱ.①张… ②浦… ③窦… Ⅲ.①《水浒》研究

-文集 Ⅳ.①I207.412-53

中国版本图书馆 CIP 数据核字(2016)第045231号

出 版 社:中州古籍出版社

(地址:郑州市经五路66号 邮政编码:450002)

发行单位:新华书店

承印单位:江苏星宇印务有限公司

开本:710mm×1000mm 1/16

印张:18.5

字数:350千字

印数:1-4000册

版次:2016年3月第1版

印次:2016年3月1次印刷

责任编辑:张弦生 王建新

装帧设计:望 海

责任校对:浦玉英

定价:58.00元

《水浒争鸣》(第十六辑)
《耐庵故里论水浒》编辑委员会

目 录

纪念容与堂本《水浒传》发现 50 年

湖北大学　佘大平

《水浒传》成书到现在大约有 400 多年了。我们发现容与堂本《水浒传》的时间也已经过去了整整 50 年(1965~2015)。容与堂本《水浒传》的发现,对后来《水浒传》的学术研究,对当代社会的政治文化活动都产生了非常大的影响,是一件值得纪念的事情。

在《水浒传》的传播历史上,由于金圣叹评改的《水浒传》删除了宋江投降打方腊的内容,受到读者长达 300 余年的热烈追捧,并逐渐将《水浒传》其他的版本全部淘汰。以至于郑振铎先生在他 1929 年撰写的《〈水浒传〉的演化》一文中感叹:

"(金圣叹评改本)却打倒了,湮没了一切流行于明代的繁本、简本、一百回、一百二十回、余氏本……使世间不知有《水浒传》全书者几三百年。《水浒传》与金圣叹批评的七十回本,几乎结成一个名词,除金本外,几乎没有所谓其他《水浒传》。"

在这些被淘汰的《水浒传》版本中,包括了容与堂本。

直到 1924 年,人们才发现了几部 120 回的《水浒传》和几部不完全的 100 回的《水浒传》。这年 2 月 9 日,鲁迅在写给胡适的信中说:

"听说李玄伯先生买到若干本百回的《水浒传》,但不全。先生认识他么?我不认识他,不能借看。看现在的情形,百廿回本一年中便知道三部,而百回本少听到,似乎更难得。"(见《鲁迅书信集》)

从 1924 年起,陆续有人将这两种版本的《水浒传》翻印出版。但是,由于 300 年来人们习惯了阅读"金本"《水浒传》,加之 120 回本中加入了与水浒故事没有多大关系的田虎、王庆的故事,受到读者的诟病;加之 100 回本残缺不全,虽经挖补、移植使之"完整",但仍然遭到读者的怀疑;加之当时战乱频仍,社会动荡,民生凋敝,它们的出版似乎没有产生什么影响。

新中国建立之初,几位研究《水浒传》的专家学者坐在书斋里搞阶级斗争。他们给金圣叹戴上一顶“反动封建文人”的帽子，将“金本”《水浒传》予以封杀；然后稀里糊涂地大量出版120回的《水浒传》；100回本由于找不到完整的本子，很少出版。(详细资料见拙文《封杀金本《水浒传》纪事本末》，载《水浒争鸣》第十三辑。)

直到1965年，北京图书馆收藏了一部插图本容与堂刻李卓吾批评《忠义水浒传》，容与堂刻本在国内才被发现。这部100回的《水浒传》，是在明万历三十八年(1610年)由杭州容与堂刊行的。至于北京图书馆是如何收藏到这部书的，北京图书馆当时没有做任何说明，后来也没有。当年12月，中华书局上海编辑所将这部书影印出版，并在其《出版说明》中说：

“不久前，北京图书馆收藏了一部完整的容与堂本，即现在这部《明容与堂刻水浒传》。我们拿它和日本内阁文库藏的容与堂本的照片对照，发现它们同属一个版子，但日文库藏本是经过挖改而后出的。因此，这部北图藏本可能是现存最早百回本中比较完整的本子。”

第二年，即1966年，这部书就与读者见面了。但是，当时全国上下正在酝酿“文化大革命”，整个社会对这部书的出版似乎反响不大。然而9年之后(1975年)，这部书就赶上好机会了。

1975年，一辈子喜爱“金本”《水浒传》的毛泽东，针对100回本《水浒传》发表谈话，批判它是“投降主义教材”。(详细资料见拙文《〈水浒传〉伴随毛泽东的革命人生》，载《水浒争鸣》第十五辑。)于是，中国大陆有头有脸的出版社便乘机以“大批判材料”的名义，将中华书局上海编辑所影印出版的《明容与堂刻水浒传》排印出版，向全国广泛发行。在极短的时间内，容与堂本《水浒传》便在中国大陆老百姓当中广为“普及”了。这真是应了中国的那句老话——“福兮祸所倚，祸兮福所伏。”

记得当年在全国开展批判“投降主义教材”的时候，我还在大巴山中嘉陵江边一所铁路中学里教书。有一天，驻校“工宣队”的负责人找到我，很严肃地说：“你这个中文系毕业的大学生，为什么不参加批判投降主义教材？”我非常委屈地说：“没有《水浒传》，怎么批？”没想到第二天，这位负责人将一套刚出版的排印本《明容与堂刻水浒传》交到我手上，说是送给我的，不要钱。希望我不要辜负工人阶级的信任，积极参加批判“投降主义教材”的运动。几天以后，我在全校老师政治学习的大会上作了批判“投降主义教材”的长篇发言。结果评价很惨——故事讲得还精彩，但是批判不深入，还流露了同情宋江的不健康思想。

对于这种批评我并不在乎。因为在此之前，我从未完整、仔细地阅读过《水浒传》。当年在大学读书，成年累月不是参加“工作队”搞运动，就是搞劳动，上课、读书的时间很少；即使读书，也得悄悄地，否则，一顶“只专不红”的大帽子就会扣到你的头上，那可不是好玩的。如今，我得到了一部向往已久的书，捧在手里，散发着幽幽的书香，还不要钱，正沉浸在天上掉馅饼的兴奋之中，哪里还顾得上别的。

这一时期《水浒传》的传播历史，想起来总觉得有点怪怪的——删除了投降内容并风行了300多年的“金本”却在“阶级斗争”的口号中被封杀；完整保存了投降内容的100回本却在批判投降的运动中传遍天下。都说历史是公正的，可是我怎么看这段历史都像是“葫芦僧乱判葫芦案”。

再往后就更乱了——

改革开放以后，中央电视台以100回本（容与堂本）为底本，摄制了电视剧《水浒传》，赚了个盆满钵满。可是其中宋江那匍匐跪地乞求招安投降的形象，叫人看了实在不舒服。据说有的电视观众气愤得把电视机都砸了。

我随手查了查有关材料，发现在那些坚决主张以100回本为底本摄制电视剧《水浒传》的专家当中，有不少人是当年曾经义愤填膺地批判过“投降主义教材”的。如今，这些人改变自己“学术思想”的速度，那是比他们翻书还要快啊。

后来有人重拍了电视剧《水浒传》，但是除了强调“兄弟情”外，宋江那令人憎恶的投降形象并没有根本的改变。

大约从20世纪末开始，社会上出现了一股“批判”《水浒传》的风潮：发表了一批批判《水浒传》的文章，出版了几部批判《水浒传》的“专著”。而且，有几位批判《水浒传》的“专家”一时间声名鹊起，蹿红江湖。概括起来说，这些文章和著作诋毁梁山一百单八将是“土匪强盗”，是“杀人不眨眼的刽子手”；他们污蔑梁山好汉“摧残生命”，“蔑视人权”，“破坏国家法制”，“反政府”，等等。这些文章和著作，看上去似乎说得有理有据，头头是道，其实他们是用现代文明去批判古代文明，这是非常不合理，非常不科学的。

这股风潮发展到极端，就是美籍华人刘再复在他的《双典批判》中宣称：《水浒传》和《三国演义》是中国自古以来“最坏的两部书”，是“把中国人引向地狱之门”的“大灾难书”。

这一阵子，从国外到国内都在呼吁“维稳”。于是，有人便联想到《水浒传》中宣扬“路见不平拔刀相助”,“为朋友两肋插刀”,“杀去东京,夺了鸟位”,认为读者读了就会严重影响社会安定。还有人因为怀疑《水浒传》中“劫富济贫”的思想,从而怀疑中国共产党在土地革命时期的政策。这种早就被批判得臭不可闻的文学艺术的“庸俗社会学”观点,居然也能沉渣泛起,招摇过市,并且招来不少的“粉丝”。

容与堂本《水浒传》的发现,在《水浒传》的传播历史上是一件大事。一转眼,已经过去 50 年了。兹列举几条与这件事有密切关系的历史材料,几经钩沉整理,以资纪念。 (2015\09\10)

施耐庵"至顺辛未进士"考辨

盐城市大丰区教育局 黄同诞

大丰白驹施耐庵,《施氏家簿谱》、白驹《施氏祠堂》木主、《施耐庵墓志》、《施让墓志铭》等均载其为元至顺辛未进士。这一点学术界争议较大。因查《元史》,至顺辛未无科,疑其为作伪。但刘冬先生在《浙江通志》中发现有"至顺二年辛未余阙榜"的记载①,欧阳健先生又检索到杨观是至顺二年进士的记载,使施耐庵"至顺辛未进士"不再是孤立的记载,而是有了佐证。

《浙江通志》卷一百二十九记载:

> 至顺二年辛未余阙榜:张宗元(开化人),刘基(青田人,御史中丞),徐祖德(青田人,中书省管局),叶岘(青田人)。

杨观:元钱惟善《江月松风集》卷十二有《杨隐君挽诗》,诗前有小序曰:

> 君讳亮,字明叔,上饶人。其子观,登至顺二年进士第,授饶州录事,再授翰林检阅而君卒,学士揭公志其墓。

如此则"至顺辛未进士"见于记载的已有:施耐庵、余阙、张宗元、刘基、徐祖德、叶岘、杨观等七人。

此外,《浙江通志》还记载:至顺三年壬申有进士宇文公谅。

《浙江通志》现存三种本子,分别是明嘉靖版、清康熙版和清光绪版。

嘉靖《浙江通志》未载明以前进士,说:"自唐宋及元,其以进士举者彬彬然盛,盖四千有奇矣。各载郡县志,不能悉书。"

康熙《浙江通志》卷二十九载元进士有黄溍等51人,其中有刘基、叶岘、徐祖德,还有施耐庵的好友鲁渊。未记科举年份。并说明是录了部分,"余各具郡县志中,不尽载云"。

记载"至顺二年辛未余阙榜"的是光绪《浙江通志》。很明显,这个本子的选举志尽可能地采集了郡县志的记录,记载比前两种本子更为完备。

元朝自仁宗延祐以后开科举,逢子午卯酉三年一试。《元史》《志第三十一》记:

延祐二年春三月，廷试进士，赐护都答兒、张起岩等五十有六人及第、出身有差。

五年春三月，廷试进士护都达兒、霍希贤等五十人。

至治元年春三月，廷试进士达普化、宋本等六十有四人。

泰定元年春三月，廷试进士捌剌、张益等八十有六人。

四年春三月，廷试进士阿察赤、李黼等八十有六人。

天历三年春三月，廷试进士笃列图、王文烨等九十有七人。

元统癸酉科，廷试进士同同、李齐等，复增名额，以及百人之数。稍异其制，左右榜各三人，皆赐进士及第，其余出身有差。科举取士，莫盛于斯。后三年，其制遂罢。又七年而复兴，遂稍变程式，减蒙古、色目人明经二绦，增本经义；易汉、南人第一场《四书》疑一道为本经疑，增第二场古赋外，于诏诰、章表内又科一道。此有元科目取士之制，大略如此。

天历三年即至顺元年，元统元年即至顺四年。按元史记载至顺二年无科。

《元统元年进士录》记录了该科录取的百人名单：

蒙古、色目人第一甲三名：同同、余阙、寿同海涯

蒙古色目人第二甲十五名（略）

蒙古色目人第三甲三十二名（略）

汉人、南人第一甲，三名：李齐、李祁、罗谦

汉人、南人第二甲，十五名：聂炳、李之英、宋梦鼎、王明嗣、王充耘、杜彦礼、李炳、李谷、庄文昭、朱文霆、张颐、张兑、韩玙、李毅、宇文公谅

汉人、南人第三甲，三十二名：张宗元、任登、雷杭、张周干、陈植、李干、徐祖德、张崇智、赵毅、余观、张桢、鞠志元、成遵、陈毓、周璇、江文彬、程益、邓梓、郭文焕、刘基、刘文□、徐邦宪、许寅、朱彬、于及、艾云中、邓世纶、熊爟、李哲、许广大、张本、张文渊

前述"至顺辛未进士"七人中，有余阙、张宗元、徐祖德、刘基四人名列元统元年进士录。前述至顺三年进士宇文公谅也名列元统元年进士录。

现在我们面临这样一个矛盾：至顺辛未究竟有没有科？若无，为何有诸多记载？若有，为何有至顺辛未进士列入元统元年进士录？

欧阳健先生认为元统元年进士们为了要撇清与权臣燕铁木儿的关系，有意把自己说成是至顺辛未进士，并举宇文公谅、刘基为例[②]。这种说法似嫌勉强。理

由之一，至顺共四年，整个至顺年间，燕铁木儿任中书右丞相，权势熏天。《元史·文宗本纪》中记载，文宗对燕铁木儿赏赐金银、田宅等不断，为其出《燕铁木儿世家》书，建生祠，树碑以纪其勋。并亲自临视燕铁木儿生祠。因此，说成是至顺辛未进士，并不能撇清与权臣燕铁木儿的关系。相反，元统是新皇年号，保持元统元年进士称号更有利于撇清与权臣燕铁木儿的关系。理由之二，若辛未、壬申无科，而将元统元年进士说成是无科的进士，是将真进士变成了假进士，是非常愚蠢的行为。刘基、宇文公谅等绝不会为之。理由之三，科举是举国关注的事情，在同时代人面前造假是不可能的事。

愚以为要换一个思路来解决矛盾，即至顺辛未有科，此科所取进士经甄别后被并入元统元年科。

要证明至顺辛未有科，需要对记载为至顺辛未进士的七人细加考察。

余阙，字廷心，唐兀氏，属于色目人。《元史》有传，称其“元统元年，赐进士及第，授同知泗州事”。《元统元年进士录》载其是蒙古、色目人第一甲第二名。光绪《浙江通志》载余阙是至顺辛未进士第一。乾隆《开化县志》卷六“选举”记载有“至顺二年，……余阙榜”。

余阙著有《青阳集》，集前有序，记其为“元统元年进士”。卷五收有《元统癸酉廷对策》。集后附录有宋濂《余左丞传》、程国儒《青阳先生文集序》、李祁《青阳先生文集序》，都说余阙是至顺癸酉或元统癸酉进士。其中李祁也是元统元年进士，序中所记尤详：

> 元统初，余与廷心偕试艺京师，是科第一甲寘三名，三名皆得进士及第。已而廷心得右榜第二，余忝左榜亦然。唱名谢恩，余二人同一班列，赐宴则接肘同席而坐，同赐绯服，同授七品官。

附录值得注意的还有汪叡（仲鲁）的《余左丞哀辞》，内有“武威余忠宣公，名阙，字廷心，曩以色目第一人登第，内任翰林太常，外官州郡省宪，文章政事，昭昭在人耳目”的记载。③

看来余阙是元统元年进士无疑，但不能否认余阙是至顺辛未进士第一，汪叡的记载就是支持后者的。试想如果没有进士第一的经历，怎能说他“以色目第一人登第，……昭昭在人耳目”？

张宗元，字仲亨，衢州开化县人。《元史》不载。《元统元年进士录》载其是汉人、南人第三甲第一名。光绪《浙江通志》载其是至顺辛未进士。明嘉靖《浙江通志》载:“张宗元,字仲亨,衢州人,至顺初进士。高古博雅,罕与俗交,以文辞名。仕为秘书少监,至正间部使者余阙行县,为立兴贤坊以旌之。”乾隆《开化县志》有同样记载。乾隆《开化县志》卷六“选举”记:“至顺二年,仕至秘书监。余阙榜。有传。”张宗元是元统元年进士无疑,关于他是至顺辛未进士记载也较多。嘉靖《浙江通志》说他是“至顺初进士。”至顺统共四年,至顺一年不可能,只能是至顺二年。

徐祖德,字景熙,处州青田人。《元史》不载。《元统元年进士录》载其是汉人、南人第三甲第七名。光绪《浙江通志》载其是至顺辛未进士。光绪《青田县志》卷九“选举”:“至顺四年癸酉李齐榜:徐祖德(十八都石帆人)。”

刘基,字伯温,处州青田人。《明史》有传,谓其:“元至顺间,举进士,除高安丞。”与《元史》载余阙、李齐为元统元年进士说法不同,是《明史》修撰者可能已经发现他有至顺辛未进士和元统癸酉进士的两种记载,故采取了含糊的说法。《元统元年进士录》载其是汉人、南人第三甲第二十名。光绪《浙江通志》载其是至顺辛未进士。光绪《青田县志》卷九“选举”:“至顺四年癸酉李齐榜:刘基(九都南田人)。”《诚意伯刘基文集》中收录了《龙虎台赋至顺癸酉会试作》、《至顺癸酉会试春秋义》两篇文章。则刘基是元统元年进士无疑。但不能排除他曾是至顺辛未进士。光绪《浙江通志》“元统元年癸酉李齐榜”记有“许广大(天台人,鄞县尹)”。《元统元年进士录》载其是汉人、南人第三甲第三十名。《诚意伯刘基文集》中有《故鄞县尹许君遗爱碑铭》,说“基于许君,相好最甚,欲有言,辄悲不能胜。”但文中却并未说明他们是同科进士,似乎有言外之意。又,刘基出生于元武宗至大四年(1311),《元统元年(1333)进士录》载其二十六岁,其实只有二十三岁,如其至顺辛未中进士,则只有二十一岁。他显然瞒了年龄。

叶岘,字见山,处州青田人。《元史》不载。光绪《浙江通志》载其是至顺辛未进士。光绪《青田县志》卷九“选举”:“至顺四年癸酉李齐榜:叶岘(十一都富川人)。”光绪《青田县志》卷十有传:

> 叶岘,字见山。性至孝。母尝病心痛,扶持不离侧。母怜之,令外息。岘夜潜入,间壁扪心打旦。母终,始举进士,时年六十三。治五经,尤长于书。历官至南安尹,屡考试浙闱。著有《见山集》。

查《元统元年进士录》未载叶岘。《新元史》卷二百三十一《黄许》条记:

> 初,许及怀玉郑元善,同里叶岘、林定老相师友,三人皆第进士,而许独不遇。

叶岘不见于《元统元年进士录》,说明他不是元统元年进士,只能是至顺辛未进士。

杨观,上饶人。钱惟善《江月松风集》记其"登至顺二年进士第。"欧阳健先生检出杨观事迹又见《汉阳府志》卷之七"宦迹志":

> 汉川县知县:元,杨观,上饶人。由翰林检讨出宰。敦本务农,轻徭薄赋,去奸弭盗,修学讲礼,百废咸兴。

可见杨观实有其人,且是进士,不然不会任汉川县知县。但杨观也不见于《元统元年进士录》,只能是至顺辛未进士。

施耐庵,名彦端,字耐庵,泰州白驹人(今属江苏大丰)。他也不见于《元统元年进士录》,只能是至顺辛未进士。

从上述七人的情况来看,实不能否认至顺辛未有科。尤其是叶岘、杨观两例,可以证实至顺辛未确实有科。但辛未有科而《元史》未载,欧阳健先生敏锐地意识到与时局有关④。但他认为是元统元年部分进士避权臣燕铁木儿嫌而造假,这个原因是找错了。其实原因不在燕铁木儿,而在文宗皇帝。

元泰定帝死后,燕铁木儿发动政变,首创拥立武宗皇帝的儿子。武宗皇帝的长子和世(王束)远在察合台汉国。次子图帖睦尔在江陵,首先来到大都即位,是为文宗。文宗多次敦请其兄来就位,和世(王束)几经拖延,终于来到上都即位,是为明宗。明宗指定文宗为皇太子,但即位数月即"暴死",文宗又继续接任了皇位。《新元史》对此评论说:

> 燕铁木儿立文宗,文宗固让于兄,犹仁宗之奉武宗也。明宗之弑,盖出于燕铁木儿,非文宗之本意。然与闻乎弑,是亦文宗弑之而已。⑤

文宗接位后,整个至顺年间,内心惶恐不安。至顺元年四月,命西僧在宫中作佛事,直至年底。至顺二年三月,召亳州太清宫道士马道逸、汴梁朝天宫道士李若讷、河南嵩山道士赵亦然,各率其徒赴阙,修普天大醮。文宗要到上都去,先要请和尚作佛事。

至顺元年还发生了政敌作法术的事:

故丞相铁木迭兒子将作使锁住与其弟观音奴、姊夫太医使野理牙,坐怨望、造符录、祭北斗、咒咀,事觉,诏中书鞫之。事连前刑部尚书乌马兒、前御史大夫孛罗、上都留守马兒及野理牙姊阿纳昔木思等,俱伏诛。⑥

文宗的长子阿剌忒纳答剌疾病缠身,先封燕王,至顺元年十二月册立为皇太子，至顺二年二月病死。又册立古纳答剌为皇太子，为其祈福不断。

夏四月，命西僧于五台及雾灵山作佛事各一月，为皇太子古纳答剌祈福。诏以泥金畏兀字书《无量寿佛经》千部。

五月丙子，皇太子影殿造祭器如裕宗故事。诏以泥金书佛经一藏。

冬十月甲辰，遣秘书太监王珪等代祀岳镇、海渎、后土。为皇子古纳答剌作佛事，释在京囚，死罪者二人，杖罪者四十七人。⑦

文宗本人身体也不好，至顺三年八月死，年才二十九岁。

文宗死后，皇后传达他的遗命：传位于明宗之子。明宗次子懿璘质班，年才七岁，至顺三年十月即位，十一月死去。这样，明宗的长子妥欢帖木耳才得以在至顺四年六月即位，是为元朝最后一个皇帝——顺帝。

所以至顺二年、三年，是文宗为了“祈福”的目的而决定连续开科。

文宗死后，违制开科受到廷臣的抨击是必然的。然而进士已公布，且授了官职，解决这个问题的可行办法就是进行甄别，将其并入癸酉科。故而元统癸酉科进士有百人之多。

《元史》的修撰者们，对此必定是清楚的。他们认可了元朝朝廷的说法，故在修撰时删去了至顺辛未开科的记录。但仍然留下了后门，在记述延祐至元统癸酉七科之后说：“此有元科目取士之制，大略如此。”

甄别方法不一定是重新参加会试，而可能是根据当时会试名次，加上任职的考核，选出部分直接参加廷对。《元统元年进士录》后附廷对录，可见癸酉科廷对的突出重要性质。

《元统元年进士录》与其他进士题名录有一个很大的不同之处，就是注明了进士的所授官职。按常理，进士录只需记录进士姓名、籍贯和名次，《宋元科举题名录》所收的几种都是这种格式。但若进士原来已有官职，则录入是必须的。至顺辛未科进士已授官职，故他们并入元统癸酉科，《元统元年进士录》才会如此记载。至于此科新取的进士的官职，则可能是后来补入。

叶岘、杨观、施耐庵未能通过甄别，所以不见于《元统元年进士录》。

《施耐庵墓志》载：“公讳子安字耐庵，……为至顺辛未进士。曾官钱塘二载，以不合当道权贵，弃官归里。”与本文所述十分契合。施耐庵至顺辛未中进士，授官钱塘，到至顺癸酉甄别时，恰好是二年。由于“不合当道权贵”，所以未能通过甄别，故而“弃官归里”。

注释：

①《中华文史论丛》1980年第4辑刘冬：《施耐庵生平探考》。

②④《明清小说研究》2012年第1辑欧阳健：《浙江通志》元代选举科目正讹——兼辨“至顺二年辛未余阙榜”之由来。

③《青阳集》注明出于《四库全书·集部·总集类·明文海卷四百七十三》和《四库全书·集部·总集类·新安文献志卷四十九》。

⑤《新元史》本纪第二十。

⑥《元史》本纪第三十四。

⑦《元史》本纪第三十五。

施耐庵是新诗作家

——谢觉哉评点《水浒传》诗词

辽宁白山出版社　董志新

翻阅20世纪20年代以来近百年的《水浒》评论资料，见其评论《水浒》诗词者寥寥无几。偶阅《谢觉哉日记》，见其评论《水浒》诗词倒有数则，其眼力识见多有启发人处。

民国时期，谢觉哉(1883~1971)曾经多年主编湖南地方报《通俗日报》和《湖南民报》，后来负责编辑党报《红旗报》，又编辑《上海日报》。1931年秋到湘鄂西苏区后主编《工农日报》，兼任文化部副部长。1934年参加二万五千里长征到达陕北。抗战中后期任陕甘宁边区参议会副议长。

从《谢觉哉日记》中可以看出，他阅读《水浒》，评点其诗词曲赋，其时间集中在抗战后期到抗战胜利之初的1943年至1946年。其性质属于读书札记一类。在陕北，地瘠民贫，人们又忙于抗日战争，即使在社会高层，读书条件也很一般。谢觉哉欲求整部《水浒传》而不可得。每次读《水浒》，只是借到多少读多少。抄记评点《水浒》诗词曲赋，也不是整体评价，只是对有兴趣者抄记下来，略作点拨。这也是日记体读书散记的通常特点。从内容上说，可以大致把他对《水浒》诗词的评点划分为三个板块：谈《水浒》诗词的艺术价值、思想内容和作者的创作成就。

有些诗“值得新诗家模仿”

《谢觉哉日记》包括1919~1922年、1937~1939年、1941~1949年共16年的日记。在1943年以前，不见他读《水浒传》的记载。也许是受延安演出平剧《逼上梁山》的影响，谢觉哉找来《水浒传》阅读。他在1943年4月7日的日记中写道：

> 看《水浒传》里有些诗，值得新诗家模仿。俟觅得全书抄下。现记数首于下：
>
> “九里山前作战场，牧童拾得旧刀枪。顺风吹起乌江水，好似虞姬别霸王。”(五台山卖酒汉子唱——民间的历史歌)

“你在东来我在西，你无男子我无妻。我无妻时犹自可，你无夫时好孤凄。”（飞天药叉道人唱——猥亵的情歌）

“仗义是林冲，为人最朴忠。江湖驰誉望，京国显英雄。身世悲浮梗，功名类转蓬。他年若得志，威镇泰山东。”（林冲题壁诗——武人而沾了点文士气的诗）

“老爷生长在江边，不爱交游只爱钱。昨夜灵光来趁我，临行夺下一金砖。”（混江龙李俊唱的——强盗本色的歌）①

显然，此次读《水浒》，谢觉哉没有“觅得全书”，所以他只是记下“数首”诗。“卖酒汉子的歌”出现在金批本《水浒传》第三回，“飞天药叉的歌”出现在第五回，“林冲题壁诗”出现在第十回，“李俊唱的歌”出现在第三十六回，这四首歌都出现在前半部书。也就是说此次谢觉哉读的是金批本《水浒》前半部，他的评点是对《水浒》前半部四首诗的评点。

谢觉哉对这四首诗的性质认定很有些意思：五台山前“卖酒汉子的歌”，是“民间的历史歌”——“历史歌”大都是官方的，统治者的，“历史歌”由“民间”唱出来，则是历史的民歌，这是民众对楚汉相争霸王别姬的吟唱，施耐庵让出家不久，心思酒肉的僧人鲁智深听这首歌，而后他破除戒律，大闹五台山寺院，自有深义在，是对佛家的批判；瓦罐寺“飞天药叉的歌”则是“猥亵的情歌”——飞天药叉是“道人”，信仰道教的道士，本该遵守道家教义，但他却唱着低俗小调，图谋淫乱，这是对道家的批判；“林冲题壁诗”则被识为“武人而沾了点文士气的诗”。八十万禁军教头林冲是“武人”，但他初通文墨沾点“文士气”，他的诗有自是、有怨气、有抱负，表露了朝廷命官（尽管职位不高）向义军将领转化的种种复杂心理和多色调感情色彩；“李俊唱的歌”没被认可为义军的造反歌，而被评价为“强盗本色的歌”。这时，李俊头脑中主要还是争取经济利益，“爱钱”“金砖”等词语入诗，是直截了当不加掩饰的经济诉求。

从诗歌创作的角度说，谢觉哉很认可施耐庵在民歌基础上给卖酒汉、道人、林冲和李俊撰写的诗歌，推许其“值得新诗家模仿”。新诗家显然是指延安等根据地和解放区的新诗人。模仿，即吸取施耐庵诗歌创作（当然是为小说人物创作）的优长，以滋养发展新诗。比较到处充满“文士气”酸腐味的旧诗坛，施耐庵的诗歌确有清新之气，值得模仿。

又过了一年多，谢觉哉借到《水浒》下部。读过之后，他在 1944 年 5 月 8 日的日记中写道：

《水浒》上的韵语，都恰如唱者身份，想把它搜集起。今借到下册(上册缺)，录几首如下：

自幼曾攻经史，长成亦有权谋。恰如猛虎卧山丘，潜伏爪牙忍受。不幸刺文双颊，那堪配在江州。他年若得报冤仇，血染浔阳江口。

心在山东身在吴，飘蓬江海漫嗟吁。他时若遂凌云志，敢笑黄巢不丈夫。

宋江反诗。小吏出身的奸雄诗。

堪笑报恩和尚，撞着前生冤障。将善男瞒了，信女勾来，要他喜舍肉身，慈悲欢畅。怎极乐观音方才接引，早血盆地狱，塑来出相。想色空空色空色色空，他全不记多心经上。到如今徒弟度生回，连长老涅槃街巷。若容得头陀，头陀容得，和合多僧，同房共住，未得到无常勾帐。只道目莲救母上西天，从不见这贼秃为娘身丧。

淫戒破时遭杀报，因缘不差分毫。本来面目忒蹊跷，一丝真不挂，立地放屠刀。大和尚今朝圆寂了，小和尚昨夜狂骚。头陀刎颈见相交，为争同穴死，誓愿不相饶。

海阇黎杀死后街巷的没头帖子，可见当时作兴填词。

新鸟啾啾旧鸟啼，老羊羸瘦小羊肥。人生衣食真难事，不及鸳鸯处处飞。(白玉乔卖唱开场词)

芦花滩上有扁舟，俊杰黄昏独自游。义到尽头原是命，反躬逃难必无忧。

慷慨北京卢俊义，金装玉匣来深地。太平车子不空回，收取此山奇货去。(卢俊义旗)

英雄不会读诗书，只合梁山泊里居。准备窝弓擒猛虎，安排香饵钓鳌鱼。(阮小七唱)

虽然我是泼皮身，杀贼原来不杀人。手拍胸前青豹子，眼睃船里玉麒麟。(阮小五唱)②

谢觉哉对宋江在江州浔阳楼所题“反诗”，政治上评价并不高，直视其为“奸雄诗”，也就是说宋江还只是个“奸堆”，离义军领袖尚远。但认为这符合他“小吏出身”的身份。金批本《水浒传》第四十五回，报恩寺和尚海阇黎裴如海因偷情潘巧云被杀,后街巷帖出“没头帖子”。施耐庵创作这幅“帖子”,旨在批判佛教徒“全不记多心经”以自律,骂其为“贼秃”,这又是对佛教徒虚伪的揭示。谢觉哉并不就此生发议论,而是从中看到《水浒传》形成的元明时期“作兴填词”,连街谈巷议飞短流长都用填词写曲来表现,可见一时文化风尚。

施耐庵又连抄五首诗:卖唱女白玉乔的开场词、吴用设下圈套逼卢俊义造反的藏头诗,卢俊义车辆小旗上的题诗,阮小七和阮小五所唱的民歌,都有丰富的内涵,谢觉哉也不评论,大概只在于指出它们“都恰如唱者身份”。当然,宋江的“反诗”,痛骂“贼秃”海阇黎的“帖子”等韵语,都可作如是观。总之,《水浒传》中这部分韵语,符合各类唱者身份,扫荡了当时诗坛的“文士气”,值得新诗家模仿借鉴。

《水浒传》终诗与《甲申三百年祭》

阅评《水浒》诗词,谢觉哉也着眼其思想内容,从中吸取利于革命事业的政治经验和思想营养。1944 年 5 月 13 日,他大约又把《水浒》翻了一遍,目光停留在结尾处。他在日记中写道:

《水浒传》终诗:

太平天子当中坐,清慎官员四海分。但见肥羊宁父老,不闻嘶马动将军。

切承礼乐为家世,欲以讴歌寄快文。不学东南无讳日,却吟西北有浮云。

大抵为人土一丘,百年若个得齐头。完租安稳尊为帝,负曝奇温胜若裘。

子建高才空号虎,庄生放达以为牛。夜寒薄醉摇柔翰,语不惊人也便休。

这两首“《水浒传》终诗”,出现在金圣叹评点《第五才子书·水浒传评点》下卷第七十回末尾。这说明此次谢觉哉读的是金批本《水浒传》。百回本、百二十回本的结尾都不见这两首“终诗”。金圣叹于第一首诗末句下批语:“好诗。”于第二首诗末句下批语:“好诗。以诗起,以诗结,极大章法。”金批赞“好诗”,着眼于小说结构和起结“章法”。谢觉哉除记下提示语“终诗”二字外,对这两首诗没再说什么,但他也不是一点体会感想都没有。紧接着“终诗”,他大段写下读郭沫若史学名著《甲申三百年祭》的札记:

再阅郭沫若《甲申三百年祭》及中央社攻击郭氏的社论,原来郭氏只科学地叙述历史,现代的崇祯与吴三桂却老羞成怒了。“……十七年不能算是短促的岁月,但只看见他今天在削藩大臣,明天在大辟疆吏,弄得大家都手足无所措。对于老百姓呢?虽然屡次在下罪己诏申说爱民,但都是口惠而实不至。明史批评他‘性多疑而任察,好刚而尚气,任察则苛刻寡恩,尚气则急剧失措……’国民党的十七年,不是比崇祯还不如吗?”“……当时的朝廷是在用兵剿寇,而当时的民间则在望寇‘剿兵’。在这剿的比赛上,起初寇,是剿不过兵,然而有一点占了绝对的优势便是寇比兵多,事实上也就是民比兵多。在十年的经过当中,杀了不少的寇,但却增加了无数的寇。寇在此剿中也渐渐受到训练,无论是在战略上或政略上”……蒋介石以为在叙述十年内战了。而叙述李琎上书请令臣宰报名输官,李信劝出粟赈饥,崇祯皇库藏金三千七百万锭,锭皆五百两,及挟拶降官搜括赃款……更像有意戳中了蒋宋孔陈等的血仓。“做贼人心虚”,只好出来大骂一顿。然而人赃俱在,无法否认,只好说:是我偷了,但只能任我偷,你们不应反对我且应拥戴我。道理就是:“三百年前蔓延于黄河以北乃黄河流域以李自成为首的流寇,于外患方亟之时颠覆了明朝,所得的结果就是二百六十余年……”所以人民不能反对今天的崇祯和吴三桂。③

谢觉哉关于读《甲申三百年祭》的长段札记,隐约透露出他此时读《水浒传》并记下“终诗”的思想活动轨迹。《甲申三百年祭》是郭沫若 1944 年 3 月在重庆《新华日报》上发表的著名史论著作。文中叙述了明末李自成农民起义军在攻入北京推翻明朝以后,若干首领腐化并发生宗派斗争,以致陷于失败的过程。1944 年 4 月 12 日,毛泽东在延安高级干部会议上说:“近日我们印了郭沫若论李自成的文章,也是叫同志们引为鉴戒,不要重犯胜利时骄傲的错误。”一个月后,谢觉哉阅读《水浒》并记下“终诗”,与读《甲申三百年祭》一文的感悟写在同一天的日记中,可见是将其同期阅读连贯思考的。又过了几个月,也就是 1944 年 11 月 21 日,毛泽东致信郭沫若,其中说:“你的《甲申三百年祭》,我们把它当作整风文件看待。小胜即骄傲,大胜更骄傲,一次又一次吃亏,如何避免此种毛病,实在值得注意。倘能经过大手笔写一篇太平军经验,会是很有益的……”④

20 世纪 40 年代初期“延安整风”中把郭沫若的《甲申三百年祭》作为学习文件,毛泽东与谢觉哉把《水浒传》中写的宋江、方腊起义,《甲申三百年祭》中总结的明末李自成起义的经验教训,以及太平天国起义的经验,联系起来思考是很自然的事情。只是金圣叹在给水浒英雄一个“惊恶梦”被斩尽杀绝的结局以后,“寒夜薄醉”摇动柔翰撰下的两首“终诗”,很难说是“好诗”。它们一味渲染“太平天子当中坐,清慎官员四海分。但见肥羊宁父老,不闻嘶马动将军”的太平盛世,让苦不堪言的民众去过“完租安稳”的生活，也是以梦想代替现实吧。当时正值抗战接近胜利之期，谢觉哉于日记中大谈“现代(今天)的崇祯与吴三桂”，显然不是泛泛之论，是在以史为鉴抨击当今的独裁者和内奸。

《水浒传》中有些替农夫渔夫说话的诗，饱含深刻的社会内容。谢觉哉读《水浒》对此类诗给予了充分关注。1944年6月4日，他在日记中写道：

> 聂夷中诗：“锄禾日当午，汗滴禾下土；谁知盘中餐，粒粒皆辛苦。昨日入城市，归来泪满巾；遍身罗绮者，不是养蚕人。”似还不如《水浒传》白日鼠唱的“夏日炎炎似火烧，田中禾黍半枯焦；农夫心内如锅煮，公子王孙把扇摇”的自然。⑤

这里，谢老记忆有误。五古“锄禾日当午”与“昨日入城市”，前者出自唐代李绅《古风二首》(之一)，后者出自宋代张俞的《蚕妇》，都不是聂夷中的诗。李绅和张俞的这两首诗是很有名的，进入过国文教材，国人可谓妇孺皆知，许多人会背诵。白胜(白日鼠)参与智取生辰纲，在黄泥冈松林中面对杨志等官军所唱的民歌“赤日炎炎似火烧”，见《水浒传》第十六回：“赤日炎炎似火烧，野田禾稻半枯焦；农夫心内如汤煮，公子王孙把扇摇。”此时前两句写天旱农田景象，后两句用对比手法写“农夫”与“公子王孙”面对干旱禾焦的不同心态，彰显了剥削者与被剥削者阶级分野，是形象深刻的。诗史上只有杜甫的名句“朱门酒肉臭，路有冻死骨”(《自京赴奉先县咏怀五百字》)可以与之媲美！所以，谢老评论说白胜所唱之歌比《古风二首》(之一)和《蚕妇》二诗“自然”，即白胜所歌更现实，更真切。谢老此评，颇有眼力。就贫富距离的世态描写而论，即使将其放到历代诗歌的长河中，“赤日炎炎似火烧”一诗与谁比较，也毫不逊色。

施耐庵是新诗作家

到了1946年，谢觉哉阅评《水浒传》诗词“恰如唱者身份”的观点，又有发展与丰富。1946年8月9日，他在日记中写下一长篇：

> 诗要能唱：有管弦可唱，无管弦也可唱；识字的可唱，不识字也可唱。
>
> 手边有册《水浒传》，翻开看看：施耐庵这位先生不仅把一百零八个好汉，写得个个活灵活现，听他的话，就猜得出他的名字和甚么相貌；而且照传中人的阶级、身份、职业、文化的不同，做了一些好诗。抄如下。
>
> “九里山前作战场，牧童拾得旧刀枪。顺风吹起乌江水，好似虞姬别霸王。”——五台山寺前卖酒汉子唱的——一首很好的历史民歌，可和刘邦的

大风歌,项羽的虞公歌比美。

“夏日炎炎似火烧,田中禾黍半枯焦。农夫心内如锅煮,公子王孙把扇摇。”——白日鼠装作卖酒农民在黄泥冈唱的——比聂夷中的“锄禾日当午”还要沉痛、幽默。

“老爷生长在江边,不爱交游只爱钱。昨夜灵光来趁我,临行夺下一金砖。”——混江龙李俊唱的——“英雄不会读诗书,只合梁山泊里居。准备窝弓擒猛虎,安排香饵钓鳌鱼。”“虽然我是泼皮身,杀贼原来不杀人。手拍胸前青豹子,眼睃船内玉麒麟。”——阮小七赚卢俊义时唱的——上三首写出被压迫阶级被迫落草的英雄本色。

林冲是个有义气,想对统治者尽忠而不得的人,他在朱贵酒店题的诗是:

“仗义是林冲,为人最朴忠。江湖驰誉望,京国显英雄。身世悲浮梗,功名类转蓬。他年若得志,威震泰山东。”

宋江是吏员出身,有野心的,不同于林冲,他在浔阳楼题的西江月:

“自幼曾攻书史,长成亦有权谋。恰如猛虎卧山丘,潜伏爪牙忍受。不幸刺文双颊,那堪配在江州。他年若得报冤仇,血染浔阳江口。”

更值得提出的,施耐庵替卖唱的白玉乔做了首开场词:“新鸟啾啾旧鸟啼,老羊羸瘦小羊肥。人生衣食真难事,不及鸳鸯到处飞。”可谓维妙维肖。替二流子恶道飞天药叉做首:“你在东来我在西,你无男子我无妻。我无妻时犹自可,你无男子好孤凄。”更堪喷饭。

施耐庵是新诗作家,历来少人注意。虽然他仍限于旧的七言调,虽只在描写各个人的身份,但诗确是好,值得人人传诵。⑥

这九首诗词,谢觉哉在前三年都抄过评过。此次重新抄评,又有新见。如对水浒人物重新定位,混江龙李俊不再是“强盗”,而是被迫落草的“英雄”,直指飞天药叉是个“恶道”,宋江不同于林冲,他“有野心”。对诗词价值的评说也很睿智机巧,如五台山前卖酒汉子所唱“九里山前摆战场”,“可和刘邦的《大风歌》,项羽的《虞公歌》比美”;白胜的“赤日炎炎似火烧”比《古风二首》(之一)和《蚕妇》“还要沉痛、幽默”;李俊和阮小七所唱三首写出被压迫阶级被迫落草的“英雄本色”——不再是“强盗本色”;白玉乔所唱开场词“惟妙惟肖”;恶道飞天药叉的滥情小调“可以喷饭”。

谢觉哉看到了《水浒传》中创作的人物诗词“只在描写各个人的身份”,“照传中人的阶级、身份、职业、文化的不同，做了一些好诗”。他认为这些“诗确是好，值得人人传诵”。他由此得出一个评论家们很少提到的话题：施耐庵是新诗作家！他为“历来少人注意”这一点而遗憾。虽然，施耐庵在诗歌体裁上还是“限于旧的七言调”，但他“旧瓶装新酒”，利用旧形式，添进新内容，写出的诗“确是好”！这些诗词还有一个好处，就是便于普及，有利接受。有无管弦，识不识字，都可以吟唱。

施耐庵所以能为小说人物创作如此众多恰合其身份的诗词曲调，在于他熟悉生活，尤其熟悉农夫、渔夫、猎户、流浪汉、出家人等社会下层众生相。国学大家王国维说：“客观之诗人不可不多阅世，阅世愈深，则材料愈丰富、愈变化。《水浒传》、《红楼梦》之作者是也。”（《人间词话》卷上，王国维著、徐调孚校注，中华书局1955年版）王国维评施耐庵为“客观之诗人”，用今天的话说即现实主义诗人；谢觉哉评施耐庵为“新诗作家”，用今天的话说即较早的“诗界革命家”。评价都不低，他们依据的是《水浒传》文本中的诗词创作（不是征引），并不是热捧。

谢觉哉1946年8月9日的日记写得很长，其中一项是为钱来苏先生的诗集作跋语，题为《写在钱来苏先生的诗集后》。他就新诗与旧诗的关系、新诗的创作发表了不少意见，他说：

> 新诗与旧诗，现站在歧路上……
>
> 作诗的人，要有热烈的真挚的感情，不可能想象对于家庭、对于朋友、对于国家民族乃至对于景物都冷酷的人，能唱出感动人的爱人爱物的歌子。作诗的人，要有高尚的气概和坚贞的节操，走的要是正路，说的要是真话。诈伪卑鄙没有骨头的人，不可能做出好诗。这又是新诗旧诗所共同的。
>
> 新诗旧诗，只是形式上的区别。从三百篇到现在，诗要能唱，要有韵；要有言外意，能感人，耐人寻味；要以少许胜人多许，不能像写散文有多少写多少。这个形式是不变的，变了就不是诗。但用什么字句什么格调来表示，那几千年来变得多了。现所谓新诗旧诗只是：一种喜用已死去和将死去的语言写出，又格调呆板，能欣赏的限于一部分人；一种则用现代的大众的语言写出，又不拘格调，能欣赏的较普遍而已。用现代的大众的语做新诗，如不具备诗的特点：无韵又无味，谁看了就丢或看不终篇，比古董诗未必胜；做旧诗的若自辟蹊径，卸下古装，披上时装，欣赏的范围就扩展了，那不就是新诗？新是从旧里生长出来而否定旧的某些部分；旧应向新的走去而不应局限自己。……
>
> 民间流传的唱本，很多七言调。随着社会的复杂，长短句就多了。陕北民

歌——《信天游》，多是妇女们编的，随编随唱，调不一样，有些确是好诗。……这里说明我们的诗人，应该旧里翻新，应该向人民大众的文艺学习。⑦

这是谢觉哉的“诗论”，是他认定的新诗的发展方向。正是在这个诗歌理论的基础上，谢觉哉评点《水浒传》诗词和陕北民歌《信天游》的创作经验，肯定施耐庵为“新诗作家”，他的研究成果虽然不系统，但是独到新颖，难能可贵，值得珍视！

注释：

①至⑦分别见《谢觉哉日记》，人民出版社 1984 年版，第 319 页，第 619 页，第624 页，第 241~242 页，第 632 页)，第 958~959 页，第 957~959 页。

张国光的金圣叹及金评《水浒》研究述评

上海艺术研究院 周锡山

本文为拙著《金圣叹文艺美学研究》中“20 世纪中国文化十大家论金圣叹及其金批《水浒》”中的第 10 篇。按年齿兼顾研究金圣叹的时间先后排列，十大家依次为胡适、鲁迅、周作人、冯友兰、郑振铎、钱穆、钱钟书、陈寅恪、郭沫若和张国光。(全部论文皆在“水浒国际网络”刊出。)除了鲁迅全盘否定金圣叹，其他诸大家都全盘肯定金圣叹，并给以高度评价！

张国光先生治学的学科广泛、成果众多，观点鲜明突出；既有标志性的成果，又提出了创新性的研究思想和方法；他创办学会、学术刊物、主办多个研讨会，有效推进了《水浒传》、《红楼梦》、中国古代小说和理论的研究，影响巨大。张国光先生在学术研究上所取得的巨大成就，可与 20 世纪任何大家媲美；而其组织全国性的学会、全国性的研讨会，和创办刊物，影响面大，则超过前贤。

张国光(1923~2008)，湖北大冶人。湖北大学中文系教授，文史研究权威专家，20 世纪 80 年代至 21 世纪初中国人文学科杰出的领军人物之一。1946 年毕业于湖北师范学院史地系。新中国建国后，历任武汉文华中学、武汉师范专科学校教师，武汉师范学院讲师，湖北大学教授。先后创办了湖北省《水浒》学会，湖北省《红楼梦》学会，中国《三国演义》学会等多个学会。并任武汉《红楼梦》学会会长。于 1987 年至 1997 年间举办过九次当代红学研讨会暨“毛泽东评《水浒》《红楼梦》研讨会”。贡献和影响更大的是他创建并任中国水浒学会第一、二届执行会长，兼任金圣叹研究会会长，创办并任会刊《水浒争鸣》主编，主办了多届全国《水浒》研讨会。1989 年被评为全国教育系统劳动模范，荣获人民教师奖章，1993 年又荣获曾宪梓教育基金奖一等奖。曾任湖北省人民政协第六届常委。张国光先生在古代文学、史学、历史地理学、哲学史、文化史、教育史等多个领域，均有独到的建树。其所发表的涵盖中国文史哲学的论著和他所整理的古籍共约一千万字。

在张国光先生诸多学术成果中，关于金圣叹及其金评《水浒》的研究非常令人瞩目。他对 1949 后至十年文革中的 3 次金圣叹批判都做了拨乱反正的理论澄清,因此张国光先生评论金圣叹和金评《水浒》的历史自1954年到2003年,长达半个世纪,取得了丰硕而卓越的成果。

今将张国光先生的金圣叹及其金评《水浒》研究的重大成果与巨大影响略述如下。

一、张国光研究金圣叹及其金评《水浒》的重大贡献综述

张国光最早评论金圣叹的缘起是20世纪50年代初中国大陆发表了数篇批判金圣叹的文章,尤其是何满子的《论金圣叹评改〈水浒传〉》小册子。此书痛斥金圣叹为"精神宪兵"、"封建统治阶级的代言人"、"宿命观的虚无主义者"、"诡辩论者",污蔑金批《水浒》"将原书作了许多恶意的歪曲,居心叵测地作了不少篡改,加了许多反动的评语,蒙西子以不洁,深重地荼毒了这部具有高度的思想性和艺术价值的古典名著",金圣叹评本《水浒传》是毒药。张先生要为金圣叹洗刷此书泼在他身上的污泥浊水,在当年《红楼梦研究》批判的高潮期间,把自己几年中写就的20余万字有关文章,整理、辑编为《两种〈水浒〉,两个宋江——兼论金圣叹批改〈水浒〉的重大贡献》系列论文,投寄《文艺报》。这些文章未能发表,而其本单位有人将其作为和胡风的30万言《意见书》类比的毒草批判,张先生差一点被打成胡风分子。

1956年的"百家争鸣"方针鼓舞了张国光先生,他将关于《水浒》和为金圣叹辩解的论文,寄给茅盾。茅盾肯定张文"持之有故,言之成理",将此文转给周扬,周扬转交巴人审阅。可是他于1957年夏被打成右派分子,此文被定为"右派言行",不可能发表了。

20世纪50年代是金圣叹批判的第一个高潮;进入60年代,批判金圣叹进入第二个高潮。

1962年,报刊上出现了一些为金圣叹作某些辩解的文章,于是《新建设》1963年7月号以头条、黑体字的规格发表公盾《不要美化封建反动文人》的长文,杀气腾腾地批判金圣叹。张国光先生撰写了《金圣叹是反动文人吗?——与公盾同志商榷》予以正面反驳,几经退稿,终于《新建设》1964年4月号发表。此文在当时有很大影响,上海学术名刊《学术月刊》1965年2月号发表齐森华《一九六四年若干学术问题讨论综述——关于金圣叹的评价》,从"金圣叹的政治立场"、"金圣叹评改《水浒传》所表现的思想倾向"、"金批《水浒传》在历史上的地位

和影响问题”三个角度选录、梳理重要的争论观点，突出记载了张先生全盘肯定金圣叹及其金批《水浒》的重要论点。

张先生在此文中旗帜鲜明地指出金圣叹是“封建文化的贰臣”、“封建政权的叛逆”、“生得无愧清白死得尤为壮烈是应有别于所谓反动文人的”进步文人。他认为金本《水浒》中的反动批文是“革命思想的保护色”，金圣叹的评点“不是歪曲而是强化了《水浒》的革命主题”，“不是丑化而是美化了宋江形象”，“不只是‘有限’的同情水浒英雄人物”、“不是忠臣的谏诤而是代表人民的义愤”，“应重视金批《水浒》对农民革命的积极影响”。

由于这是一篇争论文章，其正面观点特别是金本《水浒》与旧本《水浒》的比较研究未能充分展开，“两种《水浒》两个宋江”的明确结论也未能够公诸于世，但是其关于金圣叹和金本《水浒》的主要观点已经比较全面地公之于世了，此文还初步显示了张国光先生的研究思路和研究方法在中国小说研究学术史上的创意。

《新建设》发表张文的目的是挑起争论，给张文以批判，于是此后就连续发表批张的文章，公盾还在各类报刊上发表批张文章。张先生写出多篇争鸣的长文，投稿后都石沉大海。

1975 年“四人帮”发动批《水浒》运动，其御用文人又掀起金圣叹批判的第三次高潮。

“文革”中，全国知识分子皆跌入苦海，参与这场争论的学者都被打倒，受尽磨难。张先生却不顾个人安危，于 1975 年“四人帮”“评《水浒》”运动刚开始，即撰文赞宋江，寄给《光明日报》和本地报刊。《光明日报》编辑保护张国光，将此文悄悄退回后，他在《长江日报》编辑部纵论宋江、金圣叹不是反对文人，并希望该报向领导汇报，该报据此写成“内参”。四人帮御用文人在批判《水浒》和金圣叹的多篇文章中抨击 60 年代前期“为金圣叹翻案的歪风”，实也涉及张先生。张先生不能公开发表反驳言论，且受到很大的政治压力，但坚不屈从“四人帮”的淫威，坚持思想自由的原则和自己的正确见解。

党的十一届三中全会开辟了新时期思想解放的道路，张国光先生迅即抓住历史机遇，连续发表多篇论文，肃清 20 世纪 50 年代、20 世纪 60 年代、20 世纪 70 年代三次批判“反动文人金圣叹”高潮中发表的错误论点，和批判金圣叹的始作俑者胡适的错误观点，为金圣叹实现了彻底的政治平反，并梳理和评论了金圣叹及其金批《水浒》的巨大贡献：

1979年底张先生作了“两种《水浒》,两种宋江,论金圣叹评改《水浒》有大功”的学术报告,同年由《江汉论坛》创刊号发表其《杰出的启蒙思想家金圣叹》,在学术界首先全面高度评价金圣叹的先进思想及其评批《水浒传》的重大贡献,标志着金圣叹研究进入了新的时代。

张国光先生为金圣叹翻案的重要文章还有：

《两种〈水浒〉、两个宋江——兼谈金圣叹批改水浒的贡献》(《武汉师范学院学报》1979年第1期)、《去伪存真由表及里——关于金圣叹批改水浒不得已用“保护色”的问题》、《别出心裁的文学批评——谈如何理解金圣叹关于宋江“十不可”的评论》、《杰出的古典戏剧评论家金圣叹——金本两厢记批文新评》(中国古代文学理论研究》第三辑)、《金圣叹关于艺术规律的理论初探》、《论金圣叹的诗及其反清思想——沉吟楼试选考评》等。

与此同时,张国光先生创立《水浒》学的主要文章有：

《试论建立科学的“水浒学”诸问题》(《水浒争鸣》第二辑.武汉:长江文艺出版社1983)、《〈水浒〉祖本探考——兼与聂绀弩先生商榷》、《再评聂绀弩先生的〈水浒〉?简本先于繁本说——兼辩〈水浒〉成书之前并无所谓“词话本”流传》(湖北大学学报》1987年第5期)等。

张先生将一系列的论文汇辑成《水浒与金圣叹研究》(中州书画社1981)、《水浒与金圣叹研究二集》(武汉师范学院印行,1981)、《古代文学论争集》(武汉出版社1987)、《金圣叹学创论》(中州古籍出版社1993),共4本论文集和1本专著《金圣叹的志与才》(南京出版社1998)。

同时整理出版金圣叹著作5种:《金圣叹诗文评选》(选编,岳麓书社1986)、《才子杜诗解》(评辑,中州古籍出版社1986)、《金圣叹批西厢记》(校注,上海古籍出版社1986)、《金圣叹批才子古文》(点校,湖北人民出版社1986)、金圣叹评改本《水浒传》(华中理工大学出版社1997)。

经过张国光先生带头为金圣叹翻案,率先发表系列研究论文和专著,创立了新的“金圣叹”学研究的学科。中国评点文学的最高峰、领先于世界美学史的一代大家金圣叹的研究,开始走入正路,并逐渐形成了高潮。

二、张国光先生研究金圣叹及其金评《水浒》的重要论点综述

张国光以“两种《水浒》,两个宋江”,“金圣叹评改《水浒》重大贡献”的揭示而

享誉学术界。其主要观点为：

张先生用金本《水浒》和其他诸种《水浒》版本的全面和精细比较的方法，指出《水浒》应依版本、情节、主题与人物形象之不同，分为"忠义水浒"即百回本、百一十回本以及百二十回本《忠义水浒传》和经过金圣叹删改、评点的七十回本"金本水浒"两个类型。前者鼓吹投降主义，其中的宋江形象是个道道地地的投降派；后者是农民起义的教科书，其中宋江才成为雄才大略的起义军领袖。

《两种〈水浒〉、两个宋江——兼谈金圣叹批改水浒的贡献》提出：一是要研究《水浒》的流变史，了解两种《水浒》——《忠义水浒传》和《金批水浒》——的产生和互为消长的过程；二是在新中国成立前和成立初人们的评论《水浒》，大都以金本为依据；三是20世纪50年代以来是怎样把两种《水浒》混淆成一种《水浒》的；四、"四人帮"在评《水浒》中，是怎样歪曲鲁迅对《水浒》的论述并压制争鸣的。从以上四个方面分析、评论《忠义水浒传》与其走投降主义道路的宋江，和《金批水浒》与革命领袖宋江，是性质完全不同的两本书、两个人物形象。张先生立足版本，对《水浒传》不同版本做了深入研究，得出了金圣叹评改本《水浒》无论思想还是艺术都远远优于其他本子的结论，不仅实现了替金圣叹翻案的目的，而且树立了金圣叹是杰出启蒙思想家、杰出的文艺理论家的崇高地位。

张国光先生早在1955年就思索和形成了金本的"保护色"说，在1964年4月发表于《新建设》上的《金圣叹是封建反动文人吗？》中正式提出了这个重要观点。

金圣叹在《水浒》的序文和评批中的确有一些攻击农民起义和其革命领袖宋江的言论。张国光先生认为这是金圣叹为避祸——为逃避明末清初森严残酷的文网而不得已设置的"保护色"。这是极有道理的。这样的解释是张国光先生研究金圣叹的重大成果和可贵的理论突破。在黑暗的封建时代，当然不能公开赞美造反，否则便等于准备自杀或自投罗网。其次，试想在一再严令禁绝《水浒》和特务横行的明末，如果不讲几句言不由衷的门面话，能让这部小说广为流传吗？因此"保护色"之必要和明智，不容置疑。圣叹的这类咒骂全是抽象的，故而也都是空洞无力的，而他的众多具体赞美则深入人心，这不仅在客观效果上显示出来，而且金圣叹在金本《水浒》中也曾不露痕迹地揭示过自己的这个目的。张先生的分析和评论，对读者和学者的启发很大。

后来他又把这种立足版本研究文学作品的方法延伸到其他领域，对《西厢记》提出“两种《西厢记》，两个崔莺莺，两个红娘，金圣叹批改《西厢记》有重大贡献”的命题；对《红楼梦》提出“两种《红楼梦》，两个薛宝钗，高鹗续改《红楼梦》有重大贡献”的观点。

《有比较才有鉴别——〈金西厢〉优于〈王西厢〉之我见》梳理和分析“金本对正面人物性格的深化”、“金圣叹对《西厢记》唱词的加工”中的多个佳例；评论《金西厢》截取第五本之必要，否则将“削弱甚至否定反封建的主题，而且也丑化了剧中的主要人物”，论证金圣叹评改的金本《西厢记》在思想性和艺术性上，皆优于王实甫《西厢记》的原作。

张先生在仔细研究《红楼梦》后，发现《红楼梦》的作者曹雪芹、评者脂砚斋与续订者高鹗都深受金圣叹评改的第五、第六才子书的影响，他们运用金圣叹所总结的长篇小说与大型戏剧的创作经验与方法从事创作评论，完成了《红楼梦》这部古典名著。但他们的政治思想和批判精神，比较《水浒传》的作者和批改者金圣叹要逊色许多。尤其是：

曹雪芹在政治上毕竟是一个软弱者，他未免只记得儒家温柔敦厚的诗教，却忘掉了“言之者无罪，闻之者足戒”的古训。他只是袭用了金本《水浒》伪施序所谓《水浒》“谈不及朝廷”的说法，却不了解这话乃是金圣叹用来作为迷惑统治者视线的“保护色”，而在《水浒》批文中，金圣叹却用了抨击昏君奸臣、贪官污吏的大量评语，来“抵消”这样一些饰词。至于《水浒》对封建统治阶级罪恶的揭露更是淋漓尽致。但《红楼梦》却是尽量地避免“干涉”朝廷政治。即使有所涉及也是含蓄有余，浅尝辄止，生怕触及封建统治阶级的痛处。而小说中不断地出现的什么“运隆祚永之朝，太平无为之世”，“万年不易之朝”等等谄媚性的词句，尤属败笔。至于公开声明反对“讪谤君相”的野史，这就更加反映了曹雪芹政治上的保守性。

围绕着金圣叹和《水浒》问题，张国光先生还提出了一系列具体深入的新观点，在评论金圣叹是杰出启蒙思想家之后，又论证“金圣叹的文论代表我国封建社会的最高成就”这个重要结论。

张先生的《〈文心雕龙〉能代表我国古代文论的最高成就吗？》从十个方面论证刘勰“无论是才、学、识都很不足”，金圣叹则站在明末清初时代的高度，以其优越的学识、精当的评论做出了划时代的贡献，其才学识和成就要高于刘勰。此文引起某些《文心雕龙》研究家的反感。我感到张国光先生的比较和结论能够成立。我认为金圣叹和刘勰、王国维并列为中国文学理论、美学的三大高峰，而金圣叹的贡献在三人中是最大的。拙著《金圣叹文艺美学研究》全书的内容可以作为张先生这个断论的佐证之一。此因时代的发展,决定了金圣叹高于刘勰。与金圣叹相比,王国维并不专用力于文学理论研究和美学的建设,尤其是他后期全力转向国学,用心不全在此。而且他全盘否定南宋词、全盘否定明清传奇;他对《西厢记》、《水浒传》等名著有偏见,等等,这些重大偏颇是不容忽视的。

张先生另有《金圣叹著述考》一文考证和梳理金圣叹著作和现存著作的情况,笔者另有文章评述,此处不赘。

张先生首倡和建立《水浒》学的过程中也发表了诸多重要的观点。张国光先生的高弟、东南大学人文学院喻学才教授《水浒学源流考》精辟总结张国光先生研究《水浒》作者和版本的重要论点:关于《水浒》的作者,施耐庵只是嘉靖时写作繁本《水浒》的作者之托名。在《水浒》的版本研究上,胡适首倡由简本演进为繁本说。鲁迅也因此说简本先于繁本,后经郑振铎、何心、聂绀弩的申述,此说遂为文学史家所据。张国光先生则先后写了《〈水浒〉祖本探考——兼与聂绀弩先生商榷》、《再评聂绀弩先生的〈水浒〉简本先于繁本说——兼辩〈水浒〉成书之前并无所谓"词话·本"流传》两文,逐条驳斥了胡适、鲁迅及聂绀弩的论据,重申了30年代孙楷第提出的坊贾删繁为简说信而有据。《水浒》成书必在嘉靖初年以后,《水浒》成书和刊行于嘉靖十一二年间。这样,《水浒》的历史实为四百五十年,而非六七百年。张国光先生认为,《水浒》本是文人创作,而非民间艺人集撰或由几位文人合撰。它的祖本不是鲁迅所说的"简本"。而是明嘉靖初武定侯郭勋刻印的百回本《忠义水浒传》。作者郭勋的门客"施耐庵"乃其托名。张国光先生则认为,《水浒》非宋元或明嘉靖以前作品。

三、张国光先生推动金圣叹及其金评《水浒》研究的重大贡献和影响

张先生的以上观点所引发的争论,也推动了《水浒》学研究的发展,影响深远。

张国光在晚年进一步指出金圣叹对《水浒传》作了大量的改写,他应该是金评《水浒》的作者之一,金评《水浒》应该称之为金本《水浒》,还要肯定金本《水浒》实际上是《水浒》的定本。先生推动金圣叹及其金评《水浒》的研究,做出了重大的贡献。已有不少学者的重要文章论及此题,发表了不少精彩的观点。例如:

王齐洲《论"双两说"对中国古代小说研究学术史的贡献》指出:

“双两说”对于中国古代小说研究学术史的贡献,主要不是其具体的学术观点,而是将版本学引进古代通俗小说的研究,创新了中国古代小说研究的思想和方法,促进了中国古代小说研究的深入,因而在中国古代小说研究学术史上具有重要意义。这正是张国光先生留给我们的最重要的学术遗产。

金本《水浒》与旧本《水浒》的比较研究“双两说”经过多年的尘封后终于在新的时代生了较大的社会影响。他说“《水浒》研究应该建立在版本研究的基础之上,而研究《水浒》版本不应是仅仅注意它的文字有繁有简、回目有多有少,而首先要根据它的思想内容是宣传坚持武装斗争还是鼓吹向封建王朝投降, 而把这种主题上的分歧作为划分两种不同性质《水浒》的标准……”以《水浒传》为例,张国光先生认为金圣叹批改本以前的一切《水浒》版本都是鼓吹投降主义的作品,只有经过金圣叹批改后的《水浒》才由“反面教材”变成“革命的教科书”,而宋江也由“投降派”变成“彻底反抗者的形象”。

在这些论断中,对金圣叹和金本《水浒》的肯定已然明确,“苦心”说也为“保护色”说开了道路。张国光先生正是在前人研究的基础上更明确、更充分、更坚决、更持久地坚持为金圣叹翻案。将两种《水浒》、两个宋江分别开来把“保护色”的问题和“十不可”的评论作为重要的理论问题提出加以研究,最终归纳出具有方法论意义的“双两说”因而超越一”般的学术观点之争,而具有了学术史创新价值。

“双两说”对古代小说研究学术史的贡献主要体现为学术思想和学术方法的创新这种创新对中国古代小说研究起到了促进作用对后来的中国古代小说研究也深有启迪。

因此科学的学术评价并不以其具体学术观点是否正确为唯一依据而应该更重视学术思想、学术方法的创新以及这些创新对学术发展的影响。并且一种学术观点总会有所继承有所借鉴横空出世无所依傍的情况少之又少。异中有同同中有异倒是一种普遍现象。因此对不同的学术观点最好是兼收并蓄求同存异。每一种学术观点都有其自身的价值而这种价值又是相对的。

喻学才教授《水浒学源流考》介绍张国光先生创立和发展《水浒》学的历史和影响:

《水浒传》进入学者的研究视野有近百年的历史,而“水浒”之成为一门专门之学却是最近二三十年的事情。“水浒”之能成为一门专门之学,是在改革开放这一大背景下众多的水浒学专家共同推动的结果。同时也与著名水浒学专家张国光教授数十年如一日的水浒学学术探索以及三十多年的学会活动密不可分。张国光先生围绕《水浒》所作的种种“奇谈怪论”所作的一系列理论斗争，以及他为湖北省《水浒》学会与中国《水浒》学会的组建包括会刊的创建所作的不懈努力，必将载入水浒学研究史册。

“水浒学”概念是张国光先生在1980年6月18日于武汉师范学院的一次学术演讲中首次提出的。他将“水浒学”分为三个时期：第一时期，即“旧水浒学”时期，自明嘉靖初《水浒》有刻本行世，至清朝末年，由于维新运动、民主思想的激荡，一些进步的评论家无不极口称颂《水浒》，或赞之为“社会主义之小说”，是宣扬民主、民权思想之作。

“水浒学”的第二时期为“新水浒学”时期。“新水浒学”开端的标志是1920年胡适《水浒传考证》的发表。随后，俞平伯、鲁迅、郑振铎、孙楷第、赵景深诸先生，都先后对《水浒》研究作出了贡献。

在张国光先生的推动和全国同行的努力下，“新水浒学” 正在大踏步地步入“科学的水浒学”的殿堂，水浒学呈现出前所未有的繁荣局面。(进入了第三时期的发展阶段)。

《水浒传》首部电视连续剧的拍摄和放映是我国《水浒传》文化发展的一件大事。张国光先生巨眼照见这部电视片歪曲《水浒传》的精神，鼓吹投降主义，于1998年4月23日在《羊城晚报》“新闻周刊”发表立场坚定、观点鲜明的否定性意见，在全国产生了很大的影响。这是张先生将《水浒》学研究发展到视觉艺术的一个重要实践。

张国光先生对于水浒学的另一重大贡献，是团结本省和全国学者发起和建成多个学术研究组织，其中全国性的2个、湖北省和武汉市的多个。组织省级和全国性的研讨会二十多次。创办大型学刊《水浒争鸣》，主编大型论文集等。

张国光先生热情关心、帮助和提携青年学子，成绩斐然。他本人培养研究生外，在举办学术会议时广邀湖北、武汉本地和全国的青年学子参与，在他创办的《水浒争鸣》上发表青年学子的文章。

湖北省暨武汉市高校林立，在民国时期即是中国学术重镇之一，至今犹然。湖北省在改革开放后的新时期，教育和科研发展势头凶猛，涌现了一大批识见出众和成果卓著的学者。张国光先生以《水浒传》、《红楼梦》、金圣叹和明清小说理论为主要科研突破口，带领众多湖北专家学者，组织众多研讨会，召集本省和全国学者热情参与，成为中国学术界的一道亮丽的风景线。当年湖北不少中青年学者的成长，张国光先生的指导、引导和提携，颇有功焉。

我本人于1980年11月作为华东师范大学中文系研究生，和教育部“全国高校中国古代文论师训班”学员一起，随导师徐中玉教授出席中国古代文学理论学会与武汉大学合办的中国古代文学理论第二届年会期间，因“师训班”的吉林大学王汝梅先生知我喜欢金圣叹，正致力于金圣叹研究和汇编《金圣叹全集》，特介绍我结识张国光先生。张先生即与我保持通信，寄赠他出版的著作，邀请我出席1981·武汉·首届《水浒》全国研讨会，并将我提交的论文收入《水浒争鸣》第二辑，成为我的学术生涯中在海内发表的第一篇论文；又力邀我出席1989·湖南张家界·首届金圣叹研讨会，一起在会上发起、成立金圣叹研究会。自1990年至2002年，他多次来沪，都约我一起与有关人员联系，商议学会事务等。我编校、出版《金圣叹全集》和诸多研究金圣叹的论文，皆得到他的肯定和赞誉，给我以很大的鼓励。我从他的论著中得到很大的启示。不仅是他的观点和成果，更重要的是他的治学态度和方法，他那不顾一切、勇往直前的追求自由思想和学术的精神，使我大开眼界，也大受鼓舞。在二十世纪八十年代，除徐中玉师外，曾有多位国内一流的学术宗师和大师关心、帮助和提携过我，张国光先生即是其中一位。我的金圣叹研究，是学习和继承张国光先生的学术思想和成果的一个产物。今年是张国光先生诞生九十周年，我特撰此文深切缅怀这位长年关心、提携我的学术前辈，他将永远活在我的心中。

谈谈郭武定本和繁本系统的两个支系

陕西广播电视台 张 杰

一

今存《水浒传》的各种版本中有郭武定本吗？我们的回答是，没有，郭武定本的原本没有流传下来。

既然郭武定本的原本并没有流传下来，那为什么对它感兴趣呢？

事实上，每一部优秀的古代长篇小说流传至今，往往都会产生数百种变化各异的版本。但是当我们研究这部小说的版本源流关系时，的确有一部分版本在这部小说的长期流传过程中，因为位置的重要性，被我们特别的关注。当然，很遗憾，古代长篇小说的大多数版本都不曾流传下来，湮没在历史的长河之中了，而幸存下来的版本只占很小的比例。虽然位置重要的那些版本或许也没有流传下来，不过，我们仍然要去了解它们，因为它们是小说版本源流关系的关键之点，具有纲举目张的作用。

《水浒传》就是一部优秀的古代长篇小说，它的版本流传情况也正如上面所说，幸存下来的版本只占原有众多版本里的很小比例。而郭武定本的原本虽未流传至今，但它仍是《水浒传》源流关系中位置重要的一种版本。

在明代正德至嘉靖初期，既流传着文简事繁的二十几卷一百几十回的简本，如今存只有两张残叶的《京本忠义传》；也流传着文繁事简的二十卷一百回和一百卷一百回的两种繁本，如前者有李开先等人在嘉靖初期阅读并评论的《忠义水浒传》，后者有高儒家藏的《忠义水浒传》。而郭武定本正是在这样的情况下，以郭勋家藏的一本百回繁本《忠义水浒传》（不知是二十卷，还是百卷）为基础，经过郭勋门客从头到尾的修改后，大约于嘉靖十九年、二十年出版发行。它一经问世，便以其文字顺畅、审校严格、刻制精美、印刷漂亮而受到了当时有一定文化素养的社会人士的欢迎。直到万历十六年、十七年，当时的文人张凤翼在他所写的《水浒传序》中仍赞誉“刻本惟郭武定为佳”。后来郭武定本及它的历朝后代版本就在繁本系统内形成了一个版本支系，我们称之为“郭本支系”，而繁本系统内非郭本支系的那些繁本就划归为“原态支系”。

虽然郭武定本在《水浒传》繁本系统内的版本演变过程中占有重要位置，但被许多研究者推崇为《水浒传》的祖本，或《水浒传》繁本的祖本，或《水浒传》最早的刊本则是完全错误的。

我们在“中国文学网”“《文学遗产》网络版”2010 年第 1 期上发表了《化解古代小说版本研究中的“一脉情结”》一文，其中就说到了《水浒传》繁本系统内的两个支系：

“版本系统还可再分为版本支系。……比如在《水浒传》繁本系统内，因袁无涯曾讲道：‘郭武定本，即旧本，移置阎婆事，甚善。’即可根据‘移置阎婆事’这一特同异文，将已‘移置阎婆事’的所有版本归入郭本支系，将未‘移置阎婆事’的所有版本归入原态支系。”①

齐裕焜先生在《中国典籍与文化》2011 年第 1 期发表了《〈水浒传〉不同繁本系统之比较》一文，他将我们所说的原态支系称为甲系统，将我们所说的郭本支系称为乙系统。

实际上，刘世德先生发表于 1985 年的《谈〈水浒传〉映雪草堂刊本的底本》一文就提出了繁本还可分为两大系统，他讲道：

“《水浒传》的繁本，基本上可以分为两大系统。容与堂 100 回《李卓吾先生批评忠义水浒传》、天都外臣序本 100 回《忠义水浒传》等组成了一个系统，袁无涯刊本 120 回《新镌李氏藏本忠义水浒全传》、芥子园刊本 100 回《李卓吾批评忠义水浒传》等组成了另一个系统。贯华堂刊本《第五才子书施耐庵水浒传》则是从后一系统中嬗变而来的。”②

我们觉得，《水浒传》已分为简本系统和繁本系统这样的两个系统了，不宜将繁本系统再分为两个系统，诸如甲系统和乙系统之类。其实，汉语的词汇是十分丰富的，有着很大的选择余地，完全不必要“系统”套“系统”，不知与刘世德先生、齐裕焜先生有同样观点的研究者以为如何？

二

郭勋（1475~1542），明代开国功臣郭英的后代。正德三年，郭勋袭封武定侯，不久任两广总兵。多年后奉调入京掌三千营。嘉靖皇帝登基后，在“大礼议”的争斗中，郭勋见风使舵，迎合了嘉靖皇帝的心愿，由此得到了嘉靖皇帝的宠幸。随后长期任京营总兵,类似首都卫戍区司令。郭勋虽为武官,却喜欢附庸风雅,刊刻了许多家族人员的文集和相关文献。当时的官员郑晓在他所写的《今言》卷一第九十二条记载有:“嘉靖十六年,郭勋欲进祀其立功之祖武定侯英于太庙,乃仿《三国志俗说》及《水浒传》为《国朝英烈记》,言生擒士诚,射死友谅,皆英之功。传说宫禁,动人听闻。”经过了这样一番舆论的炒作,郭勋遂邀功请求将自己的先人郭英配享太庙。虽有群臣的反对,嘉靖皇帝还是不听劝阻,仍然使其配享。嘉靖二十年,郭勋恃宠骄横、狂悖无道,最终惹怒了嘉靖皇帝,这才将郭勋下狱。一些官员要求判郭勋死罪,嘉靖皇帝不允。次年,郭勋死于狱中。

编写《国朝英烈传》,当然是郭勋门客遵照郭勋的要求所作的,他们为了编写的生动、好看,还模仿了当时流行的刊本《三国志俗说》和刊本《忠义水浒传》。这样,郭勋后来不仅刊行了《国朝英烈传》,还念及《三国志俗说》和《忠义水浒传》的作用,命令郭勋门客将这两本书分别修改一遍,也相继刊行新版。

郭武定本肯定出版于嘉靖二十年郭勋入狱之前,因为一旦郭勋入狱,郭家必然乱作一团,没有人再操心刊刻书籍的事了。

高儒在他编著的《百川书志》卷六“史部·野史”类中写道:“《忠义水浒传》,一百卷,钱塘施耐庵的本,罗贯中编次。宋寇宋江三十六人之事,并从副百有八人,当世尚之。”在《百川书志》之首还有高儒写于嘉靖十九年的序,可知《百川书志》出版于这一年。嘉靖二十年的进士晁瑮在他编著的《宝文堂书目》中卷“子杂”类中,列有《忠义水浒传》和《水浒传》二目,《水浒传》目下注云“武定板”。(另一处还有书目《三国通俗演义》,目下也注云“武定板”。)通过这两部书目的对照,我们觉得,《百川书志》没有提到武定板《水浒传》(即郭武定本),恐怕表明高儒直到为《百川书志》写序之时,武定板《水浒传》还未上市。因为《百川书志》里记载了许多郭勋家刻的图书,如果武定板《水浒传》已发行,高儒是不会漏记的。所以郭武定本应该出版于嘉靖十九年高儒写序之后到嘉靖二十年郭勋入狱之前。

张凤翼的序中说:“刻本唯郭武定为佳。”天都外臣的序中说:“嘉靖时,郭武定重刻其书,削去致语,独存本传。”许自昌在《樗斋漫录》卷六中记载了钱功甫的话:“《水浒传》……然雕刻颇广,传写易讹,中间不无画蛇添足,为妄人增损。至我朝,惟郭武定家刻称精,未易得也。”这些言论都显示了当时的文人们对郭勋主持刊印的郭武定本评价甚好。可想而知,由于武定侯府气大财粗,郭武定本的写样、刻板、印墨、纸张都会是一流的,以展现北京武定侯府的贵族气派。

遗憾的是,郭武定本的原本并未流传下来。李宗侗先生曾认为自己所藏大涤余人序本是郭武定本;郑振铎先生曾认为自己所藏嘉靖残本是郭武定本;还有人认为,两张残叶的《京本忠义传》是郭武定本,无穷会藏本是郭武定本,等等。不过,在版本品质面前,这些说法都分别败下阵来。可以明确地说,今存的所有《水浒传》版本都不是郭武定本的原本,只是其中有一部分版本确实是郭武定本的后代。

前面我们已经提到了《忠义水浒传》与郭武定本之间最明显的版本差异,即原态支系的版本与郭本支系的版本之间最明显的版本差异,那就是袁无涯在《忠义水浒全书发凡》第六条中明确讲到的:“郭武定本,即旧本,移置阎婆事,甚善”。

原来,袁无涯在编辑一百二十回《水浒全传》时,有二十回征田虎、征王庆的故事来自对简本的改编扩充,有一百回要来自繁本,那么选择哪一种百回繁本作底本呢?袁无涯肯定在各种版本中作过一番调研比较,最后选定了郭武定本,即袁无涯所谓的“旧本”。当然,如果我们相信袁无涯的话,这个“旧本”就是郭武定本,在万历四十二年之前,肯花一笔大价钱,也有可能收购到珍贵的郭武定本。不过,袁无涯毕竟是书商,书商的话也不敢全信,所以这个“旧本”也不排除是郭武定本早期翻刻本的可能性。

正因为袁无涯作过调研比较,才十分清楚“移置阎婆事”是郭武定本首先作出的。

原态支系的版本在第二十回“梁山泊义士尊晁盖　郓城县月夜走刘唐”的结尾处,讲的是刘唐专程来郓城感谢宋江,并留下晁盖书信。第二十一回“虔婆醉打唐牛儿　宋江怒杀阎婆惜”开始为,宋江告别刘唐后,在路上被王婆叫住,随后有了宋江救济阎婆一家之事,还有了宋江与阎婆的女儿阎婆惜一起生活数月的故事。一日,阎婆找到宋江,并拉到阎婆惜的住处,便发生了阎婆惜从招文袋里发现晁盖书信、要挟宋江、被宋江怒杀等内容。宋江是一个谨慎之人,怎么可能数月之后晁盖书信还在招文袋里呢?郭勋门客发现了《水浒传》写定人的这一较大失误,然后动笔将宋江救济阎婆一家之事、宋江与阎婆惜一起生活数月的故事从第二十一回“移置”到第二十回刘唐来郓城之前了。如此一来,第二十一回开始则为,宋江告别刘唐后,在路上被阎婆叫住,并拉到阎婆惜的住处,便发生了阎婆惜从招文袋里发现晁盖书信、要挟宋江、被宋江怒杀等内容。郭勋门客如此修改,使得宋江没有了烧毁晁盖书信的时机,故而情节的发展就比较合情合理了。

通过查验繁本系统的各种版本是否"移置阎婆事"这一最明显的版本差异，我们就很容易地将这些版本作了区别，一部分划归原态支系，另一部分划归郭本支系。未"移置阎婆事"的繁本，如百回的插图容本、无插图容本、天序补本、钟批本均划归原态支系；已"移置阎婆事"的繁本，如百回的大序本、芥子园本、无穷会藏本、一百二十回的袁刊本(百回繁本部分)、七十一回的金批本均划归郭本支系。

要告知大家的是，所有的简本都与繁本系统的原态支系一样，未"移置阎婆事"。

不过，有一种所谓的"简本"，即三十卷的《水浒全传》映雪草堂本，已"移置阎婆事"了，但实际上它是一种伪造的"简本"。因为映雪草堂本主体部分是依据百回繁本(后面将指明何种繁本)大刀阔斧删节出来的。它还有征田虎、征王庆的故事，但文字与简本不同，而与袁刊本相近。特别是它的单句回目名明显来自袁刊本，袁刊本的第九十回回目名为"五台山宋江参禅　双林镇燕青遇故"，这后一句是袁无涯为照应新增的征田虎、征王庆故事而专门修改的，而所有的简本和所有的繁本此回回目名本来均为"五台山宋江参禅　双林渡燕青射雁"，只有映雪草堂本此处的单句回目名与袁刊本这后一句完全相同。之所以说映雪草堂本不是真正的简本，是因为所有真正的简本是一个血脉相连的系统，而从繁本删节出来的映雪草堂本与所有真正的简本根本没有血缘近亲关系。

从袁无涯的《发凡》文字中来看郭武定本的书名问题。袁无涯在《发凡》第三条中有"故李氏复加'忠义'二字"。其实李卓吾阅读的应是原态支系的一本《忠义水浒传》，而袁无涯误认为书名里的"忠义"两字是李卓吾复加，也是事出有因。原来从晁瑮《宝文堂书目》中，我们已经知道，郭武定本的书名是《水浒传》，即郭勋门客已将原书名《忠义水浒传》中的"忠义"两字删除了。此后郭武定本的早期后代版本也无"忠义"两字，如张凤翼的《水浒传序》、天都外臣的《水浒传序》都是这样。因此袁无涯的"旧本"书名中也一定没有"忠义"两字。李贽(1527~1602)，字宏甫，号卓吾，福建泉州人，著有《焚书》、《续焚书》、《藏书》、《续藏书》等。他在万历十九年，撰写过一篇《忠义水浒传序》(收入《焚书》卷三)，对"忠义"作了阐释，同时他还评点了《忠义水浒传》。没想到李卓吾万历三十年去世后竟一时名声大振，正如杨定见《忠义水浒全传小引》中所说，李卓吾"先生殁而名益尊，道益广，书益播传。"不仅涌现出了《李卓吾先生批评三国志》、《李卓吾先生批评西游记》

等许多打着李卓吾旗号的图书,连当时各种《水浒传》的刊本也大都加上了“李卓吾先生批评”的字样,如插图容本、袁刊本、无穷会藏本就是如此。有趣的是,这三种《水浒传》都号称“李卓吾先生批评”,但批语内容均不相同,究竟哪些是李卓吾的批语,哪些是时人的伪托,甚或均与李卓吾没有关系,仍有较大争议。同时,书名《忠义水浒传》也重新被带火了,连郭本支系的大序本、袁刊本、无穷会藏本也在书名里加上了“忠义”两字。

从袁无涯的《发凡》文字中来看郭武定本的作者署名问题。袁刊本《引首》题目下虽有“施耐庵集撰,罗贯中纂修”的字样,但那是当时《水浒传》繁本惯常的署名,而袁无涯在他自己所写的《发凡》中,只要说到作者,就提罗贯中,而不提施耐庵,这种作者的认定应来自“旧本”。如第二条中有“故仅以‘水浒’名之。浒,水涯也,虚其辞也。……罗氏之命名微矣”;第六条中有“古本有罗氏致语,相传《灯花婆婆》等事,既不可复见”;第九条中有“又《七修类纂》亦载姓名,述贯中三十六天罡、七十二地煞”。再结合看,来自郭勋家所传的新安刊本,前有天都外臣的《水浒传序》,序中写道:“越人罗氏,诙诡多智,为此书,共一百回”。可见郭武定本的作者署名不是两个人施耐庵、罗贯中,而是一个人罗贯中。

三

由于郭武定本的原本今已不存,故而一些研究者会遗憾地表示,郭武定本对正德至嘉靖初期流行的《忠义水浒传》究竟作过什么样的改动已难以判定。

然而,我们的看法没有这样悲观。其实,正德至嘉靖初期流行的《忠义水浒传》就流传下来不少的后代,如插图容本、无插图容本、天序补本、钟批本等等,即现在所谓原态支系的版本;而郭武定本也流传下来不少的后代,如百回的大序本、芥子园本、无穷会藏本、一百二十回的袁刊本(百回繁本部分)、七十一回的金批本等等,即现在所谓郭本支系的版本。有了这么多珍贵的本子,我们既可以基本恢复正德至嘉靖初期流行的《忠义水浒传》的文字形态,我们也可以基本恢复大约于嘉靖十九年、二十年出版的郭武定本的文字形态。

如何来作恢复某一种今已不存版本的文字形态的工作呢?

这种恢复工作,不能仅靠它的一个后代,而应该靠它许多的后代。原因是每一种流传于历史长河中的版本都会发生文字变异,所以不能仅仅只用一种版本来代表它的某一前辈的文字形态。

大家知道,现在的出版社印行的《水浒传》主要是三种版本。一为百回的插图容本,这是今存《水浒传》百回本中文字形态最早、刊刻年代最久、版面保存最全的百回繁本,所以多年来我国出版发行的百回本,几乎均以它作为底本;一为一百二十回的袁刊本;一为七十回(实为百回繁本中的七十一回)的金批本。

这三种版本无疑都有各自的文字变异。袁刊本的主持人袁无涯、金批本的主持人金圣叹都对自己刊刻的本子作过文字修改,袁无涯改得少一些,金圣叹改得多一些;也许主持刊刻插图容本的容与堂主人并没有修改全书的意愿,但刊刻前的写样之人难免还是会有错写漏写,这也是一种文字变异。

当那些并不专注于版本研究的研究者在拿到这三种最常见的版本进行比较时,往往会闹出一些小的笑话。比如,袁世硕先生在齐鲁书社出版的金批本前写有"前言",其中讲道:"经过近世多位学者的比勘、考察,《贯华堂水浒传》实际上是截取万历年间刊行的容与堂本的前七十一回稍加修改而成。"[③]金批本是已"移置阎婆事"的郭本支系的版本,怎么可能是未"移置阎婆事"的原态支系版本插图容本的后代呢?郑建晞先生撰写了《阅读〈水浒〉札记》一书,也是用当代的插图容本排印本与金批本排印本相比较,因为不知道金批本中有郭勋门客的改文和金圣叹的改文,所以他将金批本中所有不同与插图容本的文字全定性为金圣叹的改文,甚至将"移置阎婆事"也说成是金圣叹的比较合理的修改。这的确让《水浒传》的版本研究者感到十分无奈。

为了恢复今已不存的某一版本的文字形态,在这里我们推荐一种版本DNA研究法,它的关键之处,在于研究者需要寻找和比对版本内部累积的多层次的特同异文(即"特有的相同异文"的简称)。

道理很简单,就拿郭武定本来说吧。郭勋门客从头到尾地修改都在郭武定本之中,在当时,这些修改都是独有的文字变异。后来随着郭武定本的不断翻刻,这些文字变异分别遗传给了郭武定本的众多后代版本,于是郭武定本原来独有的文字变异就变成为郭武定本的众多后代版本所共同拥有的特同异文。

当然"移置阎婆事"不是一处小的异文,它是一千五百多字的整体移动,但性质是一样的。已"移置阎婆事"原是郭武定本独有的变异,经过遗传,变成为郭武定本的众多后代版本大序本、芥子园本、无穷会藏本、袁刊本、金批本所共同拥有的特同异文。

现在让我们用这种方法来判定一下回目名中郭勋门客的三处明显的修改。

第一处，原态支系版本的第二十六回回目名为："郓哥大闹授官厅　武松斗杀西门庆"，插图容本、天序补本、钟批本三者均是如此。不过读一读正文就知道，实际上并没有郓哥所谓"大闹"授官厅的内容，所以郭勋门客将此回回目名改为："偷骨殖何九叔送丧　供人头武二郎设祭"，大序本、芥子园本、无穷会藏本、袁刊本、金批本五者均予以继承，只不过金圣叹在金批本中又将"叔"和"郎"删去了。

第二处，原态支系版本的第七十五回回目名为："活阎罗倒船偷御酒　黑旋风扯诏谤徽宗"，插图容本、天序补本、钟批本三者均是如此。郭勋门客也许想为皇帝避讳，故将此回回目名的后三字改为"骂钦差"，大序本、芥子园本、无穷会藏本、袁刊本四者均予以继承。金批本只有七十一回，故没有此回回目名。

第三处，原态支系版本的第八十一回回目名为："燕青月夜遇道君　戴宗定计赚萧让"，插图容本、天序补本此回正文前、钟批本三者均是如此。郭勋门客将此回回目名的后三字改为"出乐和"，大序本、芥子园本、无穷会藏本、袁刊本四者均予以继承。金批本也没有此回回目名。

天序补本回目总表中却为"出乐和"，这一变异的原因至少有两种可能性，我们知道，天序补本中间有康熙五年补刻的文字，故有可能来自补配；当然也有可能来自校改。但从血缘遗传方面讲，此处最早仍应为"赚萧让"。刘世德先生写过《〈水浒传〉袁无涯刊本回目的特征》一文，竟因为天序补本回目总表中为"出乐和"，与袁刊本相同，而得出了袁刊本的底本是天序补本的结论。他的原话为："100回本为袁无涯刊本的底本。但100回本现存完整的、在袁无涯刊本之前的版本有三种，即天都外臣序本、容与堂刊本、和钟伯敬批本。它们之中的哪一种版本是袁无涯刊本的底本呢？现在，根据袁无涯刊本第81回回目和天都外臣序本、容与堂刊本、钟伯敬批本的比较，我认为，结论应当如下：袁无涯刊本的底本应是天都外臣序本，而不是容与堂刊本和钟伯敬批本。"④这是错误的看法，袁刊本主体部分的底本的确是一百回本，但袁刊本主体部分是郭武定本或郭武定本早期翻刻本的后代，而绝不是原态支系的版本插图容本、天序补本、钟批本的后代，况且袁刊本的刊刻年代并不一定晚于钟批本的刊刻年代。

所有简本除了与繁本系统原态支系的版本同样未"移置阎婆事"之外，这三处明显异文仍与繁本系统原态支系的版本相同或相近，第一处，大多数简本为："郓哥报知武松　武松杀西门庆"，个别简本在此文字上添改一两个字，与插图容本、天序补本、钟批本三者相近；第二处，绝大多数简本此回回目名的后三字为

“谤朝廷”,一个“谤”字,仍与插图容本、天序补本、钟批本三者相近;第三处,所有简本与插图容本、天序补本、钟批本三者相同,均为“赚萧让”。

我们是用多种后代版本的特同异文来判定它们共同祖本的文字形态的。原态支系的版本插图容本、天序补本、钟批本三者有一整套特同异文,如“郓哥大闹授官厅　武松斗杀西门庆”、“谤徽宗”、“赚萧让”等等,这就是我们所谓正德至嘉靖初期流行的《忠义水浒传》的文字形态;郭本支系的版本大序本、芥子园本、无穷会藏本、袁刊本(百回繁本部分)、金批本(仅有前七十一回)五者有一整套特同异文,如“偷骨殖何九叔送丧　供人头武二郎设祭”、“骂钦差”、“出乐和”等等,这就是我们所谓郭武定本的文字形态。

当然,如果发生了不同支系之间的校改,就会呈现复杂局面。这里特别要介绍的是,无穷会藏本虽是郭武定本的一个后代,但它在刊刻之前,被人用原态支系的版本校改过。刘世德先生在《〈水浒传〉无穷会藏本初论》一文中,就对第七十二回作了解剖麻雀式的研究,在异文比较时,无穷会藏本同于袁刊本、芥子园本,异于插图容本、天序补本、钟批本有 27 处;无穷会藏本同于插图容本、天序补本、钟批本,异于袁刊本、芥子园本有 5 处。我们的解释为:前者是血缘的遗传,后者是校改的结果。例如,无穷会藏本有几句为“四个人杂在社火队里,取路哄入封赠门(一作封丘门)来,遍玩六街三市”。括号内是小字注。插图容本、天序补本、钟批本为“封赠门”,袁刊本、芥子园本为“封丘门”。作为郭武定本的后代无穷会藏本原为“封丘门”,同于袁刊本、芥子园本,后被人用原态支系的版本校改为“封赠门”,同时将未校改前的文字“封丘门”改为小字注。

在一百回的正文中判定郭勋门客的修改文字,方法与上面完全相同。我们知道,长期在社会上传抄、刊行的本子都难免会有许多错漏,所以要想刊刻出文字顺畅的本子,就必须对本子进行一次从头到尾的修改,郭勋门客就是如此作的。所以只要我们将插图容本、天序补本、钟批本、大序本、芥子园本、无穷会藏本、袁刊本、金批本汇集在一起,就可以从每一回的正文中找出原态支系的一整套特同异文,这就是正德至嘉靖初期流行的《忠义水浒传》的文字形态,也可以从每一回的正文中找出郭本支系的一整套特同异文,这就是郭武定本的文字形态。

下面我们只略举删、增、改的几例,来看一看郭勋门客修改的基本情况。

先说删。原态支系的版本每一回都有回前诗(即引头诗),插图容本、天序补本、钟批本均是如此。而郭勋门客却将每一回的回前诗全部删去,所以大序本、芥子园本、无穷会藏本、袁刊本、金批本均没有了回前诗。所以有回前诗，还是无回前诗，也可成为区别繁本系统内的原态支系与郭本支系的明显标志。

再说增。在第四十一回“宋江智取无为军 张顺活捉黄文炳”中，原态支系的版本插图容本有如下文字，天序补本、钟批本基本相同：

“李逵道：‘嗳也！若割了我这颗头，几时再长的一个出来？我只吃酒便了。’众多好汉都笑。晁盖先叫安顿穆太公一家老小……”

而郭勋门客在“众多好汉都笑”与“晁盖先叫安顿”之间增写了一百多字。袁刊本有如下文字，大序本、芥子园本、无穷会藏本、金批本基本相同：

“李逵道：‘阿呀！若割了我这颗头，几时再长的一个出来？我只吃酒便了。’众多好汉都笑。宋江又题起拒敌官军一事，说道：‘那时小可初闻这个消息，好不惊恐；不期今日轮到宋江身上。’吴用道：‘兄长当初若依了弟兄之言，只住山上快活，不到江州，不省了多少事？这都是天数注定如此。’宋江道：‘黄安那厮，如今在那里？’晁盖道：‘那厮住不够两三个月，便病死了。’宋江嗟叹不已。当日饮酒，各各尽欢。晁盖先叫安顿穆太公一家老小……”

原来，在原态支系的版本与郭本支系的版本第二十回《梁山泊义士尊晁盖 郓城县月夜走刘唐》中，都有济州府团练使黄安带领一千余人，来征讨梁山，不料全军覆灭，黄安也被刘唐活捉，押上了梁山，结局为“黄安锁在后寨监房内。”原态支系的版本此后再无黄安命运的交代，是降是放？是死是活？不得而知。郭勋门客增写这一段文字，就是想解决这一悬案，同时也透露出宋江不同于晁盖的一种心态。

最后说改。在第七十一回“忠义堂石碣受天文 梁山泊英雄排座次”中有一大段文字，原态支系的版本与郭本支系的版本有较大得不同。

插图容本有如下文字，天序补本、钟批本基本相同：

“有篇言语，单道梁山泊的好处，怎见得：山分八寨，旗列五方。交情浑似股肱，义气真同骨肉。断金亭上，高悬石绿之碑；忠义堂前，特匾金书之额。总兵主将，山东豪杰宋公明；协赞军权，河北英雄卢俊义。施谋运计，吴加亮号智多星；唤雨呼风，入云龙是公孙胜。五虎将英雄猛烈，八骠骑悍勇当先。马步将军，弓箭枪刀遮路；水军将校，艨艟战舰相连。八寨军兵，守护山头港泊；四方酒肆，招邀远路来宾。掌管钱粮，廉干李应柴进；总驰飞报，太保神行戴宗。飞符走檄，萧让是圣手书生；定赏行刑，裴宣为铁面孔目。神算须还蒋敬，造船原有孟康。金大坚置印信兵符,通臂猿造衣袍铠甲。皇甫端专攻医兽,安道全惟务救人。打军器须是汤隆,造炮石全凭凌振。修缉房舍,李云善布碧瓦朱甍;屠宰猪羊,曹正惯习挑筋剔骨。宋清安排筵宴,朱富酝酿香醪。陶宗旺筑补城垣,郁保四护持旌节。人人戮力,个个同心。休言啸聚山林,真可图王霸(插图容本原误为"伯")业!列两副仗义疏财金字障,竖一面替天行道杏黄旗。"

袁刊本有如下文字,芥子园本基本相同:

"有篇言语,单道梁山泊的好处,怎见得:八方共域,异姓一家。天地显罡煞之精,人境合杰灵之美。千里面朝夕相见,一寸心死生可同。相貌语言,南北东西虽各别;心情肝胆,忠诚信义并无差。其人则有帝子神孙,富豪将吏,并三教九流,乃至猎户渔人,屠儿刽子,都一般儿哥弟称呼,不分贵贱;且又有同胞手足,捉对夫妻,与叔侄郎舅,以及跟随主仆,争斗冤仇,皆一样的酒筵欢乐,无问亲疏。或精灵,或粗卤,或村朴,或风流,何尝相碍,果然认性同居;或笔舌,或刀枪,或奔驰,或偷骗,各有偏长,真是随才器使。可恨的是假文墨,没奈何着一个圣手书生,聊存风雅;最恼的是大头巾,幸喜得先杀却白衣秀士,洗尽酸悭。地方四五百里,英雄一百八人。昔时常说江湖上闻名,似古楼钟,声声传播;今日始知星辰中列姓,如念珠子,个个连牵。在晁盖恐托胆称王,归天及早;惟宋江肯呼群保义,把寨为头。休言啸聚山林,早愿瞻依廊庙。"

无穷会藏本如上所说,被人用原态支系的版本校改过,故而经过校改,使得这一大段文字不同与袁刊本、芥子园本,而基本同与插图容本、天序补本、钟批本。金批本的这一大段文字被金圣叹删去了。有研究者可能觉得,修改段落仅仅是袁刊本、芥子园本两者特同异文,会不会不是郭勋门客的修改呢?然而,在分析各种版本改文数量方面,袁刊本(百回繁本部分)、芥子园本(包括它的前身)都是谨慎小改,而不同于郭勋门客的敢于大改,所以,这一大段文字的修改仍应是郭勋门客所为。

郭勋门客这里的修改是脱胎换骨的。原来的原态支系版本写的是,梁山泊一百单八将的英雄气概和本领,最后聚焦于"人人戮力,个个同心。休言啸聚山林,真可图王霸业!"而郭勋门客却改写为,梁山泊一百单八将虽出生不同、职业有别,但平等相待、忠义无差。展现了他们自己的某些人生观念和价值观念,特别是改"真可图王霸业"为"早愿瞻依廊庙",更强化了乞求招安、归顺朝廷的意图。

四

下面我们对原态支系的主要版本、郭本支系的主要版本进行一次记述，希望大家能进一步地了解《水浒传》各种版本的真实状态。

可知的原态支系的主要版本：

1.高儒家藏《忠义水浒传》。已佚。一百卷，即一百回。高儒在他编著的《百川书志》卷六“史部·野史”类中写道：“《忠义水浒传》，一百卷，钱塘施耐庵的本，罗贯中编次。宋寇宋江三十六人之事，并从副百有八人，当世尚之。”《百川书志》之首有高儒写于嘉靖十九年的序，可知《百川书志》出版于这一年。

2.李开先等人阅读并评论的《忠义水浒传》。已佚。二十册，即二十卷，二十卷一百回。李开先在《一笑散·时调》中说：“崔后渠、熊南沙、唐荆川、王遵岩、陈后冈谓：《水浒传》委曲详尽，血脉贯通，《史记》而下，便是此书。且古来更无有一事而二十册者。”考查李开先与他的这些朋友们相聚的时间应在嘉靖八年至嘉靖十二年之间。

3.《忠义水浒传》嘉靖残本。应为二十卷一百回。半叶十行，行二十字。四明朱氏敝帚斋原藏第十卷的第四十七回至第四十九回，郑振铎先生原藏第十一卷的第五十一回至第五十五回，共残存八回，现均归藏于国家图书馆。吴晓铃先生还曾藏有此本第五十回的残叶一张，现在不知下落。从此本每卷五回来推测，全本应为二十卷一百回。每卷卷首题“施耐庵集撰，罗贯中纂修”。郑振铎先生认为此本刊行年代为嘉靖年间，后来他又认为此本就是“郭武定本”，后者显然是错误的。马幼垣先生曾专门写作了《嘉靖残本〈水浒传〉非郭武定刻本辨》一文，其论据充分，论证严密，特别是此本错字连篇，根本无法与久享盛誉的郭武定本相提并论。虽然此本因残缺而看不到是否“移置阎婆事”，但在仅存的八回文字中，与郭本支系的版本有异文时，此本都与插图容本相同或相近，而且此本每回都有回前诗，可知它属于原态支系。不过，正德至嘉靖初期流传的繁本《忠义水浒传》虽都为一百回，但有两种不同的分卷形式，此本与李开先等人阅读并评论的《忠义水浒传》一样，为一卷五回、二十卷一百回，而高儒家藏《忠义水浒传》、插图容本、天序补本、钟批本为一卷一回、百卷百回。此本简称“残八回本”。

4.郭勋家藏《忠义水浒传》。已佚。一百回。不知何种分卷形式。为武定侯郭勋家刻《水浒传》（即郭武定本）的底本。

5.晁瑮家藏《忠义水浒传》。已佚。一百回。不知何种分卷形式。晁瑮在《宝文堂书目》中卷“子杂”类中记载了这个《忠义水浒传》的书目。

6.容与堂刊有插图《李卓吾先生批评忠义水浒传》。一百卷一百回。半叶十一行,行二十二字,杭州容与堂刊刻。国家图书馆藏。书里题“施耐庵集撰,罗贯中纂修”。刊行年代在万历三十年至三十八年之间。卷首有小沙弥怀林《批评水浒传述语》;次《梁山泊一百单八人优劣》;次《水浒传一百回文字优劣》;次《又论水浒传文字》。此书有半叶大幅的回目插图,每一回插图两幅,前一幅画上句回目名的内容,后一幅画下句回目名的内容,一百回共有插图二百幅。为黄应光、吴凤台所绘刻。画面古朴、生动,风格粗犷、谐趣,是明代万历年间版画艺术的杰出作品。此书有号称“李卓吾”的眉批、侧批和回后总评。此本简称“插图容本”,或“容甲本”。

7.容与堂刊无插图《李卓吾先生批评忠义水浒传》。一百卷一百回。半叶十一行,行二十二字,杭州容与堂刊刻。日本内阁文库藏。此本与插图容本比较,是大同小异的,小异有:正文文字有剜改;没有插图;在小沙弥怀林《批评水浒传述语》之前增刊了李卓吾的《忠义水浒传序》,序末另行题:“庚戌仲夏日虎林孙朴书于三生石畔”。可知此本的印制时间为万历三十八年,晚于插图容本。此本简称“无插图容本”,或“容乙本”。

这里介绍无插图容本的一处剜改。插图容本第一百回讲到了关胜的结局:“关胜在北京大名府总管兵马,甚得军心,众皆钦伏。一日操练军马回来,因大醉失脚落马,得病身亡。”所有的本子本来都是如此。但无插图容本在“钦伏”之后,作了剜改,前八个字改为“后来刘豫欲降兀术”,后十一个字改为“关胜执义不从,竟为所害”(改字稍长一点,十个字占了原十一个字的位置),使得关胜的死因为之一变。没想到这种独特的变异竟有了两个后代,为钟批本和伪造的“简本”映雪草堂本所继承,这两种本子的那十八个字与周边的字体完全一样,可知不是参照剜改。钟批本究竟是全部来自无插图容本,还是部分回目来自无插图容本?需要再作考查。而映雪草堂本主体部分的底本正是无插图容本,刘世德先生在《谈〈水浒传〉映雪草堂刊本的底本》一文中就列举了大量的例子来说明这一点,结论为:“这些例子无不证明了映雪草堂刊本的底本是容与堂刊本乙本,而不是容与堂刊本甲本。”⑤

8.石渠阁补刊天都外臣序《忠义水浒传》。一百卷一百回。半叶十二行,行二十四字。国家图书馆藏。卷首有天都外臣的《水浒传序》;次《忠义水浒传目录》;次

《水浒传像》。《引首》题目下有“李卓吾评阅，施耐庵集撰，罗贯中纂修”，但“李卓吾评阅”五字为后增。此本简称“天序补本”。

实际上，此本不是真正当时的天都外臣序本。

范宁先生在《水浒传版本源流考》一文中曾告诉大家说：“石渠阁补刻本（即天序补本——笔者注）上那篇天都外臣的序言，是从别的本子上移来的，这个刻本既不是郭勋本，而刻印年代也就成了问题。但这个本子和容与堂本同出一个底本是可以断定的。至于刻印先后或同时，就不易定了。”⑥

不仅天都外臣的序不是原有的，而是清代康熙年间石渠阁从别的本子上移来的，就是正文也经过了石渠阁的补刊，许多叶面的版心下部都有“石渠阁补”、“康熙五年石渠阁补”的字样。根据马幼垣先生《问题重重的所谓天都外臣序本〈水浒传〉》一文中的统计，石渠阁补刊的叶面占到了全书的27.5%以上。

此本《水浒传像》的插图或许原为五十叶一百幅，但现存四十八叶九十六幅，而这些半叶大幅的回目插图均仿自插图容本，虽也是一回两幅，但数量少了一半，则造成现在有插图的回目四十八回，无插图的回目五十二回。根据此本插图仿自插图容本这一点，可知此本的刊行年代晚于插图容本。马幼垣先生在《从挂名天都外臣序本〈水浒传〉的插图看该本的素质》一文中是这样讲的：“此本拨五十叶给插图，篇幅不算少。每一叶的版心部分都很明确，内中完全没有补刊字样的题识。这五十叶显然都是原本已有的，与把那本子补刊成现在的样子的石渠阁无关。从这点去看，这个本子在未经补刊之前年代已较容与堂本为晚。”⑦

马幼垣先生之所以将此本称为“所谓天都外臣序本”，还有一个原因，就是对“万历己丑孟冬天都外臣撰”这一行字的真实性表示怀疑，因为此本序末的这一行字早就被裁掉了，只残存了收尾处一丁点儿的笔画。聂绀弩先生在《论〈水浒〉的繁本与简本》一文中曾解释过这一情况，他说：“我看见时，这书已归郑振铎先生所有。有人在归郑所有之前已见过，据说，那时这《叙》的年月署题还未被裁掉，而且年月署题并非最后一行，后面还有一行，刻着‘康熙间’的年月及别的字样。这样一说，年月署题被裁而又留下可以辨认的痕迹，道理就很显然了：书贾要灭掉‘康熙’字样而留下‘万历’字样，以便把清本当明本而卖得高价。本来只需裁掉‘康熙’那一行就得，连‘万历’这一行也几乎裁得干干净净，是由于一时失手或别种原因，那就不必追问了。总之，这篇《叙》不是明代旧板而是清康熙时刻的。”⑧

9.四知馆刊《钟伯敬先生批评忠义水浒传》。一百卷一百回。半叶十二行，行二十六字。因“钟伯敬”的序中有“世无李逵、吴用,令哈赤猖獗辽东”,“哈赤”即努尔哈赤,去世于天启六年,可知此本刊行年代在天启初期。法国巴黎有一种藏本,日本有两种藏本,刘世德先生发现这三种本子在卷二十二的第三叶版心下部都题有“积庆堂藏板”五个字,故认为它们来自同一刊版,他讲道:“日本藏本,也和巴黎藏本一样,是四知馆刊本,即四知馆利用积庆堂的旧版重印的刊本——这才是唯一合理的答案。”⑨巴黎藏本的卷首有“钟伯敬”《水浒传序》;次目录;次《水浒传人品评》;次插图,有半叶大幅的插图三十九幅,绘刻比较精美。前面说到过,积庆堂旧版的文字底本至少有一部分来自无插图容本。此本还有批语,与无插图容本的批语相近,可知与钟伯敬无关。钟惺(1574~1624),字伯敬,湖广竟陵(今湖北天门)人,因与人合编《古诗归》、《唐诗归》而名扬一时,天启四年去世。他的文集中没有这篇《水浒传序》,故而有研究者认为,序文、《水浒传人品评》均为外人所写,在钟惺去世后托名于“钟伯敬”。此本简称“钟批本”。

可知的郭本支系的主要版本:

1.郭勋刊《水浒传》。已佚。一百回。为武定侯郭勋的家刻版本。郭勋要求他的门客修改自己家藏的百回繁本《忠义水浒传》,并刊刻新版,大约于嘉靖十九年、二十年出版。晁瑮在《宝文堂书目》中卷“子杂”类中记载了“《水浒传》(武定板)”的书目。

2.张凤翼序《水浒传》。已佚。一百回。张凤翼(1527~1613),字伯起,江苏吴县人,在他所著《处实堂集》续集卷六中有《水浒传序》一篇,为刘世德先生首先披露,根据前后文章的写作时间可推定此序写成于万历十六年、十七年之间。此序讲道:“刻本惟郭武定为佳”,可知此本必为郭武定本的后代。

3.天都外臣序《水浒传》。已佚。一百回。卷首有天都外臣的《水浒传序》,末署“万历己丑孟冬天都外臣撰”,可知此本刊行于万历十七年。沈德符在《万历野获编》卷五中记载:“武定侯郭勋,在世宗朝,号好文多艺,能计数。今新安所刻《水浒传》善本,即其家所传,前有汪太函序,托名天都外臣者。”可知这本安徽新安天都外臣序本,是用郭勋家所传本子为底本翻刻的。汪道昆(1525~1593),字伯玉,号太函,安徽歙县人,嘉靖二十六年进士,官至兵部左侍郎,有文集《太函集》等。还有一些研究者从汪道昆的文集中并没有找到这一序文,故认为沈德符的托名说不可采信。此本虽佚,但天都外臣的《水浒传序》因移入天序补本而得以保留。

4.大涤余人序《忠义水浒传》。原为一百回,现仅存前四十四回。半叶十行,行二十二字。李宗侗先生(字玄伯)原藏,现归藏于国家图书馆。卷首有大涤余人《刻忠义水浒传缘起》。还有半叶大幅的回目插图五十叶一百幅(现缺三幅),即每回绘刻一幅,图名为三字至七字不等的篆体字,与袁刊本、芥子园刊的插图相似。图中有安徽新安刻工黄诚之、刘启先署名,绘刻精致、细腻,风格朴素、求实,也是明代万历年间版画艺术的杰出作品。此本批语与袁刊本、芥子园刊批语相近。刊行年代在万历后期。此本简称"大序本"。

1925年北京燕京印书局曾据此本排印出书,一百回,卷首有李宗侗先生所写《重刊忠义水浒传序》、《读水浒记》。范宁先生查阅此本后认为,这一百回本应是大序本残存部分与一百二十回郁郁堂本的某些部分拼配而成。

5.芥子园刊《忠义水浒传》。一百回。半叶十行,行二十二字。清代康熙年间芥子园翻刻本。卷首有大涤余人《刻忠义水浒传缘起》;次目录;次插图五十叶一百幅,与大序本、袁刊本的插图相似。有眉批、侧批,无回后总评,与大序本、袁刊本的批语相近。此本简称"芥子园本"。

乾隆年间,三多斋重印芥子园刊版《忠义水浒传》,现藏于北京大学图书馆。

6.无穷会藏《全像忠义水浒传》。一百回。二十册。半叶十行,行二十二字。日本无穷会图书馆织田文库收藏。卷首有李卓吾《读〈忠义水浒传〉序》,原序中有"夷狄处上"和"屈膝于犬羊",而此本却为"边陲处上"和"屈膝于时势",不过"边陲"和"时势"这两个词的字体与周边文字有别,显系后来剜改。可知此本刊刻于明末,经过剜改,印行于清初。还有《水浒传像》,插图一百叶二百幅,是依照插图容本的插图仿制的。有号称"李卓吾"的眉批、侧批等,但与插图容本的"李卓吾"的批语、袁刊本的"李卓吾"的批语均不相同。特别要介绍的是,此本曾被人用原态支系的版本校改过。此本简称"无穷会藏本"。

7.袁无涯刊《出像评点忠义水浒全传》。一百二十回。半叶十行,行二十二字。北京大学图书馆藏。由苏州书种堂主人袁无涯主持刊刻,刊行年代为万历四十二年。卷首有李贽《读忠义水浒全传序》;次杨定见《忠义水浒全传小引》;次《出像评点忠义水浒全书发凡》;次《宣和遗事》;次《水浒忠义一百八人籍贯出身》。《引首》题目下有"施耐庵集撰,罗贯中纂修"。此本前九十回和第一百十一回至第一百二十回共一百回为郭武定本或其早期翻刻本的后代,而第九十一回至第一百十回共二十回的征田虎、征王庆故事则是依据简本改编扩充而成。半叶大幅的回目插图六十叶一百二十幅,即每回绘刻一幅,其中一百幅与大序本、芥子园本的插图相似,只是大序本的图名为三字至七字不等的篆体字,而此本的图名一律为五个字的手写体,还有二十幅是为增加的二十回绘刻的。此书有号称“李卓吾”的眉批、侧批和回后总评,与大序本、芥子园本的批语相近。此本简称“袁刊本”。

袁刊本是一百二十回《水浒全传》的祖本,由于民众的求全心理,完整的一百二十回《水浒全传》曾经在图书市场上风靡一时。崇祯年间郁郁堂翻刻的《绣像藏板水浒四传全书》、宝翰楼翻刻的《忠义水浒全书》等一百二十回本子相继面世。其行款均同袁刊本。

8.贯华堂刊《金圣叹批评第五才子书施耐庵水浒传》。七十五卷七十回。半叶八行,行十九字。崇祯十四年(1641年)贯华堂刊行。卷一为金圣叹撰写的序一、序二、序三;卷二为《宋史纲》、《宋史目》;卷三为金圣叹撰写的《读第五才子书法》;卷四为金圣叹伪造的《东都施耐庵序》;卷五为楔子;卷六至卷七十五为第一回至第七十回。此本实为百回郭武定本后代版本中的前七十一回,金圣叹将原第一回改为楔子,将原第二回改为第一回,以此类推。而原七十二回及以后的回目均被金圣叹删去,即所谓金圣叹“腰斩”《水浒传》。此本简称“金批本”。

金人瑞(1608~1661),原名采,字若采。后改名人瑞,法名圣叹。江苏苏州人。金圣叹谎称自己得到了一部七十回古本,上面没有奴颜婢膝地乞求招安,没有两支农民起义军自相残杀,没有宋江、李逵等屈辱地被毒杀,虽然这些内容也许有更深刻的涵义,但对于一般的读者来说,显然没有阅读前七十回那些英雄好汉跌宕起伏的精彩故事来得更为过瘾。正因为金批本保留了《水浒传》大聚义之前英雄好汉“逼上梁山”的最精华的核心部分,问世之后才广受欢迎。从清代顺治年间开始,逐渐垄断了市场,并将这种市场优势一直保持到清末民初。换句话说,清初以后三百多年,《水浒传》的图书市场一直是金批本的天下。

从郭本支系各种版本的共同特征看,或许揭示了郭武定本的某些信息。

比如说,今存的原态支系版本的行款各不相同,残八回本为半叶十行,行二十字;插图容本、无插图容本为半叶十一行,行二十二字;天序补本为半叶十二行,行二十四字;钟批本半叶十二行,行二十六字。而今存的郭本支系各种版本的行款除了金批本之外,全部相同,即大序本、芥子园本、无穷会藏本、袁刊本的行款均为半叶十行,行二十二字,说不定这正是它们的祖本郭武定本的行款呢。

再比如说,我们记述“郭勋家藏《忠义水浒传》”时,知道它是一百回,但不知何种分卷形式,这是因为它的直接后代郭武定本没有沿袭它的分卷形式。那么,郭武定本的原本是如何分卷的呢?除了金批本之外,今存的郭本支系各种版本大序本、芥子园本、无穷会藏本、袁刊本都不分卷,表明它们的祖本郭武定本也不分卷。

注释:

①http://wxyc.literature.org.cn/journals_article.aspx? id=1027

②刘世德:《谈〈水浒传〉映雪草堂刊本的底本》,《水浒论集》,社会科学文献出版社 2014 年,331~332 页。

③袁世硕:《金圣叹批评水浒传》前言,齐鲁书社,1991 年,1~2 页。

④刘世德:《〈水浒传〉袁无涯刊本回目的特征》,《水浒论集》,社会科学文献出版社 2014 年,216 页。

⑤刘世德:《谈〈水浒传〉映雪草堂刊本的底本》,《水浒论集》,社会科学文献出版社 2014 年,345 页。

⑥范宁:《水浒传版本源流考》,《范宁古典文学研究文集》,重庆出版社 2006 年,450 页。

⑦马幼垣:《从挂名天都外臣序本〈水浒传〉的插图看该本的素质》,《水浒二论》,三联书店 2007 年,422 页。

⑧聂绀弩:《论〈水浒〉的繁本与简本》,《中国古典小说论集》,复旦大学出版社 2005 年,154~155 页。

⑨刘世德:《钟批本〈水浒传〉的刊行年代和版本问题》,《水浒论集》,社会科学文献出版社 2014 年,224 页。

从水浒故事政治心态的变迁看《水浒传》的成书时间——以水浒戏为考察中心

西安电子科技大学人文学院 许勇强　华东师范大学中文系 许见军

《水浒传》的成书时间一直是小说研究史上一个悬而未决的疑案，目前学术界大体有如下几种假说，一是元代说，二是元末明初说，三是明初说，四是成化弘治说，五是嘉靖说，其中又以元末明初说和嘉靖说最为活跃。研究者往往从历史文献、小说文本内证和文本传播等方面探讨《水浒传》的成书时间。王平在《〈水浒传〉替天行道"考论》一文中通过考察“替天行道”内涵在元杂剧水浒戏和小说《水浒传》中的演变，认为以情理而论，两者(指元杂剧和小说《水浒传》)“似不应发生于同一时代”，“因此有理由认为，这一变化是基于明代某一时期的政治局势而来”。受王先生宏文的启发，笔者也拟从水浒故事(指包括小说《水浒传》和宋元明清各种艺术形式在内的演说水浒英雄故事的作品）所体现出的政治心态演变这个视角再次考察一下《水浒传》的成书时间。

从宋江起义到元代水浒戏：游走于庙堂与江湖

众所周知，历史上的宋江起义是确实存在的，这点我们从《三朝北盟汇编》、《宋史·徽宗本纪》、汪应辰《文定集·显谟阁学士王公墓志铭》等官私文献即可窥知。宋室南渡后，宋江等的事迹便在民间流传，所以宋末龚开的《宋江三十六人画赞》说“宋江事见于街谈巷语”，“有闻于时”。作为封建士大夫的龚开，他虽然认为宋江对抗政府是不对的，但又认为宋江“立号既不僭侈，名称俨然犹循轨辙”，“不假称王”，与方腊等“乱臣贼子”比简直就是“盗贼之圣”。显然宋江的“不假称王”正是当时士大夫所称赏的原因，也是后世被不断演绎成“忠义”代表的一个有力见证。

与此同时，在当时市井勾栏瓦肆之间，说书艺人也将宋江等的传奇故事编为话本，广为流传，如《醉翁谈录》里提到的《石头孙立》《青面兽》《花和尚》等篇目。可惜这些都已经散佚了，流传下来的只有《宣和遗事》。《宣和遗事》的成书时间目前学界还有争论,但视之为宋元之际的作品当无大碍。学界通常将它看成《水浒传》的雏形,小说中主要人物和情节如晁盖劫生辰纲、杨志卖刀等书中已基本具备。作为话本,《宣和遗事》对水浒英雄的态度还是比较矛盾的,一方面市井细民津津乐道于暴力凶杀等异闻趣事,对宋江等的发迹变泰故事自然异常欣赏艳羡,但另一方面也因为“宋江等犯京西、河北等州,劫掠子女金帛,杀人甚众”,所以难免将其等同于“三路之寇”之流。当然作者更多的还是站在儒家立场,希望宋江等“广行忠义,殄灭奸邪”,“助行忠义,卫护国家”。可见南宋时期的水浒故事在政治意识方面还是比较矛盾的,然而因为身处末世,边庭多故,因此“忠义”始终是这个时代高扬的大旗。

元代因为野蛮的异族统治和士人科举道路的堰塞,大量读书人落魄江湖,沦为书会才人。他们将自己对政治的批判和百姓对权豪势要的痛恨结合在一起,通过水浒英雄除暴安良、替天行道的豪侠壮举宣泄出来。这种豪侠精神奠定了后世小说《水浒传》英雄叙事和侠义精神的基本范式。现存6种元人水浒戏主要描写在元朝统治者的纵容庇护下,“衙内”之流的权豪势要肆无忌惮的行凶作恶,于是梁山好汉们举起了“替天行道”、“为民除害”的大旗,将诛杀权豪势要作为其行侠的主要目标。这些水浒戏反映了元代政治黑暗、社会秩序混乱和百姓渴望草泽英雄解除苦难的历史现实,是那个时代此起彼伏的社会矛盾斗争的折射。所以在水浒故事与政治关系方面，这一时期的水浒故事主要体现为梁山英雄对政治权力的疏离乃至对抗。

总的来说,从历史上的宋江起义到元代水浒戏,宋江等水浒英雄故事对政治权力的态度经历了一个从依附到疏离甚至是对抗的过程，这一特征对后世水浒故事影响深远。

明初水浒杂剧:矛盾纠结的政治心态

水浒故事发展到明代初年又出现了一个小的高峰，这便是朱有燉两种水浒杂剧和脉望馆抄校四种水浒杂剧的出现。

朱有燉(1379~1439)是明初藩王,著名的杂剧家,所作杂剧有三十一种,其中《豹子和尚自还俗》和《黑旋风仗义疏财》两种(1433年刊本)是以梁山好汉鲁智深、李逵为主角的水浒戏。《豹子和尚自还俗》写花和尚鲁智深原为僧人,因犯戒还俗落草为寇，又因擅自杀人被宋江责打四十大棍，一气之下到清静寺再度出家。宋江先后派李逵和鲁智深的妻子、老母劝他回山都不肯,最终宋江用计才使得鲁智深回来。《黑旋风仗义疏财》主要描写官吏赵都巡以催交官粮为借口强取李撇古女儿为妻,恰巧被李逵和燕青撞见,二人仗义相救痛打赵都巡。但赵依然打着强取的念头,于是李撇古向梁山好汉求救,然后李逵燕青乔装打扮,由李逵扮演新娘,上演了一出好戏,整治了赵都巡。最后宋江等人接受招安,李逵擒住方腊,凯旋回朝受到封赏。在这两部水浒戏中,朱有燉以皇室贵族的有色眼镜审视着梁山好汉,认为他们是钻墙过户的小偷,而李逵和鲁智深上山入伙是"做贼",是误入了"杀人场"。他写李逵见了张叔夜招降的榜文后,就决心"改过从新,到山寨劝大哥情愿首做良民","凭着俺能争敢斗荡烟尘,管教那四方宁静乐千春。俺三十六人活擒方腊见明均"。

除了朱有燉的两部水浒戏外,与其创作时间差不多的还有其他的水浒戏,这便是脉望馆抄校四种水浒杂剧,它包括《梁山五虎大劫牢》《梁山七虎闹铜台》《王矮虎大闹东平府》《宋公明排九宫八卦阵》四种。比较这四种杂剧与元代水浒戏在主题、人物形象以及故事情节方面的异同,结合前贤的研究成果,笔者认为这批作品明显不同于元杂剧水浒戏,其产生的时间当与朱有燉相去不远,而明初的可能性很大。在这四部杂剧中,反抗当朝政府的黑暗统治、除暴安良是其主要思想倾向,这一点与元杂剧水浒戏是一致的。如《梁山五虎大劫牢》李应说他自己"害的是倚势挟权豪贵客,救的是无挨困苦受孤孀",反对的是"滥吏赃官将民业扰"、"权豪将民庶伤"。但是,这四部杂剧还表现出了有别于元代水浒戏的比较浓厚的忠君爱国思想,特别是征辽情节的加入,突出了梁山英雄由行侠仗义、反抗权豪逐渐转向保国安民了。所以李逵说自己"今日个守王条怎敢那移!秉忠心保宋朝,掌三军施虎威,一心待治家邦尽心竭力,经了那几千场厮杀相持"(《宋公明排九宫八卦阵》),宋江和高唱"有一日圣明主招安去,扫蛮夷,辅圣朝,麒麟阁都把名标","永保华夷万载昌"(《梁山七虎闹铜台》)。

对比朱有燉杂剧和脉望馆抄校无名氏作品,他们之间最大的区别是朱剧笔下的梁山好汉由元杂剧替天行道、反抗政府统治的豪侠变为改邪归正、为国出力的"贼寇"了;而无名氏的水浒杂剧则部分地继承了元杂剧反抗权豪势要的精神。之所以出现如此大的反差,应该说与创作主体的社会身份和地位是一致的。作为皇室成员的朱有燉,他不可能高调描写和赞扬笔下的水浒人物去打家劫舍、反抗政府。朱有燉在《黑旋风仗义疏财·引》中说宋江三十六人都是盗贼,自己写这部戏无非是“使人知彼下愚无赖之徒，尚能知仁义忠顺之一端”。可见宣扬封建伦理道德(忠顺)，维护朱明王朝的统治(四方宁静)是朱有燉写作水浒戏的根本原因，因此作者才在戏曲中大肆鼓吹招安。反之普通下层文人的社会身份和创作动机，决定了他们反而会更加欣赏元杂剧水浒英雄那种替天行道扶危助困的侠义行为。这个特点在乾隆年间宫廷大戏《忠义璇图》和民间花部水浒戏对待梁山英雄行侠仗义行为的态度上也再次得到了鲜明的体现。但另一方面朱有燉杂剧与无名氏作品之间的共性却更加突出，即它们都大力宣扬招安，后者还出现了征辽的情节。宣扬招安除了历史上宋江接受招安的史实影响外，还与明初北方边患息息相关。关于这一点前贤时修多有论及，此不赘述。

总的来看，明初的水浒杂剧一方面宣扬招安征辽，体现出对儒家忠君爱国价值观念的回归；另一方面又部分继承了元代水浒戏反抗权豪势要的血统和民间侠义文化精神，从而呈现出以侠文化为代表的对抗政府行为和以儒家文化为代表的保国安民、忠君报国行为的矛盾纠结特征。从水浒故事主题嬗变史来看，明初水浒杂剧的忠义纠结特征正体现了从元杂剧疏离、对抗政权到明清戏曲皈依和依附政权的过渡形态。

嘉靖后水浒戏：皇权的回归与依附

自明初朱有燉的水浒杂剧后，百余年间水浒戏的创作似乎陷入了沉寂的状态，嘉靖后期李开先《宝剑记》的付梓又开启了水浒戏创作的新时期。从嘉靖至清朝数百年间，特别是万历间小说《水浒传》大量刊刻后，一大批水浒杂剧、传奇以及各种地方水浒戏曲应运而生。根据学者的研究，仅明清时期，水浒杂剧就有存目 9 种，现存 3 种，传奇存目约 42 种，现存 19 种。

嘉靖皇帝(1522~1566)继位之初，就因皇统问题与武宗旧臣之间发生了一场规模巨大、旷日持久的争论，这便是对大明王朝影响深远的大礼议事件。通过议礼之争，嘉靖打击了杨廷和等先朝阁臣，确立和强化了自己的集权专制统治，但同时又诱发了严重的朋党之争，加剧了政治的腐败。在这样的背景下，一批文人开始以渐趋成熟的传奇来表达他们对时代的感受，其中李开先《宝剑记》(1547)的刊刻便是典型的一例。《宝剑记》改编自《水浒传》的七至十二回，写禁军教师林冲参奏高俅而被陷害刺配沧州，最后逼上梁山。高俅之子欲霸占林妻张贞娘，贞娘出逃，在白云庵出家。梁山英雄攻打京城，朝廷将高俅父子送梁山军前处死，并招安梁山群雄。这部传奇与小说最大的不同就是作者将林冲与高俅之间的冲突由元杂剧常见的社会冲突改编为尖锐的政治冲突，凸显了二者之间忠奸斗争的矛盾性质，所以林冲由小说里忍辱负重的下层军官，摇身一变成为高唱着“何日诛奸党，自奖。虽不能拜将封侯，也当烈烈轰轰做一场”的反抗权奸、忧国忧民的大忠臣，儒家忠君爱国意识非常浓厚。李开先之所以要这样改编小说，主要是因为作者的时代和遭遇造成的。嘉靖时期，权奸擅权，朝政腐败，大明帝国危机四伏。作为一名封建官僚，李开先忧心如焚，但他自己却闲居乡间近三十年，像林冲一样无法为君王分忧。于是作者便借林冲故事来表达自己“诛谗佞，表忠良，提真做假振纲常”的政治理想。

李开先之后，陈与郊(1544~1611)的《灵宝刀》、许自昌(1578~1623)的《水浒记》、沈璟(1553~1610)的《义侠记》等均为当时比较有名的水浒传奇。这些作品大多以小说《水浒传》为蓝本，表现忠奸斗争，渲染招安及招安后的美好结局，凸显出文人士大夫的忠君爱国情怀，表现出对政治权力的全面回归。到了乾隆年间，宫廷大戏《忠义璇图》更是将这种思想推到了极致，水浒英雄完全成为匍匐于皇帝脚下的走狗，宋元水浒故事所具有的反抗权豪势要统治，歌颂侠义英雄的精神丧失殆尽。当然，明清时期个别戏曲作品如清代花部中的一些水浒戏也有张扬江湖侠客狂放不羁、犯上作乱的精神，但这类作品并不占据主流。

纵观嘉靖以后的水浒戏，由于皇权政治与理学思想的进一步强化和戏曲创作主体社会地位的变化，这些作品对宋江的招安、征辽行为大肆美化，忠奸斗争模式更为突出，儒家忠君报国思想的渗透日趋严重，早期水浒故事所具有的江湖草莽反抗政府和权豪势要的侠义精神逐渐消亡。

《水浒传》忠义主题与小说成书时间

关于《水浒传》的主题，学界历来众说纷纭，莫衷一是，目前主要有农民起义说、市民写心说、忠奸斗争说、游民说等十余种观点。但毋庸置疑的是体现儒家文化的“忠”和表现江湖文化的“义”贯穿小说始终并占据主导地位。“忠”主要表现为小说后半部分的招安、征辽和讨方腊等情节，“义”主要表现为小说前半部分英雄豪杰除暴安良、冲州撞府的江湖侠义行为，二者之间既有区别又相互渗透，呈现出忠义纠结的复杂形态。金圣叹腰斩《水浒传》以及长期以来对《水浒传》是宣传造反还是鼓吹投降的争论，正是忠义纠结这个基本特征在小说接受过程中的必然反映。

我们知道，任何一种文学艺术都必然地要反映它那个时代的社会思潮和意识形态，所以吴晗说：“一个作家要故意避免含有时代性的纪述，虽不是不可能，却也不是一件容易的事。因为他不能离开他的时代,不能离开他的现实生活,他是那时候的现代人,无论他如何避免,在对话中,在一件平凡事情的叙述中,多少总不能不带有那时代的意识。即使他所叙述的是假托古代的题材,无意中也不能不流露出那时代的现实生活。我们要从这些作者所不经意的疏略处,找出他原来所处的时代,把作品和时代关联起来。"同样,作为水浒故事的集大成者,《水浒传》所表现出的忠义纠结特征也必然的与它那个时代水浒故事的总体风貌保持一致。因此我们就可以依据《水浒传》所表现的政治心态确定其成书的大体时间。

前文已经指出南宋末年水浒故事虽然也具有忠义纠结的特征，但这个时期显然还不可能产生长篇章回体小说《水浒传》。元代水浒戏中梁山英雄对政治权力表现出疏离甚至是对抗的心态与《水浒传》明显不同,所以《水浒传》也不会产生于元代。明初四种水浒杂剧既有行侠仗义、对抗政府的江湖文化特征,又有保国安民的儒家忠君思想,呈现出"义"与"忠"的矛盾纠结,这种特征与小说非常相似,所以小说《水浒传》成书时间很可能是与脉望馆抄校四种水浒杂剧相去不远的明初。

那么《水浒传》成书时间会不会是在明朝建国百余年后的嘉靖年间呢？我们认为可能性不大。首先,嘉靖后期以《宝剑记》为代表的大量水浒戏所体现出对皇权的皈依心态与小说大相径庭。假如《水浒传》成书时间确如部分学者所论是在嘉靖元年到十九年之间（1522~1540)，那么与之相距仅二十来年的《宝剑记》(1547 年刊刻)的政治心态和小说不会差异如此之大。

其次,根据王丽娟的考证,《词谑》记载嘉李开先、熊过等名士一起评论《水浒传》的时间为嘉靖九年,即 1530 年,按照这位学者的观点,"一书二十册的《水浒传》抄起来不是易事,且抄本流通速度慢、传播范围小,在它传播的初期,李开先等六人都能迅速读到《水浒传》的可能性比较小。所以,李开先等人阅读的也许就是都察院刻本。"那么,按照明清时期小说从最初成书到抄本流传再到刊本的广泛传播所必需的时间间隔规律(《红楼梦》间隔时间大约是 20 多年,《儒林外史》大约是 50 年,《聊斋志异》则更长),《水浒传》成书于嘉靖年间的可能性也不大。

综上所述,通过对南宋末年、元代、明初和嘉靖以后相关水浒故事政治权力心态嬗变的考察,我们认为,《水浒传》对政权的既对抗又依附的矛盾心态正是明初水浒故事的基本特征,因此《水浒传》最后成书时间很可能是在明初,近年来影响甚大的嘉靖说不能成立。

英雄要问出处

——文学传播与《水浒传》的好汉形象塑造

广东惠州学院中文系 杨林夕

一般的文学传播多是一条射线,即以作品的创作完成为起点,论述的是作品定型后的传播演变。明代初期世代累积型的章回小说多有一个故事本事,因为多种原因引起民间艺人和文人的兴趣,被某些文学样式所记载而口耳流传,盛传不衰,中经多个朝代许多人的传播接受,最后众川归海,由某一二人整理定型,然后再作为小说又不断地被传播接受, 所以本人认为通俗长篇小说的传播应该是以小说成书为界向前后延伸的直线,或者是以小说本事为起点的更长的射线。本文以《水浒传》为例,从宋江起义到《水浒传》成书这个"线段"中英雄成型这一点,探讨文学传播与《水浒传》英雄塑造的关系、作用,即好汉们的"出处"。

所谓英雄应该具有力、智、勇超群的特点。经过史籍(正史和野史笔记)、话本、说唱、戏曲(元水浒戏)的传播,梁山故事的好汉更是替天行道、敢作敢当、武艺高强、豪爽侠义、济困扶危、路见不平拔刀相助……如果说《水浒传》成书前(简称"前水浒")的好汉是任侠仗义的,则小说《水浒传》里的英雄就是忠孝两全的(前水浒也有忠,那主要是指忠于朋友和梁山大业,《水浒传》除此之外更忠于皇权即忠君),尤其独特之处是他们不好色甚至仇视情欲。

《大宋宣和遗事》说宋江是"猾悍勇侠",水浒戏中他只有"呼保义"、"及时雨"两个绰号,到了《水浒传》就多了一个"孝义黑三郎",小说写他的"于家大孝"甚至让他上梁山后接到"父亲病重"的家信就赶紧下山以至于差点杀头,尤其通过他杀阎婆惜和上山经历的不同以及最后的招安结局,多方面描写了他对朝廷的忠,为了表现他对朝廷的忠诚,甚至在喝药酒前先把有可能造反的李逵也药死了,这就不仅是强忠而弱义,简直是因忠而灭义了。现存的元四种水浒戏都有宋江开场自我介绍的情节,据此可知在"前水浒"中他杀阎婆惜是情杀:阎婆惜就是娼妓的身份,宋江迷恋阎婆惜,曾将晁盖为酬谢他相救恩义而派刘唐送的一对金钗交给她保管,后因父亲生病告假省亲,回来见阎婆惜接了另外的客人不理他,就杀了她。可见他杀阎婆惜本是拈酸吃醋，而并不像《水浒传》所写的那样是因为她要首告宋江与梁山有勾结，威胁到梁山兄弟和自己安全，“义不容情”——为了兄弟义气而不得不杀她。元杂剧中有关黑旋风李逵的戏曲最多，虽大多没有保存，但据《黑秀才穷风月》、《黑旋风诗酒丽春园》等剧目可知他也讲风月，是一个儒雅风流的“李逵”，在《水浒传》中却见不得人家年轻人谈恋爱——看见太公女儿与情人约会，不由分说就冲上去，将他俩杀死不过瘾还剁成肉泥。小说还写他对母亲的孝顺，对宋江的忠心。但这是建立在宋江是不贪女色的基础上，《水浒传》七十二回写李逵看见宋江与李师师对坐饮酒，就对他有看法，七十三回误听宋江抢了刘太公的女儿，就砍倒杏黄旗，欲杀宋江，辱骂他说：“我当初敬你是个不贪色欲的好汉，你原来是个酒色之徒。”在他看来，一旦与情色有染，不但不值得尊敬，简直该死！李逵自己就是最不近情色的，琵琶亭上歌女给宋江等唱曲助兴，他看不惯就点得歌女“蓦然倒地”。宋江对好色的王英说“犯了溜骨髓就不好了”，宋江的告诫说明好汉们普遍认为儿女情长就会英雄气短、恋妻就是不丈夫。

《水浒传》中的英雄好汉分为江湖型好汉和军官型好汉，宋江介于其间起连接作用，好汉们大多是正当盛年却单身无妻室，尤其是江湖型好汉，固然他们冲州撞府带着家小不便，主要还是他们只知道一味呼朋唤友、大碗喝酒、大块吃肉、快意恩仇、笑傲江湖而根本不思成家立业，只知道讲哥们义气而毫不儿女情长。不要说李逵是个城市贫民、武松曾经是个父母双亡的浪子而没有娶妻的条件，即使有美女投怀送抱也毫不心动，如潘金莲和玉兰；就是大地主晁盖家里养着朋友兄弟，偌大的家业本可以三妻四妾，可是他却不娶妻，每天与兄弟们一起练武、打熬筋骨；至于那些有家室的英雄多是视妻如无、形同摆设，一味地像刘备“妻子如衣服、兄弟如手足”。冷落妻子典型的如杨雄、卢俊义等。宋江亦然，他家里是地主，又吏道熟练、刀笔精通，是郓城县数得上的人物，应该算是望族，可是在阎婆惜要以身相许时也没有提到他有妻小，不得已置为外室也是不大理人家，丢她在家青春寂寞，他在外像及时雨那样热情地周济兄弟，结交朋友挥金如土。三人最后都遭妻妾的背叛，都在兄弟情与儿女情中毫不犹豫地选择了前者：不惜将妻妾杀死，甚至剜心剖腹，用女人的鲜血来护卫兄弟大义、用残忍的杀戮来表示对女色的憎恨。

他们不近女色甚至达到仇恨美女的地步。《水浒传》里英雄似乎进行着一场杀戮女性的大竞赛，“手到处青春丧命，刀落处红粉身亡”，谁杀得残忍，谁就与女色无染，谁就是英雄，因此小说对此大唱赞歌“须知愤杀奸淫者，不作违条犯法人”。

也有英雄救美的事情，如鲁智深救金翠莲父女、武松解救张太公的女儿、李逵送还刘太公的女儿，但是他们的救美主要是路见不平，不是看重美女而是看不惯恶霸（镇关西、周通等），是激于义而毫不涉情。宋江周济阎婆惜母女是他一贯的仗义疏财的作风使然，后来杀阎婆惜是为了兄弟情义，去京城寻找李师师时为了梁山前途即梁山大义和追求忠义两全（八十一回）。李师师看上了燕青，百般暗示嘲惹，小说写道：“燕青心如铁石，端的是好男子！”戴宗知道后担心他心猿意马，“燕青道：‘大丈夫处世，若为酒色而忘其本，与禽兽何异？燕青但有此心，死于万剑之下！’戴宗笑道：‘你我都是好汉，何必说誓！’”可见好汉的一个基本条件就是不好色！

不仅男性如此，108将中的三女将亦然。顾大嫂和孙二娘只是女性符号，丝毫没有女性的外貌特征和内在情感，小说没有写她们的娇媚妖娆、温柔体贴对丈夫的温情，只写了顾大嫂打丈夫、商量救人，孙二娘如何开黑店杀人、在店里男人干不下、杀不了时亲自动手杀人，以及她们在战斗都拼命杀人毫不手软、不怕见血甚至嗜血；扈三娘外表像女人，但是也只是一个木偶，对于未婚夫祝彪还是丈夫王英都没有丝毫儿女情长。

总之《水浒传》尽量使好汉们的行为符合当时的社会规范：英雄们不仅忠孝侠义，尤其“重人伦、轻女色”、“重义灭情”，在兄弟大义面前，男女之欲甚至夫妻之情毫无容身之地。不仅如此，好汉们还对于已无干的别人的情爱百般鄙视而毫不容忍甚至仇恨，如李逵之于刘太公的女儿谈情说爱的仇恨。好汉如有情爱就不受尊重如王英、被误会的宋江等，总之在《水浒传》中，英雄不好色，好色非英雄！

《水浒传》成书时间目前尚无定论，但是一般认为元末明初已经受到质疑。不管成书于何时（石昌渝等认为成书于嘉靖年间，我认为很有说服力），成书前有梁山故事、水浒戏流传，成书后水浒戏也上演不衰，文学传播不断。但是无论是成书前后，水浒戏、梁山故事都有涉及情欲的内容，如元人高文秀的《黑旋风诗酒丽春园》、《黑秀才穷风月》，明人的《鸾刀记》、《宝带记》，清人的《鸳鸯笺》、《美人一丈青》，扬州评话《武松》、《林冲》，杭州评话《武松演义》等，都有爱情故事的存在。现代改编的影视水浒更是加入了感情戏，对女性的感情也有较多的关注，对潘金莲的出轨表示了一定的理解与同情……好汉们也有感情戏，甚至仇恨情欲的李逵！

如他喜欢了庞万春的漂亮妹妹庞秋霞。《情义英雄武二郎》写武松与潘金莲和西门如兰(西门庆的妹妹,为救武松跳崖后获救,做了张都监的义女)的感情纠葛……说明在改编传播中人们认识到好汉如此弃绝情欲不一定好吧，无情未必真豪杰嘛。但是为何在小说《水浒传》中好汉们如此弃绝情欲以至于要"无情方为真英雄"呢?

原因固然复杂,如道家的修炼,女色伤身、性禁忌、流浪生活的限制、传统的教化观对小说作者的作用和影响等等,前人之述备矣,窃以为这与文学传播尤其是传播环境以及与此相关的传播主体有关。

一、传播环境

明初朱元璋在政治上采取了的中央集权，在文化上实行专制主义和高压政策。如明代数兴大狱、诛杀功臣宿将、豢养特务,株连乱杀,胡惟庸一案,株连被杀者至三万余人。设立"士大夫不为君用之罪",文字狱也越演越烈,杭州府学教授徐一夔在《贺表》里有"光天之下,天生圣人,为世作则"之句,触了朱元璋的忌讳,把本想奉承的徐一夔杀了。当时有许多地方学官因文字犯忌而送命。朝野上下一片恐怖,"京官每旦入朝,必与妻子决,及暮无事则相庆以为又活一日"。对大众娱乐乃至宫廷之乐亦限制甚严。洪武二十二年(1389)三月二十二日曾颁旨:"在京但有军官军人学唱的,割舌头"。明姜南《墨畬钱鎛》说:"太祖皇帝立法尚严……奸顽之徒合编充军者有二十二种,谓贩卖私盐……旧日山寨头目……小书、主文……"小书,或即小说一类,被视为合编充军的对象,可见被仇视和被管制之严。考虑到书成以后的传播情况，传播主体的小说作者也不得不顾忌到统治阶级的禁令和忌讳。

明初统治者对社会道德和文化意识层面上严格控制，力求恢复正统和崇雅斥俗,强调忠孝等封建伦理道德,《明会要·乐上》记载"制雅乐,以供郊社之祭";洪武十七年(1384),朱元璋颁行大成乐,"近命制大成乐器,将以颁天下学校,俾诸生习之，以祀孔子。朕思古人之乐，所以防民之欲；后世之乐，所以纵民欲……"。明代小说戏曲等俗文学成为文学主流,在意识形态上威胁到统治阶级的政治权力,因而受到统治阶级的极力压制。朱元璋厚古乐、尚传统的目的在于防民之欲,因为一旦民欲无节,则会尊卑无序、人伦失范,从而危及统治秩序。人欲之害可谓大矣,岂可小视!而情欲更是害中之最!明代统治者吸取元代纲纪废弛、社会秩序混乱的教训，自开国初就确立了以程朱理学一统天下、遏制人欲的统治思想基础(儒家思想本来就是不好色而好德的:《论语·学而》子夏曰:"贤贤易色;事父母，能竭其力;事君，能致其身;与朋友交，言而有信"。认为学有所成的人，最起码应做到四个方面，其中以对待妻子，重视其品行，轻略其容貌为首要一项。相反重貌轻德，将有家室离散、夫妻反目的恶果发生的可能性。《礼记·礼运》"饮食男女，人之大欲存焉"，又说:"圣人之所以治人七情，修十义"，意思是圣人的职责就是治理人的七情，使之在正常范围发展，尤其要贬抑"饮食男女"之大欲;《礼记·坊记》宣布:"故君子远色以为民纪，故男女授受不亲")。他们意识到情是溺人的祸水，是情累，所以应该忘去情累。理学家则认为"情之溺也甚于水"，甚至认为诗词都不要写情，因为"一为情所役，则失其雅正之音"，"情"成了文学的敌人。因此他们还敌视与情关系密切的女性，"我若不是妇人生的，天下的妇人都杀绝"。所以明初"存天理、灭人欲"一类的理学主张成为其时大多数人的人生守则和人生道德修养之极致。当时的文学创作也大多是"循理而制欲"的，如《三国演义》(参见拙文《明清通俗长篇小说女性形象的演变及其文化意蕴》，广西社会科学，2008 年第 10 期和《〈三国演义〉女性形象的崇德倾向及其文化内涵》，阴山学刊 2010 年第 3 期等);又如当时被朱元璋称道的《琵琶记》在写到分离很久的丈夫思念妻子时，却是担心她是否孝敬父母(人伦孝道代替了伉俪情深)、做梦也是梦见夫妻双双拜见高堂，而不是"小轩窗，正梳妆"、"画眉深浅入时无"或者"走来窗下笑相扶，笑问双鸳鸯字怎生书"、"针线闲拈伴伊坐";更不是"盈盈背立银缸，却道你自先睡"的风光旖旎、柔情脉脉;赵五娘寻夫也是怕公婆绝后，而不是想念丈夫甚至不是为了生计依靠。而一旦文艺作品不符合当时的主流思想，必受严惩。从明初及以后的百年内，城市娱乐萧条，与之相关联的小说传播一时颇为冷落。有鉴于此，《水浒传》的作者就使江湖侠义让位于君臣大义，男女甚至夫妻之情就让位于朋友之义，甚至让梁山好汉带头不近女色，将"好色"之心，转移到"好德"上，并付诸行动，替天行道，扶弱济贫。由普通人的"好色"一变为"不娶"或"娶而不近"甚至仇视女色了。

二、特殊的受众

按照传播学的"受众中心"理论和"使用与满足"论，传播效果的产生不仅仅是传播者和传播内容所能决定的，它还取决于受众对传播内容的使用及其满足，受众在传播效果产生过程中处于中心地位。一般认为,传播内容如果能适合受众的心理需求,符合受众的知识背景和兴趣爱好,则传播致效的可能性较高。同时,按照受众接触媒介内容的选择性机制,受众总是倾向于选择接触、理解、记忆那些与自己现有观点相符的内容, 排斥或者逃避那些和他们头脑中的观念相抵触的内容,可见受众是"顽固"的、"刻板成见"的。

《水浒传》的受众是特殊的,他们之中有些是统治阶级甚至皇帝,作者如果不重视他们的需求,那就不仅仅是招致反感和排斥、影响传播效果,而是会禁毁作品、危及生命甚至株连九族!据英国斯图亚特霍尔提出的著名的"编码—解码"理论,这些特殊的受众会按自己的理解解读文本,是一种"对抗—颠覆"式解码,所以作者必要充分尊重他们的趣好需求和知识背景,力求达到一种"协商"式解码甚至"支配—霸权"式的解码,不仅传播有一定的效果而且保存了作品、保护了自己。

明初的统治者对传播主体起一种示范和威慑作用。他们大多来自社会的中下层,深受元代各种通俗文艺的熏陶,即使在夺取政权、登上统治宝座之后,他们也不可能立即扭转自己的审美习惯,明代皇帝多喜爱看小说(据记载正德皇帝就喜爱看小说《金统残唐记》),他们将讲笑话、唱词话和说平话的艺人带进宫中,给予他们优厚的报酬,让这些艺人来为他们服务。他们还提倡和鼓励民间艺人传播有利于其封建政权巩固和封建政策推行的通俗文艺内容。应该说,明代统治阶层接受通俗文艺是一个相当普遍的现象,他们不但自己接受通俗文艺,还影响他们的子弟也接受通俗文艺,明李开先《张小山小令后序》云:"洪武初年,亲王之国,必以词曲一千七百本赐之。"这样大量的赏赐确实在无意中培养了一大批喜爱通俗文艺的统治阶层受众,并且使得这种喜爱通俗文艺的风气得到了继承和发展,"宪庙好听杂剧及散词,搜罗海内词本殆尽。……武宗亦好之,有进者即蒙厚赏,如杨循古、徐霖、陈符所进,不止数千本"。明代早期的一些藩王不但自己喜爱通俗文艺,而且还亲自创作,如明太祖之孙,周宪王朱有燉,就亲自创作有杂剧 31 种,总称《诚斋乐府》。皇族尚且亲自捉刀,官员们自然也不甘落后,他们纷纷创作通俗文艺作品来进行教化宣传。成化、弘治年间,理学大儒、官至礼部尚书兼文渊阁大学士的邱濬就创作了《五伦全备忠孝记》传奇。在剧首的开场白中他就表明了作品的创作主旨:"使世上为子的看了便孝, 为臣的看了便忠……虽是一场假托之言,实万世纲常之理。"在剧中他也贯穿了这一创作主旨,大力露骨地在宣扬封建伦理纲常。其后，宜兴生员邵灿又创作了《香囊记》，此剧的创作主旨亦是在宣传封建伦理道德。邵灿把封建伦理道德的标准德行全部编制在一部剧中，剧中的说白唱词也大段地抄录经书，他如此煞费苦心地宣传封建正统思想，无非是想借百姓喜闻乐见的通俗文艺将这些陈词滥调的说教灌输到百姓的头脑之中。

正因为有这样一大批统治阶层的受众，才使得明代前期的通俗文艺得以在许多禁令约束和正统思想的排斥下，仍然能够生存和发展。“上有好，下必盛焉”，统治者的爱好必定首先会引起其他传播主体的关注。因此，作者创作时就要考虑到小说问世后这些特殊的读者及其传播效果，所以把关人不得不加倍小心以适应统治阶级的欣赏趣味，极力避免触犯其禁忌。如何在保持市民情趣的同时适应统治阶层的审美情趣和政策，如何化俗为雅，甚至存俗趋雅，就是作者不得不考虑的问题了。因此加强儒家的传统、增加忠君、宣扬孝道、涤除情欲就是很好的方式。保存侠义的同时增加忠君的内容，男女之情让位于朋友之义，因此《水浒传》的叙事焦点从水浒戏的男女私情转移到了英雄传奇，从政治历史的高度展开了社会生活广阔的画卷，改变了原先水浒戏的叙事意趣……所以《水浒传》的英雄好汉是官逼民反、走上梁山，但是要“忠义报答赵官家”，逼上梁山的过程才那么曲折，上梁山以后也要改聚义厅为忠义厅，“权借水泊安身、一心只思招安”。

三、传播主体、传播方式

根据传播理论，传播内容的决定与取舍，取决于传播主体即把关人的把关行为。把关人的把关行为对传播内容保留了某些霸权能力。小说的传播主体主要有作者、改编者(包括说书人)、出版商等。把关人还有统治阶级。虽然没有审核制度，但是根据禁毁可知。传播的禁忌不能不引起小说创作者深以为戒。加之编创者是有较高文化修养的儒士。儒家思想经过汉的“罢黜百家，独尊儒术”，加之两宋程朱理学的改造，到明初已由西汉的制度化发展为心灵化的阶段，即已成为人们自觉的内在需求。中国古代士人大都抱有深刻的政治理想，推崇封建道德和伦理纲常，遵守和实行忠孝节义。他们笔下的英雄们都有政治理想的崇高性和个人生活的超凡性—循理制欲，因此对待情感的态度往往成为判断正邪、区别善恶、褒贬忠奸的分水岭。施耐庵尊崇理性，过分珍爱自己笔下的英雄，不愿给他们带来一点白璧微瑕，宁肯以牺牲生活的丰富性和性格的复杂性为代价，也要抽去英雄性格中本应有的情欲、私心、动摇，因此强忠而弱义，为忠而舍义(如宋江临死前让李逵喝药酒，而李逵也坦然接受)；重义而轻情，为忠而弃情，是作者所歌颂的英雄的一个重要品质。宋江喝药酒的行为既表现了他的忠君，也是传播主体对于传播内容现实性的干预行为：对于明初统治者杀功臣的不满和对于被杀功臣的同情。

同时中原士子身受异族欺凌而积淀的爱国热忱由于明朝的恢复一统而得到释放，明王朝被士子们寄寓了重整华夏河山的厚望。明朝建国，士大夫以为盛世中兴，以恢复祖制、振兴汉文化为己任，体现了对汉族传统文化复归的向往。元朝统治者对汉文化极端蔑视，一度形成了文化传统的断层，因此明人热衷于恢复传统，而加强忠孝节义的道德教化就是其中的重要部分。元朝在习俗上的诸如弟收兄妻、子娶父妾的观念受到明代士子的鄙弃，而传统的男尊女卑思想"女人祸水"观念使他们委过于妇女，所以有杨雄、石秀杀潘巧云、武松杀潘金莲的凶狠，对二潘的"嫂子对叔叔心存不轨"的行为的不齿，实际上是对元朝"弟收兄妻、子娶父妾"观念和乱伦、聚沦现实的痛恨和厌恶；加之"儿女情长、英雄气短"的观念使他们认为气壮山河的英雄就必定要摒弃儿女情长。

梁山故事是口头传播（说唱、讲史、水浒戏）和书面传播（《大宋宣和遗事》和史书记载等）、间接传播和直接传播并存的。而一旦写成长篇小说其传播情况如何呢？长篇小说成书后，一般有两种传播方式：口头和书面。前者是用于说书，主要受众是下层民众；后者是阅读，主要读者是上层甚至统治阶级。因为没有稿酬制度，作者不必为了稿酬票房而去适应下层民众的需要。也没有版权制度和版税收入，作者也没有必要去追求销路而增加个人所得。当时的传播环境尤其是禁毁和文字狱的严酷才是小说作者最会关心的问题！因此如何全身远祸适应统治阶级的需要才是最关键的问题！

与严酷的传播环境相关联，明初小说传播一时颇为冷落，加之通俗长篇小说篇幅过长而使印刷费时费力费钱，所以一般书商不敢冒险，即使印刷出来价格昂贵而少人问津，因之《三国演义》等通俗长篇小说早期的传播方式主要是抄本传播，传抄者多数是上层或者商人所雇佣的身处下层士人，读者多为上层精英，他们很有可能在传抄或者阅读过程中依据自己的喜好而有所改动。这种多元的传播方式和多层的读者和传抄者使之兼有市井文化和正统文化、官方道德和民间道德。即是大传统和小传统、俗与雅、民间文化与精英文化的混合。这样的传播环境和传播方式使《水浒传》的传播者自觉地向当时的主流思想和主流文化靠拢，由俗趋雅，因此他们不忘市井文化却更崇尚正统的雅文化。

综之，《水浒传》好汉"忠孝侠义，不好女色"的特点形成原因很多，但是与文学传播也不无关系，如上所述，在传播环境、特殊受众和传播主体、传播方式的共同作用下，英雄就这样形成了。

试论《水浒传》的几种复仇模式

湖北师范学院 张 燕

纳邱炜萱曾在《传奇小说》一文中说："天下最足移易人心者，其惟传奇小说乎。……自有《水浒传》出，而世慕为杀人寻仇之英雄好汉者多。"可见《水浒传》中所示范的杀人寻仇案例有许多，以至于看了水浒之后，此类英雄好汉陡增。复仇如此之多，自然类型也是不尽相同，花样也是层出不穷，以下试作四种不同类型的归纳。

一、亲人被害——本人理智型复仇过程——从肉体和精神上消灭仇人：武松为兄复仇

《水浒传》第二十六回"郓哥大闹授官厅　武松斗杀西门庆"中详细叙述了武松为兄报仇的全过程，当武松办完差事，回到阳谷县，兄长武大郎已经被潘金莲下毒害死了，对于嫂子潘金莲和隔壁王婆解释的兄长乃是心疼而死，武松内心是存疑的，他努力找出兄长死亡的真正原因，最后从何九叔和郓哥那里得到了兄长死亡的真相，告官无效的情况下走上了亲自替兄长报仇的道路。

理智是辨别是非、利害关系以及控制自己行为的能力。武松为兄复仇的过程是有计划，有目的，绝不滥杀无辜，也绝不放过一个仇人，文中对武松复仇的过程以及心理活动进行了比较详细的描述。

首先他仔细向潘金莲询问了参与他哥哥丧事不同环节的人，足见武松粗犷的外表下藏着一颗缜密细致的心。其次他找到为他哥哥殓尸的何九叔，书中写道："武松也不开言，并不把话来提起。酒已数杯，只见武松揭起衣裳，飕地掣出把尖刀来，插在桌子上。……对何九书道：'小人粗疏，还晓得冤各有头，债有各主。你休惊怕，只要实说'"，武松一系列表现证明他深谙人们的心理特征，先不言语给人压力，拿刀威胁给人震慑，然后又适当地给人台阶，最后成功获取情报。这种方式，武松运用得非常老练，在接下来的对付潘金莲，邀请众邻舍作证的事情上，武松依然是如法炮制，先吃酒，后威胁，再给台阶。除此之外，在对待不同的人时

武松的方式也是不同的，对待老于世故的何九叔他是刀与糖的结合，对待小青年郓哥，那就是“好兄弟”，“你虽年纪小，倒有养家孝顺之心”，给了五两银子又说事成之后再给十四五两银子，绝对的情感攻势和金钱攻势双管齐下，武松的老练、理智、缜密可以说在此过程中发挥得淋漓尽致。

武松的复仇是非常彻底的，在武大郎灵前武松对潘金莲胸口剜了一刀，取出心肝五脏，割下她的头用被子包了，找到西门庆喝酒的酒楼，斗杀西门庆，也割了他的头。这就是从肉体上首先对仇人进行毁灭，接着他也不忘在名义上让他们身败名裂，自己主动提着两颗人头，带着王婆，到县衙自首，让官府在名义上给他定罪的同时也了解真相过程，让他兄长得以瞑目。正如武松在前去自首时向邻居说的那段话“小人因与哥哥报仇雪恨，犯罪正当其理，虽死而不怨”。最后也是因为武松的这种有情有义的行为打动了县官，得以从轻发落。这也表明在中国文化里，从善出发的复仇是得到大家同情和认可的。

二、本人被陷害并被赶尽杀绝——本人激情型复仇过程——从肉体上消灭了敌人，模式有二：

其一，张都监血溅鸳鸯楼。从《水浒传》第二十八回“武松威震安平寨　施恩义夺快活林”至第三十一回“张都监血溅鸳鸯楼　武行者夜走蜈蚣岭”。共四个回目详细叙说了武松在鸳鸯楼大开杀戒的前因后果。武松因为杀了潘金莲和西门庆被刺配到孟州牢城，在牢城多处受到小管营施恩的帮助，听他诉说了被张团练手下蒋门神欺负的事实之后，武松爽快地答应了为施恩出一口恶气的请求，并且很有力的亲自教训了蒋门神一顿，自己也就因此得罪了张团练，蒋门神，并被张都监设了毒计“人赃并获”，诬陷了盗窃，押下死囚牢里监禁了。

接下来，武松此次复仇的过程更像是忍无可忍的爆发，于是此次复仇也就带有强烈激动的情感，理智这个时候退居次要位置了。书中有一个很明确的地方直接写出了武松这种忍无可忍无需再忍的心理状态。“立在桥上看了一回，思量道虽然杀了这四个贼男女，不杀得张都监、张团练、蒋门神，如何出得这口恨气！提着朴刀，踌躇了半晌，一个念头，竟奔回孟州城里来。”面对蒋门神他们在飞云浦对自己的又一次迫害，武松依然踌躇了半响才奔回城里大开杀戒，这说明什么，说明武松一开始被判了刺配恩州牢城，本来也就没打算回去大开杀戒，只是被逼到了这个份上，内心怒火滔天无处发泄只能去有仇报仇有怨报怨了。

所以这一次武松的杀人是被人再三迫害愤怒爆发的激情杀人，因此他不仅杀了三个罪魁祸首，还特意留下八个血字："杀人者，打虎武松也！"以此来昭告众人发泄自己的仇恨。这一晚，武松总共杀了男女一十五名。可以说不管他有罪无罪，只要跟罪魁祸首有点关系，妇孺幼儿都没有逃过武松的朴刀。有诗为证"溃血横尸满画楼"。杀完这些人后，武松道"我方才心满意足"。可见武松对张都监他们有多恨，杀了十五人之后心里才舒坦了一些。可以说武松这次对张都监等的报复主要还是从肉体上消灭他们，任何当时跟这几个仇人有关系的人也是报仇的目标，这是武松直截了当的泄恨方式。

其二，解家兄弟灭毛太公满门。《水浒传》第四十九回"解珍解宝双越狱，孙立孙新大劫牢"。解家兄弟本来是登州一猎户人家的兄弟俩人，因为领了甘限文书，所以尽力捕捉老虎，一日他们好不容易射中了一只老虎，老虎带箭滚进了毛太公庄的后园里。两人去取，因为毛家想把这只老虎据为己有，解家兄弟被毛太公的儿子毛仲义欺骗被捕入狱打入死牢。后经乐和顾大嫂还有孙家兄弟的帮忙才逃出监狱。

正因为毛家这种赶尽杀绝的做法。逃出监狱的两兄弟，顾不得赶紧逃出城去，对众人说道"叵耐毛太公老贼冤家，如何不报了去?"，于是"杀将入去，把毛太公、毛仲义并一门老小尽皆杀了，不留一个"，"将庄院一把火齐放起烧了"。

从上不难看出，解家兄弟的报仇过程和方式也非常直截了当，杀了仇人满门，烧了仇人的家，然后卷起仇人家金银财宝就走。没有什么特别多的细节描写，杀死的花样也说得很笼统就是两个字"皆杀"，没什么理智可言，要的就是杀人复仇的痛快。能从肉体上彻底消灭仇人就是解家兄弟想要的报仇效果。

三、本人不同层次地被陷害——本人绝对理智型复仇过程——从肉体和精神上消灭了仇人，模式有二：

其一，宋江杀黄文炳。书中第三十九回"浔阳楼宋江吟反诗，梁山泊戴宗传假信"至第四十一回"宋江智取无为军，张顺活捉黄文炳"共三回书，很清楚地讲明了宋江与黄文炳的仇恨从何而来如何而终。故事的起因是宋江被刺配江州后，一日乘着酒兴在浔阳楼的白粉壁上作了一诗。而正是这首诗给了阿谀奉承之徒黄文炳这个嫉贤妒能之人以可乘之机。黄文炳趁此机会牵强附会，捕风捉影的把宋江的诗跟所谓的街市谣言联系在一起，向江州知府也就是当朝蔡太师的儿子给宋江下了谋反的罪名。后来,宋江装失心疯时被黄文炳看破。梁山泊为救宋江而伪造了蔡京的回信时,又被黄文炳给识破。真是不把宋江置之死地决不罢休,亏得是梁山好汉们前来劫法场,救了宋江。

面对如此深仇大恨,宋江的报仇过程却保持着绝对的理智。文中对宋江报仇的过程和心理活动也进行了比较详细的描述。一是报仇时机的选择。宋江等人脱险的时候,宋江建议当下就去打了无为军。他给晁盖解释道"若是回山去了,再不能够得来。一者山遥路远,二乃江州必然申开明文,几时得来,不要痴想。只是趁这个机会,便好下手。不要等他做了准备,难以报仇"。这说明宋江当下就想报仇并不仅是出于他恨极黄文炳那厮,而是现在确实是个极好的机会,错过不再有,宋江思虑周全的一面在此也就表露无遗了。二是用人,用计得当的领导才能。对于侯健的到来,宋江是大喜,听完侯健所说的信息后,宋江道"天教我报仇,特地送这个人来。虽是如此,全靠众弟兄维持"。"我有一计,只望众人扶助"。不靠蛮力,只靠智取,懂得联系群众,取得兄弟们的支持,让大家心甘情愿跟着宋江干,从这里也可以看出来宋江后来之所以能成为梁山泊的精神领袖是有其必然性的。三是维护报仇的正义性。宋江对兄弟道"只恨黄文炳那贼一个,却与无为军百姓无干。他兄既然仁德,亦不可害他。休教天下人骂我等不仁,众兄弟去时,不可分毫侵害百姓"。梁山好汉的仁义形象跃然纸上了,深得百姓同情就是这个原因。所以说宋江报仇的过程是一环扣一环,布局非常的明确,绝对的理智复仇道路,也非常契合宋江的性格特征。

当然既然宋江如此恨黄文炳,那么对他的报复那也就是极其残忍的。不仅一家满门四五十口一个不留,而他本人正如文中如此写道"便把尖刀先从腿上割起,拣好的就当面在炭火上炙来下酒。割一块,炙一块,无片时,割了黄文炳。李逵方才把刀割开胸膛,取出心肝,把来与众头领做醒酒汤。"可以想象黄文炳死的极其缓慢而又痛苦,肉体和精神无不受着非人的惩罚。

*其二,石秀力证清白杀死潘巧云。*书中第四十五回"杨雄醉骂潘巧云 石秀智杀裴如海"至第四十六回的开头,多方面地展示了石秀精明成熟的个性,在被潘巧云诬陷后,如何最后借杨雄之手杀死了这个淫妇。话说当日石秀帮了杨雄一把,两人结为兄弟,石秀就开始住在了杨雄的府上,潘巧云和尚海阇黎厮混的事情被他发现了。他告诉杨雄后,被杨雄酒后说漏嘴,让潘巧云先发制人,诬陷是石秀勾引自己不成反诬陷她。杨雄偏信了潘巧云的话,石秀只好被迫离开杨家。

书中对石秀的报仇过程和心理活动也有很细致的描述。一是被诬陷后以退为进。“我若便和他分辩,教杨雄出丑。我且退一步了,自却别作计较”,又在近巷内找了一家客店休息,自寻思道“务要与他明白了此一事,我如今且去探听他几时当牢上宿,起个四更,便见分晓”。二是声东击西,用计杀了奸夫海和尚和望风的头陀引起杨雄注意。这件事闹得满城风雨,不用石秀出面,杨雄就知道自己误会了石秀,主动去找石秀,两个人重归于好。三是加倍奉还的复仇主义者。石秀对这潘巧云曾经诬陷自己,挑拨他跟杨雄的关系痛恨不已。所以他不仅要让潘巧云死,而且要让她死得异常惨烈。当他跟杨雄重归于好之时,他对杨雄建议“哥哥只依着小弟的言说,教你做个好男子”,让杨雄把潘巧云骗上了翠屏山。在坟墓前审判了潘巧云,在丫鬟已经讲述了一遍事实的情况下,还是坚持要潘巧云亲口承认自己偷情并且挑拨了他们兄弟的感情。最后石秀帮着杨雄把潘巧云的头面首饰衣服都剥了,并且还让杨雄一并把那只是帮凶的丫鬟也给杀了,潘巧云还想让石秀帮着劝一劝杨雄,真是不知死活,石秀只道“嫂嫂,哥哥自来伏侍你。”好像看起来石秀从头到尾只是个帮手,事实上所有的过程结果都是他在操控,表面上看起来是杨雄把那淫妇给杀了,殊不知,杨雄能这么怒火冲天的把潘巧云给残忍的杀死,石秀推波助澜真是一点都不能少。

潘巧云的结局“一刀从心窝里直割到小肚子上,取出心肝五脏,挂在松树上。杨雄又将这妇人七事件分开了,却将头面衣服都拴在包裹里面”。“两个轿夫上去看时,原来却是老鸦夺那肚肠吃,以此聒噪”。寥寥数语,尽显当时之惨状,石秀选择这个坟场不可谓不用尽心思了。彻底地从肉体和精神上报复了仇人。

四、本人被陷害并被赶尽杀绝——别人帮忙复仇过程——从肉体和精神上消灭了仇人:卢俊义凌迟奸夫淫妇

书中第六十二回“放冷箭燕青救主 劫法场石秀跳楼”和第六十七回开头。简明扼要地再现了李固和贾氏这对奸夫淫妇是如何勾搭成奸，然后火上浇油出卖了卢俊义并且想要赶尽杀绝的。卢俊义最后在宋江等梁山好汉的救助下才免于被砍头。

这一个复仇模式，很不同于其他模式的特殊点就是报仇的过程本人没有出什么力,几乎就是宋江他们在帮他搞定了一切,他只负责最后当了一下刽子手。回到梁山泊时，再由卢俊义亲手解决了这对狼狈为奸的狗男女，请看书中描写

“卢俊义得令,手拿短刀,自下堂来,大骂泼妇贼奴,就将二人割腹剜心,凌迟处死;抛弃尸首,上堂来拜谢众人。众头领尽皆作贺,称赞不已”。从精神和肉体上折磨毁灭敌人的方式,在这里说到底也只是他们梁山好汉表达义气的方式。兄弟们帮卢俊义抓来仇人,卢俊义亲自在梁山好汉面前解决了那对奸夫淫妇。

总的来说,报仇者选择哪一种复仇模式,除了复仇原因之外,还取决于他当时的身份,以及他们与仇人关系的远近。越是自由的身份在报仇上就会更加的肆意。典型的就是武松在报仇模式上的选择,当他还是公门中人的时候,迫不得已之下他依然能按照制度行事,但是当他被刺配孟州劳城成为囚犯时,情况就不同了,对于张都监等的报复就是大杀特杀。其次越是与仇人关系密切,报复过程反而越发的冷静,报复程度上也就更加的深刻。武松杀嫂,石秀杀义嫂潘巧云,卢俊义杀妻都是如此。而与仇人关系不咸不淡的解家兄弟和武松在二模式中都采取了更为激情的方式报复仇人。

当然,人物性格的不同也会对复仇模式的选择产生影响。同样是被人陷害被梁山好汉所救,宋江与卢俊义就在复仇过程上产生了极大的不同,一个还是主角而另一个成了配角。所以说作者用他高超的写作技巧从多层次多角度出发,在不同的模式中写出了共同点,又在相同的模式中写出了不同点。正因为这样,水浒传中才能有如此多经典的复仇案例,这种构思的巧妙性值得我们后人学习揣摩。

参考文献:

朱一玄,刘毓忱.水浒传资料汇编[M].天津:南开大学出版社,2012:361,362.

张皓.略论水浒传的复仇主题[J].水浒争鸣,2001(6):72~77.

石麟.从唐传奇到红楼梦[M].北京:中国文史出版社,2013:70,71.

王学泰.水浒传江湖人物论(五)[J].名作欣赏,2011(01):98~101.

施耐庵.水浒传(百回本)[M].北京:北京出版社,2006.

《水浒传》中丈夫形象论析

湖北工程学院文学与新闻传播学院 王建平 梅登科

元末明初的英雄传奇小说《水浒传》中塑造了众多栩栩如生的人物形象，历来有关《水浒传》中人物形象的研究大多侧重分析梁山好汉，展现他们高强过人的武艺、侠义助人的性格和坎坷不幸的个人遭遇，很少从家庭成员角度来对作品中的丈夫形象进行深入剖析。《水浒传》中的丈夫形象众多，几乎涉及各个阶层。在梁山好汉中主要有林冲、宋江、张青、孙新、孙立、杨雄、卢俊义、徐宁等人；在非梁山好汉中主要有武大郎、梁中书、刘高、李小二等人。这些丈夫形象大多个性鲜明、栩栩如生，遍布于《水浒传》中的绝大部分章回，有关他们事迹的情节描写生动感人，具有不可忽视的研究价值。

一、丈夫形象类型

(一)重情爱妻型丈夫

这方面的代表主要有林冲、孙新、孙立、徐宁、李小二等人。林冲是《水浒传》中第一个作为重情爱妻型丈夫形象上场的梁山好汉。他被逼上梁山之前，原本是东京八十万禁军枪棒教头，妻子张氏美丽迷人、温柔贤惠。两人结婚三年来琴瑟和谐、相敬如宾，是令人称羡的恩爱夫妻。

作为英雄传奇小说，《水浒传》重在描写英雄好汉的高强武艺、侠义品德和传奇经历，展现他们的阳刚威猛。值得注意的是，作者施耐庵却特意用了很大的篇幅来描写林冲对妻子的深厚感情，将他对妻子的挚爱表达得淋漓尽致，生动地展现了他作为传奇英雄的柔肠深情。如在第七回，当他得知妻子被人调戏时，不禁怒发冲冠，迅速赶往妻子身边，准备痛打调戏妻子的恶徒。当他发现是上司高俅的儿子高衙内后，不得不咬牙停下手来。在高衙内手下认错道歉后，林冲“怒气未消，一双眼睁着瞅那高衙内。”当林冲从女使锦儿口中得知是陆虞候帮助高衙内第二次调戏自己妻子时，“吃了一惊，也不顾女使锦儿，三步做一步跑到陆虞候家。”救下妻子后，他把陆虞候家中物品砸得粉碎，拿了一把解腕尖刀，一连几天等在陆虞侯家门前,欲杀之以解心头之恨。

在第八回,林冲因遭高俅、陆虞候合谋诬陷,被刺配沧州。为了不耽误妻子的青春年华和婚姻幸福,他忍痛写下休书,“执手对丈人说道:‘自蒙泰山错爱,将令爱嫁事小人,已经三载,不曾有半点差池,虽不曾生半个儿女,未曾面红面赤,半点相争。今小人遭这场横事,配去沧州,生死存亡未保。娘子在家,小人心去不稳,诚恐高衙内威逼这头亲事。况兼青春年少,休为林冲误了前程。却是林冲自行主张,非他人逼迫。小人今日就高邻在此,明白立纸休书,任从改嫁,并无争执。如此林冲去的心稳,免得高衙内陷害。’”从林冲的这一番话中,我们可看出他对妻子感情深厚,真心体贴关怀妻子。林冲这时选择休掉妻子,并不是为了自己的利益,而是不想因自己而拖累妻子,耽误了她的前途和幸福。那一纸看似绝情的休书,其实体现的正是林冲对妻子发自内心的深深爱意。为此,吴世余先生在《〈水浒〉艺术探微》中评析道:“林冲与丈人相见于长亭,不言狱中受辱之事,仅以‘受到孙孔目维持,这棒不毒’而一笔带过,显出了男子汉的刚毅和气魄。然临别前,刚提及妻小,却一反常态,积蓄于胸的满腔情愫如同决堤,直泻而下。言嫁三载的情事,声声沾情,凄凄恻恻。”

林冲的这番话让其妻子张氏“心中哽咽”、“一时哭倒,声绝于地”、“林冲与泰山张教头救得起来,半晌方才苏醒,兀自哭不住”(第八回),坚决不肯改嫁他人,誓言等林冲回来团聚。林冲与妻子张氏彼此恩爱、感情之深,由此可知。当林冲被逼上梁山,有个比较安稳的环境之后,想念妻子张氏在京师存亡未保,特意派两个心腹手下去接妻子。手下回来报告说,张氏因被高太尉威逼亲事而自缢身死,已故半载。林冲听说此事,“潸然泪下,自此杜绝了心中挂念。”(第二十回)林冲自妻子张氏殉节死后,终身未再娶妻,用以坚守对妻子的那份真情。林冲对妻子的那份深情让人折服感叹,不愧是一位重情重义的好丈夫。

梁山好汉孙新是顾大嫂的丈夫,他是武艺高强、“自藏鸿鹄志”的军官子孙,生得身长力壮、威武雄壮,可谓“军中才俊子,眉目有神威”(第四十九回);他的妻子顾大嫂是一个杀牛开赌、开小酒店的肥壮女人,生得“眉粗眼大,胖面肥腰”,且脾气暴躁,“有时怒起,提井栏便打老公头。”(第四十九回)尽管在一些外人看来,孙新与顾大嫂门不当、户不对,且两人相貌差距很大,然而他对顾大嫂始终感情深厚、十分恩爱,遇事总是体谅照顾妻子,积极为她出谋划策。

在第四十九回,当顾大嫂向其表示自己想要搭救因遭恶人诬陷而被关押狱中的表弟解珍、解宝时,孙新出于对妻子及其亲属的关爱,不顾自己将受牵连的危险,积极帮其想方设法。他利用自己沉着冷静、足智多谋的特点,首先制止了救人心切的顾大嫂独自劫狱的草率之举,接着请来自己的好朋友邹渊、邹润,并把担任登州军马提辖的哥哥孙立请来,共同商量出一个里应外合以劫狱的妙计,最终救出了解珍、解宝,并一起投奔了梁山义军。在梁山义军的一系列征战中,孙新与顾大嫂始终并肩战斗、互相照应,立下不少战功。在梁山义军接受朝廷招安后,他毅然带着顾大嫂回到家乡登州去过恩爱的生活。

孙立是乐大娘子的丈夫,对妻子感情深厚,对其家人也十分照顾体贴。这一点我们从第四十九回其妻弟乐和的讲述中可知。当孙立得知乐和喜好武艺后,便特意教他学了几路枪法在身。孙立知道,妻子作为家庭妇女生性胆小、不敢骑马,因此在她外出时总是搀扶着她上车,让她坐车远行,自己则一直骑马护卫在车旁。在第四十九回,当孙立有事需单独外出时,特意叮嘱弟弟孙新与妻弟乐和先护持乐大娘子的车子前行,并表示随后赶来。在孙立投奔梁山义军后的历次战斗中,他都不忘事先安排好妻子,堪称一位细心体贴妻子的好丈夫。

金枪手徐宁上梁山前,是朝廷的金枪班教头。他独自一人不辞辛苦地上班,赖以养家糊口。他让妻子安享在家,并雇佣了两个丫鬟照顾她的生活,可见其对妻子的关爱体贴。当徐宁被表弟汤隆骗上梁山后,他的第一反应是想到了妻子的安危,说道:“你却赚我到此,家中妻子必被官司擒捉,如之奈何?”由此可见徐宁不管身在何处,永远最先挂念的总是妻子。直到他亲眼看到妻子被接到梁山后,这才放下心来。

李小二是一个小酒店主人,并非梁山好汉。《水浒传》中有关他的描写并不多,但字里行间可见其是一位重情爱妻的好丈夫。李小二跟林冲是旧识,在东京的时候,多得林冲照顾。后来他来到沧州,在一个酒店里做伙计。因为他“(为人)谨慎,安排的好菜蔬,调和的好汁水,来吃的人都喝彩,以此买卖顺当。”(第十回)酒店家有一女儿,便招他入赘。如今丈人、丈母都死了,只剩夫妻俩开个茶酒楼。李小二夫妻二人共同打理店里生意,遇事互相商量、彼此照应,可谓相敬如宾、恩爱非常。由于妻子年龄比自己大,李小二特意尊称她为“大姐”。为了体谅照顾妻子,李小二在店里忙前忙后,为客人准备茶酒饭菜,尽量不让妻子劳累,只让妻子负责浆洗缝补。在《水浒传》第十回,得知恩人林冲刺配到此,李小二连忙叫妻子出来拜谢。李小二信任妻子,将林冲引见给妻子,不曾隐瞒身份。李小二负责林冲的酒食汤水，妻子负责浆洗缝补林冲的衣服。夫妻二人和睦一心，共同照顾恩人的生活，堪称模范夫妻。

(二)冷酷杀妻型丈夫

这方面的代表主要有宋江、杨雄、卢俊义等人。宋江被江湖人称为“孝义黑三郎”，这褒奖的是他对待父母的孝顺、对朋友的义气。《水浒传》第十八回云：“为他面黑身矮，人都呼唤他做黑宋江，又且于家大孝，为人仗义疏财，人皆称他做孝义黑三郎。”从这些方面我们不难看出，作为儿子、兄弟，宋江是合格的。但作为丈夫，他可说是冷酷无情。

宋江跟阎婆惜只是“露水夫妻”，并非明媒正娶。《水浒传》二十一回讲到宋江在酒楼与刘唐聊天，主媒的王婆给宋江介绍了生活惨淡的阎婆惜母女。宋江开始是本着救助接济的好心帮助母女二人，不想阎婆看着宋江也无眷室，一心想把女儿嫁与宋江，宋江“初时不肯，怎当这婆子撮合的嘴，撺掇宋江依允了”。由此可知宋江与阎婆惜的感情基础并不深厚。

封建朝代的夫妻结合，一般是通过“父母之命，媒妁之言”而形成的，宋江的这段婚姻根本没通过他父母的允诺，只是一时的同情加上旁人的劝说才同意的。宋江初时的确夜夜与阎婆惜一处歇息，后来却渐渐来得慢了，因为宋江是一位好汉，只爱学使枪棒，于女色上不十分要紧。阎婆惜正值十八妙龄，正是需要爱情滋润的年华，因此对宋江不合意，这就为他们夫妻矛盾的爆发埋下了隐患。当宋江带着同事张文远来家吃酒时，阎婆惜一眼就相中了这个“生得眉清目秀，齿白唇红，风流俊俏”的后生。婆惜本是个娼妓，张文远是个没有廉耻之心的酒色之徒，他们俩很快就勾搭在一起。然而纸终究包不住火，很快有些风声吹到了宋江的耳朵里。宋江自肚里寻思道：“又不是我父母匹配的妻室，他若无心恋我，我没来由惹气做甚么。”(第二十一回)这并非是因为宋江的大度，而是他根本没把阎婆惜放在心上。

阎婆惜发现了宋江跟梁山泊晁盖交往的书信后，便以此来威胁勒索宋江。当阎婆惜要求宋江将原典自己的文书还给她，再写休书任从她改嫁张文远时，宋江当即答应。当阎婆惜表示不归还书信时，宋江顿起杀心，残忍地杀害了她。古人云：一日夫妻百日恩。阎婆惜固然有错在先，但宋江对她没有尽到丈夫应尽的责任，没有应有的恩情，有的只是最后的冷酷杀戮，这是无论如何也说不过去的。

说到《水浒传》中比宋江更冷酷无情的丈夫形象，非杨雄莫属。相较宋江跟阎婆惜的露水夫妻,杨雄和妻子潘巧云可谓明媒正娶。潘巧云是在前夫亡故后改嫁杨雄的,两人结婚时间不及一年。杨雄由于日常工作繁忙,因此留下妻子潘巧云独守空房。

作为丈夫,杨雄起初还是基本合格的。毕竟在封建社会家庭中男性的主要责任就是养家糊口,他为此早出晚归,一心工作,兢兢业业。然而不曾想到妻子潘巧云却跟和尚裴如海有染。当他从结义兄弟石秀口中听说此事后,大怒道:"这贱人怎敢如此!"在醉酒时指着妻子骂道:"你这贼妮子,好歹是我结果了你!"他找借口把妻子骗上山,亲手把她绑在树上,"把刀先挖出舌头,一刀便割了,且教那妇人叫不的。""一刀从心窝里直割到小肚子下,取出心肝五脏,挂在松树上。"(第四十六回)偷情行奸的潘巧云固然应受谴责,但杨雄却没有权力剥夺她的生命。杨雄对待妻子之残忍狠毒,令人发指。

卢俊义原本是北京城里一位家境富裕的大员外,在当地有很高的威望。奈何他也跟宋江、杨雄一样,"平昔只顾打熬气力,不亲女色",因此冷落了妻子。不过卢俊义相比前二者,起初还是信任妻子的。作品第六十二回,在燕青报知他的妻子已与管家李固"推门相就,做了夫妻"之后,还怒斥燕青道:"我的娘子不是这般人!你这厮休来放屁!"他最终钻进了管家李固与自己妻子设下的圈套,身陷囹圄。当梁山好汉大闹大名府,救出了卢俊义后。他"手拿短刀,自下堂来,大骂泼妇贼奴,就将二人剖腹剜心,凌迟处死。"(第六十七回)卢俊义凌迟妻子之举,显得很冷酷无情。

(三)懦弱畏妻型丈夫

《水浒传》中懦弱畏妻型丈夫的典型代表是武大郎。武大郎之所以懦弱畏妻,是与他的外貌、身材和性格密不可分的。他在外貌、身材方面有很大的缺陷和不足,第二十四回对此作了交代:"身不满五尺,面目丑陋,头脑可笑,清河县人见他生得短矮,起他一个诨名,叫做'三寸丁谷树皮'。"而他的妻子潘金莲却是貌美如花,远近闻名,"玉貌妖娆花解语,芳容窈窕玉生香"(第二十四回)。这对夫妻在外貌、身材方面有着天壤之别,可谓非常不般配。

更主要的是,武大郎是个懦弱依本分的人。妻子潘金莲并不是他主动追求娶到家的,而是被大户赌气赠送的——因为潘金莲在大户家作使女时,被大户纠缠调戏。潘金莲当即告诉了主人婆,"那个大户以此记恨于心,却倒赔些房奁,不要武大一文钱,白白地嫁与他。"生性泼辣好强的潘金莲内心渴望英俊潇洒、事业有成的男子作丈夫,对这段他人强逼硬凑的婚姻并不满意,因此在靠卖炊饼为生的矮丑丈夫武大郎面前显得居高临下、颐使气指。武大郎为了维持住这个家庭,总是低声下气地伺候妻子,让她安闲在家,自己则每天起早贪黑地卖炊饼,赖以养家糊口。并不安分的潘金莲不顾廉耻,最终与英俊风流的财主西门庆勾搭在一起。当得知真相的武大郎前来捉奸时,潘金莲竟然唆使西门庆将其打成重伤。潘金莲对重伤的武大郎不理不睬,每天浓妆艳抹了出去与西门庆鬼混。武大郎"几遍气得发昏,又没人来睬着"。在武大郎一丝没两气,看看待死时,对潘金莲恳求道:"你救得我活,无事了,一笔都勾,并不记怀;武二家来亦不提起。快去赎药来救我则个!"妻子与人通奸害夫,武大郎竟然说可以一笔勾销。从这些话语中,我们就可以看到武大郎在家庭中的位置是极其低下的,是十分懦弱畏妻的。

(四)无德纵妻型丈夫

无德纵妻型丈夫形象的典型代表是张青、刘高等人。张青是母夜叉孙二娘的丈夫。他原本在光明寺种菜为生,后因一时间争些小事,杀了光明寺僧行,为此在大树坡下剪径为生,可见其并非善类。后来欲欺负一老儿,因武艺不敌老人而被其打翻在地。老儿见他手脚灵活,便招他入赘,娶了老头的女儿——母夜叉孙二娘。张青的武功比不上孙二娘,在家庭的地位也比孙二娘低,索性就让其为所欲为。孙二娘在附近开了家黑店,时常用蒙汗药麻晕路过的客商,抢夺其携带的财产,"将大块好肉,切做黄牛肉卖:零碎小肉,做馅子包馒头"(第二十七回),卖给过路的客商,可谓心肠毒辣、罪不容诛的恶妇人。张青对此丝毫不加劝阻,反而积极配合,"每日也挑些去村里卖"。被他俩害死的人可谓不少,他俩可谓臭味相投、沆瀣一气的一对恶魔。

刘高是青州清风寨的文知寨,他的妻子"极不贤,只是调拨他丈夫行不仁的事,残害忠良,贪图贿赂"(第三十三回)。刘高明知宋江是自己妻子的救命恩人,不但不对其感恩回报,反而在恩将仇报的妻子教唆下,将宋江诬称山贼抓进狱中,打得"皮开肉绽,鲜血迸流",差点命丧黄泉,可谓心肠歹毒。

二、丈夫形象的价值意义

《水浒传》中丈夫形象性格各异,他们的遭遇和命运各有不同。那么这些丈夫形象有什么价值意义呢?

(一)文学价值

1.丰富了梁山好汉的性格

以往人们谈到梁山好汉时，很多人的第一印象便是他们具有高强过人的武艺、侠义助人的性格、义薄云天的情义、勇往无前的精神,以为这就是他们作为小说中人物形象的全部,其实这是不准确和不全面的。笔者认为,《水浒传》刻画人物合乎“人情物理”,没有将梁山好汉形象简单化、平面化,而是做到了复杂化、立体化。通过分析林冲、宋江、张青、孙新、孙立、杨雄、卢俊义、徐宁等梁山好汉作为丈夫的一面,我们可以看到,他们中有的重情爱妻、有情有义,阳刚与温柔巧妙地融合在一起,是令人称赞的男子汉,如林冲、孙新、孙立、徐宁等人;有的残忍杀妻、冷酷无情,丝毫不念夫妻情义,令人不齿,如杨雄、宋江、卢俊义等人。这些人的妻子固然有错在先,但罪不至死。作为丈夫竟然亲手将妻子杀害,甚至剖腹剜心、凌迟碎割,毫无人性可言。因此,我们既不能一味美化梁山好汉,也不能对其完全否定,应因人因时应事而看。

就林冲而言,他第一次在作品中出场亮相,是从其作为丈夫陪妻子张氏到庙中烧香还愿而结识鲁智深开始的，他被高俅陷害的悲剧人生是因其妻子被荒淫无耻、邪恶狠毒的高衙内觊觎而导致的;有关他被逼上梁山的情节描写,与其作为丈夫形象密不可。陪妻子张氏到庙中烧香还愿,体现了他对妻子的体贴关心;当其听说妻子被坏人调戏后,便立即前去救护妻子,准备痛打恶人,体现了他对妻子的爱护和对恶人的痛恨,展现了他作为男人的担当与刚毅;当发现调戏妻子的恶人是顶头上司高俅的义子高衙内时,不得不咬牙住手,体现了他忍辱负重、委曲求全的性格特点;当他被高俅诬陷而刺配沧州时,为使妻子免受连累、不致耽误青春而忍泪休妻,体现了他一心为妻子着想、屈己待人的美好品德;当他在梁山泊落脚安稳后,便迅速派人回家接妻子上山团聚,体现了他有福同享、爱家爱妻的性格特点；当他得知妻子被高俅威逼而自缢身死的消息后，顿时潸然泪下,从此终身不娶,体现了他的重情重义、忠贞不渝。可以说,《水浒传》正是通过丈夫形象这一角度,淋漓尽致地展现了梁山好汉林冲的复杂性格。

《水浒传》中有关丈夫形象的描写生动细腻,给人以栩栩如生的印象,让我们看到了人性的复杂、人情的多样。清代小说评论家金圣叹在《读第五才子书》中曾说过:“别一部书,看过一遍即休,独有《水浒传》,只是看不厌,无非为他把一百八个人性格都写出来。”其实,我们也可以说,尽管《水浒传》中丈夫形象众多,但它把他们刻画得性格各异,每一个人物各具特色,是作品中不可或缺的人物形象组合。

2.推动了作品情节的发展

《水浒传》在生动塑造丈夫形象的同时,通过对丈夫形象语言、行动的描写,有力地推动了故事情节的发展。

武大郎并非梁山好汉,他是《水浒传》中身材、长相最不佳的丈夫形象。正因为他身材矮小、长相丑陋且家境贫寒,妻子潘金莲对其很不满意,从而有后来潘金莲勾引武松、与西门庆私通之事,进而有武大郎捉奸被打、潘金莲毒死丈夫之事,最终导致武松杀嫂报仇、醉打蒋门神、大闹飞云浦、血溅鸳鸯楼等一系列事件的发生。可以说,正是武大郎这一丈夫形象,有力地推动了《水浒传》中一系列情节的发展。

在梁山好汉方面,卢俊义、杨雄、林冲等人原本都有正当的职业、稳定的收入,他们之所以走上反抗朝廷的道路,都与其丈夫身份有关。就卢俊义而言,他是大名府的富豪,"不但是经济上是剥削阶级上层人物, 在思想意识上也是封建制度的驯顺奴才和封建正统思想的积极拥护者"。然而他最后却被逼上梁山,究其原因,与其家庭变故有直接关系。因为卢俊义也跟与宋江、杨雄一样,"平昔只顾打熬气力,不亲女色",导致妻子逐渐对其心生不满,最终在管家李固的引诱下与其勾搭成奸。这对狗男女为了达到长期苟合并霸占卢俊义的全部家产的罪恶目的,向官府谎称其谋反,导致其差点死于非命。卢俊义被梁山好汉救出后,亲手凌迟了这对奸夫淫妇,从此走上了梁山。

其实,我们可以试想下,如果林冲原本没有妻子,他也许就不会被逼上梁山。林冲作为东京八十万禁军的枪棒教头,原本有体面的工作、稳定的收入,特别安心于自己目前的生活,是几乎不可能走上反抗朝廷的道路的。正是因为他是一个疼爱自己妻子的好丈夫,看到妻子被人欺负便要拼命保护,才会有高俅、陆谦蓄意设计陷害林冲之举及后来林冲的被逼造反、上梁山等情节的发生;如果宋江关爱体贴阎婆惜,便不会出现阎婆惜与他人私通之事;宋江如果没有杀死阎婆惜,他就没有必要上梁山。《水浒传》正是通过描写这些纷繁各异的丈夫形象,推动了《水浒传》故事情节的发展。

(二)社会价值

《水浒传》中丈夫形象性格各异,家庭关系互有不同,有的与妻子恩爱非凡、伉俪情深;有的感情淡漠、形同陌路,甚至出现残杀惨剧。通过对《水浒传》中丈夫形象的深入分析,我们可以看到,这其中既有成功的经验,也有失败的教训。

在成功的经验方面,主要有以下几点:其一,要关心体贴信任妻子,如林冲、孙立、李小二那样对待妻子。我们可以看到,林冲在妻子受到他人非礼的时候,不管身在何地,都会第一时间赶到妻子身边,替妻子解围。从他给妻子写的休书中,我们可以看到,他们夫妻多年相敬如宾。我们还可以从孙立的身上看到,他无论在哪,第一时间都是挂念自己的妻子。即使被别人骗上梁山后,第一反应便是担心妻子的安危。还有李小二,这个《水浒传》中并不显眼的小人物,却是那么关爱妻子,两人相互恩爱、相互体贴,过着幸福的生活。

其二,要谦让宽容妻子,如孙新、林冲、徐宁、李小二那样对待妻子。虽然妻子顾大嫂长相粗蛮、脾气暴躁,但孙新作为丈夫,始终不嫌憎妻子,并不依仗自己的高强武功与其针锋相对、还以颜色,而是始终对其谦让宽容,让其在家中居于主导地位,赖以维持家庭关系的稳定和谐。林冲、孙新、徐宁、李小二等人的家庭生活都很幸福。主要是因为他们作为丈夫很维护家庭,心系家庭,信任对方、处处为对方着想。遇到大的事情,都是夫妻双方协商再定夺。

在失败的教训方面,主要有以下几点:其一,不要冷淡对待妻子,如卢俊义、宋江等人。宋江和卢俊义都是梁山好汉,只爱学使枪棒,于女色上不十分要紧,宋江耳闻妻子与他人有染,却不十分介意。卢俊义更是"只顾打熬气力,不近女色"。尽管妻子多次苦劝他不要离家外出,希望他陪伴在自己身边,他却置若罔闻、不管不顾。他们虽赢得了好汉的名声,却输掉了自己的家庭。还有杨雄,如果不是经常跟朋友一起吃喝,长时间地不归家,我想他的妻子也不一定会出轨。当然,夫妻关系的破裂并不是一个人造成的,而是跟夫妻双方的性格息息相关。我们可以看到,《水浒传》中杨雄、宋江、卢俊义等人的妻子品行的确有问题,但是导致妻子出轨的原因何尝不是他们自己所导致——他们都是一心只想着做好汉,完全忽略了妻子的感受,在家庭中没有尽到丈夫的责任,给其妻子出轨埋下了诱因,从而使自己沦为无情杀妻的凶犯。我们试想一下,如果这些丈夫在工作的同时,可以多关心一下妻子,多呵护一下家庭,他们的生活命运也许不会发生后来天翻地覆的变化。

其二,要注意提防淫邪之徒,如卢俊义、宋江、杨雄、武大郎等人的妻子都受到了淫邪之徒的引诱。卢俊义的妻子之所以感情出轨,主要是受到了管家李固的勾引。李固虽然年轻英俊,却是一个忘恩负义、荒淫无耻之徒。他原本流落街头、差点冻死在雪地里,是卢俊义救下了他,并提拔他当了管家。如果卢俊义当初有警惕防范之心,能及早弄清李固的本性,不让其与自己妻子有频繁接触的机会,也许就不会出现李固勾引自己妻子、自己被诬陷谋反等一系列事件的发生。

同样,如果宋江能提防自己的手下人张文远,不让其频繁接触自己的妻子阎婆惜,也许就不会出现张文远勾搭阎婆惜、阎婆惜威胁宋江、宋江杀死阎婆惜等一系列事件的发生。杨雄如果能提防和尚裴如海,不让其频繁接触自己的妻子潘巧云,也许就不会出现潘巧云与裴如海勾搭成奸之事。武大郎如果能提防王婆、西门庆,不让其有频繁接触自己妻子潘金莲的机会,那么也许就不会出现潘金莲与西门庆勾搭成奸之事。由此可见,夫妻双方关系和睦的关键之一便是要时刻提防淫邪之徒的侵袭。

深入分析《水浒传》中这些性格各异的丈夫形象,了解他们性格形成的原因,以及他们对待妻子的不同态度,弄清这些态度产生的深层原因以及它们对其本人前途命运的影响,从而发现其成功经验和失败教训,可更好地促进对《水浒传》这部古代小说名著的深入研究,对于当今人们在处理人际关系尤其是夫妻关系方面可提供一些有益的启示。

参考文献:

吴世余.《水浒传》艺术探微[M].重庆:重庆出版社,2009.

陈曦钟、侯忠义.水浒传(会评本)[M].北京:北京大学出版社,1987.

吴小如.《水浒传》人物——卢俊义[J].社会科学战线,1979(4).

金批《水浒》的环境描写理论

湖北师范学院 王路成

环境是小说的三要素之一，童庆炳在《文学理论教程》中写道："小说的基本特征主要是：深入细致的人物刻画，完整复杂的情节叙述，具体充分的环境描写。"小说环境可分为两种，一种是自然环境，一种是社会环境。自然环境指自然界的景物，如四季变化、阴晴雨雪、山川日月、森林湖海等；社会环境指社会背景，能反映时代特征的建筑、场所、陈设、地域风貌以及民俗民风等。

金圣叹对《水浒传》的环境描写给予了极大的关注，天下、梁山泊、石碣村、风雪、大火、月亮、枯井、喜鹊等都是他评点的对象，他曾多次称赞《水浒传》"写景妙"、"妙笔"、"笔墨淋漓，真正才子之笔"。施耐庵是描绘环境的高手，一百零八位英雄迫不得已走上梁山，是大的社会环境所致，没有这个社会环境，就没有整篇小说；而四季之象、朝暮之景、山水田园等自然环境在他笔下也是娓娓道来，别有特色。金圣叹看到这一点，处处加以评点，真可谓"一路景色，一路渐次评来"。

先写枯井，便衬出李逵舍身下探之忠勇，妙笔

环境是小说存在的背景，为小说提供空间和时间范围，也是小说中人物活动的场所。小说以写人为中心，人不能离开所生活的环境而孤立地存在。高明的小说作家很重视描绘真实而典型的环境，或反映人物性格，或烘托人物心境，或暗示人物命运。

在《水浒传》中，金圣叹认为李逵是上上人物，给予他很高的评价："李逵是上上人物，写得真是一篇天真烂漫到底，看他意思，便是山泊中一百七人，无一个入得他眼。《孟子》'富贵不能淫，贫贱不能移，威武不能屈'，正是他好批语。"李逵这个典型而成功的人物形象是如何"成长"起来的呢？首先离不开环境的土壤。特定的环境衬托人物特定的性格，李逵"忠勇"的性格便是"枯井"这个环境衬托的。金批《水浒》第五十三回"黑旋风下井救柴进"，宋江等人杀死高唐州知府高廉后，前往大牢救柴进，没找到人。原来柴进被高廉抓住后，派当牢节级蔺仁专一坚守，不

得有失，还吩咐"但有凶吉，便可下手"。蔺仁见柴进是个好男子，不忍心下手。高廉要对柴进施刑时，蔺仁先是推说柴进"病已八分，不必下手"，后又催得紧，就谎称柴进已死，并把他藏进枯井里，使柴进躲过一劫。小说这样描述枯井："直到后牢枯井边望时，见里面黑洞洞的，不知多少深浅。上面叫时，那得人应？把索子放下去探时，约有八九丈深。"金圣叹批道：

写枯井。先写枯井，便衬出李逵舍身下探之忠勇，妙笔。

"八九丈"，按照我们今天的尺寸来算，有二十多米，八九层楼的高度。这么深的枯井，这么吓人的环境，谁人敢下去探看一遭？偏偏黑旋风李逵大叫一声："等我下去！"井越是深不见底，越是衬出李逵的忠心和勇敢，所以金圣叹连称李逵为"妙人"。李逵坐在篾箩里被放入井底，去井底下摸时，"摸着一堆却是骸骨"；又去这边摸时，"底下湿漉漉的，没下脚处。"金圣叹认为，"骸骨"句写出井底之黑，"湿漉漉"句，写出井底湿，这些"吓人语"是"妙笔妙笔"。环境越是吓人，越能凸显人物性格，李逵忠勇的性格便是这样在环境的土壤上"成长"起来的。

燕青是《水浒传》中出场较晚的一个人物，第六十一回才现身，但被金圣叹誉为"中上人物"，跟公孙胜、阮小二、阮小五、张横、张顺、刘唐等一样。他是《水浒传》中性格比较完美的一个人，风流倜傥，身怀绝技，对主人卢俊义尽"忠"，对梁山好汉有"义"，对李师师有"情"。读者最先认识他，是他百步穿杨的射箭绝技。第一次，他放冷箭杀死正欲加害卢俊义的两个公人董超、薛霸，救了卢俊义；第二次，把卢俊义放在店房休息后，他出来寻找吃的，在树林里听到喜鹊聒噪，用仅有的最后一支箭射中喜鹊，赶下冈子捡喜鹊时，正好遇到了杨雄和石秀，三人"连夜上梁山泊来"。对于"树枝上喜鹊咶咶噪噪"的环境描写，金圣叹有评论：

只一喜鹊作波，却又写出燕青绝技，又写出燕青穷途，妙笔妙笔。

燕青走出林子，抬头看到聒噪的喜鹊，轻轻取出弩弓，望空祈祷："燕青只有这一枝箭了！"一只喜鹊，一支箭，射中，主人活；射不中，主人休！偏偏燕青箭无虚发！这里特写燕青绝技的同时，也写出了燕青身无分文、饥肠辘辘的困苦处境，反映了他忠心救主的性格。

此外，有的环境描写是为了把人物摆到特定的环境中去展现其内心世界，烘托人物心境。金批《水浒》第三十六回，宋江"钻出船上来看时，星光明亮"，对此，金圣叹批道：

此十一字妙不可说。非云星光明亮，照见来船那汉，乃是极写宋江半日心惊胆碎，不复知天地何色，直至此，忽然得救，夫而后依然又见星光也。盖吃吓一回，始知之矣。

宋江作为“贼配军”被两个公人押着一直在逃命，“出一虎机，踏一虎机”，连读者都吃吓不暇，正在危难之际（被张艄公误认为是奸人，逼着跳江），听到一个声音厮熟的大汉叫道：“莫不是我哥哥宋公明？”宋江赶紧呼救。那大汉失惊说道：“真个是我哥哥，早不做出来！”此时，宋江钻出船来，看到“星光明亮”。金圣叹认为，并不是说星光明亮，照见来船那人，而是极力写宋江心惊胆战，不知天地为何色，此时，忽然得救，仿佛一下子看到了星光。“星光明亮”的环境描写很好地烘托了宋江从胆战心惊到忽然放松的心境，金圣叹很好地把握了人物心理。所谓“感时花溅泪，恨别鸟惊心”，景物与人物心情、心境相感应，融为一体。人物心情愉悦时，周围的一切都是美好的；心情紧张时，一切都是暗淡的；心情烦躁时，一切都是腻烦的。真可谓“一切景语皆情语”。

不便说梁山泊，且先说石碣村，文情事情，都渐渐而入

小说环境描写与情节发展是相互依存、相互制约的，环境描写以情节发展为依据，引发情节，推动情节发展，为后文做铺垫。

晁盖等人智取生辰纲后，遭到官兵追捕，三十六计走为上计，走哪里去好？吴用说道：“我已寻思在肚里了。如今我们收拾五七担挑了，一齐都奔石碣村三阮家里去。”金圣叹批道：

不便说梁山泊，且先说石碣村，文情事情，都渐渐而入。

石碣村，我们并不陌生，吴用说三阮撞筹（凑数入伙）时就已提到。三阮家门前“枯桩上揽着数只小渔船，疏篱外晒着一张破渔网，依山傍水，约有十数间草房”，从石碣村一步步进去，便是梁山泊。所以，当晁盖提出三阮是打鱼人家，安置不了许多人时，吴用说石碣村附近就是梁山泊，如今山寨极其兴旺，如果官兵追得紧，就“一发入了伙”。可见，吴用的本意是要上梁山的，但正如金圣叹所指，不便直接说去梁山泊入伙，先说石碣村，事情一步一步来，人物心理上更容易接受。正是这“渐渐而入”的文情，使得“石碣村”成了梁山好汉们战斗的据点，成了“起乱之窝”（余评）、“打鱼船权为战舰”，引发了后面多个引人入胜的故事情节，并推动这故事情节的发展。

比如，何观察（何涛）得知晁盖等逃到了石碣村，便与众人商议，准备去缉捕。

众人说,石碣村湖荡,紧靠着梁山水泊,茫茫荡荡,芦苇水港,若不得大队官兵,舟船人马,谁敢到那里去抓人?对于这一番议论,金圣叹评曰:

> 深感此一论,不然,安得下文一回好书看耶?

石碣村深港水汊、芦苇草荡、山险水阔的环境是天然屏障,正因为如此,才有后面何涛上当受计等一个个精彩的情节,才有下文一回回好故事看。

为了需要,环境描写有时也会起到延缓故事情节发展的作用。金圣叹在《读第五才子书法》中说:

> 有獭尾法。谓一段大文字后,不好寂然便住,更作余波演漾之。如武松打虎下岗来,遇着两个猎户;血溅鸳鸯楼后,写城壕月色等是也。

"獭尾法",是一种艺术技法,指一个情节高潮结束时,不是戛然而止,而是像"獭"这种动物一样拖一条美丽的尾巴,使情节余波荡漾、自然收束。金圣叹举了武松打虎下冈来,遇着两个身穿虎皮的猎户的例子,也举了张都监血溅鸳鸯楼后,武松立在城壕边看到月色明亮的例子,这两个例子妙就妙在情节高潮之后不是戛然而止,而是用余波演漾之,使读者回味无穷。

施耐庵深谙为文之道,金圣叹深谙读者阅读心理。读者在情节高潮中产生的亢奋心理不会突然平息,故用"城壕月色"做余波。"城壕月色"使故事情节延缓,使武松心理有所缓和,使读者心理有所缓和,同时也使金圣叹静静地思考生死无常的人生:

> 楼上月,此月也,濠边月,亦此月也。然而楼上之月,何其惨毒,濠边之月,何其幽凉。武松在楼上时,月亦在楼上,初不知濠边月色何如。武松来濠边时,月亦在濠边,竟不记楼上月明何似。都监一家看月之时,濠边月里并无一个,武松濠边立月之际,张家月下更无一人。嗟乎!一月普照万方,万方不齐苦乐,月影只争转眼,转眼生死无常。前路茫茫,世间魆魆,读书至此,不知后人又何以为情也。

金圣叹由月色想到生死无常,想到前路茫茫,感慨万千,后人看到这里又会作何感想呢?今人不见古时月,古月依旧照今人,月影移动只在转眼,而转眼会发生多少事,谁能预料呢?

另外,在故事情节发展过程中,金圣叹时不时用相关的环境描写,来提醒读者不要忘记前文。

金批《水浒》第四回,"小霸王"周通被鲁智深打得爬出房门,奔到门前,摸着空马，树上折一枝柳条，跳到马背上，用柳条抽打马，准备逃跑。金圣叹批道："不必折枝柳条也，恐读者忘却前文马系绿杨树句，故借此提之，以为一笑也。"

又如第五回，在"只见满地都是燕子粪"一句后面，金圣叹批道："下五台是二月天气，恐读者忘却，特用燕子粪隐隐约约点出之。"

再如第十四回，在"但见阮小五斜戴一顶破头巾，鬓边插朵石榴花"一句后批道："恐人忘了蔡太师生辰日，故闲中记出三个字来。"在"三只船撑到水亭下荷花荡中"一句后批道；"非写石碣村景，正记太师生辰，皆草蛇灰线之法也。"

"石榴花"花期是 6 至 7 月，"荷花"花期是 6 至 9 月，蔡太师生辰日是六月十五日，故金圣叹有此批语。"柳条"、"燕子粪"、"石榴花"是特定季节特有的东西，作者在故事情节向前推进的同时有意点出，金圣叹时时提醒读者注意，可谓独具慧眼，匠心独运。

白笠黑袄，为月下出色，然在苍茫暮色中，更怕人

环境描写的一个重要作用是渲染气氛，营造氛围，让人身临其境，引起情感共鸣。美妙的环境营造喜悦的氛围，恬静的环境营造闲适的气氛，凄凉的环境营造哀婉的气氛，凶险的环境营造可怕的氛围。这一点，金圣叹有所认识。金批《水浒》第十九回"郓城县月夜走刘唐"，书中这样描写刘唐的穿着打扮："只见一个大汉，头带白范阳毡笠儿，身穿一领黑绿罗袄，下面腿絣护膝，八搭麻鞋，腰里跨着一口腰刀……"金圣叹在后面批道：

> 白笠黑袄，为月下出色，然在苍茫暮色中，更怕人。

这里，"白笠黑袄"和"苍茫暮色"营造了阴森恐怖的气氛，"更怕人"三字说明了自然环境"苍茫暮色"所起的渲染作用。当然，这里的"更怕人"也融入了人物的活动和感受。晁盖几人智取生辰纲后，白胜被抓，供出了晁盖。官府展开缉捕行动，宋江提前报信，放走了晁盖、吴用、刘唐等人。这时，刘唐应该逃亡梁山泊，而他却在县对面的茶房出现，这是很危险的；对宋江而言，作为押司，私自放人，一旦被发现，也是杀头的死罪，他的心里紧张不安，尤其是在天色昏暗的情况下，看到一个身着"白笠黑袄"的人，更加害怕了。

第三十七回"黑旋风斗浪里白条"，写李逵和张顺"两个正在江心里面清波碧浪中间，一个显浑身黑肉，一个露遍体霜肤。两个打做一团，绞做一块，江岸上那三五百人没一个不喝采。"金圣叹评曰：

绝妙好辞。青波碧浪。黑肉白肤。斐然成章,照笔耀纸。

李逵和张顺,一黑一白相对,在“清波碧浪”的衬托下,更显得黑者黑(浑身黑肉),白者白(遍体霜肤),不但赢得几百围观者喝彩,也激起了读者的浓厚兴趣。而“清波碧浪”更营造了一种诗情画意的“戏水图”,给人以鲜明的视觉形象,作为人物活动的环境,则增添了无限乐趣。

环境渲染气氛,同时也可以营造一种朦胧意境,形成朦胧美的妙趣。第二十二回,写宋江在灯下看了武松这表人物,心中欢喜。金圣叹批道:“灯下看美人,千秋绝调语。此却换作灯下看好汉,又是千秋绝调语也。灯下看美人,加一倍袅袅;灯下看好汉,加一倍凛凛。所以写剑侠者,都在灯下。”

灯下看美人,更加袅娜多姿;灯下看好汉,更加威风凛凛。这正是“灯光”的渲染作用。而武松本就身材魁梧,高大英俊,在灯下更显得凛然有正气,所以宋江“心中欢喜”。“灯光”营造了一种朦胧的意境,影影绰绰、若隐若现、若明若暗、扑朔迷离,形成朦胧美。我们知道,古人之于观美人,有灯下、花下、月下三者,而美人的形态,亦有立态(站着)、醉态(喝着)、舞态(跳着)三样。故金圣叹认为“灯下看美人”,是“千秋绝调语”。

“灯下”的环境营造朦胧美意境,但也有可能营造阴风鬼火般骇人气氛。第二十四回“淫妇药鸩武大郎”,金圣叹在“那婆子便把衣袖卷起”后批道:

> 以下看他两个妇女逐件安排,都是半夜灯下之事,读之觉纸上阴风鬼火,无怪不有。

这里,潘金莲刚刚毒死武大郎,手脚软了,王婆卷起衣袖,帮忙处理尸体。潘金莲和王婆做得都是伤天害理之事,而且多在“半夜灯下”,使读者觉得纸上都是阴风鬼火,顿感毛骨悚然。“半夜灯下”营造了恐怖骇人气氛,韵味全无,完全不似“灯下看美人”般令人心驰神往。

环境渲染气氛,根据场景需要,有时候是反向渲染。第四十八回“宋江智取无为军”,宋江和众头领准备攻打黄文炳的无为军,部署好一切,在船舱里埋伏好后,此时“正是七月尽天气,夜凉风静,月白江清,水影山光,上下一碧。”金圣叹批道:

> 如许杀人放火事,偏用绝妙好辞,写得景物清夷,行文亦当有诸葛君真名士之誉也。

“清夷”,指清平、平静。宋江一伙儿进攻的进攻,留守的留守,探路的探路,正等着入夜杀进江州城。俗话说:“月黑杀人夜,风高放火天。”但此刻的环境,不是月黑,不是风高,却是月白、风静。夜凉如水,江风悠悠,水影山光,上下一碧,掩卷之间心旷神怡。平静美好的江景描写反向渲染了即将发生的杀人放火事,这种反向渲染写出了暴风雨来临前的平静,与后文“火势猛烈,映得江面都红”形成强烈对比。另一方面,“月白风静”也显出梁山好汉做事光明磊落,并非见不得人的勾当,客观上使小说呈现出放达、潇洒的一面。这在金圣叹看来是很值得称颂的,可以赞美其“诸葛君真名士”。袁眉也批道:“一团杀气,忽然说到时景上,点缀清夷,文情妙绝。”

人只谓是写景,却不知都是章法

在金批《水浒》中,“章法”是使用频率较高的一个术语。什么是“章法”?有学者认为,“金圣叹所说的‘章法’是指小说情节展开过程中相同、相异、相似的事物在形式上的对称呼应。”这种观点有它的依据,在金圣叹的环境描写理论中有所体现。金批《水浒》第四回和第五回,鲁智深离开五台山,有一日天色已晚,错过借宿之处(客店),只能另找地方。他“走了三二十里田地,过了一条板桥,远远地望见一簇红霞”,到了桃花庄。大闹桃花村后,发现李忠、周通性格铿吝靠不住,便离开桃花山,“行不得四五步,过座石桥”,入得瓦官寺。在寺内与两强徒打斗,败走,在赤松林遇到史进,两人一起返回瓦官寺,杀死强徒。火烧瓦官寺后,“二人撕赶着行了一夜”,投往一个村镇,看到“独木桥边,一个小酒店”。这里,金圣叹评曰:

> 桃花庄一条板桥,瓦官寺一座青石桥,此处又一条独桥木,亦是闲中点缀联络,以为章法也。

在金圣叹看来,“板桥”、“石桥”、“独木桥”这些自然环境描写,很有“章法”。在大闹桃花村、火烧瓦官寺等情节展开过程中,出现相似的关于“桥”的描写,互相呼应,是有“章法”的表现。

而“章法”的另一层表现,可能是文章的组织结构,是段与段之间的呼应、对比以及人物的安排和情节的设置等,也可能是(书法,绘画)谋篇布局的法则。第三十一回,武松在酒店醉打孔亮,书中这样描述这个村落小酒肆:“门前一道清溪,屋后都是颠石乱山。”金圣叹评曰:

> 门前一道清溪,屋后都是乱山。此二句,人只谓是写景,却不知都是章法。

这里的“章法”,笔者认为可以有两种解释,一种涉及到文章的组织结构,是段与段之间的呼应、对比以及人物安排和情节设置等，表面上看是写景，实际处处涉及呼应、伏笔；另一种是(书画)谋篇布局的法则。在金批《水浒》中，我们时不时看到金圣叹评论自然景物“如画”、“如画之笔”、“如在画图中”等。

比如，对于这座“乱山”，金圣叹评论：“先叙白虎山，古云行人如在画图中，今日笔墨都入画图中也。”

第九回“林教头风雪山神庙”，对于被风雪吹得摇摇晃动的草屋描写，金圣叹批：“如画，便画也画不来。”

第五十二回，戴宗和李逵到二仙山访问清道人家，对于清道人居处的描写，樵夫、村姑、矮墙、石桥、果篮等，金圣叹前后连用了五次“山居如画”。

这样的例子很多，不一一赘举。从批语可看出，金圣叹的“章法”理论受到了古代书画理论的影响。我们知道，书画创作的特点是形象传神，逼真生动，浓淡相生，疏密相间。文学是抽象的，引入书画理论更形象，更易被读者接受。由此推测，“人只谓是写景，却不知都是章法”，“章法”也很可能指书画方面谋篇布局的法则。

除了“章法”，还有“笔法”。对于有些环境描写，金圣叹评价其“笔法妙不可言”、“笔墨淋漓，真正才子之笔”。

例如，第一回，史进坐在打麦场边柳荫树下乘凉，对面松林透过风来，史进喝彩道：“好凉风！”正乘凉，发现一个人探头探脑地张望。金圣叹批道：

> 要写人在松林里张望，却先写风在松林里透过，笔法妙不可言。

这里，金圣叹称赞《水浒传》关于“风在松林里透过”的环境描写“妙不可言”。再例如，鲁智深离开五台山后，先后经过几个丛林，金圣叹评论：

> 离了一个丛林，要到一个丛林，未到那个丛林，先到这个丛林。又两头两个丛林，极其兴旺，中间一个丛林，极其败落。写得笔墨淋漓，兴亡满目。

所谓“笔墨淋漓”，即是指笔墨畅快，气韵生动。中间的那个丛林，对应的正是败落寺院瓦官寺；两头丛林，对应的是桃花庄和赤松林，金圣叹认为，人物(鲁智深)活动的场所被描写的酣畅淋漓，生动形象。

第三十六回，宋江和两个公人被穆弘兄弟追赶，在浔阳江误乘张横的船，被张横逼着选择吃“馄饨”还是“板刀面”，偶遇李俊。上岸后，李俊对张横说，天下义士，只除非山东及时雨郓城宋押司，今日你可仔细认着。于是张横“敲开火石，点起灯来”，照着宋江，扑翻身，在沙滩上参拜。金圣叹批曰：

星光中来，不好又是星光中去，则必敲火点灯，照着同行矣。乃作者文心，只一点灯亦不肯轻率便写，又必随手生出李俊，使张横仔细认宋江来。写得一个点灯，何等笔墨淋漓，真正才子之笔。

金圣叹认为，张横“点灯”的动作是真正才子之笔。这跟前面的环境描写有关。前文提到宋江到屋外净手，看见“星光满天”，金圣叹批：“妙笔。此四字先从闲中一点。既不甚亮，又不甚暗，在此夜事情恰好。”后李俊船上的后生摇着快橹，星光之下，早已划到张横面前。金圣叹批：“妙笔。四字之妙，正是苦不甚明，又不极暗。”这不明不暗的环境，怎么能认得清楚、看得仔细宋江？故须敲火点灯。一个“点灯”，生出李俊，使张横跪拜宋江，宋江转危为安、转弱为强，文情峰回路转，可谓是才子笔法。

上述可见，金圣叹的环境描写理论涉及到人物、情节、环境、章法等各个方面，虽然没有近代小说环境理论那样系统完整，也不及他的人物性格理论、文法理论以及细节理论等研究的人多，且不少批语随性而发，感觉好的地方就用“妙笔”、“绝妙好辞”等抒发兴奋之情，并不点明“妙”在何处，但在当时小说地位低下、小说艺术规律还没有完全被认识的情况下，金圣叹能够关注到《水浒传》的环境描写，并告诫读者“文中写情写景处，都要细细详察”，一路景色一路评来，贯穿始终，是很难能可贵的。

参考文献：

童庆炳《文学理论教程》(修订二版)，北京：高等教育出版社 2004 年版。

陈曦钟等辑校《水浒传会评本》(上、下)，北京：北京大学出版社 1981 年版。

陈果安《金圣叹小说理论研究》，长沙：湖南师范大学出版社 1999 年版。

刘欣中《金圣叹的小说理论》，石家庄：河北人民出版社 1986 年版。

陈洪《中国小说理论史》，合肥：安徽文艺出版社 1992 年版。

王汝梅《中国小说理论史》，杭州：浙江古籍出版社 2001 年版。

陈谦豫《中国小说批评史》，上海：华东师范大学出版社 1989 年版。

方正耀《中国古典小说理论史》，上海：华东师范大学出版社 2005 年版。

董国炎《明清小说思潮》，太原：山西人民出版社 2004 年版。

翟建波《金圣叹论〈水浒传〉的景物描写》，《甘肃社会科学》1987 年 06 期。

宋培宪《〈水浒传〉的景物描写艺术》，《水浒争鸣》第十一辑。

除暴安良 行侠仗义

——议金本《水浒传》的文学思潮

江苏省兴化市文广新局 高春丽

古典文学名著《水浒传》是我国优秀的文化遗产，作品一经问世就有着深远的影响，为后世的创作提供了丰富的素材和题材，作品在思想上，艺术上都堪称我国戏曲和小说的典范性作品。

一、金本《水浒传》是影响最大的一种版本

1.金本《水浒传》自清初以来长期流行。文学思潮有着鲜明的观点，是在某个特定的历史时期，许多有影响的作家和文学作品具有的普遍精神实质，是一种潮流的，英雄的、共同的集体意识，是随着时代的推移适应社会发展变化的思想趋向。讨论金本《水浒传》表现的文学思潮，有必要讨论金本《水浒传》在所有《水浒传》版本中的地位，主要是与一百回本和一百二十回本相比较。这两个版本在清朝初年，都不甚流行，人们大多读的是七十回本，即明末清初的金圣叹(1608—1661）将一百回本删改成的版本，后来的译本也是多以金本为底本在国外传播的。因此，金本《水浒传》是以《水浒传》“定本”的面貌呈现在读者面前的，也是清代以来最为流行的本子。这种版本在上世纪 20 年代中后期，曾经被美国女作家赛珍珠作为母本译成英文上、下两卷于 1933 年出版，并很快荣登美国权威的“每月图书俱乐部”的排行榜，后风靡世界文坛，赛珍珠以“AllMenAreBrothers”(语出《论语》“四海之内，皆兄弟也”)为名。译本是在获得诺贝尔文学奖之前出版的，因此，金本《水浒传》是诺贝尔文学奖获奖作品，可见，这个版本是最好的。

2.金本《水浒传》影响更为深远。在不同的版本中，金本显得更耐人寻味，更有争议，更有影响力。众所周知，删改艺术品要表现它的前后完整性，金圣叹将第一回改作“楔子”，第七十回后，即在“梁山泊英雄排座次”之后，以他增写的“惊恶梦”的故事作为全书的结尾，叙述了一个完整的农民起义故事。将金本《水浒传》和《水浒传》的其他版本分别进行对比，可以看到，金圣叹之所以要砍掉后边的梁山起义军在两赢童贯、三败高俅等一系列战役辉煌胜利的形势下，宋江等人却在

高俅面前跪求朝廷招安,之后又征打方腊,死伤惨重,最终宋江被毒死,起义失败告终,结局十分凄惨这些内容,目的是要突出表现作品的爱国主义和民族思想的成份,是将作品的内容和艺术表现得更加完美,塑造的英雄人物形象更为高大,小说被逼造反的内容更为突出,行侠仗义比忠义思想更能代表那个时代人们的精神实质。

二、施耐庵的生活时代背景与《水浒传》描述的时代

1.*施耐庵的身世*。施耐庵,生于1296年,1370年去世,元末明初杰出的小说家,以著作《水浒传》享誉世界文坛。施耐庵是元至顺辛未科进士,曾官钱塘县尹两年,为避兵乱隐居家乡兴化著述长篇巨著《水浒传》。兴化施家桥的族裔家族传播《水浒传》,施氏家谱、墓志的出土和考古学研究,得到学术界专家们的认可。2012年4月28日,全国各地研究水浒和施耐庵的学术专家教授,专程来到兴化,参加了纪念中央文化部关于施耐庵身世调查60周年、《施耐庵文物史料考察报告》发表30周年座谈会议。在兴化的众多的历史名人中,施耐庵成为最有影响力的人物,被誉为“中国长篇小说之父”,2011年12兴化市被中国小说学会批准为“中国小说之乡”。2011年、2013年兴化市人民政府成功举办了两届施耐庵文学奖活动,推动了汉语长篇叙事的创作和繁荣,进一步提升了施耐庵及其著作《水浒传》在世界文学史上的地位,可以这样说,兴化是施耐庵创作《水浒传》的摇篮。

2.*施耐庵所处的时代背景*。元代是一个多民族合一的国家,元代统治阶级将人分成十等,一官二吏三僧四道……九儒十丐,在这十等人中,佛、道两家都排在比较高的地位,而作为中华传统精神文化支柱的儒,被排到了仅高于乞丐的地位。元代统治者本着排斥汉人的政治需要,反对儒教的修身、齐家、治国、平天下的入世哲学,竭力推崇佛、道,将人们引向道的隐世、禅的出世,以平抑汉人的反抗,巩固自己的统治。施耐庵就生活在这样一个社会矛盾、民族矛盾日益尖锐的时代,他经历了农民起义事件:张士诚的“十八条扁担齐上戴家窑”(今兴化戴窑镇)起义。据研究施耐庵的有关资料显示,张士诚和朱元璋都曾请过施耐庵出仕,当时复杂的元末农民起义与这部书中所描绘的官场问题与社会问题都是非常突出的,甚至一些矛盾是不可调和的。在《水浒传》中,施耐庵明写北宋宣和年间宋江领导的农民起义,实际上暗写元末张士诚率领的盐民起义。他笔下的人物个个

栩栩如生，众多英雄人物都是被逼无奈才上梁山的，比较符合他生活的元末时期吏治腐败、中国贫富差别大、广大农民仇恨为富不仁、农民起义连绵不断的社会实情。

3.《水浒传》描述的时代。《水浒传》描述的时代，应该是宋徽宗政和年间到方腊之乱的宣和二年至四年(1120~1122)。金圣叹在评《水浒》时，说："盖不写高俅，便写一百八人，则是乱自下作也；不写一百八人，先写高俅，则是乱自上作也。"可见由于朝廷、上层的腐败，导致了北宋后期世风日下，整个社会人们的价值观、人生观的颠覆，"乱自上作"这与元末施耐庵生活年代情形是一样的。《水浒传》通过生动的艺术描写，反映了我国历史上一次农民起义发生、发展以致失败的全过程。它深刻地挖掘了农民起义的社会根源，通过"官逼民反"过程的描述，揭露了封建统治阶级的罪恶，以及贪官污吏的腐朽和贪婪残暴，并通过成功塑造的起义英雄形象，歌颂了他们劫富济贫、勇于反抗的斗争精神。作品的故事情节引人入胜，小说中至少有一二十个个性鲜明的典型形象，这些形象有血有肉，几乎家喻户晓。如鲁智深拳打镇关西、倒拔垂杨柳，武松景阳冈打虎、血溅鸳鸯楼，李逵拳打殷天锡、江州劫法场，石秀法场跳楼等等，都是明显的例子。梁山好汉们的除暴安良、行侠仗义对后世影响极为深远，特别是对小说、戏曲、民间文艺的影响更为明显。

三、除暴安良、行侠仗义思潮在金本《水浒传》中的突出地位

1.金圣叹腰斩《水浒传》强调了行侠仗义，摒弃忠义思想。金圣叹砍掉了《水浒传》的尾巴，对七十一回以前的文字做了改动，又用评点的办法，使用夹批、眉批、回前总评以及他写的三篇《序》和《读第五才子书法》等方式，对"金本"《水浒传》中的忠义思想，特别是宋江的忠义思想进行批评和"解说"，以竭尽最大的可能抹去"金本"《水浒传》里忠义思想的痕迹。这样，宋江和梁山投降朝廷的情节没有了，由一支农民义军残酷地镇压另一支农民义军的情节也没有了；书中乞求招安投降的讨厌气氛得到了有效的淡化，宋江从一个忠义君子变成了坚决进行反抗斗争的英雄，变成了一个新形象，成为几百年来读者热烈欢迎的形象，小说的造反起义主题更加明朗化，描写农民英雄的反抗斗争更加深入人心。小说中歌颂的众多梁山英雄好汉除暴安良、行侠仗义的精神符合了那个时代人们的心声，这也是金本《水浒传》得以长期流行的主要原因。如金圣叹点评英雄李逵非常精彩：

“李逵是上上人物，写得真是一片天真烂漫到底。看他意思，便是山泊中一百七人，无一个入得他眼。《孟子》‘富贵不能淫，贫贱不能移，威武不能屈’，正是他好批语。”再如“只如写李逵，岂不段段都是妙绝文字，却不知正为段段都在宋江事后，故便妙不可言。盖作者只是痛恨宋江奸诈，故处处紧接出一段李逵朴诚来，做个形击。”和“其意思自在显宋江之恶，却不料反成李逵之妙也。此譬如刺枪，本要杀人，反使出一身家数”等等。

2.金本《水浒传》的传播背景。历朝历代的统治阶级是严禁这本书出版的，称为“诲盗”之书，《水浒传》最初是以手抄本的形式在社会上广为流传，而且屡禁不止。《水浒传》的刊刻印行，据研究资料表明是在明嘉靖年间，明朝散文学家、“嘉靖七子”之一，兴化人宗臣(1525~1560)在任职福建提学副使期间抗击倭寇，训练将士时将施耐庵后人交付的《水浒传》进行刻印，目的是弘扬民族精神，激励战士们的抗倭斗志。金本《水浒传》的传播是在明朝末年，即 1641 年开始出版发行的。这个时期是一个动荡的时代，从明代后期的党争开始，到明末农民战争，再到清军入关战争，动乱此起彼伏，历史的巨变对金圣叹的思想和命运产生直接的影响，所以金本《水浒传》代表了明代后期社会的时代潮流，体现在明末清初社会精神、社会的客观本质及其发展趋势上。

3.明末文人创作思潮的影响。明代嘉靖年间，由于封建专制传统伦理纲常的陈腐，社会文明演进人们价值观念的开放和资本主义萌芽的出现，外忧内患，战乱频仍社会爆发严重的危机。这种情形下的一些文人表现出许多无法言说的疼痛、无奈和绝望，个人的命运呈现出异常甚至匪夷所思的结局：有视“杀头不过碗大的疤”的李卓吾；有捣碎自己睾丸的徐文长；有像方孝孺、海瑞等刚直不阿、不卑不亢的反抗者；有依傍于权贵张居正、四处标新立异的所谓“山人”。世道之拯救者如王阳明及其弟子，心怀宏愿四处奔走，而隐居逍遥者像紫柏老人、王世贞等则寻山觅水渴求独善其身。为人孤高，以才子自居的金圣叹则因冒犯皇帝，受“抗粮哭庙”案牵连在顺治十八年七月十三日(1661 年 8 月 7 日)被朝廷处以极刑。

综上所述，金本《水浒传》突出的狭义思潮的出现，往往是由多种因素形成的。其中最主要的是明末社会经济形态的变化和由此产生的新的思想要求，这两者是文学思潮形成和发展的客观基础。此外，宋元以来的杂剧、话本、小说，水浒戏对施耐庵创作和金圣叹点评形成的文学思潮也具有渊源关系。金圣叹自幼学佛，劝人向善，敬佩杜甫的忠君爱国，特别认同孔子弟子曾点。曾点以无意仕宦与向往自由而著名，为孔子所赞叹，金圣叹特此取字为“圣叹”。政治思想上他倾向保守，批评明末官府苛政，同情被欺压的百姓，甚至主张官逼民反。金圣叹曾言：“天下文章，无有出《水浒》右者。”（《水浒传序三》）冯镇峦则说：“金人瑞批《水浒》《西厢》，灵心妙舌，开后人无限眼界、无限文心。”（《读聊斋杂说》）因此，笔者认为张扬向佛、崇尚儒家、寻求自由、同情弱小、除暴安良、行侠仗义是金本《水浒传》的核心文学思潮。

浅析《水浒传》中的“石碣天书”

湖北宜昌市第七中学 熊臻臻

明清章回小说中有一些“榜”,“榜”是指小说中罗列了主要人物的清单,它们在每部小说中的具体名称不相同,却都按照一定的规范和顺序排列人物,显得形式规整、井然有序。如《封神演义》的“封神榜”、《红楼梦》的“情榜”、《镜花缘》的“百花榜”……这些蕴含着丰富人物信息的“榜”,借助于某一载体或方式出现在小说中,成为小说的一个有机组成部分。

一

生活是孕育文学的土壤,小说中各式各样的“榜”不是凭空产生的。“榜”的本义是“木片”,然而在悠悠的历史岁月中,“榜”的意义却与“文体”发生了联系。“榜”既是一种可以被统治者用来宣传政策、公布事项的公文,如科举考试中的“进士榜”、官府衙门用来追捕犯人的“海捕文书”,同时“榜”也能为普通老百姓所私用,商业活动中的广告文书就是“榜”的变体。“榜”的特点包括内容多涉人事、公信力与权威并存、张贴醒目、流传性强等。

《水浒传》中也有一张人物“榜”——“石碣天书”。水浒故事的蓝本是《大宋宣和遗事》,“榜”早在其中已现端倪。全书按照“元亨利贞”分为四个集子,“元集”和“亨集”着意刻写梁山泊宋江等人的故事。“亨集”写宋江在杀害阎婆惜后为逃脱官府追捕而藏身于九天玄女庙中,机缘之下得到九天玄女所授天书,他“认得是个天书,又写着三十六个姓名……又把开天书一卷,仔细观觑,见有三十六将的姓名。那三十六人道个甚底”,小说从天书引出一份列有“天罡院三十六员猛将”的人物榜单:

天罡院三十六员猛将	
智多星吴加亮	玉麒麟卢(黄本作李)进义
青面兽杨志	混江龙李海
九纹龙史进	入云龙公孙胜
浪里百跳(黄本作白条)张顺	霹雳火秦明
活阎罗阮小七	立地太岁阮小五
短命二郎阮进	大刀关必胜
豹子头林冲	黑旋风李逵
小旋风柴进	金枪手徐宁
扑天雕李应	赤发鬼刘唐
一撞直董平	插翅虎雷横
美髯公朱同	神行太保戴宗
赛关索王雄	病尉迟孙立
小李广花荣	没羽箭张青
没遮拦穆横	浪子燕青
花和尚鲁智深	行者武松
铁鞭呼延绰	急先锋索超
拼命二郎(黄本作拼命三郎)石秀	火舡工张岑
摸着云杜千	铁天王晁盖

在这张“榜”的最后,还写着“使呼保义宋江为帅,广行忠义,殄灭奸邪”。宋江带着这张“榜”与“榜上有名”的九人直奔梁山泊。在梁山庆祝新人入伙的杀牛大会上，吴用向宋江道出了梁山昔日首领晁盖曾在临终时向他描述过的一个梦——“正和年间,朝东岳烧香,得一梦,见寨上会中合得三十六数。”

吴用的话和宋江所得天书之中的“榜”相互印证,加深了“榜”的神秘意味,肯定了宋江等人的行为是“替天行道”。同时,这张“榜”既是对在小说前面已出场人物的一次总结,让读者通过“榜”可以快速回顾前情,又为小说后面即将出场的人物作了铺垫,透露了故事的大致脉络。

《水浒传》的创作充分借鉴了《大宋宣和遗事》,这一点也体现在对“天罡院三十六猛将”的继承发挥上,《水浒传》中的“石碣天书”,尽管没有被作家明确地冠以“榜”的名称,但却已经具备“榜”的形态和功能,它把一部宏篇巨制融合成了一个有机整体。

在《水浒传》中,小说开门见山地写到宋仁宗嘉祐三年,京师瘟疫盛行,太尉洪信奉命前往江西龙虎山请张天师祈禳瘟疫。不料洪太尉竟命人搬倒伏魔之殿中的石碣,误走一百单八魔君。小说紧接着写到各位英雄好汉走上梁山的曲折过程,这部分内容围绕中心人物可以大致地被划分为一些较独立的人物传记,如史进传(二至三回)、鲁智深传(四至八回)、林冲传(八至十二回)、杨志传(十二回、十三回、十六回)、宋江传(十八至二十三回)、武松传(二十三至三十二回)、杨雄石秀传(四十四至四十六回)等。在第七十一回,梁山泊举行了一场隆重的罗天大醮,一块“前面有天书三十六行,皆是天罡星。背后也有天书七十二行,皆是地煞星。下面注着众义士的姓名”[10]的石碣从天而降,宋江据此安排了众英雄的座次,这就是所谓的“忠义堂石碣受天文”。前后两次出现的“石碣”犹如一条线将散落各处的英雄传奇故事串成了一条闪亮的珠链,使读者对全书主要人物有了一个整体的把握。七十一回后的内容是梁山好汉两赢童贯(七十五至七十七回)、三败高俅(七十八至八十回)、接受招安(八十一至八十二回)、破辽(八十三至八十九回)、攻打方腊(九十至九十九回),小说结尾通过为一百零八人盖庙宇、建祠堂、塑神像作结,在结构上呼应了“天罡地煞”之说,使全书显得浑然一体。

众所周知,金圣叹“腰斩”《水浒传》,将第一回作为“楔子”,删去七十一回以后的内容,并在七十回中增补卢俊义梦见梁山头领全被捕杀的情节作为小说的结尾。“腰斩水浒”是三百多年以来议论纷纷的一桩公案,毁誉参半、褒贬不一。从金圣叹的评点中可一窥他“腰斩”的理由,有如下几条:

> 楔子者,以物出物之谓也,以瘟疫为楔,楔出祈禳;以祈禳为楔,楔出天师;……以开碣为楔,楔出三十六天罡、七十二地煞,此所谓正楔也。
>
> 一部书七十回,……此一回,可谓大结束,读之正如千里群龙,一齐入海,更无丝毫未了之憾。或问:石碣天文,为是真有是事?……作者亦只图叙事既毕,重将一百八人姓名一一排列出来,为一部七十回书点睛结穴耳。盖始之以石碣,终之以石碣者,是此书大开阖;为事则有七十回,为人则有一百单八者,是此书大眼节。

金圣叹把“石碣”看作全书的“眼”，他认为水浒故事始于“石碣”，也应该终于“石碣”。凭此而论，金圣叹的“腰斩”之举是独具慧眼的。

从人物塑造上说，“石碣天书”类似于作品的一个人物表，使作家可以在人物众多的长篇巨制中对人物的安排与处理做到了然于胸，因而它很像创作者在写作之初拟定的一个创作提纲，只不过这个提纲作了巧妙的艺术化处理，使它可以融入小说之中，成为小说的一个有机组成部分。在《水浒传》中，这个收录了一百零八个好汉姓名的提纲就变身为一块误走妖魔、从天而降、书有天罡地煞名号的“石碣”。有了这样的“提纲”，作者可以明确主次人物、依据需要精心设计不同人物的故事情节、恰如其分地安排人物出场。《水浒传》中的人物以天罡星的故事为主线，地煞星穿插其间。金圣叹说《水浒传》“写一百八个人的性格，真是一百八样，若别一部书，任他写一千个人，也是一样，便只写得两个人，也只是一样。”一个构思完整的提纲可以随时提醒作家，使他不致于遗漏掉一些本来已经拟定好的人物；而经过小说家妙笔润色的“提纲”走入小说之中，丰富了故事情节，增添了阅读趣味，成为读者的“阅读指南”。

二

《大宋宣和遗事》中的“榜”采用的是“绰号+人名”的书写模式，《水浒传》在此基础之上对数量和形式都进行了变革。从“三十六将”到“石碣天书”，三十六人增加到一百零八人，并且“星名”被吸纳其中，最终形成“星名+绰号+人名”的形式。这些变化体现了作家的智慧，也反映出《水浒传》的成书是一个不断累积的过程。“星名”分为“天罡星”和“地煞星”两类。“罡”，有刚劲之意，沈括的《梦溪笔谈》卷七《象数》载：“六壬天十二辰之名，古人释其义曰：……八月枝条坚刚，故曰‘天罡’。”“煞”乃“杀”之异名，“天罡”与“地煞”汇聚到一起，便是一群汲取了天地之精华、勇猛过人的“恶曜”。然而《水浒传》中的星名与史书中记载的并不完全一致，因而引发了诸种猜想。在《水浒传》的第七十一回，小说写完“天眼开、石碣出”的奇景之后，还附上一首诗：

蕊笈琼书定有无，天门开阖亦胡涂。
滑稽谁造丰亨论？至理昭昭敢厚诬。

第二句的“胡涂”分明在说天降石碣之事并不可靠。李卓吾也在不断质疑“石碣”的真实性，他在评点中反复说“这是公孙胜妖法”、“这是吴用诡计”，认为这是梁山泊核心权力集团为笼络人心而精心设计并导演的一出“戏”。可是作家为什么要杜撰出这些虚拟的星名呢?这要与星辰崇拜联系起来。古人与大自然斗争的过程中,对自然产生了既依赖又恐惧的矛盾情感,“万物有灵”说应运而生,在这种观念的影响之下,天空中一颗颗遥远而陌生的星辰都被附加上神秘的色彩。到了春秋战国时期,二十八星宿的体系已初具规模。曾侯乙是战国时曾国的国君,在其墓葬中就曾出土一件精美的“彩绘二十八宿图衣箱”,在拱起的衣箱盖正中书有一个篆文的“斗”字,二十八宿的名称顺时针环绕着“斗”排列。而在造神运动的高峰——战国时代,巫祝们又开始将人间严格的礼乐制度、官僚机构附会于天体,赋予每一个星辰特定的名称与职位,《史记·天官书》有载:

> 中宫天极星,其一明者,太一常居也;旁三星三公,或曰子属。末大星是正妃。余三星后宫之属也。环之匡卫十二星,藩臣。

在古人眼里,人间社会的变迁总是隐秘地与天象联系在一起,星辰的异动是人间将发生变故的征兆。后来,人们还将人间非同凡响的人物附会为天上的星辰下凡。如文曲星本是星宿,传说中因主持文运而受到读书人的供奉礼拜,久而久之,人们就干脆直接用“文曲星”来称呼科考中的得意之人。行文至此,我们大致可以总结一下作家虚拟星名的用意所在,一是借星君下凡暗示好汉的不凡来历,指出他们的超能力是来源于神秘力量的影响,这样便为作家在小说中夸大他们的个性色彩和本领特长找到了强而有力的支撑点;二是梁山好汉并不是为正统社会所普遍认同的“英雄”,他们虽然义薄云天但又不乏凶狠残暴,作家若硬生生地将人们所熟知的星辰附会给梁山好汉,不仅不会得到读者的认可,反而可能会招致巨大的非议,并且一些为人熟知的星宿的特征在大众意识里已经固定僵化,压缩了作家自由发挥的空间。

星名是“天某星”与“地某星”的格式,限制了作家只能用一个字来命名,命名依据有人物的性格、地位、特长等多个方面。从性格角度看,比较鲜明的有天“勇”星关胜、天“雄”星林冲、天“猛”星秦明,在地煞星中也有与之对应的地“勇”星孙立、地“雄”星郝思文、地“猛”星魏定国;天“杀”星李逵的“杀”字涵盖了李逵性格中凶神恶煞的特征;地“正”星裴宣,裴宣原是京兆府的六案孔目,因他办事分毫不肯苟且,以“正”誉之,最为贴切。从身份地位角度命名的有天“魁”星宋江,意为宋江乃“盗魁”,是梁山泊中的首领人物,类似的是地“魁”星朱武;天“贵”星柴进暗示他原本显贵的身份;排在梁山好汉榜最后三位的是时迁、段景住和白胜,前两位是为道德君子们所不齿的鸡鸣狗盗之徒，而白胜更是曾有过背叛梁山的低劣行径，所以给他们取名用的都是很低贱的字眼——“耗”、“贼”、“狗”。用特长命名的有天“捷”星张清，“捷”形容他飞石打人绝技的速度之快；吴用是“天机星”，一个“机”字显出吴用心思缜密、善用机谋；天速星戴宗，以“速”表明他“一日能行八百里”的绝技；地文星萧让善书法，“会写诸家字体”，承担了梁山的文案工作；地巧星金大坚因“雕得好玉石”而得“巧”名……然而有更多的星名，很难说其意义单指向一个角度，因为它更像是对一个人物的精神气质、身份、地位、特长的高度提炼，比如天“英”星花容、天“孤”星鲁智深、天“巧”星燕青、天“暗”星杨志、天“伤”星武松、地“微”星王英、地“慧”星扈三娘、地“暴”星鲍旭、地“暗”星杨林、地“幽”星薛永等，他们占据了一百单八星君中的大多数。

除了星君的名字，更耐人寻味的是水浒好汉的绰号。在历史上，绰号是绿林好汉行走江湖的一种特殊的身份代码，彰显出桀骜不驯的豪情侠义。绰号叫得有多响，取决于该好汉的江湖号召力与影响力。绰号形象传神，作为本名的生动补充，赢得了百姓的广泛喜爱，也为文学创作也注入了新鲜血液。

《水浒传》的一百零八个好汉，每个人都有一个绰号，说起《水浒传》的绰号，就不得不提到宋人龚开的《宋江三十六人赞》，它是我们研究《水浒传》的一份重要的资料。从赞语中，我们能找到宋江等三十六人的绰号来源，一窥人物的原始风貌、职业及性格。

绰号一般是由江湖人士或普通民众“送”给好汉的，比如宋江因好结识江湖好汉、不吝钱财、以“济人贫苦、酬人之急、扶人之困”闻名于山东河北，人们都称他为“能救万物”的“及时雨”；还有一种绰号是好汉自取，如黄信，原是青州兵马都监，因青州地面所辖三座恶山，他自夸要捉尽三山的强人草寇，故自号“镇三山”。

绰号的内容极为丰富，犹如一个万花筒，看得人目眩神迷。有些绰号直接反映出好汉鲜明的性格特征，秦明“性格急躁、声若雷霆”而得名“霹雳火”；“平生只好杀人”的鲍旭叫“丧门神”。有的绰号用来形容人的气质，如玉麒麟卢俊义、黑旋风李逵。有以人物的外貌特征为依据的绰号，如朱仝“因有一部虎须髯”，又“面若重枣，目若朗星，似关云长模样”而得名“美髯公”，还有“青面兽”杨志、白净俊俏的“白面郎君”郑天寿；王英因“五短身材，一双光眼”得名“矮脚虎”，与他形成对比的是身材高大魁梧的“摸着天”杜迁和“云里金刚”宋万。本领特长也成了好汉们响当当的绰号。吴用的绰号是“智多星”，寓意他头脑灵活、善于筹谋；“神行太保”戴宗“有道术，一日能行八百里”。以外貌特征和本领特长为依据的绰号占据了梁山好汉绰号的绝大多数。花荣的“小李广”、吕方的“小温侯”、郭盛的“赛仁贵”等绰号则是化用了历史名人的名字——花荣擅长箭术与西汉名将李广相似，吕方爱学“温侯”吕布的为人，郭盛自夸武艺胜过唐朝大将薛仁贵；以武器来命名绰号的有“双鞭”呼延灼、“大刀”关胜、“双枪将”董平、“没羽箭”张清、“金枪手”徐宁等。以身份、职业为绰号的有“花和尚”鲁智深、“行者”武松、“菜园子”张青、“船虎儿”张横、“圣手书生”萧让、“玉臂匠”金大坚等。还有类比神鬼的绰号，以阮氏兄弟的绰号为代表。但还有一些好汉的绰号，说法很多，如宋江之弟宋清的绰号“铁扇子”，有人认为铁做的扇子相当于无用的废物，意喻宋清无能，但也有人指出铁扇子可能是指宋清的一门武器，但由于小说中关于宋清的叙述有限，种种说法无法确证。笔者试将《水浒传》中的人物绰号进行了一个粗略的统计：

<table>
<tr><th colspan="4">《水浒传》一百单八将绰号统计表</th></tr>
<tr><th>绰号依据</th><th colspan="2">绰号</th><th>人数108</th></tr>
<tr><td rowspan="2">性格</td><td>天罡星</td><td>呼保义宋江、霹雳火秦明、急先锋索超、没遮拦穆弘、拼命三郎石秀</td><td>5</td></tr>
<tr><td>地煞星</td><td>铁面孔目裴宣、锦豹子杨林、丧门神鲍旭、混世魔王樊瑞、毛头星孔明、独火星孔亮、小遮拦穆春、操刀鬼曹正、病大虫薛永、小霸王周通、笑面虎朱富、催命判官李立、没面目焦挺、母大虫顾大嫂、母夜叉孙二娘</td><td>15</td></tr>
<tr><td>精神气质</td><td>天罡星</td><td>玉麒麟卢俊义、入云龙公孙胜、小旋风柴进、黑旋风李逵、浪子燕青</td><td>5</td></tr>
<tr><td>外貌特征</td><td>天罡星</td><td>豹子头林冲、美髯公朱仝、青面兽杨志、赤发鬼刘唐、九纹龙史进</td><td>5</td></tr>
</table>

外貌特征	地煞星	丑郡马宣赞、天目将彭玘、火眼狻猊邓飞、锦毛虎燕顺、紫髯伯皇甫端、矮脚虎王英、一丈青扈三娘、玉幡竿孟康、通臂猿侯健、白花蛇杨春、白面郎君郑天寿、花项虎龚旺、中箭虎丁得孙、云里金刚宋万、摸着天杜迁、金眼彪施恩、金钱豹子汤隆、鬼脸儿杜兴、独角龙邹闰、一枝花蔡庆、青眼虎李云、险道神郁保四、金毛犬段景住	23
本领特长	天罡星	天机星吴用、神行太保戴宗、浪里白条张顺	3
	地煞星	神机军师朱武、镇三山黄信、百胜将韩滔、圣水将军单廷圭、神火将魏定国、圣手书生萧让、轰天雷凌振、神算子蒋敬、八臂哪吒项充、飞天大圣李衮、铁笛仙马麟、跳涧虎陈达、九尾龟陶宗旺、铁叫子乐和、打虎将李忠、出林龙邹渊、铁臂膊蔡福、石将军石勇、活闪婆王定六、鼓上蚤时迁	20
类比名人	天罡星	小李广花荣、病关索杨雄	2
	地煞星	病尉迟孙立、小温侯吕方、赛仁贵郭盛、小尉迟孙新	4
武器	天罡星	大刀关胜、双鞭呼延灼、双枪将董平、没羽箭张清、金枪手徐宁	5
身份职业	天罡星	花和尚鲁智深、行者武松、船火儿张横	3
	地煞星	神医安道全、玉臂匠金大坚、菜园子张青、白日鼠白胜	4
类比动物	天罡星	扑天雕李应、插翅虎雷横、混江龙李俊、两头蛇解珍、双尾蝎解宝	5
	地煞星	井木犴郝思文、摩云金翅欧鹏、出洞蛟童威、翻江蜃童猛、旱地忽律朱贵	5
类比神鬼	天罡星	立地太岁阮小二、短命二郎阮小五、活阎罗阮小七	3
不明	地煞星	铁扇子宋江	1

三

"石碣天书"中的绰号如同一个个谜，囊括了浩如烟海的文学知识、广博生动的民俗常识、神秘难解的宗教文化，因而解谜之旅并不轻松。这些意味深长的绰号是对人物身上最突出的一个特点的高度提练与概括，充分反映出人物的个性色彩。宋江的一个绰号"及时雨"，指出了他行侠仗义、乐善好施的特点；李逵的绰号叫"黑旋风"，既是说他生得黝黑粗壮，更是形容他行动迅猛，破坏力极强。当读者在浏览榜单时，便会看到好汉的绰号，也就会自发地对这些形形色色的绰号的来源有一个思考，进而深化了对人物的理解。

"石碣天书"的影响非常广泛，不仅止于民间的街头巷陌，成为老百姓茶余饭后的经典谈资，它甚至还被运用到庙堂之上的政治斗争中，成为一把煽动舆论宣传、大搞人身攻击的"利器"。明天启年间，以宦官魏忠贤为首的阉党集团把持朝政、倒行逆施，引起了以江南士大夫为主的东林派的强烈不满，魏忠贤先发制人，以"红丸案、梃击案、移宫案"三案为由对东林党人发起残酷打击与血腥镇压。天启五年(1625)，魏忠贤授意同党左副都御史王绍徽，编东林党一百八人为《东林点将录》，将《水浒传》中的天罡地煞之数安排到东林诸人头上，如"托塔天王南京户部尚书李三才"、"天魁星及时雨大学士叶向高"、"地速星中箭虎尚宝司少卿丁元荐"之类，妄图将东林党人一网打尽。"点将录"的形式又启发了后人，汪辟疆、柳亚子、钱仲联等近代学者分别编写过《光宣诗坛点将录》、《南社点将录》、《光宣词坛点将录》，不过他们是借"点将录"的形式评点当时的学术人物。

"石碣天书"还蕴含着丰富的文化内涵。"石碣"是典型的碑谶，反映了谶纬文化对小说的影响。宋仁宗命洪太尉去江西龙虎山请张天师祈禳瘟疫，不料洪太尉竟命人掘开了伏魔殿里的石碣，让被镇锁的一百单八个魔君变化为金光散向四面八方。好汉如百川归海、聚义梁山后，宋江主张建一个罗天大醮来报答天地神明的眷佑。在打醮之夜的三更时分，一块书写着"三十六天罡星"和"七十二地煞星"的石碣伴随着声如裂帛的巨响、射人眼目的霞光，好似一团如栲栳的火块钻入地下。在谶纬之说影响下的环境描写里，常常有异兆出现，预示着所述事件或人物的非同一般。祥瑞之兆有龙、凤、麒麟、景星、祥云、白虎、红光等，不祥之兆如黑气、白虹贯日、黑猫等。作家有意借助碑谶来神化水浒英雄的出身，暗示一百单八将聚义梁山水泊是顺应天命。

“石碣天书”对英雄进行分类、排名，体现出作家对人物的评价。臧否之风，古已有之，从“孔门四科”到汉代汝南的“月旦评”、《世说新语》的“三十六品”再到后世的“德容言工”、“忠孝节义”，尽管臧否人物的标准在不断被刷新，这一传统却始终留存。在史传文学、小说中也时常可见一些对人物进行评价的文字，但如“石碣天书”之类的小说中的“榜”在形式上对臧否人物这一传统进行了革新，比起之前评论文字的零散，呈现出了一种规整醒目的形式之美。

琐议《水浒传》内外的燕青

湖北师范学院 石 麟

《水浒传》中的燕青是一个颇为有趣的人物，他出身低贱而又心志高远，技艺高超而又处人以善，最终，在梁山好汉绝大多数命殚身亡时，他却选择了一个最明智、也最世俗的结局。更有甚者，在《水浒传》产生之前，燕青的身影就若隐若现地飘忽于传说、话本、杂剧等诸多大众艺术领域，而在《水浒传》之后，燕青的形象仍然活跃在众多的俗文学乃至俗文化的作品之中。

我们先来看看燕青在《水浒传》中的"出场秀"：

这人是北京土居人氏，自小父母双亡，卢员外家中养大的他。为见他一身雪练也似白肉，卢俊义叫一个高手匠人与他刺了这一身遍体花绣，却似玉亭柱上铺着软翠。若赛锦体，由你是谁，都输与他。不则一身好花绣，那人更兼吹的、弹的、唱的、舞的，拆白道字，顶真续麻，无有不能，无有不会。亦是说的诸路乡谈，省的诸行百艺的市语。更且一身本事，无人比的。拿着一张川弩，只用三枝短箭，郊外落生，并不放空，箭到物落，晚间入城，少杀也有百十个虫蚁。若赛锦标社，那里利物管取都是他的。亦且此人百伶百俐，道头知尾。本身姓燕，排行第一，官名单讳个青字。北京城里人口顺，都叫他做浪子燕青。(第六十一回)

这位人见人爱的燕小乙，在早期的"水浒"故事中，就是宋江麾下"三十六人"中的骨干。

宋末周密《癸辛杂识·宋江三十六赞》中的排名是：呼保义宋江、智多星吴学究、玉麒麟卢俊义、大刀关胜、活阎罗阮小七、尺八腿刘唐、没羽箭张清、浪子燕青、病尉迟孙立、浪里白跳张顺、船火儿张横、短命二郎阮小二、花和尚鲁智深、行者武松、铁鞭呼延绰、混江龙李俊、九文龙史进、小李广花荣、霹雳火秦明、黑旋风李逵、小旋风柴进、插翅虎雷横、神行太保戴宗、急先锋索超、立地太岁阮小五、青面兽杨志、赛关索杨雄、一直撞董平、两头蛇解珍、美髯公朱仝、没遮拦穆横、拼命三郎石秀、双尾蝎解宝、铁天王晁盖、金枪班徐宁、扑天雕李应。其中，"浪子燕青"

排在第八位，其赞词曰："平康巷陌，岂知汝名，太行春色，有一丈青。"

宋元讲史话本《宣和遗事》在九天玄女的天书中也排列了三十六人姓名绰号，他们的顺序是：

> 智多星吴加亮、玉麒麟李进义、青面兽杨志、混江龙李海、九纹龙史进、入云龙公孙胜、浪里白条张顺、霹雳火秦明、活阎罗阮小七、立地太岁阮小五、短命二郎阮进、大刀关必胜、豹子头林冲、黑旋风李逵、小旋风柴进、金枪手徐宁、扑天雕李应、赤发鬼刘唐、一直撞董平、插翅虎雷横、美髯公朱同、神行太保戴宗、赛关索王雄、病尉迟孙立、小李广花荣、没羽箭张青、没遮拦穆横、浪子燕青、花和尚鲁智深、行者武松、铁鞭呼延绰、急先锋索超、拼命三郎石秀、火船工张岑、摸着云杜千、铁天王晁盖。

这里燕青的排名比较靠后，到了第二十八位，但无论如何，在宋元时期流行的"水浒"故事中，燕青都是数得着的人物，而且诨名都唤作"浪子"，《水浒传》也是这样写的。

但有一个问题，当引起我们的注意，在《宋江三十六赞》中，燕青似乎还有一个外号——"一丈青"。更令人费解的是，"一丈青"这个诨名，在中国历史和历代小说中有不少人用作绰号，关于这个问题，笔者将另作考证。此处要强调的乃是在"水浒"系列故事中，诨名"一丈青"的居然有三人，除了上述燕青而外，还有《水浒传》中的扈三娘，而另外一个就有点莫名其妙了。我们还是先看原始资料：

> 那时吴加亮向宋江道："是哥哥晁盖临终时分道与俺：从正和年间朝东岳烧香，得一梦，见寨上会中合得三十六数；若果应数，须是助行忠义，卫护国家。"吴加亮说罢，宋江道："今会中只少了三人。"那三人是：花和尚鲁智深，一丈青张横，铁鞭呼延绰。（《宣和遗事》）

像《宣和遗事》这种讲史话本，本身就是说书场中生产的介乎口头文学与书面文学之间的作品，其中有这样那样的错讹在所难免。在刚刚提及的九天玄女天书中三十六人姓名根本就没有张横，这里突然冒了出来，并且有一个"一丈青"的绰号，真让人哭笑不得。然而，书中对张横为什么叫做一丈青是没有任何解释或描写的，而且《水浒传》中对张横的描写，也没有任何关于"一丈青"的明示或暗示，倒是船火儿张横与《宣和遗事》中的火船工张岑可以对得上号。

如此说来，是否"一丈青"的绰号放在燕青头上较之张横更为合理呢？答案应该是肯定的。首先是"平康巷陌，岂知汝名，太行春色，有一丈青"的赞语将燕青、平康、一丈青三者联系到了一起。随后,在《水浒传》中竟然有了这三点之间紧密联系的展示:燕青在京城的平康女子李师师面前展露了他的一丈青——遍体花绣。且看这段风流话柄:

数杯之后,李师师笑道:“闻知哥哥好身文绣,愿求一观如何?”燕青笑道:“小人贱体虽有些花绣,怎敢在娘子根前揎衣裸体!”李师师说道:“锦体社家子弟,那里去问揎衣裸体。”三回五次,定要讨看。燕青只得脱膊下来。李师师看了,十分大喜。把尖尖玉手,便摸他身上。(第八十一回)

众所周知,纹身又叫刺青,遍体花绣无论多么漂亮,毕竟以青色为主。试想,一个遍体刺青的“玉亭柱”般高大的男儿,叫做“一丈青”,不是非常形象而生动吗?

燕青在《宣和遗事》中的作为主要是参加打劫“生辰纲”,该书写道:“花约道:‘为头的是郓城县石碣村住,姓晁名盖,人号唤他做铁天王;带领得吴加亮、刘唐、秦明、阮进、阮通、阮小七、燕青等。’张大年令花约供指了文字,将召保知在,行著文字下郓城县根捉。”这里的燕青,只是一个配角,甚至没有自己单独的言行,根本算不上人物形象。但在元杂剧舞台上,燕青这一艺术形象可真是个“人物”了。

现存元杂剧中的“水浒戏”有六本,其中有两本写到燕青。

在《燕青搏鱼》中,燕青毫无疑问是主人公。他由正末扮演,是一个抱打不平的好汉。且看剧本最后宋江所言:

则俺三十六勇耀罡星,一个个正直公平。为燕大主家不正,亲兄弟赶离家庭。杨衙内败坏风俗,共淫妇暗约偷情。将二人分尸断首,梁山上号令施行。这的是与民除害,不枉了浪子燕青。(第四折)

此外,在《黄花峪》中,也有梁山好汉燕青的名字,而且排名靠前:“关胜同李俊、燕青、花荣、雷横、卢俊义、武松、王矮虎、呼延灼、张顺、徐宁上。”(第二折)

《水浒传》中,燕青的排位大大下降,书中第七十一回石碣前面书梁山泊天罡星三十六员,燕青是最后一名。但在明人郎瑛所著《七修类稿》卷二十五《辩证类》“宋江原数”条中,燕青的地位又被抬得很高:

史称宋江三十六人横行齐魏,官军莫抗,而侯蒙举讨方腊。周公谨载其名赞于《癸辛杂志》,罗贯中演为小说,有“替天行道”之言,今扬子、济宁之地皆为立庙。据是,逆料当时非礼之礼,非义之义,江必有之,自亦异于他贼也。但贯中欲成其书,以三十六为天罡,添地煞七十二人之名,又易尺八腿为赤发鬼,一直撞为双枪将,以至淫辞诡行,饰诈眩巧,耸动人之耳目,是虽足以溺人而传久失其实也多矣。今特书其当时之名三十六于左。宋江、晁盖、吴用、卢俊义、关胜、史进、柴进、阮小二、阮小五、阮小七、刘唐、张青、燕青、孙立、张顺、张横、呼延绰、李俊、花荣、秦明、李逵、雷横、戴宗、索超、杨志、杨雄、董平、解珍、解宝、朱仝、穆横、石秀、徐宁、李英、花和尚、武松。

回头再看《水浒》。在《水浒传》中,燕青虽然排在三十六天罡的最后一位,但他的故事却是非常精彩的。这就使得他成为梁山好汉中颇为突出的人物,很有自己的个性。

首先,恩怨分明,知恩图报

中国几千年的民众公共道德告诉我们:受人点水之恩,必当涌泉相报;受人大恩不言报,报则以身。燕青的行为,是完全符合这种传统伦理道德的。他深受卢俊义大恩,因此,当卢俊义遭遇厄难时,燕青便奋不顾身地进行营救。当卢俊义被官府抓捕,陷入牢狱之灾时,燕青四处叫化,弄了半罐饭救恩人性命:“蔡福起身出离牢门来,只见司前墙下转过一个人来,手里提着饭罐,而带忧容。蔡福认的是浪子燕青。蔡福问道:‘燕小乙哥,你做甚么?’燕青跪在地下,擎着两行珠泪,告道:‘节级哥哥,可怜见小人的主人卢员外,吃屈官司,又无送饭的钱财!小人城外叫化得这半罐子饭,权与主人充饥。节级哥哥怎地做个方便,便是重生父母,再长爷娘!’说罢,泪如雨上,拜倒在地。”(第六十二回)这一幕是感人至深的。像卢俊义这种“通寇”罪名的犯人,是弥天大罪。在那个人情冷暖、世态炎凉的时代,人人都怕惹火上身,躲之唯恐不及,哪里去找燕青这样的历尽艰难而忠心报恩之人呢?

燕青每日叫化饭食以救卢俊义之饥渴只是权宜之计,他的最终目的是要救出恩人。但牢房戒备森严,他无从下手。终于等到了卢俊义被押解上路的机会,他可以拦路打劫救出恩人了。于是,发生了“放冷箭燕青救主”一幕:“薛霸两双手拿起水火棍,望着卢员外脑门上劈将下来。董超在外面只听得一声扑地响,慌忙走入林子里来看时,卢员外依旧缚在树上,薛霸倒仰卧倒树下,水火棍撇在一边。董超道:‘却又作怪!莫不是他使的力猛,倒吃一跤?’仰着脸四下里看时,不见动静。薛霸口里出血,心窝里露出三四寸长一枝小小箭杆。却待要叫,只见东北角树上,坐着一个人,听的叫声:‘着!’撒手响处,董超脖项上早中了一箭,两脚蹬空,扑地也倒了。那人托地从树上跳将下来,拔出解腕尖刀,割断绳索,劈碎盘头枷,就树边抱住卢员外放声大哭。卢俊义开眼看时,认得是浪子燕青。”(第六十二回)这段描写,与鲁智深救林冲一段有异曲同工之妙,但又各有千秋。相对于鲁智深的勇猛而言,燕青更为机智。鲁智深是以其豪迈的气势折服两个公差,而燕青则干脆干净利落地消灭了这两个无耻小人。当然,他们行为又有共同之处,都是千钧一发之际救出命悬一线之人,只不过鲁智深救的是肝胆相照的朋友,而燕青救的是恩重如山的主人而已。

其次,做事牢靠,值得信任

《水浒传》里与燕青在一起活动得最多的人是李逵,那么,作者为什么要将李逵与燕青放在一起来写呢?道理很简单,因为李逵是梁山上最莽撞的人,而燕青是梁山上最精细的人。作者正是让这两个人在一起而相映成趣的。譬如说,李逵有一次冤枉了宋江,闯下大祸,事后不知如何是好。而燕青就帮他出了一个负荆请罪的好主意。且看这段描写:“燕青道:‘你没来由寻死做甚么!我教你一个法则,唤做负荆请罪。’李逵道:‘怎地是负荆?’燕青道:‘自把衣服脱了,将麻绳绑缚了,脊梁上背着一把荆杖,拜伏在忠义堂前,告道:由哥哥打多少。他自然不忍下手。这个唤做负荆请罪。’”(第七十三回)这样一条妙计,既让李逵有了改正错误的表现,也给宋江以足够的面子。结果是既教育了李逵,又进一步树立了宋江的威信,真是一举两得的好主意!

以上所述的还只是发生在梁山兄弟内部的一件不算太大的误会,按照燕青的妙计,得到了妥善处理。小事如此,大事就更是这样了。越是碰上大事,燕青越沉着冷静。他做事十分牢靠,是那种值得信任、并能够委以重任的聪明伶俐之人。当宋江要向朝廷联络招安事宜,必须通过京城名妓李师师向宋徽宗吹吹枕头风的时候,如何能说动李师师帮忙,是一个很艰巨的任务。这位说客万万不可鲁莽,也不能粗豪,而必须具有温柔体贴的性情,更要精通吹拉弹唱诸般技艺。一句话,既要能讨风尘女子李师师的欢心,又不能与李师师过于缠绵动真情而误了正事。宋江等人考虑再三,此事非燕青不办。而燕青也果然不辱使命,圆满完成了山寨交给的任务。然而,在这一过程中,燕青可是要经受严峻的考验的。因为像燕青这样的风流子弟,是最有可能得到李师师的爱恋的。果不其然:

> 原来这李师师是个风尘妓女,水性的人。见了燕青这表人物,能言快说,口舌利便,倒有心看上他。酒席之间,用些话来嘲惹他。数杯酒后,一言半语,便来撩拨。燕青是个百伶百俐的人,如何不省得。他却是好汉胸襟,怕误了哥

哥大事,那里敢来承惹?(第八十一回)

就这样,燕青抵御了李师师的诱惑,甚至有些忍心地拒绝了绝代佳人的爱恋。而他之所以这样做,完全是以梁山事业为己任。因此,燕青的为人处事,是值得充分信任的。

第三,尤擅弩箭,相扑第一。

燕青在梁山的步军首领中排名第六,杨雄、石秀、解珍、解宝均在其后,如果没有几下子过硬的功夫,便难以服众。然而,燕青不像李逵,靠蛮力取胜,他是轻巧灵活型的高手。他的绝门功夫有二:弩箭和相扑。他的弩箭,在搭救卢俊义时大显神威,而《水浒传》的作者,更是对燕小乙的弩箭赞不绝口:

> 这浪子燕青那把弩弓,三枝快箭,端的是百发百中。但见:弩桩劲裁乌木,山根对嵌红牙。拨手轻衬水晶,弦索半抽金线。背缠锦袋,弯弯如秋月未圆;稳放雕翎,急急似流星飞迸。绿槐影里,娇莺胆战心惊;翠柳阴中,野鹊魂飞魄散。好手人中称好手,红心里面夺红心。(第六十二回)

至于燕青相扑的功夫,在当时更是天下第一。书中好几个人物都吃过他的亏。首先是李逵:"话说当下李逵从客店里抢将出来,手掿双斧,要奔城边劈门,被燕青抱住腰胯,只一交,攧个脚稍天。燕青拖将起来,望小路便走。李逵只得随他。为何李逵怕燕青?原来燕青小厮扑天下第一。"(第七十三回)燕青攧李逵,还只能算是梁山兄弟之间的戏谑,而他与任原的打擂台相扑,那可就是性命相搏了。这段文字太长,恕不赘引,读者可以参看《水浒传》第七十四回。

然而,燕青相扑,最有意味的是在梁山上扑倒高俅的那一次,真正令人拍手称快:"高太尉大醉,酒后不觉失言,疏狂放荡,便道:'我自小学得一身相扑,天下无对。'卢俊义却也醉了,怪高太尉自夸天下无对,便指着燕青道:'我这个小兄弟,也会相扑。三番上岱岳争跤,天下无对。'高俅便起身来,脱了衣裳,要与燕青厮扑。众头领见宋江敬他是个天朝太尉,没奈何处,只得随顺听他说;不想要勒燕青相扑,正要灭高俅的嘴,都起身来道:'好,好!且看相扑!'众人都哄下堂去。宋江亦醉,主张不定。两个脱了衣裳,就厅阶上,宋江叫把软褥铺下。两个在剪绒毯上,吐个门户。高俅抢将入来,燕青手到,把高俅扭捽得定,只一跤,攧翻在地褥上,做一块,半晌挣不起。这一扑,唤作守命扑。"(第八十回)高俅相扑水平一般,却要自称"天下无对"。于是,真正天下无对的燕小乙上来三下五除二,将他摔了个一佛出世,二佛涅槃。如此,便大长了梁山好汉的威风,大灭了朝廷奸贼的志气。别看宋江、卢俊义表面紧张得要命,内心深处可是高兴得要死哩!燕青,通过小小的相搏之戏,真是给水泊梁山挣足了面子!

第四,不求荣华,功成身退

在梁山好汉一百八人中,燕青是最聪明的一个。这不仅体现在他百事伶俐,讨人喜欢,更重要的是他看透了朝廷,看透了世情,不求荣华富贵而功成身退。征方腊胜利后,他在回朝途中离队出走,不知所终。作者对燕青这种功成身退的行为,是十分欣赏的。不仅用了诗歌的和议论的方式进行赞叹,而且还通过形象化的描写,进一步强化了读者对燕青这一方面的认识:

> 再说宋江与同诸将,离了杭州,望京师进发。只见浪子燕青私自来劝主人卢俊义道:"小乙自幼随侍主人,蒙恩感德,一言难尽。今既大事已毕,欲同主人纳还原受官诰,私去隐迹埋名,寻个僻净去处,以终天年。未知主人意下若何?"卢俊义道:"自从梁山泊归顺宋朝已来,北破辽兵,南征方腊,勤劳不易,边塞苦楚。弟兄殒折,幸存我一家二人性命。正要衣锦还乡,图个封妻荫子,你如何却寻这等没结果?"燕青笑道:'主人差矣。小乙此去,正有结果。只恐主人此去,定无结果。"……燕青纳头拜了八拜。当夜收拾了一担金珠宝贝挑着,径不知投何处去了。次日早晨,军人收得字纸一张,来报复宋先锋。宋江看那一张字纸时,上面写道是:"辱弟燕青百拜恳告先锋主将麾下:自蒙收录,多感厚恩。效死干功,补报难尽。今自思命薄身微,不堪国家任用,情愿退居山野,为一闲人。本待拜辞,恐主将义气深重,不肯轻放。连夜潜去。今留口号四句拜辞,望乞主帅恕罪。情愿自将官诰纳,不求富贵不求荣。身边自有君王赦,淡饭黄齑过此生。"(第九十九回)

鸟尽弓藏,兔死狗烹,这是封建时代君臣关系的常态,更何况梁山英雄来自草莽,强盗出身,朝廷怎么可能给你一个好的结局?宋江、卢俊义等人没有参透这中间的奥秘,因而全都成为封建王朝的牺牲品,成为祭坛上的羔羊。而燕青等少数人看透了这一点,于是,就有了鲁智深的坐化,武二郎的守灵,混江龙的诈病,燕小乙的隐遁。其实,这些人的思想正代表了作者的思想,也正显示了《水浒传》这部悲剧英雄小说最深层的悲剧涵蕴。

但无论如何,在《水浒传》作者的心目中,燕青是他最喜爱的人物之一。在全书对燕小乙的描写过程中,只有赞扬,从无贬损,甚至连皮里阳秋的暗讽都没有。在作者看来,燕青就是朝霞、旭日、春风、山泉,是那么辉煌、明亮、和煦、清澈,谓予不信,不妨以作者的一首《沁园春》为证:

唇若涂朱,睛如点漆,面似堆琼。有出人英武,凌云志气,资禀聪明。仪表天然磊落,梁山上端的驰名。伊州古调,唱出绕梁声。果然是艺苑专精,风月丛中第一名。听鼓板喧云,笙声嘹亮,畅叙幽情。棍棒参差,揎拳飞脚,四百军州到处惊。人都羡英雄领袖,浪子燕青。(第六十一回)

由上可见,《水浒传》中的燕青,就是这么一个从作者到书中人物再到绝大多数的作者都非常喜爱的英雄人物形象。

《水浒传》出现以后,燕青在中国文学史乃至于文化史上仍然作为一个人物形象或者文化符号而盛传不衰,这主要体现在以下几个方面。

首先是带有俗文化意味的“燕青”。

明·陆容《菽园杂记》卷十四载:

斗叶子之戏,吾昆城上自士夫,下至僮竖皆能之。予游昆庠八年,独不解此,人以拙嗤之。近得阅其形制,一钱至九钱各一叶,一百至九百各一叶,自万贯以上,皆图人形:万万贯呼保义宋江,千万贯行者武松,百万贯阮小五,九十万贯活阎罗阮小七,八十万贯混江龙李进,七十万贯病尉迟孙立,六十万贯铁鞭呼延绰,五十万贯花和尚鲁智深,四十万贯赛关索王雄,三十万贯青面兽杨志,二十万贯一丈青张横,九万贯插翅虎雷横,八万贯急先锋索超,七万贯霹雳火秦明,六万贯混江龙李海,五万贯黑旋风李逵,四万贯小旋风柴进,三万贯大刀关胜,二万贯小李广花荣,一万贯浪子燕青。

那些月黑风高夜杀人的梁山好汉,在这里都成为市井百姓手中的一张牌,似乎有点儿调侃意味。其中,宋江最贵,万万贯;燕青最贱,一万贯。实际上,这里的排列除了盗魁宋江和市民心中的天神武松以外,其他诸位,是带有很大的随意性的。但无论如何,燕青和他的兄弟们一道,都成为了娱乐物品。这样的例子并非唯一,再如晚清小说中的描写:“敬敷喝了酒,抽了一枝:浪子燕青。便想了一个‘江标’,众人痛赞了。”(《轰天雷》第十四回)

上一例是赌博,下一例是酒令,梁山弟兄都在娱乐场中被物化,鲜活的艺术生命已然丧失殆尽。不知这种文化现象是代表着社会的进步,抑或是后退?

其次是改编续写《水浒传》的戏曲小说作品中的“燕青”。

凌濛初“二拍”的最后一篇其实不是小说,而是根据《水浒传》的片段改编而成的杂剧《宋公明闹元宵》,这里面的燕青,是一个较为重要的配角:

(外)我日间只在客店里藏身,夜晚入城看灯,不足为虑。且听我分拨:我与柴进、戴宗、燕青一路，史进与穆弘一路，鲁智深与武松一路，朱仝与刘唐一路。只此四路人，暗地相随，缓急策应。其余兄弟，尽数在家守寨。(第三折《讯灯》)

在此后的第五折《闯禁》、第七折《赐环》、第八折《狎游》、第九折《闹灯》中，都有贴扮燕青的戏。

《水浒传》的续书很多，晚清自《荡寇志》以下的众多作品或借题发挥，或立意相反，暂且不议。仅以清初最有名的两部作品为例，便可窥见燕青在续书中的重要性。

《水浒后传》与《水浒传》相比，有三点值得注意：它继承前传什么？曰官逼民反的基本精神；它突破前传什么？曰浓烈厚重的民族意识；它不及前传什么？曰功名利禄的庸俗趣味。这部书中燕青是重要人物，全书共四十回，其中二十回写到燕青，这位小乙哥出镜率很高。而且，在梁山好汉残余的三十多人中，燕青的排名是相当靠前的。

那三十二人是公孙胜、呼延灼、关胜、朱仝、李俊、李应、戴宗、燕青、朱武、黄信、孙立、孙新、阮小七、顾大嫂、樊瑞、蔡庆、童威、童猛、蒋敬、穆春、杨林、邹润、乐和、安道全、萧让、金大坚、皇甫端、杜兴、裴宣、柴进、凌振、宋清。(第一回)

在《水浒传》的另一本续书《后水浒传》中，“天魁星呼保义宋江，托生天柱曜星全义勇杨幺；天罡星玉麒麟卢俊义，托生天任曜星金头凤王摩；天机星智多星吴用，托生天心曜星广见识何能；天闲星入云龙公孙胜，托生天英曜星活神仙贺云龙；天勇星大刀关胜，托生牛金牛宿毛头狮劳捷；天威星双鞭呼延灼，托生虚日鼠宿泼天火罗英；天贵星小旋风柴进，托生天禽曜星小虬髯孙本；天富星扑天鹏李应，托生亢金龙宿拦路虎沃泰；天杀星黑旋风李逵，托生天蓬曜星刮地雷黑疯子马霳；天速星神行太保戴宗，托生星日马宿筋半云郑天佑；天满星美髯公朱同，托生尾火虎宿没拦挡隋举；天败星活阎罗阮小七，托生箕水豹宿揭浪蛟岑用七；天巧星浪子燕青，托生心月狐宿钻心虫遍地锦殷尚赤；天寿星混江龙李俊，托生轸水蚓宿癞头龟侯朝；天英星小李广花荣，托生斗木獬宿小天王花茂；……”(第四十二回)燕青排名不仅靠前，而且该书开卷第一回的回目就是“燕小乙访旧事暗伤心，罗真人指新魔重出世”，整个故事就是由燕青“报幕”的。且看燕青与罗真人的一段对话：

燕青听了，因又问道：“天机固不敢尽泄，但弟子情深，尚有不尽之请，望祖师慈悲指引。"真人道:"燕义士还有什言?"燕青道:"这几位弟兄,祖师说已托人世,不知弟子此去天涯海角,可能亲见得一二人否?"罗真人点头道:"真情种也!吾今有四句偈言,汝当记之。"因说道:"有妇悲啼,在于水溪。怀藏两犊,卢兮宋兮。"真人说完,遂唤公孙胜近前,暗说了几句,道:"你今送燕义士下山,完却前因,来寻后果可也。"二人遂拜谢而出。(第一回)

此处罗真人所讲的前因后果,指的就是宋江带领手下天罡地煞中的若干兄弟,投胎为杨幺手下的三十七条好汉,在洞庭湖重举义旗,再创辉煌。这样,作者就通过一种奇特的方式将北宋的宋江起义与南宋的杨幺起义这两个原本风马牛不相及的故事勾连在一起,体现了人民大众反抗斗争的前赴后继。而燕青,在这里做了贯穿前生后世的穿针引线之人。

第三是作为一种武术技艺代名词的"燕青"。

由于《水浒传》写燕青"棍棒参差,揎拳飞脚,四百军州到处惊",兼之"那把弩弓,三枝快箭,端的是百发百中",故而,在后世小说中往往以"燕青"二字来给某种武术技艺命名。且看数例:

一个姓花,叫做花花子,善能射箭打弹,有袖中奇矢三枝,能伤人百步之外,浑名又叫"赛燕青"。(《女仙外史》第五十一回)

正在吃酒之际,忽听外面有人来报,说有小霸王郭龙、赛燕青郭虎,乃是北路宣化府的英雄,来至此处,与黄三太送银。(《彭公案》第十九回)

那少年拉开拳脚架子,练将起来。山东马并不认识,回头暗问顾焕章说:"侯爷大哥,那叫什么拳脚名儿?"侯爷说:"燕青拳。"(《永庆升平全传》第五十回)

以上三例均为章回小说,有人将外号取名为"赛燕青",有的甚至将某种拳术叫做"燕青拳",可见这位小乙哥在后世文学中知名度较高。不仅古代小说如此,就是某些杂记资料也有这方面的记载,仅以《清稗类钞》为例,就不止一次提到燕青:

夜既深,寂无声。店主人小燕青,盗魁也。窥牧辎重,乃预集群盗之杰者,各操利器,跃登后壁,伺便而入,馀盗潜伏四周。先一人跃下,久而不出,曰:"何迟迟也?"又二三跃下,久又不出,乃相顾愕然。小燕青曰:"若辈了不长进,是何大事,乃尚须劳乃公耶?"遂跃入院中。(《清稗类钞·侠义类·倪惠姑护主杀盗》)

少林拳、太祖拳、通臂拳、大飞拳、小红拳，二郎拳、路行拳、梅花拳、罗汉拳、地堂拳、关西拳，万古手、黄英手、三十看对手，打掌、谭腿、头进、六家势、廿四势、双实练、十八滚、短打、燕青、飛架、三步架、醉刘唐……（《清稗类钞·技勇类·拳术各技》）

上一例的“小燕青”乃盗魁的诨名，下一例的“燕青”则干脆是一种拳术的名称。燕青的影响可谓大矣！

更为有趣的是，在《说岳全传》中，占山为王的燕青作为宋江余部的代言人，居然还在宋高宗逃难途中，借着图画将宋高宗的父亲宋徽宗痛斥了一番：

那头目得令，遂引了李太师一行人来到两廊下，但见满壁俱是图画。李纲道：“这是什么故事？”头目道：“这是梁山泊宋大王的出身。我家大王，就是北京有名的浪子燕青。只因宋大王一生忠义，被奸臣害死，故有此大冤。”李纲又逐一看去，看到“蓼儿洼”，便道：“原来如此。”便放声大哭起来。哭一声：“宋江。”骂一声：“燕青。”哭一声：“宋江，好一个忠义之士！”骂一声：“燕青，你这背主忘恩的贼！不能将蔡京、童贯一般奸臣杀了报仇，反是偷生在此快活。”燕青听见，心下想道：“这老贼骂得有理。”叫头目：“送他们到海中，由他们去罢！”头目答应一声，将他们君臣八人推下海船，各自上山去了。（第三十七回）

李纲对燕青的指责简直有点儿岂有此理。“将蔡京、童贯一般奸臣杀了报仇”，岂是区区草寇燕青可以做得到的？那是宋徽宗父子的权力和责任！再者，燕青何曾“背主忘恩”？他既没有投降金人，而且还将梁山故事编成壁画，让世人千秋万代永远记住。燕青没有错！那么，作者为什么还要这样写呢？或者是指桑骂槐，或者是借题发挥，总之矛头应该是指向宋朝皇帝的。而且，这里的燕青非常大气，或者是他听出了李纲骂声的弦外之音吧。故而一边说李纲骂得有理，一边令手下放走了逃难途中的宋高宗君臣。

《说岳全传》中这匆匆一笔所写的，应该说是《水浒》之外的“燕青”中颇为精彩的一个。

杨志缘何激不起受众的英雄气

湖北科技学院　单长江

一

《水浒传》就其思想主体性而言，它无疑是一部杰出的正面歌颂中国封建社会农民革命和农民战争的古典小说名著。否则，它不可能屡被明清专制朝廷列为禁书毁版，也不可能一次次被农民起义军领袖、甚至包括无产阶级革命的领袖(如毛泽东同志)作为推翻腐败政府、解民于倒悬的“玉账教案”。并且，“官逼民反”、“逼上梁山”、“替天行道”等《水浒传》关键词，业已为一代代受众普遍认同并欣然接受，且融化为“路见不平一声吼，该出手时就出手”虽莽撞却不失理性的正义举动，进而得出“马克思主义千头万绪，归根结底就是一句话——造反有理”的正确结论。

众所周知，《水浒传》是以北宋末年发生的山东宋江起义和江南方腊起义为历史背景，且宋江起义的结局还有完全不同的说法。但是，《水浒传》毕竟是规范的小说，不是历史著作，因此，人们评价和接受的《水浒传》，只能从评析小说人物及人物性格演绎而成的故事情节作为抓手。同时，我们又不能不顾及到作品的创作实际，即《水浒传》的作者施耐庵(或称罗贯中也参与了后期编辑整理)，他(们)在小说里既流露出同情弱势群体悲惨遭遇、肯定农民起义正义性的一面，因而揭示出“官逼民反”、“逼上梁山”的革命主题(封建统治者极端恐惧的正是这一点，老百姓喜欢的也是这一点)，同时，作品又存在着严重歪曲农民起义的一面，如“只反贪官、不反皇帝”，最后干脆连贪官也不反了，干脆同流合污，“替国家打别的强盗——不‘替天行道’的强盗去了”。因此，作者在《水浒传》中，既明显地表达了对以宋徽宗、蔡京等六贼为首的昏聩无能、腐败透顶的北宋王朝的严重不满，但又极不情愿看到农民以暴力革命手段武装夺取政权局面产生：“休言啸聚山林，早愿瞻依廊庙”；“宋江重赏升官日，方腊当刑受剐时”。正是由于作者的世界观本身就存在矛盾，又由于普遍客观存在的时代局限性，加上《水浒传》在流传、形成过程中，必然会受到来自社会各阶层的广泛影响，以及社会变迁、朝廷更迭所带来的特定历史因素的作用。比如宋江等受招安后首次出征便是“破辽”，鲁迅就认为是“宋江外放凭凌，国政废弛，转思草泽，盖亦人情”。至于宋江等三十六人“横行河朔”，“官军数万莫敢婴其锋”，的确影响巨大，“于是自有奇闻异说，生于民间，辗转繁变，以成故事，复经好事者掇拾粉饰，而文籍以出”。

尽管如此，诚如原苏联著名作家、文学评论家高尔基所说，文学即是人学。《水浒传》之所以能够在屡遭专制政治禁毁和反动文人百般诋毁的情况下，还能够长期流传，除去作品进步的主题、深邃的思想性和精湛的艺术性之外，还得力于它成功地刻画出了一个又一个系列人物群像，他们是那样生动感人，栩栩如生，诚如我国古代杰出的小说、戏曲评点家金圣叹所言：“《水浒》所叙，叙一百八人，人有其性情，人有其气质，人有其形状，人有其声口。”金氏之评虽然难免溢美之嫌，但在这一百八人中，足以令人久久难以忘怀的英雄人物决不会少于二三十人。最能体现《水浒传》革命主题，且最为下层受众所欣赏、所效法的，莫过于李逵、武松、鲁智深、阮氏三雄、解珍、解宝、石秀、杨雄、时迁等一大批来自社会底层的义军头领，他们当中有佃农、自耕农、渔民、猎户、小手工业者、流民、市民等，还包括一些始终保持劳动人民本色的朝廷下级官吏，因而构成了梁山农民起义军的主题，并决定着这次起义的性质。因为，他们是北宋政权残酷剥削、压迫最主要也是最直接的对象，而且已经被剥削、压迫得喘不过气来，所以，只要是任何一个地方溅起一星革命的火花，顷刻间必成燎原之势。像《吴学究说三阮撞筹》一节小说，写阮氏三雄守着富饶的梁山水泊，因官府横征暴敛，早就生活无着落，三个精壮汉子却奉养不了一个老母亲，平日里就只羡慕“白衣秀士”王伦领导的山寨：“不怕天，不怕地，不怕官司；论秤分金银，异样穿锦绣；成瓮吃酒，大块吃肉。”所以时刻希望有识得他们的，愿“水里水里去，火里火里去。若能够见用得一日，便死了开眉展眼。”晁盖江州劫法场，宋江智取无为军以后，“不由宋江不上梁山”了，便问花荣、黄信、李逵一众好汉可否随他投奔梁山，一同造反。宋江语音未绝，“李逵先跳将起来，便叫道：‘都去！都去！但有不去的，吃我一鸟斧，砍做两截便罢！’”可见这些义军都带有极大的自发性和自觉性。所以，他们上了梁山以后，已无退路可走，唯有在同官军的殊死战斗中，一个个奋勇争先，赴汤蹈火，前赴后继，直到流尽最后一滴鲜血。

最能体现梁山义军悲剧结局造成原因和作者阶级、时代局限性的，则是以宋江、卢俊义、柴进、关胜、秦明、花荣、呼延灼、董平、徐宁等原本出身社会上层的义军头领。在这组形象当中，为数众多的是在征剿梁山过程中失败被俘的原朝廷高级军官，还有成分极为复杂的社会名流，除“刀笔精通、吏道纯熟”郓城县押司宋江外，帝子龙孙如小旋风柴进、北京大名府首富如玉麒麟卢俊义、道家名宿如入云龙公孙胜，还有揭阳镇上的恶霸如孔明、孔亮等，这些人的阶级属性自然也隶属于封建统治阶级，只不过处于封建政权的在野或从属的地位，甚至在相互倾轧中成为当权派排挤、打击的对象，所以，他们对现政权当权派常常怀有不满情绪。当权奸将斧钺加之于颈，或失误军机归而必斩的时候，男儿的血性促使他们产生瞬间的反抗意向，又由于他们后期隐秘地与绿林豪杰保持较为密切的联系，所以又有一定程度的同情、向往农民革命的一面，被俘的朝廷军官则有为义军头领义气折服的可能。但是，一旦生存的危机暂时得以缓解，他们是绝对不甘心长期做“贼”的。因为，他们所受的家庭教养、成人后的人生志向是“生当鼎食死封侯”，死后也要在“青史上留名”的。因此，“权居水泊”也不过是“借得山东烟水寨，来买凤城春色”，最终要从朝廷当权派的既得利益里分一杯羹。即使混迹于农民起义队伍里，他们倡导或执行的只能是“只反贪官、不反皇帝”的机会主义路线，把打击梁山根据地附近与之作对的地主武装、击退朝廷对水泊梁山的征剿，当做与地主阶级当权派就招安问题进行讨价还价谈判的筹码，绝对不会有李逵“杀去东京，夺了鸟位”的革命到底的念头。这帮人的必然归宿，只能是主动充当朝廷的鹰犬，成为凶残地屠杀“不愿‘替天行道’”的农民起义军的刽子手。这自然是他们始终未改变自己的地主阶级属性所使然。

当我们做了上述总体分析后，却惊讶地发现：一百八人中的青面兽杨志，既与第一、第二类义军头领有千丝万缕的联系，又不能简单地纳入第一类抑或第二类之中，俨然成为了一个“另类”。独特而又曲折坎坷的经历铸就了他迥然有别于一百七人的独特个性，却丝毫激发不了古今受众惊天地泣鬼神的英雄豪情和壮怀激烈的人生意气。这种奇异的文学现象，自然会吸引我们这些《水浒》爱好者的研究兴趣。

二

杨志的出场，是在《水浒传》的第十一回《梁山泊林冲落草 汴京城杨志卖刀》。他的姓名、家世、经历、勾当等一应交代，不是作者作者冷静、客观的叙述，也不是旁人闲话提及，而是杨志酣战之后，回答对手文化的“夫子自道”——

> 洒家是三代将门之后，五侯杨令公之孙，姓杨，名志。流落在此关西。年纪小时，曾应过武举，做到殿司制使官。道君因盖万岁山，差一般十个制使去太湖边搬运花石纲，赴京交纳。不想洒家时乖运蹇，押着那花石纲，来到黄河里，遭风打翻了船，失陷了花石纲，不能回京赴任，逃去他处避难。如今赦了俺们罪犯。洒家今来收的一担儿钱物，待回东京去枢密院使用，再理会本身的勾当。不想被你们夺了，可把来还洒家如何？

这就是杨志的“夫子自道”，还真是令读者可羡、可叹、可怜。

但是，杨志失陷花石纲之事，南宋无名氏《大宋宣和遗事》中早有描写，不过，押送花石纲的“指使”共有十二人。原因是杨志因“在颍州等候孙立不来，在彼处雾阻”，盘缠又用尽，不得已“将一口宝刀出市货卖”，不期“交口厮争”，那“(恶少)后生被杨志挥刀”杀死，官府“将杨志诰札出身，尽行烧毁，配卫州军城。”途中，李进义、孙立“兄弟十一人，往黄河岸上，等待杨志过来，将防送军人杀了，同往太行山落草为寇去也”《水浒传》和《大宋宣和遗事》就同一事件的不同描写，咱们可以姑且不论，因为那是作家的创作自由，但是，杨志是“三代将门之后，五侯杨令公之孙”的家世出身，却完全是施耐庵或者罗贯中的首创，而且还让他(们)笔下的人物以“夫子自道”的形式和分明带炫耀成分的口吻说出，必然具有如此虚构的必要和隐藏在情节背后的深意。我们先来看历史上的杨令公乃何方神圣——

据清·毕沅《续资治通鉴》记载，宋太平兴国四年，太宗亲征太原，北汉主刘继元降，北汉将刘“继业犹据城苦战”。太宗知继业“素骁勇”，令刘继元招之。继业这才“大恸，释甲来见。帝喜，慰抚之甚厚，复姓杨氏，止名业，授领军卫大将军。丁巳，以业为郑州防御使。”同年十一月，“帝以业老于边事，复迁代州，兼三交驻泊兵马部署”。从此，杨业开始协同潘美专营御辽边务。同年十二月，“杨业败辽师于雁门，杀其驸马侍中萧多啰，获都指挥使李重诲”。“业自雁门之役，辽人畏之，每望见业旗，即引去”。军中辄称其为“无敌令公”。杨业威震边关，自然招来“主将屯边者多嫉之”。太宗雍熙三年，以潘美为统帅的宋军在朔州狼牙村雨契丹展开生死决战，杨业见宋军连败于安定、五台、蔚州、飞狐、浑源、应州、寰州，认为“敌锋益盛，不可与战”，只宜据守待援，以保全云、朔、益三州之众。但是，监军王侁却斥责杨业：“君素号无敌，今见敌逗挠不战，得非有它志乎？”逼令赴死战，自日中至暮，“身披数十创，士卒殆尽，业犹手刃数十百人”终因伤重坠马被擒，三日不食而殉国。史载杨业忠勇有谋，与士卒共甘苦，为政简易，御下有道，故士卒乐为之用。

业临死,长叹息曰:“上遇我厚,期捍边破贼以报,而反为奸臣所嫉,逼令赴死,致王师败绩”。是役,其子杨廷玉与之俱死。杨业死后,太宗“痛惜”,“削(潘)美三任,(王)侁除名,配金州,……赠业太尉、大同军节度使,厚赐其家,录其子五人及贵子二人”。可见,“无敌令公”杨业的确是北宋初期抗击辽、契丹入侵的民族英雄,镇守边关且功勋卓著的一代名将,忠勇有谋,爱护士卒,爱民如子,深得上至皇帝,下至军民的爱戴,故后世但提起令公及其子孙,无不褒奖杨家“一门忠烈”,从而激起强烈的民族自尊心与民族自豪感。

《水浒传》中的杨志自诩“三代将门之后,五侯杨令公之孙”(实不可考,乃作者虚构),的确武艺过人,与林冲、鲁智深酣战,前者三十回合,后者五十回合,俱“不分胜负”。幼时应过武举,做到殿司副使官,是保卫皇帝,时刻待在天子身边科班出身的御用武官,极有可能下次擢升。按照杨志的光辉出身和天子近臣的社会地位,他完全可以稳稳当当地混下去,并极有可能往统治阶级的高位上爬。但是,北宋末年的政局和宋金军事态势远逊于同属开过创业君王的宋太宗朝：金兵不仅大军压境,几乎兵临城下,国势业已危如累卵;执掌朝纲的不再是赵普、曹彬那班贤相,而是狼狈为奸、鱼肉百姓的蔡京、童贯、高俅、朱勔、杨戬一帮贼臣;道君皇帝则是一味朝欢暮乐,沉湎酒色,委政权奸,不思进取,致使偌大的中国,却饿殍遍野,民变蜂起。因此,杨志的人生遭际就如同他那“青面兽”的绰号,一脸的晦气,处处遭逢时乖运蹇也就成为了人生和时代的必然。小说中杨志还未露面,他已经倒过一次大霉:他所押运的宋徽宗用来营造“万岁山”以供享乐的太湖花石纲,被一场不期而遇的暴风将其掀到黄河里去失陷了,和他同行的九位制使都安全抵达东京交割,唯独他不得不浪迹江湖,躲避官府的追捕。作为北宋赫赫有名的“无敌令公”杨业的后代,杨志也曾指望凭借自己高超的武艺,率领一支哪怕只是偏旅之师,去往边关之上,虽不能建立像祖、父辈那样丰功伟业,庶几不曾玷污祖上的清白姓字。可是,在民族矛盾极端尖锐的北宋末年,朝廷并没有将杨志派往边关上做“塞上长城”,却为了帮助道君皇帝尽享逸乐,居然派遣他去江南押运耗尽民脂民膏,直接导致日后方腊农民大起义的“花石纲”。这本身就是对杨志人生理想的绝妙讽刺,也是以老杨家为代表的忠君爱国人士的浊世悲剧。读者也会在苦笑之余,发几声喟叹,但绝对不会增添英雄末路的悲哀。因为深陷“花石纲”之苦的江南百姓,却于无处求生的绝境中,正在方腊等人的秘密策划下,酝酿发动推翻腐朽透顶的北宋王朝的农民大起义,那才是“于无声处听惊雷”。

“花石纲”失陷以后，仕途的困顿并未彻底打消杨志魏国出力以建功立业的念头。比如，他刚刚打听到皇上大赦天下的消息，官瘾又发了，千方百计地弄来一担金银珠宝，准备进京夤缘权门，四处求告，上下打点，以期谋复旧职，重新钻进统治阶级营垒之中。对此，金圣叹喟然叹曰：“文臣升迁要钱使，至于武臣出身，亦要钱使，岂止为杨志痛哉！”然而，朝廷并不打算重新起用他，杨志一担金银珠宝打点尽了，好不容易在枢密院领到一纸申文，却遭到上司，殿帅府太尉高俅劈头盖脸一顿呵斥：“……偏你这厮把花石纲失陷了。又不来首告，倒又在逃，许多时捉拿不着。今日再要勾当，虽经赦宥所犯罪名，难以委用。”竟当面把文书批倒，将杨志赶出殿帅府。对杨志夤缘复职的种种遭遇，金圣叹在小说第十一回本眉批道：“非写高俅不受请托也，正写高俅妒贤嫉能也；非写高俅恶杨志也，写当时朝廷无人不如高俅，无人不被恶如杨志也。”杨志夤缘复职不成，反而人财两空！明代进步思想家李贽评到此处，也无限感慨地说——

> 杨志是国家有用人。只为高俅不能用他，以致为宋公明用了。可见小人忌贤嫉能，遗祸国家不小。

李贽显然是从为国惜才的角度发出这番感慨的，然而痛诋其时朝政浊乱的深意也着实隐含其中，并明显流露出对宋江招贤纳士，唯才是举的举措的赞赏之语。顺带说一些题外话，杨志一向标榜自己“清白姓字，不肯将父母遗体玷污了”，却挑着一担金银珠宝各衙门上下打点，不惜奴颜婢膝地四处求告，这行动本身就给杨家将一门忠烈、世代清白的家风抹了黑。说得虽然是题外话，却也与杨志的性格弱点和行止有亏息息相关，难以激起受众对他的爱怜——大不了“哀其不幸，怒其不争”！

再说杨志被高俅赶出殿帅府，脑袋里也曾经一度闪过王伦当日劝俺落草“也见得是”的念头(其实王伦劝杨志落草，只是为了平分林冲的力量，自己从中左右林、杨二人，并非真心劝他入伙，这一点杨志恐怕是被蒙在鼓里的)。然而杨志心底里想的却是：“指望把一身本事，边庭上一刀一枪，搏个封妻荫子，也与祖宗争口气。”为了度过眼前的难关，杨志只得去卖那口祖上驰骋沙场的宝刀，不想又受到泼皮牛二的无理取闹。杨志一忍再忍，终因受不了这个泼皮无赖的窝囊气，一时间英雄气起，手起刀落，杀了牛二，不期又吃上了人命官司，被充军到北京大名府，再次陷入人生命运的低谷。真可谓“破屋偏逢连阴雨，漏船恰遇逞头风”。

到了大名府，太师蔡京的女婿梁中书意外地没有追究杨志的杀人罪行，还与他去了枷,留在厅前听用,俨然成了梁中书的心腹亲信。杨志受宠若惊,重新又燃起了做官光宗耀祖的奢望。他感激涕零地对梁中书答谢道:"今日蒙恩相抬举,如拨云见日一般,杨志若得寸进,当效衔环背鞍之报。"梁中书见他办事勤谨,有心要抬举他,却不知道他武艺到底如何。次日校场比武,杨志全胜副牌军周谨,战平了正牌军"急先锋"索超,由一个犯罪充役的"贼配军",骤然提升为"管军提辖使"。但是,这一切的一切,完全是梁中书为了派遣杨志去押送"生辰纲"而有意笼络他,使其为自己出死力,并非如他冠冕堂皇说的,"即日盗贼猖狂,国家用人之际",因此破格委用。金圣叹看出了其中的破绽,他在第十回"急先锋东郭争功 青面兽北京斗武"的回评中事先提醒读者道:

> 如此一回大书,愚夫读之,则以为东郭争功,定是杨志分中一件惊天动地之事。殊不知只为后文生辰纲要重托杨志,故从空结出两层楼台,以为梁中书爱杨志地耳。故篇中凡写梁中书加意杨志处,文虽少,是正笔;写与周谨、索超比试处,文虽绚烂纵横,是闲笔。

原来一年前梁中书送给老丈人蔡京十万银子的生日礼物,半道上被人夺了去,至今下落不明,人赃未获,因此必须物色一个武艺高强,办事勤谨的人担当此任,破格提拔杨志,要的就是他那"衔环背鞍之报"。可怜杨志一身好武艺,虽被梁中书破格录用,却被贪官所利用,被派去押送搜刮来的民脂民膏以贿赂奸相,这对"三代将门之后",一身凛然正气的杨家家风又是一个绝妙的讽刺。但官瘾十足的杨志,绝没有想到这勾当的肮脏,却认为这是上司的特殊宠任,一心想着的,只是梁中书临行时嘱咐的那句话:"我有心要抬举你,这献生辰纲的札子内,另修一封书在中间,太师跟前重重保你受道敕命回来。"杨门世代忠烈,杨志不凭沙场军功取青紫,欲借奸相援手上青云,真真愧煞杨门姓字。然而,令摇尾乞怜的杨志万万没有想到的是,梁中书、蔡夫人并没有完全相信他这"贼配军",梁中书煞有介事地以"夫人也有一担礼物,另送与府中宝眷"为名,增派蔡太师陪嫁过来的奶公谢都管并两个虞候一同前去,实际上是派此三人监管"生辰纲",监控杨志。因此,尽管杨志一路上小心谨慎,心机使尽,先是天凉晓行早宿,后来日头烈了又晚行早宿;对那些挑担的公人非打即骂,直打得公人跪在地上哀告老都管,哀告无效干脆任你打也不听杨志的提调,终于惹恼了监控杨志的谢都管,且听他训斥杨志的一番言语:"我在东京太师府里做奶公时,门下军官见了无千无万,都向着我喏喏连声。不是我口栈,量你是个遭死的军人,相公可怜抬举你做个提辖,比得芥菜子大小的官职,直得恁地逞能!"岂止是"老奴恶极"(金圣叹批语)?分明是蔡夫人、梁中书、蔡京“恶极”，可怜杨志还蒙在鼓里。为了保护“生辰纲”，更为了保住这从天上掉下来的升迁之路，杨志的确是冒着血海似的干系，行动机警，步步为营，处处设防，终因老都管掣肘，公人恃势不听提调，外部又敌不过晁盖、吴用等人设下的巧计，眼睁睁地看着七辆江州车儿载走了十一担“生辰纲”，也载走了他的升官梦。面对万般落魄无奈，又恋着日后或许能拿住“强人”还他清白，杨志只好先上二龙山落草做“强盗”去了。

三

正因为如此，杨志的时乖运蹇，不可能像林冲那样激起读者的同情与感愤。反之，杨志仕途坎坷时的摇尾乞怜，往往会引起人们的蔑视，一旦遭逢际遇时的感激涕零，更容易引起读者的厌恶，而一心想往上爬的虚荣心态消蚀了他的反抗意志，即使日后杨志人上了梁山，不肯玷污祖上的清白，不甘心做“贼”的想法始终会深藏于他的心底。所以，他没有下层人民铤而走险的决心和揭竿而起的勇气，也没有林冲对腐朽政权的深刻认识和切齿痛恨。一旦有了做官的机会，他的官瘾就会骤然爆发，同反动统治者同流合污也就成为性格使然，让人看不出作为一个梁山义军头领一星半点的闪光。所以，杨志只能是一个在封建仕途上走投无路又不甘于自我沉沦，被迫(绝对不是被“逼”)卷入农民战争的革命洪流的革命同路人。因为，他始终心存有朝一日去往边庭之上，“一刀一枪，搏个封妻荫子，也与祖宗争口气”的幻想，始终把重新钻进统治阶级营垒作为自己毕生的奋斗目标，“落草为寇”只不过是争取实现这一目标的一种手段，即走宋、明时期社会上流行的“若要官，杀人放火受招安”的“终南捷径”，决不会如同林冲那样把农民的利益放在个人利益之上，把推翻反动封建政权作为自己参加农民革命的终极目标。这，便是杨志这个形象的普遍社会意义之所在。

当然，施耐庵虚构杨志是北宋抗辽英雄杨业的后代，《水浒传》写他一心指望凭借自身武艺，欲去边关一刀一枪搏个封妻荫子，好与祖宗争口气，自有历史的进步成份在其中。南北两宋，外敌凭陵，西夏、辽、金、元相继入侵中原，民族矛盾异常尖锐、复杂。小说作者有意突出杨志是抗辽英雄的后代，并一再强调他只是希冀朝廷委以偏师，抗御外侮，立功边陲，这些无疑是值得肯定的，毕竟包含爱国主义成分于其中，而且吻合宋元时期汉族人民普遍的民族情感。至于杨志空有一身本事，先被派去江南押运为皇上修造“万岁山”的“花石纲”，后来又为贪官去押送干谒蔡太师的“生辰纲”，则不能不说是国家的不幸，民族的不幸。

浅析武松形象——英雄与反英雄的互构

杭州师范大学 石 松

《水浒传》中的武松是一个兼具英雄与反英雄特点的文学形象。从二十二回"横海郡柴进留宾、景阳冈武松打虎"到三十一回"武行者醉打孔亮、锦毛虎义释宋江",一共十回,是写武松最为集中的片段。其中景阳冈打虎、斗杀西门庆、醉打蒋门神、血溅鸳鸯楼都是代代相传的著名段落。《水浒传》之后,有诸多文学艺术形式对这十回故事的改编与补写,武松形象也多见于相关的评话、戏曲、弹词等俗文学之中。为什么武松的形象得到民众的推崇和喜爱?除了故事情节生动精彩之外,更多的还是对武松这个文学形象的塑造。

在《水浒传》中,武松是一位英雄,还兼有"侠"的特点。简单地说,他是一位有武功的英雄。然而在一百零八将之中,会武功的英雄不止武松一人,为什么武松这个形象更能被人们接受呢?

《墨子·修身第二》中提道:"据财不能以分人者,不足与友;守道不笃、遍物不博、辩是非不察者,不足与游。"武松是一位仗义疏财的大侠:景阳冈打虎后,赏钱全分给了猎户;十字坡与张青夫妇后,把他们赠与的银两全部给了押送他的公人。疏财在外,而仗义为内。武松因仗义而疏财,却并非不爱财。在武松鸳鸯楼杀死张都监等人之后,"把桌子上器皿都踏匾了,揣几件在怀里"。"侠"的理解还有"路见不平,拔刀相助"。醉打蒋门神或许是这种理解的典型例证了。

金圣叹对武松的评价最高:"然则武松何如人也?曰:'武松,天人也。'武松天人者,固具有鲁达之阔,林冲之毒,杨志之正,柴进之良,阮七之快,李逵之真,吴用之捷,花荣之雅,卢俊义之大,石秀之警者也。断曰第一人,不亦宜乎?"(第二十五回回前批)武松能成为英雄,也得益于故事情节的烘托。景阳冈打虎可见武松的"勇",斗杀西门庆可见武松的"孝",醉打蒋门神则见武松的"义"。

武松也是一位反英雄。反英雄来源于是十九世纪作家罗伯特·路易斯·史蒂文森笔下的化身博士的"哥特式双重性格"。在《水浒传》中,武松杀人不少,有的是为了报兄仇,有的则是江湖义气。武松的犯禁行为,也有目共睹,从血溅鸳鸯楼到占据二龙山直至聚义梁山泊,其中鸳鸯楼一回武松连杀十九人。李卓吾先生在眉批中曾经写道:“只合杀三个正身,其余都是多杀的。”滥杀无辜是反英雄性格体现之一。而喜爱接受小恩小惠则是武松反英雄性格的另一体现。柴进送武松探寻兄长时,武松收了不少银两作盘缠,而在宋江与他告别之际,武松又收了十两银子。李卓吾先生在此评道:“这十两银子又买了武松了……”易受小恩小惠的性格最终使武松落入张都监的陷阱之中。除此之外,喜欢施予小恩小惠也让武松陷入困境,例如他刚住进武大家,就送给了潘金莲一匹彩色缎子作衣裳。此时武松虽然无心,但是潘金莲却有意。类似的描写使武松的性格塑造更加丰满、真实。“英雄”与“反英雄”,同时出现在武松身上,这就是一种“共轭”关系。所谓共轭,即为按一定的规律相配的一对,通俗的说法就是孪生。如果说“共轭”是形容两者之间的状态,那么他们之间的内在矛盾则是一个互构的关系。

景阳冈武松打虎是武松成为英雄的典型事例,酒醉之后在失去哨棒的情况下赤手空拳打死老虎的故事烘托了武松高超的武功与超人的胆识。作为金圣叹喻为“天人”的武松,其实也有凡人的一面。武松上景阳冈前,读到了印信榜文,“方知端的有虎。欲待转身再回酒店里来,寻思道:‘我回去时,须吃他耻笑,不是好汉,难以转去。’”可见武松并不是天生的勇气,在这层勇气的背后,还有一层凡夫俗子的面子问题。描写英雄的同时,反英雄式的心理描写也帮助衬托了英雄的真实性。杀嫂祭兄一段,武松私设公堂,逼出供词,之后杀嫂取其头颅。在人们拍手称快的同时,也描写了武松杀人凶狠的一面,而这却并不能动摇他在人们心目中的英雄形象,这时的反英雄描写使人物的个性更加鲜明,又是互构一例。

对英雄的描写自然离不开他身边美女的衬托。武松身边的女性描写也起到了这样的作用,但不是江山美人的传统范式。第一个出现在武松身边的女性是潘金莲,在她对武松卖弄风情的时候,武松始终保持着距离,正人君子般的举止甚至就如唐僧遇女妖一般的被动。这方面的描写主要塑造了武松不为美色所动的英雄品质。如果一味描写武松的英雄形象,就会消减这些描写的效果。武松并非不懂风月爱情,在十字坡遇到孙二娘后,武松道:“娘子,你家丈夫却怎地不见?”后武松又说:“恁地时,你独自一个须冷落。”虽然武松的目的只是为了激怒孙二娘,揭穿黑店的事实。然而这也是一处反英雄式的描写,金圣叹在此处的评语是“风话”;另外一例可见武松在快活林故意用言语调戏酒店老板娘,以此激怒蒋门神。两处描写并没有使武松成为西门庆式的人物,反而丰富了武松的性格塑造。

武松对兄长的孝悌是其英雄形象的一部分,但并不是面面俱到的。在武松打虎成为英雄后,阳谷县知县让武松当都头,而武松也爽快答应了。此时武松最初去清河县寻找兄长的计划却再没提起。虽然武松心里也想过,然而最终还是武大找到了武松，因此有这样一句问话:“武都头，你今日发迹了，如何不看觑我则个？”在上二龙山之前,武松对自己的仕途还是很在意的。在醉打蒋门神之后,张都监假意提拔武松,对张都监的提拔甚至会让武松十分得意。在这两段情节中,可以看到武松性格塑造并没有停留在单纯的英雄主义上。假如武松并不贪恋阳谷县的官职,那么也无所谓武松的杀嫂祭兄了;假如武松不是仍然抱着理想主义的官场追求,那么张都监陷害武松的计谋也不会如此容易就得手了;英雄的悲剧最终是因为英雄的悲剧性格。而这英雄性格之中必定存在着反英雄性格的特点。

“张都监血溅鸳鸯楼” 是武松英雄与反英雄互构体现得最明显的一回了,这一回是武松故事的高潮,也是一个总结。首先血溅鸳鸯楼的原因在于张都监阴谋得逞后,武松集多种愤恨于一身。在他知晓张都监设计谋害他之后,他感觉到了英雄之“义”的愤怒;在他发现玉兰也参与了阴谋之后,他感觉到了英雄之“情”的欺骗,加上之前潘金莲的卖弄风情,武松的情感犹如草蛇灰线般的贯穿于故事之中。最后“武松握着朴刀,向玉兰心窝里搠着”。正如金圣叹在这里的评语:“前杀金莲是心窝里,今杀玉兰亦是心窝里,藏此三字为暗记也。”由于愤怒,武松杀害了很多无辜。直接导致这种愤怒的还是因为前一回中被他打倒的蒋门神,正是由于蒋门神暗中要害武松性命,才有血溅鸳鸯楼这一幕。而蒋门神有杀武松的念头还是来自于武松爱打抱不平的英雄性格。在这里,可以看到一个英雄与反英雄性格之间的辩证关系。在武松成为英雄之时,却也暗暗地埋下了祸根,从而导致了武松最终在鸳鸯楼上杀了张都监全家,除了张都监、张团练、蒋门神这几个主要的复仇对象以外，张都监家的佣人、侍女的全部被杀则是武松反英雄的极端体现。英雄与反英雄这两种性格特征在这里形成了一种共轭的形态。杀佣人、侍女时武松的心理状态被描写为“一不做,二不休,杀了一百个,也只一死。”这种心态里既包含着鲁莽残忍,又包含着快意恩仇。暂且不讨论张都监家中无辜之人到底该不该杀,这一回血溅鸳鸯楼的结果使武松彻底放弃了原有的理想和追求,最终上了二龙山。

回顾武松故事的整个过程,可见作者的叙事手法高超,故事的每个部分都十分注重情节发展的轻重缓急,具有很强的节奏感。在这高超的叙事手段之后,是武松英雄与反英雄互构过程的具体体现。

武松故事开始于柴进府中。最初的武松形象是一副落魄的样子，他脾气暴躁使自己困于窘境，这段简短的反英雄性格描写引出了宋江重视武松。武松拜宋江为兄长，随即武松思乡，则引出了景阳冈武松打虎，这段经典的英雄主义描写却又为后文埋下了伏笔；武松与兄长、潘金莲的见面，以及潘金莲对武松卖弄风情的描写，在这段中反英雄的性格在继续酝酿着，而打虎之后的武松遇到新的矛盾则是由于打虎造成的。最终武松杀死潘金莲、西门庆把武松的英雄主义推向一个新的高潮；武松的反英雄性格描写仍然如光明中的影子一般紧紧地跟随着，这就是前文所论的一个伏笔，武松虽然杀了二人，然而并没有解恨，最终的发泄直至血洗鸳鸯楼之后，武松说出了："这口鸟气今日方才出得松。"在十字坡遇到张青、孙二娘之时，已经有机会上二龙山，但是武松仍然心中有理想，并未选择落草为寇，英雄的选择让反英雄的性格继续发酵；在施恩的殷勤款待之后，武松的江湖义气终于有施展的场地了，快活林醉打蒋门神是武松的另一段佳话，这一段故事中不仅为之后武松的遭遇埋下了伏笔，在与蒋门神直接打斗之后，激烈的场面转成了平缓的节奏；张都监的假心假意让武松完全放松的警惕，最终武松身上的所有弱点被一起引爆：来自江湖信义、男女感情的愤怒让武松杀人如麻，反英雄的性格描写也正是这个时候与英雄性格描写合二为一，相辅相成。跌宕起伏的情节中，英雄与反英雄犹如一对孪生兄弟，相互建构。

酒文化是中国古代的一种特有文化。对酒的描写在《水浒传》中司空见惯，也是古代小说中对酒描写的典范，林冲风雪山神庙中有酒、智取生辰纲中有酒、浔阳楼宋江题反诗的时候也有酒。君子好酒，英雄好酒，反英雄也好酒。武松嗜酒如命的习惯，作者并没有忽视，在众多对酒的描写中，武松与酒的描写在每一个体现他英雄与反英雄的场景中，都起到了催化剂的作用。景阳冈打虎中有著名的"三碗不过冈"：喝酒打虎，是英雄豪气；潘金莲要调戏武松，用的也是酒，武松则饮酒如饮鸩；十字坡遇见孙二娘，武松假装糊涂，而心里喝的是明白酒；而遇到施恩之后，武松喝了多日真正的糊涂酒，这种糊涂也更加生动地烘托了武松的豪气与义气，当施恩有求于他的时候，武松还未知是施恩所求的是什么，就已经答应了。可见糊涂酒被一个糊涂人喝了；去快活林之前，武松坚持要喝酒，意图重现景阳冈打虎英雄的威风，英雄的豪气与反英雄性格中的爱面子糅合在一起；而在快活林，武松喝了顿寻事的酒，其间如果没有酒，就不能惹怒老板娘，更不容易引出蒋门神了;在飞云浦,武松没有酒喝,空吃了两只熟鹅,而这酒却寄在了鸳鸯楼上,武松杀了张都监等人后,喝了一顿出气的酒,这顿酒喝完后,还不能尽兴,因此还提了八个大字,可见这顿让他最痛快的酒使他性格中的双重特点为突显:杀人留名,英雄与反英雄的一致表达方式,在八个字当中,"打虎"也显示了武松对自己的认同,这既是一种自信,也是一种骄傲;作者的高超之处并不在于描写故事高潮处的饮酒,在夜走蜈蚣岭一回中,武松杀了作恶的道士后,也喝了酒,这顿酒虽然没有详细描写,却仍然与武松的性格描写分不开。一向英雄豪气的武松,这一回居然怕一位普通的妇人,"怕别有人暗算我么?"武松在妇人告诉他道士的屋内有酒肉时居然问出这么一句将信将疑的话,这种"怀疑"的酒自然是武松经历了世态炎凉后的反应;而在最后,在武松看到孔亮好酒好菜的时候,自己的酒再好喝也没有配菜时,顿时红了眼。这种天生的嫉妒让武松的天性更生动的表露了出来,于是这个反英雄的性格描写中继续孕育出了武松的窘境:吃完了抢来的酒菜,掉入了冰冷的河中;因此可见,酒的描写在武松故事中占有很重要的地位,它也是英雄与反英雄描写的标志性符号。

不论我们是从情节的角度、人物塑造的角度,还是从文化的角度上对英雄与反英雄的互构进行分析,得到的结果都是一样的,即两者之间是一种互构的关系,而这种互构的关系最终形成的是一种共轭的状态。

武松简直就是一个英雄与反英雄共轭的标本。

浅说水浒英雄林冲的B面

浙江富阳 朱健文

以杭州六和寺为最后归宿的水浒英雄，除了鲁智深、武松，还有天雄星豹子头林冲。

林冲有着粗豪的外表。在他粗豪的外表下，藏着有别于大多数梁山英雄的心性和襟抱，有着和大多数梁山英雄颇不一样的人格特征。

林冲的优点很多，也很突出。比如：武艺高强，从未输过。常常是一出马就解决战斗。

资格最老，没有派系。服从领导，无论是晁盖，宋江还是卢俊义，调得动，打得赢。

关于正面的林冲，专家学者说得很多了。我与绝大多数学者的意见一致：林冲不仅是英雄，而且是当之无愧的大英雄！

然而，金圣叹却数次评林冲说“怨毒之于人甚矣哉！”“如是之毒乎？”这是林冲的另一面。姑且将其定义为B面吧！

林冲的B面，不是大咧咧的像鲁智深那样被贺太守抓了还叫屈的可爱，不是像武松那样空手赤拳可以打死老虎但朴刀在手却对付不了几条村狗的可笑，也不像石秀那样为洗白自己而精细筹划的可怕。林冲做事有一种不一样的仔细，细得让人有点儿发冷。

一、林冲对家人无亲无爱

林冲最亲密的人，是他的妻子张氏。关系密切的，有岳父张教头，女使锦儿。他的父母、岳母、兄弟姐妹，以及其他亲人的情况，原著没有交代。

林冲身为八十万禁军枪棒教头，在等级森严的封建社会，是十分不易的。他如何谋到这个位置，难免让人联想不断。

林冲在梁山立稳脚跟后，曾经派人寻找过他的家人。当时，他没有想到要接父母和兄弟姐妹上梁山，只是寻找妻子一家人，从这一信息推断，他很有可能是一个孤儿。

林冲的岳父也是教头出身,是有“一定身份”的人。林冲一个“孤儿身份”能够娶张教头的美丽女儿为妻,是门不当户不对的。假说林冲不但自小就由张教头抚养长大,而且继承了张教头的全身武艺,并由张教头举荐踏入仕途,那么一切就顺理成章了。这种解释虽然不是唯一的,但估计与现实应该不会太远。林冲当然是有才能的,加上个人努力,后来坐上八十万禁军教头的高位,深得张教头赞许,于是连自己女儿也嫁过去了。按照这个推理,林冲应是一个不折不扣的“幸运儿”。

张教头既是林冲的恩人,又是林冲的亲人。那么,林冲是怎么待他老人家的呢?

林冲在刺配沧州前,对自己的岳父说:“自蒙泰山错爱,将令爱嫁事小人,已经三载,不曾有半些儿差池;虽不曾生半个儿女,未曾红面,无有半点相争。”

林冲与张氏成亲三年,不曾有半些儿差池,未曾红面,无有半点相争,说明林冲很会做人,懂得融洽的夫妻感情十分重要。即使张氏不能生育,林冲似乎也无怨无悔。对于生活在北宋末年的林冲,面对“不孝有三,无后为大”的原则,不会没有压力。然而三年时间,林冲不但没有“休妻”,也没有娶小妾,甚至夫妻之间没有红过脸。一个“生的豹头环眼,燕颔虎须,八尺长短身材,三十四五年纪”的强壮男人,能够将自己的苦闷深深地隐忍下来,这不但需要很大的毅力,需要坚强的意志,还需要虚与委蛇的手段和深藏不露的外表。换言之,在自己的恩人加亲人岳父面前,林冲是个戴假面具的人。他的欢笑,在许多时候,是装出来的。当然,为了家庭的和谐,林冲这样做并没有错,只是常以假面孔对人,总让人觉得有点“那个”!

那么,对自己美丽的妻子,林冲又是怎样呢?

使女锦儿匆匆来报妻子被人调戏后,“林冲别了智深,急跳过墙缺,和锦儿径奔岳庙里来;抢到五岳楼……”其中,“急跳过墙缺”、“奔”、“抢”等等,似乎都表现出林冲很关心妻子,但是细想却不然。在封建的男权社会,女子是男人的私有财产,任何一个男人都不太可能允许别人侵犯自己的私有财产,何况林冲是堂堂八十万禁军枪棒教头,是个有身份有地位的人。自己的妻子被人调戏,传出去岂不让人笑话,颜面何在?所以他急忙赶了过去,这是本领,是人之常情。林冲的确准备狠狠教训那人一顿,但发现对方是高衙内,先“手软了”,心理上马上矮了一截,这拳终究没有落下去。

换了鲁智深,这一拳肯定会落到高衙内脸上,拳打镇关西的故事必将在汴京重演。

换了武松,这一拳或许会犹豫片刻,但最终也一定会像在景阳冈打虎一样教训高衙内。

换了杨志,赏给高衙内的可能不是一拳,而是砍向牛二那样的痛快一刀。

有人对林冲的"手软了"深表理解,认为这不是林冲的懦弱。他们甚至认为,就是换成鲁智深,也不一定会像拳打镇关西一样三拳把高衙内打死。因为鲁提辖打的镇关西,不过是一个卖肉的,不能和太尉的儿子相比。俗话说,打狗还得看主人。如果是老种经略相公的儿子,鲁提辖也未必不考虑一下。何况高衙内只是调戏了林冲的娘子,林冲做为官场中人,未必不权衡一下,这是做事不冲动的表现,不是懦弱。

也许,这种辩解不无道理。然而,不管怎么说,这种权衡的结果,是爱情的彻底失败。至少说明张氏在林冲眼中,是排在权位后面的。

让我们来个换位思考:假如林冲这一拳狠狠砸了下去,又会怎么样?当然,这是捅了马蜂窝,林冲会受到最严厉的红色通缉。但这未尝不是出路。君不见林冲的前辈王进,不也是因为受到高俅的迫害,带着老母亲远走他乡成功了吗?林冲和他的岳父都是教头,保护一个张氏,难度不会比王进独自一人保护老母亲大,为什么王进可以,林冲就不可以呢?所以归根结蒂地说,林冲这一拳没有砸下去,对张氏是一种亏欠。

高衙内的出现彻底打破了林冲所谓的爱情谎言。在权力面前,他的爱情显得苍白无力。

由于陆虞候的背叛,高衙内第二次堵住了张氏。林冲闻讯,虽然立马赶去,但照样与爱情无关:

> 林冲立在胡梯上,叫道:"大嫂开门!"那妇人听的是丈夫声音,只顾来开门。高衙内吃了一惊,斡开了楼窗,跳墙走了。林冲上的楼上,寻不见高衙内,问娘子道:"不曾被这厮点污了?"娘子道:"不曾。"

这是第二次解救妻子的细节描述。林冲对于"娘子"的关心焦点在"污"了没有,而不是关心她身心方面的伤害。可以推测,林冲对于张氏的关心名声大于其本人,对于张氏来说,她十分理解和善良,直接就不思考回答:"不曾!"可见张氏对林冲有多大的包容，首先想到丈夫问话的内容了。所以可以张口即说，毫无惊慌，真是难为这个女人的苦心。然而林冲一句安慰也没有。对于这个柔弱的女人来说的确是个大打击。

等林冲被发配，林冲坚持要休了妻子，这个情节更让人感到怪异。

从小说描述可以看到这个过程如何的不得人心：

> 张教头道："林冲，什么言语！你是天年不齐，遭了横事，又不是你作将出来的。今日权且去沧州躲灾避难。早晚天可怜见，放你回来时，依旧夫妻完聚。老汉家中也颇有些过活。明日便取了我女家去，并锦儿，不拣怎得，三年五载养赡得他，又不叫他出入。高衙内便要见，也不能勾。休要忧心。都在老汉身上。你在沧州牢城，我自频频寄书并衣服与你。休得要胡思乱想，只顾放心去。"林冲道："感谢泰山厚意。只是林冲放心不下，枉自两相耽误。泰山可怜见林冲，依允小人，便死也瞑目。"张教头那里肯应承。众邻舍亦说行不得。林冲道："若不依允小人之时，林冲便挣扎得回来，誓不与娘子相聚。"

张教头的话，真是字字是血，句句是泪。可以看出老丈人已经非常悲痛。林冲却视而不见，充耳不闻，坚持要"休"，十分决绝。

林冲这么绝情，难道真的是为了他的妻子着想吗？

仔细品起来，怎么那么让人不舒服呢？如果林冲是由于自己犯罪，有去无回，临行前安排好妻子的前程，那当然是有情有义的好丈夫。可现在高俅高衙内的猎物就是张氏，林冲实际上是受张氏之累。面对高家一手遮天的黑势力，张氏唯一最后的倚仗就是武艺高强的林冲，只要林冲还活着，高衙内就不能不有所忌惮。可如今丈夫就连这一点儿可怜的保护也不愿意给了。难怪张氏听罢哭将起来，说道："丈夫！我不曾有半些儿点污，如何把我休了？"真是如闻其声，撕心裂肺，太惨了。试问，遇到这种事，鲁达会怎么办？武松会怎么办？能把被保护的人一甩了之吗？

> 今小人遭这场官司，配去沧州，生死存亡未保。娘子在家，小人心去不稳，诚恐高衙内威逼这头亲事；况兼青春年少，休为林冲误了前程。却是林冲自行主张，非他人逼迫。小人今日就高邻在此，明白立纸休书，任从改嫁。并无争执。如此，林冲去得心稳，免得高衙内陷害。

当着左邻右舍的面，林冲说得如此冠冕堂皇，更过分的是还要公开写下休书：

东京八十万禁军教头林冲,为因身犯重罪,断配沧州,去后存亡不保。有妻张氏年少,情愿立此休书,任从改嫁,永无争执;委是自行情愿,即非相逼。恐后无凭,立此文约为照。年月日。

任从改嫁!嫁谁?除了高衙内还能嫁谁!林冲此前是东京八十万禁军教头,这样的身份都保护不了妻子,试问谁人有此能耐?前车之鉴,又有谁敢惹高衙内?所以,林冲休妻的真实目的,很有可能是怕自己发配沧州后,高衙内为了达到一己之私还要加害自己,又怕张氏给自己戴“绿帽子”,干脆一纸休书将自己推得干干净净。

那么,谁看了这份休书最为高兴?当然是高衙内了。这休书就是林冲给高衙内的自首书。林冲这是召开了新闻发布会,公开告诉高衙内,老婆我不要了,只求放我一命,便永无争执,绝不报复。所以,金圣叹说这份休书“句句出脱衙内”。

在得知自己发配沧州,不去想如何保护妻子,而是一纸休书,将妻子今后的命运彻底推出了自己的责任范围,把妻子推向了火坑。他这样做很自私,对妻子未免太狠;对感情太不负责任。

果然,高衙内在林冲走后就逼婚,张氏无力反抗,只好悬梁自尽,以死明志。

二、林冲对朋友无情无义

广义地说,梁山的每一位英雄好汉,都是林冲的朋友。从狭义角度说,林冲的朋友却少得可怜,只有陆虞候和鲁智深。

陆虞候是林冲的同事,日久生情,两人成了朋友。我们不排除陆虞候早先对林冲是真诚的。这从林冲夫妇起先对他没有任何防范可以看出。

但是,林冲与陆虞候不可能有深交,他们的友情不是肝胆相照的那种。当时,林冲的妻子张氏体弱多病,这让他十分操心。结婚三载无生育,在当时的封建社会,到处是“不孝有三”的氛围,林冲的压力可想有多大了。如果这些压力能够得到发泄,陆虞候能够成为林冲的倾听对象,那么林冲的精神就不会如此苦闷。从林冲的言行举止分析,陆虞候显然没有尽到这样的责任。

陆虞候是个文人,林冲则是一介武夫,可以猜想两人难得有共同语言。从原著看,作为朋友,二人唯一的交集是林冲应陆虞候之邀到樊楼喝酒,可见二人最多也只是酒肉朋友。在精神方面,他们应该是陌生人。

陆虞候最终选择背叛林冲,并且成为千方百计要夺取林冲性命的急先锋,果然有高俅、高衙内高压的原因，但是陆虞候本身的无良，才是决定性的因素。

林冲对陆虞候，似乎也没有尽到朋友之义。从知道受骗上当开始，便拿了一把解腕尖刀，满世界地寻找陆虞候，恨不得立刻要了陆虞候的性命。发配沧州后，听说陆虞候来到了沧州：

林冲大怒，离了李小二家，先去街上买把解腕尖刀，带在身上，前街后巷，一地里去寻。李小二夫妻两个捏着两把汗。当晚无事。次日天明起来，早洗漱罢，带了刀，又去沧州城里城外，小街夹巷，团团寻了一日。

直到陆虞候火烧草料场，死里逃生的林冲先戳倒差拨并杀了富安，然后：

> 翻身回来，陆虞候却才行了三四步。林冲喝道："奸贼！你待哪里去！"批胸只一提，丢翻在雪地上，把枪搠在地里，用脚踏住胸脯，身边取出那口刀来，便去陆谦脸上阁着，喝道："泼贼，我自来又和你无甚么冤仇，你如何这等害我？正是杀人可恕，情理难容。"陆虞候告道："不干小人事，太尉差遣，不敢不来。"林冲骂道："好贼！我与你自幼相交，今日倒来害我，怎不干你事？且吃我一刀！"把陆谦上身衣服扯开，把尖刀向心窝里只一剜，七窍迸出血来，将心肝提在手里。

陆虞候果然是罪有应得，但是，他也有他的无奈。"太尉差遣，不敢不来。"作为曾经的朋友，林冲应该听得懂。事实上他很清楚"人在屋檐下不得不低头"的道理。假如，当然只能是假如，在事情刚发生时，林冲不是拿着他的解腕尖刀满世界地寻找陆谦报仇，而是能够听听陆谦的解释，体谅一下他的难处，或许可以商量个对策，所谓兄弟同心，黄土成金，这样难保不会出现另外一番结局。林冲对陆谦，是决绝地往外推，最后如此结局，林冲并不是没有一点责任。而且，杀人不过头点地，剜出陆谦的心肝，并将它们提在手里，是不是太残忍了！

那么，对"一见钟情"的鲁智深，林冲又是这样相待的呢？

话说鲁智深一路尾随董超薛霸来到野猪林，关键时刻出手相救。作者此时的描写，精彩绝伦，不可不录：

> 说时迟，那时快，只见松树背后，雷鸣也似一声，那条铁禅杖飞将来，把这水火棍一隔，丢去九霄云外，跳出一个胖大和尚来。

这个胖大和尚是谁？你知我知，但是董超薛霸不知。为了交差，他们又必须知道。薛霸猜道："我听得大相国寺菜园廨宇里新来了个僧人，唤做鲁智深，想来必是他。"但此地离东京路途遥远，万一不是，岂不是故意搪塞，罪上加罪？所以就必须套出真相:“师父在那个寺里住持?”鲁智深虽直,但是不傻,笑骂道:“你两个撮鸟,问俺住处做甚么?莫不去教高俅做甚么奈何洒家?”

话都说到这个份儿上了,林冲就在当场,他当然知道董超薛霸要找鲁智深的麻烦,也知道鲁智深不想透露身份。可是,我们这位林教头,偏偏在鲁智深刚刚离开的第一时间里,在没人逼问的情况下,主动对董超薛霸爆料说鲁智深曾把“相国寺一株柳树,连根也拔将出来。”

当然,我们可以理解这是林冲为有鲁智深这样肝胆相照的好朋友自豪,是林冲情不自禁的无心之举。但是掩盖不了这样的事实,就是这句轻飘飘的话,一下子把鲁智深给卖了。

董超薛霸本来只是怀疑,听了这话“方才得知是实”。结果如鲁智深所说:高俅“分付寺里长老不许俺挂搭;又差人来捉洒家,却得一伙泼皮通报,不曾著了那厮的手;吃俺一把火烧了那菜园里廨宇,逃走在江湖上,东又不著,西又不著,来到孟州十字坡过,险些儿被个酒店妇人害了性命。”鲁智深好人命大,如果不是泼皮们报信,他就死了;如果不是遇着菜园子张青,他还是死了。

把鲁智深卖了,对林冲有什么好处?他当时虽已安全到达沧州,但也看出高俅并不会善罢甘休,后面只能更加凶险。为了保命,林冲这是第二次向高俅交了自首书:我是不造反的。造反的是鲁智深,不干我事。其次,就是小人之心了。那就是林冲确实还想要把鲁智深从东京赶走。试想,鲁智深是林冲的拜把兄弟,如果听说嫂子被高衙内进一步逼迫,绝不会袖手旁观。鲁智深如果闹出事来,岂不更加连累了林冲?其实在高衙内初次调戏张氏之时鲁智深就要出手,却被林冲百般推脱了。

林冲如此作为,鲁智深岂能毫无察觉?虽然心胸豁达,还是一起替天行道,但兄弟是做不成了。鲁智深在二龙山落草,早知林冲在梁山,一直没有互通信息,上梁山后,久别重逢,鲁智深没有特别的喜悦。他与林冲只说过一句话:“洒家自与教头在沧州别过后,曾知阿嫂信息否?”在野猪林称林冲为兄弟,现在客气地叫教头。生疏之意,不言而喻。而且不关心林冲的经历,只想知道张氏的下落,大概鲁智深也为未能保护张氏而有所遗憾。在梁山上,打虎亲兄弟,上阵夫妻档,你什么时候看见林冲鲁智深双双出阵的?鲁智深是延安府老种经略相公帐下提辖出身,属野战军。边庭上过得是“岁岁金河复玉关,朝朝马策与刀环”的日子,马上功夫岂止了得?怎地作了步兵头领第一人,这里面没有避着林冲之意?

三、林冲对上司举止失措

林冲曾经的上司很多,分别有高俅、王伦、晁盖和宋江。

这里只分析林冲和高俅、王伦的关系。

先说高俅。高俅是水浒中的大奸臣,作者的主观意愿,就是把他塑造成梁山的对立面,让读者痛恨的。

水浒108人,林冲是唯一的真正意义上的"逼上梁山"者。而逼迫林冲一步步走向梁山的主导者正是高俅。在高俅的步步紧逼中,林冲先是家破人亡,然后充军沧州,最后是风雪山神庙。对于高太尉的一连串迫害,林冲一直在忍。风雪山神庙后,林冲终于爆发,杀了高太尉手下而不得已上了梁山。这样的深仇大恨,在众人的眼里,林冲对高俅应该最刻骨痛恨,势必要把杀高俅当做一生的报仇目标,就是将高俅碎尸万段挫骨扬灰也不为过。按理说,当高俅被捉上梁山之后,林冲绝对是忍不住地要去杀高俅。不管是央视《水浒》,还是新版《水浒》,导演都拍了这一段,尤其央视《水浒》,高俅由于宋江的处处保护,林冲没机会下手,导致林冲被气死,确实很让观众愤恨。新《水浒》林冲虽然没有气死,但是也说出了"现在的我已经不是林冲,我要是林冲,我一把火把梁山泊烧了!"由此还是描绘出了林冲心里想报仇而不能的那番痛苦。

但是,事实却大相径庭。林冲对高俅,似乎并没有多少痛恨。除了在高唐州与高廉搏杀时,轻描淡写不痛不痒地骂了高俅一次:

> 头领林冲横丈八蛇矛,跃马出阵,厉声高叫:"高唐州纳命的出来!"高廉把马一纵,引着三十余个军官,都出到门旗下,勒住马,指着林冲骂道:"你这伙不知死的叛贼,怎敢直犯俺的城池!"林冲喝道:"你这个害民的强盗,我早晚杀到京师,把你那厮欺君贼臣高俅,碎尸万段,方是愿足!"

相反,更多的是毕恭毕敬。比如:

刺配沧州时,言及高俅,仍诚惶诚恐地称之为高太尉。并一直以为是高太尉误会了自己。林冲对李小二这样说:"我因恶了高大尉,生事陷害,受了一场官司,刺配到这里……"给人的感觉,仿佛林冲受罪是咎由自取。

林冲为什么不敢打高衙内,林冲自己有解释:

> 原来是本官高太尉的衙内,不认得荆妇,时间无礼。林冲本待要痛打那厮一顿,太尉面上须不好看。自古道:"不怕官,只怕管。"林冲不合吃着他的

请受,权且让他这一次。

富安说:“他现在帐下听使唤,大请大受,怎敢恶了太尉?”陆谦解释:“如今禁军中虽有几个教头,谁人及得兄长的本事?太尉又看承得好,却受谁的气?”

可见,林冲原来是高俅眼里的红人!怪不得林冲始终记得高俅的提携之恩。

的确,林冲能坐上教头位置,很难绕过高太尉这一关。作为一个禁军教头,林冲很可能得到高俅的关照。所以他对他的顶头上司一直感恩戴德。

林冲私闯白虎堂之事,一直让人困惑。像林冲这样精细的人,怎么会犯这样的低级错误。这期间有很多显而易见的不妥:买刀时,那大汉为何一直追在自己后面还用话激自己?高太尉怎么马上就知道了,而且主动提出想看刀并且要求林冲带刀过去?在往高府的路上,那面生的承局又有什么蹊跷?身为军人,明知高府里面的军机禁地是绝对不可擅自进入的,但他不但顺从地去了,而且不抬头看进入的地方。这一切的一切,或许并不是林冲的疏忽和大意。而是有可能林冲一直认为自己是高俅的人,他对高俅因为心存感恩,习惯了低头,习惯了唯唯诺诺。他根本没有想到他敬爱的上司会对他设置圈套。

翻开原著,可以发现高俅被捉上梁山之后,施老爷子对林冲没有任何交代。书中只写了高俅上山之后饮酒,喝醉了跟燕青摔跤,被摔得狗一样,接下来高俅就下山回京了。另外,照理说,林冲应该是反对招安的,但是林冲没有。反对的是鲁智深、武松和李逵。招安后征战,林冲表现得非常卖力,杀人斩将,立了大功。最后病死在凯旋而归的途中,得的是暴病,跟受气扯不上一点关系。

由此可知,也许林冲根本就不恨高俅。他是把全部的仇恨集中到了当初背叛他、给高俅出主意陷害他的陆谦身上,他杀死了陆谦,大仇就已经报了。只是迫于杀了人,被通缉,才无可奈何上了梁山。

事实上,这也可以理解:林冲毕竟不是一般的草寇,他不情愿落草,他还是想有朝一日能回到朝中做官,所以他心底里是站在招安派一边的。鲁智深、武松不愿意招安,在于他们见奸臣太多,朝廷根本无法度可言,对朝廷早已深深失望;李逵不愿意招安,在于招了安会限制他的自由,使他“不快活”,不愿受朝廷的约束。林冲没有表态,他的想法似乎不得而知。但从当初林冲看守草料场,开门,关门,闩好门,走出去这些细节,可见林冲心里确实是想做好眼前的事,希望能挣扎着回到以前的生活。如果林冲确实有杀高俅之心,以作者的严谨,绝对不会把林冲忘了!就算是只言片语记录一下林冲那种想杀但不能杀的心理也是可以的吧?然而作者没有写,一个字也没写。

为什么会这样呢?这难免会让人这样推想:林冲是高俅的手下,说得不好听一点是奴才,林冲是做惯了奴才的人。当高衙内调戏他老婆的时候,他怕得罪高俅,一味地忍让。后来由于陆谦的加入,使得林冲家破人亡,又加上他跟陆谦是朋友,被朋友出卖的感觉相信大家都能理解,那是一种无法形容的仇恨,因此林冲把所有的恨集中到了陆谦身上,但是却不敢恨高俅,因为林冲骨子里还是认高俅做主子的。林冲上了梁山,却还是希望能够回到朝廷,所以宋江抓了高俅上山,林冲没有任何想报仇的行为和言语。后来随大军四处征讨,林冲非常卖力,是希望立大功,得大任。最后作者安排林冲死在了凯旋而归的路上。这正是作者的高明之处:林冲虽不恨高俅,但高俅毕竟害过他,还是担心他有报仇的想法,仍会像害宋江一样再次害林冲。施耐庵不忍心让林冲重复地受第二次害,所以干脆就让林冲病死,这或许才是林冲最好的结局。

再说王伦。王伦是梁山的首任掌门,对梁山有开创之功。

林冲受柴进推荐,雪夜上梁山,被王伦刁难,勉强入伙。的确,这事让林冲很憋屈。但王伦一没有恶语相加,二没有刀枪相见。就是要个投名状也是当时的潜规则,并不过分。况且当时柴大官人也没有办法收留林冲,不管怎么说,最后毕竟是王伦在林冲走投无路时收留了他,并且让他坐了第四把交椅,照理说王伦是有恩于林冲的。

林冲大仇在身,在梁山不过是小不如意耳。吴用等上山来后,要夺梁山,林冲就是保持中立,梁山也必为吴用所得。他完全可以隔岸观火,坐享其成,但是却一反常态,第一个跳出来,挑头大骂王伦道:"你是一个村野穷儒,亏了杜迁,得到这里!柴大官人这等资助你,周给盘缠,与你相交,举荐我来,尚且许多推却!今日众豪杰特来相聚,又要吩咐他下山去!这梁山伯便是你的!你这嫉贤妒能的贼,不杀了要你何用!你也无大量大才,也做不得山寨之主!"说得不错,王伦不是一个合格的山大王。即便如此,赶他下山便罢,又何苦将王伦"去心窝里只一刀,胳察地搠倒在亭上。"

如果王伦像二龙山的邓龙,拉下脸来做对,那就像鲁智深那样堂堂正正的灭了他,这也未尝不可。王伦只是心胸狭隘,他既没能耐,也没人马,赶他下山没有后患。林冲不是个有野心的人,也不是趋炎附势的人,更不是滥杀无辜之人,这么大闹一场对他没有什么好处,唯一的解释是他借此把一直压抑的怒气,怨气,晦气,憋气,鸟气全都释放出来了。刀插在王伦身上,刀尖上带的是对所有人的恨。他虽然内心如此怨恨,在晁盖等人上山之前却隐藏得毫无破绽。在林冲拔刀之前,王伦对他喝道:“你看这畜生!又不醉了,倒把言语来伤触我!却不是反失上下!”可见往日林冲是服从尊卑的。服从是服从,暗地里却是心存怨恨。当时全体梁山强盗无法无天,吃肉喝酒,为所欲为,只林冲一个人暗地里怨气冲天,是不是很阴?林冲杀有恩无害之人,是不是很毒?

四、林冲对旁人欺软怕硬

“该出手时就出手”。水浒英雄们面对不公,多愤然拔刀,对他人如此,对发生在自己身上的恩怨更是如此!可以说,快意恩仇是他们普遍的行事方式。

林冲与其他梁山英雄一样,对于陌路弱小,敢于拔刀相助;但他对待自己的恩怨,却不是如此,常常表现出欺软怕硬的另一面。

面对妻子被人调戏的奇耻大辱,林冲很生气,但发现调戏者是自己的上司之子高衙内,便像泄了气的皮球,先“手自软了”。林冲不怕自己被人看成窝囊废,也不怕别人指责他为变色龙,只怕得罪了高太尉,自己以后在官场不好混,所以放过了高衙内。

但是当林冲发现欺骗自己的是自己的好朋友陆谦后,马上“怒从心头起,恶向胆边生”,拿了一把解腕尖刀,径奔到樊楼去寻陆虞候算账。他不但将陆家砸了个稀巴烂,还连着等了三日,要不是陆虞候躲在太尉府内不敢回家,姓陆的早已一命呜呼了。林冲惹不起高高在上的高衙内,可对付身份低微的陆谦却可以无所顾忌。他要把对高衙内的愤怒与对陆谦的愤怒一并发泄到陆谦身上。

在发配沧州时,董超、薛霸对林冲百般折磨:

> 薛霸去烧一锅百沸滚汤,提将来,倾在脚盆内,林冲不知是计,只顾伸下脚来,被薛霸只一按,按在滚汤里。……董超去腰里解下一双新草鞋,耳朵并索儿却是麻编的,叫林冲穿。林冲看时,脚上满面都是燎浆泡,只得寻觅旧草鞋穿,那里去讨,没奈何,只得把新草鞋穿上。叫店小二算过酒钱,两个公人带了林冲出店,却是五更天气。林冲走不到三二里,脚上泡被新草鞋打破了,鲜血淋漓,正走不动。

两公人如此对待林冲,林冲却因为他们是高俅的人,竟然不敢计较,“把包来解了，不等公人开口，去包裹取些碎银两，央店小二买些酒肉，籴些米来，安排盘馔，请两个防送公人坐了吃”，小心伺候巴结。

在野猪林里，董超、薛霸摆明了要杀他，按照林冲的武艺，董超、薛霸算什么呢？捻死他们还不就像捻死两只蚂蚁，可是林冲根本就没有反抗，而是痛哭流涕，哀求他们放了自己。要不是鲁智深出手相救，林冲的人头早不知被谁踢到哪里了。

鲁智深要杀害这两个恶人时，林冲不但没有表示感激，而是反过来为其开脱："非干他两个事；尽是高太尉使陆虞候分付他两个公人，要害我性命。他两个怎不依他？你若打杀他两个，也是冤屈！"一副奴颜婢膝的样子！

在沧州大牢，差拨不见林冲给钱，变了脸，指着林冲骂道："你这个贼配军！见我如何不下拜，却来唱喏！你这厮可知在东京做出事来！见我还是大刺刺的！我看这贼配军满脸都是饿纹，一世也不发迹！打不死，拷不杀的顽囚！你这把贼骨头好歹落在我手里！教你粉骨碎身！少间叫你便见功效！"一席话把林冲骂得"一佛出世"，林冲的人格受到了极大的侮辱。而林冲先是哪里敢抬头应答。等他发作过了，竟然去取五两银子，陪着笑脸，告道："差拨哥哥，些小薄礼，休言轻微。……'总赖看顾。'"对上巴结委曲求全的嘴脸，让人看了直觉得恶心。

可是林冲对寻常一般人的态度，却从来没有这样低三下四。借李小二的话"林教头是一个性急的人，摸不着便要杀人放火"。这虽然没有具体事例，但李小二认林冲为恩人，自不会信口开河，特别是这种有污林冲清名的话。在快到达沧州歇息时，林冲与两个公人在酒店坐了半个时辰，不见酒保来过问。林冲等得不耐烦，便把桌子敲着说出这样话来："你这店主人好欺客，见我是个犯人，便不来睬着！我须不白吃你的！是甚道理？"

再如林冲在柴大官人庄上遇上洪教头，虽然武艺在其之上，但思虑再三：这洪教头必是柴大官人师父；我若一棒打翻了他，柴大官人面上须不好看。柴进见林冲踌躇，便道："此位洪教头也到此不多时。此间又无对手。林武师休得要推辞。小可也正要看二位教头的本事。"在了解到柴大官人的意思后，林冲才答应比武，并且拿出自己的真本事，二招三式就解决了洪教头。施老爷子的这段描写虽然信手拈来，但是林冲见风使舵、欺软怕硬的本性却得到了活灵活现的展示。

还有，在杀死陆谦一干人后，林冲来到一间草屋，向那里的人讨酒吃，别人不给，他就"把手中枪看着块焰焰着的火柴头，望老庄家脸上只一挑将起来；又把枪去火炉里只一搅。那老庄家的髭须焰焰的烧着。”当时,众庄客都跳将起来。林冲把枪杆乱打,老庄家先走了,庄客们都动弹不得,被林冲赶打一顿,都走了。林冲道:“都走了!老爷快活吃酒!”

林冲这番大打出手,委实没有道理。只能说明林冲性格中有着欺软怕硬的另一面。

综观林冲为人,是个能人,也是个好人,但他也是个有缺陷的人。如果没有高俅逼迫,他一刀一枪,为国尽忠是没有问题的。但有了高俅的逼迫,林冲的性格缺陷就表露无遗了,为了自保,他能害亲人,朋友,甚至是有恩之人。如果在腥风血雨的政治环境下,把这种有性格缺陷的人用为心腹,那就是用人不察了。

金圣叹说:“林冲自然是上上人物,写得只是太狠。看他算得到,熬得住,把得牢,做得彻,都使人怕。这般人在世上,定做得事业来,然琢削元气也不少。”这的确是中肯的评价。

浅议贯华堂原本《金圣叹七十一回本水浒传》的人名避讳

湖北师范学院 孙亚琼

陈垣尝言:“民国以前,凡文字上不得直书当代君主或所尊之名,必须用其他方法以避之。避讳是中国特有之俗。其俗起源于周,行于秦汉,盛于唐宋,弛于元,复又严于明清,废于民国。其历史垂二千年。”(《史讳举例·序》)避讳包括两种:一是对长者、尊者的名字的避讳,即人名避讳;一是对不吉利事物、言辞的避讳。人名避讳特指封建王朝的臣民对当代君主、历代君主为本朝所尊者,以及所尊重的人不得直称其名的社会现象。人名避讳包括避国讳和避家讳两种。避讳的方式,主要有改字、空字、缺笔和改音等。本文主要探讨贯华堂原本《金圣叹七十一回本水浒传》中避讳之改字避国讳的现象及其文化意义。

一、《水浒》中的避讳

明初,避讳较为宽松,基本只避名讳后一字。然而到了天启、崇祯年间,统治者就开始加强避讳。天启元年下令:凡从点水加各字者,俱改为雒。各王府及文武官职有犯庙讳者,悉改之,凡“常”字皆改为“尝”,或缺末笔。又下令:凡以禾交字者,俱改为“较”。(只有督学称,“较”字不适合,才改为学政。)各王府及文武职官有犯者悉改之。开始尚不讳“由”字,后来乃改为“繇”。到了崇祯三年,就下令回避二祖七宗的庙讳。《日知录》卷二十二有明确记载:“崇祯三年,礼部奉旨颁行天下,避太祖、成祖庙讳及孝、武、世、穆、神、光、熹七宗庙讳,正以唐代之式。惟今上御名亦须回避,盖唐宋亦皆如此。”此处“二祖七宗”即:明太祖朱元璋,明成祖朱棣,明孝宗朱祐樘,明武宗朱厚照,明世宗朱厚熜,明穆宗朱载垕,明神宗朱翊钧,明光宗朱常洛,明熹宗朱由校。此外,颁布这一法令的崇祯帝的御名朱由检亦须避讳。

而这本刻于崇祯十四年的贯华堂本《水浒传》当然也会有一些避讳之处,其避讳情况如下:

1.春秋—阳秋。

(1)以稗官而几欲上与阳秋分席,讵不奇绝?(卷六十四,第五十九回,九一一)

(2)吴学究谏道批注“深文曲笔,遂与阳秋无异”(卷六十四,第五十九回,九一七)

(3)昔者,孔子志在《春秋》,行在《孝经》。(卷四十七,第四十二回,六五九)

(4)春秋为贤者讳,故缺之而不书也。(卷五十四,第四十九回,七六八)

(5)《春秋》于定、哀之间,盖履用此法。(卷六十五,第六十回,九二六)

避文帝后阿春讳改“春秋”为“阳秋”。(宋)周密《齐东野语》卷四:“简文帝郑后讳阿春以‘春秋为‘阳秋’,此避后讳也。”(宋)葛立方《韵语阳秋·序》明确写道“昔晋人褚裒为‘皮里阳秋,言口绝臧否而心存泾渭,余之为是也”。此为古籍图书书名避讳,自晋始,至明已不算谨严,故贯华堂本《水浒传》皆出现“春秋”与“阳秋”。

2.由—繇。文中情繇、原繇、繇来、没来繇、何繇、因繇、面不繇衷、犯繇牌、经繇、繇于、前话有繇、许繇、不繇分说、不繇不怒、事繇等词均为情由、缘由、由来、没来由、何由、因由、面不由衷、犯由牌、经由、由于、前话有由、许由、不由分说、不由不怒、事由的改字,此为避天启帝朱由校和崇祯帝朱由检的名讳。

且除了以上列举的词汇外,还有许多单字也属此类,这些字或表“理由”意,如“以卖卦为繇,赚员外上山”(卷六十六,第六十一回,九四六);或表“自,从”意,如“繇马生枪,繇枪生甲”(卷六十,第五十五回,八五五);或表“顺随,听从”意,如“不繇他弟兄两个肯与不肯”(卷七十,第六十五回,一〇〇九)。此类避讳正文和批注共计 108 处。

3.常—尝。文中常读、时常、寻常、非常、往常、常常、常言、常说、异常、常理、往常、常住、常情、老生常谈、常例钱、无常、五常、平常、闲常、日常、家常话、每常、常来等,均因避明光宗朱常洛的名讳而变为尝读、时尝、寻尝、非尝、往尝、尝尝、尝言、尝说、异尝、尝理、往尝、尝住、尝情、老生尝谈、尝例钱、无偿、五尝、平尝、闲尝、日尝、家尝话、每尝、尝来,加上单用字,共计 192 处。

4.校—较。因避明熹宗朱由校的名讳,书中小校、校尉、将校、军校、校正均被小较、较尉、将较、军较、较正代替,此类避讳全书共有 33 处。

5.照—炤。书中皆用对炤、查炤、炤耀、炤管、炤顾、炤面、炤察、相炤、炤着、察炤、存炤、炤看、炤见、炤着、炤射、炤临、炤应代替对照、查照、照耀、照管、照顾、照面、照察、相照、照着、察照、存照、照看、照见、照着、照射、照临、照应,是因为要避明武宗朱厚照的名讳。此类避讳在该书共有 140 处。

6.检——简。书中为了避崇祯帝朱由检的名讳,将“检”字均改为“简”字。如书中的检点、检验、巡检、搜检均变为简点、简言、巡简、搜简,此种避讳共计 29 处。

此外,全书均无“璋”“熜”“垕”“翊”字。

综上,可以看出明末避讳的严谨,以及避讳这一历史文化现象不仅存在于官方文书中,也延伸至通俗文学的领域。经过元代一百年的异族统治,宋代较为严格的避讳制度得到了很大程度的清除,加之朱元璋起于草莽,对前代典章制度较为陌生,加之其主导思想并不是想以避讳构筑等级关系,而是采用了更为直接的文化手段——八股文制,以及更为恐怖的锦衣卫、东西厂制的政治统治来确定统治与被统治的关系,所以对帝王君主名字的避讳相当宽松。至于天启、崇祯年间避讳复起,究其原因如下:一是明王朝处于统治的衰微时期,弊政百出,而又无心无力改变困境,统治者担心自己成为被抨击批判的对象,而又拾起避讳这一传统方法来强制性地规范统治秩序,维护其君主权威;一是避讳这一中国特有的专制主义产物在自身发展过程中行将就木的回光返照,映射了清代避讳最后挣扎的苟延残喘。

二、《水浒》中避讳的例外

或许是因为明王朝处于统治衰微时期,对避讳的执行力度不够;或许是因为明代避讳并不像宋代和清代那样严谨,只避一字也可;或许是因为贯华堂本《水浒传》为文人评点的通俗小说,其刊刻并不像官方文书一样严格执行避讳条例;或许是因为本人所依据的版本问题,贯华堂本《水浒传》中也存在一些不避讳的现象。如:

1.钧本为明神宗朱翊钧的名讳,但文中均未避。如文中多次出现钧旨、钧帖、钧批、钧鉴、钧命。全书共计 31 处。

2.厚本为明武宗朱厚照和明世宗朱厚熜庙讳,文中均未避讳。如文中多次出现交厚、厚意、厚恩、至厚、甚厚等字词,共计 16 处。

3.载本为明穆宗朱载垕的庙讳,文中未避讳改字。如文中仍有不少处出现了三年五载、千载、装载、半年一载、受笔载命、盛载、载等字词,共计 40 处。

4.棣本为明成祖朱棣的名讳,此处也未避讳。

如:心中自是咄咄不乐、放他不下批注“诗人读诗而不废于棠棣之篇”。(卷二十八,第二十三回,三六七)

5.常本为明光宗朱常洛的庙讳,虽有“常”改为“尝”或缺笔的明文规定,但文本中两处没有避讳。如下:

(1)常言道:众生好度,人难度。(卷三十四,第二十九回,四六二)

(2)李俊往常思念。(卷四十,第三十五回,五五六)

6.由本为明熹宗朱由校和明毅宗朱由检的庙讳,但文本中出现一次没有避讳的情形。如:便是养由基也不及神手。(卷三十九,第三十四回,五四二)

在以上不避讳情形中,“钧”“厚”“载”“棣”可以断定为明确的没有避讳,而细细分析,可发现“钧”“厚”“载”的未避讳可为有明一代避讳相对宽松的余音,明律明确规定虽有上书奏事犯讳之条,然二字只犯一字,不坐;另,二名不偏讳也是避讳规则之一。“棣”的未避讳则是一例外,许是因为整个明代国讳稀少而厌恶避讳甚多,而忽略了避明成祖朱棣的名讳;许是因为贯华堂本《水浒传》为私人刊刻的明代通俗小说,其避讳并不算严谨。至于“常”字未避讳的两处特例,疑是本人所依据的版本问题或刊刻时的纰缪。而“由”字未避讳,疑是古人名字,避讳时,古人名只要不同名同字,可不避。

以上为贯华堂本《水浒传》的避讳情况,从中我们可以看出贯华堂本《水浒传》中确实存在避讳的情况,而该避讳情况一方面反映了明王朝统治衰微时期,统治者对维护君王权威的努力以及力不从心的现实(避讳严谨与执行力度不够);一方面反映了处在这个时期文人的痛苦与纠结——有心而无力挽救大厦于将倾(选择性地避讳某些帝号庙讳);另一方面也反映了避讳这一历史文化现象沿着自身发展规律即将走向终结,退出历史的舞台。

此外,对文人评点的通俗小说进行避讳研究,也可看出官方避讳对明代通俗文学的影响,便于全局性理解和把握文化与文学的关系。避讳是中国特有的历史文化现象,评点是具有中国特色的文学批评方式。这两种极具中国特色的文化齐聚在具有大众化、通俗化的章回小说《水浒》中,一方面反映了官方避讳从上书奏事延伸至正统文学再到通俗文学领域,体现了明代统治者对避讳文化以及该种文化背后的君主权威的推崇;另一方面也体现了官方避讳从官方文书的制定颁布扩展到通俗文学、私家图书的刊刻,体现了明代中后期图书刊刻的严谨以及皇权至上思想对整个社会的渗透。

参考文献：

贯华堂原本《金圣叹七十一回本水浒传》.中华书局印行，1949

陈曦钟等辑校《水浒传会评本》.北京大学出版社，1981

王新华著.避讳研究.齐鲁书社，2007.1

熊辉.历代古书书名与避讳.图书馆学研究，2008.7

丁秀菊.避讳的文化学探索.山东工业大学学报社会科学版.2000 年第 6 期

《水浒传》"强盗"说给强盗听的强盗书？

——《水浒传》作者的思想分析

贵州师范大学文学院 黄 锟

《水浒传》历来被当权者当作是一部"诲盗"的"贼书"，被厉行禁止，甚至连作者都被诅咒"子孙三代皆哑"。为什么历代正统都对这本书都是怒目相向，恶语相加？作者在《水浒传》中想表达什么思想又是如何表达出来的呢？

一、强盗书，是"盗亦有道"还是"强人行径"

后人提及《水浒》，言"诲盗"，那么《水浒》中"盗"乃是"强盗"乎？抑"侠盗"乎？不论"强"、"侠"在当权阶层的角度是没有区别的，都离不开"盗"字，因此，评判者自然只能是当时的市民阶层了。《水浒》能做到久盛不衰，那"侠盗"的成分应该就要多些，毕竟一般的大多数百姓是不喜欢强盗的，单从这点来看《水浒》应该是一部"侠盗书"无疑。书中众多好汉虽不说匡扶济世，但至少应该是罗宾汉这一类人。事实上，梁山好汉在这点上并不突出。吴学究在游说阮氏三雄'撞筹'时，只说"取此一套富贵不义之财，大家图个一世快活"。并没有救济言语，只是'大家分了'。不论是《水浒》还是《宣和遗事》对《智取生辰纲》这一段事件均有记载，但其中却是半点济贫之言也无。

诚然，山东呼保义、及时雨的名号并非空穴来风，宋押司就曾应允赠与买汤药的王公一份送终棺材（《忠义水浒传》第二十一回）。还有鲁提辖三拳打死镇关西，救了金翠莲老小（《水浒传》第三回）。个人尚且如此慷慨侠义，那么大家聚义之后义气相投，更应替天行道，做"一水泊的侠盗"，于是，梁山正中旱寨前一面"替天行道" 杏黄旗就升起来杵在那儿了。可接下来 "三打祝家庄"、"攻陷曾头市"、"克青州"、"下高唐"、"平大名府"，每一次都是打出"替天行道，劫富济贫"的口号，但都不过是幌子。"攻陷曾头市"只因为晁天王命陨于此，并立下"活捉史文恭者为水泊之主的遗言"，不过是报私怨，争名夺利，细究起来，也只是两个地方势力间的利益冲突罢了，算不得是替天行道，至于"劫曾家之富而济贫？"若不是有位钟离昧老人对石秀有恩，恐怕梁山好汉过处，皆白地了。这样算来，曾头市村民“每户分粮一石”也就算不得济贫了，毕竟“济命”比之“济贫”实惠多了。

第六十六回，众多好汉依旧打出替天行道的旗帜，当然，杀贪官污吏也的确是为民办实事了(实际上也有报仇的影子)。按计划“杜迁、宋万去杀梁中书一家老小，刘唐、杨雄去惩治王太守一门良贱，蔡福请柴进救一城百姓，柴进找吴用下令教休杀害良民时，城中将及损伤一半。”“据说，百姓被杀死者五千余人而已”(第六十七回)。再看《水浒》“盗”的成分，“侠”也就微不足道了，更多的就是“强人行径”。

二、为什么《水浒》谈及女性就是大加鞭笞

《水浒传》中对女性的贬斥可谓不遗余力。小说中败德的女性并不少，甚至占有十之八九，潘金莲与王婆、阎惜娇与阎婆、潘巧云都是作者笔下生动细腻活灵活现的坏女人。除此之外，害雷横的白秀英，坑史进的李瑞兰(《水浒传》第六十九回攻陷高唐州)，还有诸多不知名的不贞妇女，不胜枚举。而在小说中对此类女性，作者一律呼之“淫妇、贱人”，年纪大些的则称之为“虔婆(即贼婆)”。作者是以一种极其仇恨与极其厌恶的语气称呼的。当然，《水浒》中并不是所有女性皆善淫，例如林冲的娘子、糙汉子形象的顾大嫂，但是林娘子真就是真善美的女性么？并不是，林冲就是因为妻子的原因而被逼上梁山，在封建社会，林娘子难免不被人认为是“克夫”。于是林教头在起解之时提出要休妻，原因无外乎“免得妻子耽误青春”同时“免得高衙内陷害”。在这里这位“一杆枪从无败绩的英雄教头”之所以坚持休妻，作者只是告诉读者，再英雄好汉的人物也是受不起女人拖累的。

《水浒》中为什么对女性极力贬斥，几乎所有女性都善淫，不然就是“克夫”？小说中几乎所有好汉都是疏远女性，或者在女人身上吃过亏后便避之唯恐不及。

不论是淫妇潘金莲、烈女张贞娘(林冲妻)，还是勾结家仆外人坑害丈夫的潘巧云、李巧奴，都拥有着不俗的姿色，但这些并没有什么实质性的好处，反而给好汉们带来灾厄。作者通过正反的对比更强烈地向读者提供一个讯息：女人是祸水，要远离！

近女色、“溜骨髓”是成不了真好汉的，除了一个被众兄弟取笑的王矮虎，其余兄弟几乎都是一身精力去比试拳脚，打熬气力，对女性都是恶言冷面相待，甚至是杀戮。在读者对比之下，近女色的王矮虎、小霸王之流的支持率，比之对潘金

莲剖腹剜心的武松低得太多太多了。这一点，在对诸位英雄好汉的位次上也可窥得一二。

三、《水浒》中的"义"是"公义"还是"私义"

《水浒传》里说到"义"都很容易理解，这个字可以说贯穿全书，原书名即是《忠义水浒传》。那么不禁要问，书中所说的"义""于公乎"？"于私乎"？判断"公私"就不得不讲明"公私"所指为何。英国理想的侠盗人物罗宾汉每次劫富原因必定是有人为富不仁，目的也一定是济贫，自己却从来不沾分毫，可谓是至公无私。

《水浒传》中对于义气也有例证：武松被流放孟州，因施恩对自己施以厚恩，与之互为兄弟，便醉打蒋门神，替施恩重夺快活林。这便是典型的江湖义气，算不得侠义。撇开此事不谈，单说快活林也是个欺凌弱小的场所，施恩就依着此地开赌勒索。单单是此行径，便不能称之为侠。

再说像鲁提辖、柴相公、宋押司等等的仗义之举，往往是个人的慷慨之举。以鲁达救了被郑屠"虚钱实契"强骗了身子的金翠莲；接济来往英雄好汉的大相公柴进；不顾个人安危为了义气向晁保正报信的宋公明，都可以算是在用实际行动向人们诠释"义"。但是，这些往往是英雄们能力之内的私下慷慨，并非原则上的侠义。甚至宋江更是"因私废公"行不忠之事。言至此，公私之分，一目了然。

侠盗，以罗宾汉为例，从来助人不取分毫，也正因如此被广为传颂，但不食人间烟火的是神话人物，并非现实。所以《水浒传》中梁山诸位好汉便攻州陷府，杀人掠财，这才是活生生的强人，也更鲜活，正因如此，才说明作者并不是"田牧式"的作者，起码或多或少是有些强人经历或类似经历的。毕竟"艺术源自生活，高于生活"。

作为正常些的强盗并不禁色，相反在各方面条件许可下也有纵情声色的情况发生。但作者在书中为何对色讳莫如深？原因很简单，防止好汉们"溜骨髓"。

罗马帝国时代，军队要求士兵夜间睡觉时必须将手放在被子外面，避免影响战斗力。同样的，作者想给他的"读者"传达的信息就是疏远女色，甚至要求禁欲，同时也为了避免部下亲近女色，导致主从间离心离德。

说到义气，《水浒传》中的好汉不论身份都是十分重义，甚至是被人取笑的"溜骨髓"的周通在被鲁提辖劫掠之后也是与人同担责任。至于武松、史进、李逵之流便更是义薄云天，也让读者看到更真实的义气，快意恩仇，更贴近生活的义气。而不是罗宾汉的侠义，毕竟，罗宾汉的不食人间烟火和耶稣的一块饼喂饱了所有人一样，太过神性了。

在春秋战国时期，供养门客侠士之风盛行，而这些门人为报知遇之恩，舍生忘死，专诸，聂政，豫让，荆轲等等莫不如此。在《水浒传》中这种思想尤为突出，如不是宋押司、柴相公等的慷慨相助，多少好汉要风餐露宿，甚至有性命之忧，若不是水泊上的忠义双全，多少英雄要明珠蒙尘？

对于春秋战国门客们而言，忠君并不是主流。毕竟儒家思想是在汉武帝以后才开始被确立为正统思想的。那么报"知遇之恩"就成了这些侠士们"舍生取义、杀身成仁"行为的比较合理的解释。至于《水浒传》，纵观全书，使得梁山百单七人都心悦诚服的宋头领之所以有如此高的地位，靠的也并不是手下人的忠心，而是"及时雨"这种恩惠罢了。不然百单七人为什么不忠于赵官家的正统，偏偏会去向一个刀笔小吏出身的强盗头子表忠心？

作者如此强调好汉间的义气而非忠诚，其深意，也就呼之欲出了。

参考文献：

孙述宇著《〈水浒传〉怎样的强盗书》，上海古籍出版社 2011 年 3 月。

朱一玄、刘毓忱编《水浒传资料汇编》，南开大学出版社 2012 年 5 月。

反抗与自由

——血溅鸳鸯楼的深层原因与真实目的

天津师范大学文学院 李 云

近年来对《水浒传》中的杀人行为有较多讨论,有人认为《水浒》中的一些场面过于血腥和暴力,如刘再复称《三国》《水浒》是中国人的地狱之门。杀戮场面使这部经典之作成为众矢之的,倍受苛责。但是,这些苛责《水浒传》的人看到的只是英雄杀人行为的表面,人云亦云,以显示自己标新立异的"新学说""新观点",并不理解其深层原因与真实目的。只有把英雄的杀戮行为还原到著作当中,分析他们究竟是为何而杀人的,才能得到客观公正的认识。客观而论,《水浒传》中每一次的杀戮行为都是有深层原因的,是英雄好汉们用"拳"和"命"对"钱""权"统治的黑暗社会所做的有力抗争与大胆破坏。作者在对英雄反抗的描写中完成对人物形象的塑造、对故事情节的推进。如果没有了这些情节,也就没有了《水浒传》栩栩如生的英雄好汉,也没有了精彩的水浒故事。本文以备受争议的第三十一回《张都监血溅鸳鸯楼,武行者夜走蜈蚣岭》为例,对武松杀戮行为的深层原因与真实目的进行深层分析。

一、武松对强权势力的不屈与反抗

认为《水浒传》血腥和暴力的人,往往只盯着英雄们挥起的刀光和溅起的血花,而忽略了心地善良的英雄们为何要挥起刀、提起拳。如刘坎龙在《论水浒传的嗜杀与化解》中说:"武松在飞云浦杀死四个杀手,便进入张都监家中报仇,在鸳鸯楼杀死张都监、张团练、蒋门神三个正身后,又杀了张都监夫人及十几个家人、侍女,直杀得'血溅画楼、尸横灯影','就月光下看那刀时,已自都砍缺了'。这些女眷既非陷害武松的同谋,又未在武松杀人时与之打斗,却都倒在血泊里。这种嗜杀的场面是非常残忍的。"认为女眷们不是陷害武松的同谋,被杀死是无辜的。这种认识是不正确的。因为那些女眷、仆人等统统都是陷害武松的同谋者。

不信请看第三十回所写:"武松自从在张都监宅里,相公见爱。但是人有些公事来央浼他的，武松对都监相公说了，无有不依。外人俱送些金银、财帛、缎匹等件。武松买个柳藤箱子，把这送的东西都锁在里面。”武松受到张都监虚假的礼遇后，张府上下的人都来趁机讨好武松，落井下石，这是一个不可忽略的细节。还有另一个细节，张都监中秋之夜在鸳鸯楼安排筵宴，叫武松饮酒。武松见夫人宅眷都在席上，吃了一杯，就要走。张都监却叫住武松与家人一起宴饮。“张都监着丫鬟、养娘斟酒相劝。”“叫唤一个心爱的养娘，叫做玉兰，出来唱曲。”随后还当着夫人家眷的面，把玉兰许配给武松。这个中秋宴是武松人生当中最繁华的一场梦，前途、美人、富贵，应有尽有。但是这却只是一个泡沫而已。也就是在这个夜里，武松听人喊有贼，看到“玉兰，慌慌张张走出来指道：‘一个贼奔入后花园里去了！’”武松抱着一颗赤诚之心去后花园捉贼，结果却被当成贼捉住。“众军汉把武松押着，径到他房里，打开他那柳藤箱子看时，上面都是些衣服，下面却是些银酒器皿，约有一二百两赃物。武松见了，也自目瞪口呆，只叫得屈。”从书中的细节可以看到张都监的家眷、丫鬟、养娘、仆人等都是陷害武松的参与者。他们或者是以钱物谄媚贿赂武松，所以武松才在短时间内积攒了诸多的金银财物，这些都成为了日后的赃物；或者是以花言巧语媚惑武松，如劝酒的丫鬟、养娘，让武松看不出这个圈套的破绽；或者对武松表现出尊敬的假象，如夫人等家眷，她们让武松觉得张都监的好心是真的；武松被抓时，他们又上前捉打武松，露出了狰狞的面目。这些人都和张都监勾结起来，做成一个从上到下都假心假意敬爱武松、亲近武松的圈套，让武松一直都被深深的蒙在鼓里，陷在这个虚情假意织就的网里，没有一点警戒之心。张都监对武松的一切好都是假的，张府上下对武松的一切也都是假的，他们的目的则是相同的：置武松于死地。所以说，张府从上到下都是设计陷害武松的参与者。

武松生平最恨被人欺压，他先是在马院杀死一个后槽。这个后槽认识武松，这说明他跟武松有过交往，或许是浼免过武松的人，他对武松说：“哥哥，不干我事，你饶了我罢！”可以说是“此地无银三百两”，武松当然不会饶他。后面武松又杀死鸳鸯楼两个侍酒的丫鬟，想这两个丫鬟当时也是在鸳鸯楼奉劝过武松喝酒的，她们当面一套背后一套，是曾经给武松制造过美好假象的人。武松杀死张都监、张团练与蒋门神后，遇到两个人“是两个自家亲随人，便是前日拿捉武松的”被武松杀死。这时夫人问话，她亦是中秋夜鸳鸯楼参与陷害武松的人，所以被武松杀死。武松再下楼时，遇到玉兰，引着两个小的，都被武松杀死，还有两三个妇女,也都被武松杀死。玉兰是亲口欺骗武松有贼的人,死罪难免。那两三个妇女是什么人?我们不清楚,但是武松却是认得的,他事后对张青说:“下楼来,又把他老婆、儿女、养媳都戳死了。”她们都是张都监的家眷,在中秋夜鸳鸯楼家宴中都曾参与其中,是张都监欺骗武松的合伙者,所以,武松在张都监中杀死的十五个人都是罪有应得的, 并没有枉杀一个。但凡这其中有一个人曾对武松说过提醒的话、警示的话,武松就不会一直被欺骗,也不会枉杀一个性命。

有人认为武松到最后是杀得红了眼,而且不只杀人,还拿走银器。武松是一个嗜杀并贪财的恶魔吗?当然不是。且看后面,武松在蜈蚣岭看见一个出家人和一个妇人在调笑,武松气愤之下把出家人飞天蜈蚣杀死,“那妇人捧着一包金银,献与武行者,乞性命”。武行者道:“我不要你的,你自将去养身。快走,快走!”可见武松并不是一个嗜杀和贪财的人,他杀人是有明确的原则的:专杀为非作歹、欺压良善的人。张都监府上那伙人,则是与张都监一同为非作歹、欺压良善。而武松就是被众人设圈套陷害、欺压的那个人。武松杀死四个公人之后,心头咽不下那口恶气,才返回到张府中,为自己的被欺压报仇雪恨。像武松这样的有勇有谋的刚烈汉子还被他们合起伙来欺诈,对于那些无名的小辈、软弱的民众、不如武松这样有本事的人们肯定更是被他们随意的拿捏、欺诈。所以,张都监等人是主宰这个社会的强权势力,他们仗着有钱,有权,要弄阴谋诡计,欺压良善,作恶多端,罪有应得。武松是作者塑造的一个顶天立地的英雄好汉,他不屈服于欺压,誓死抗争,为这个社会除暴,获取公平与自由。

二、武松本性淳正善良

武松在鸳鸯楼杀了十五人,是对强权势力的逼迫而作出的反抗行为。要知道武松本身是一个淳正善良的人。武松在柴进的庄上受到待慢,宋江把他当兄弟一般看待,回清河县看望哥哥时,宋江步行十里相送,“武松堕泪,拜辞了自去”。可见,武松是一个“性气刚”的硬汉,对于欺负他的恶人毫不留情,对于知重他的人则知恩图报。所以宋江的友爱让武松流下泪来,这是武松对于友人的真淳。武松在景阳冈打死老虎之后,阳谷县知县“将出上户凑的赏赐钱一千贯”给武松,武松却认为众猎户因为老虎受了责罚,“何不就把这一千贯给散与众人去用”,把赏钱“在厅上散与众人猎户”,这是他对于普通民众的善良。武松对于自己的哥哥,更是一片深情,逃离清河县一年后就因为思念哥哥而回去探望,因为敬爱哥哥而敬重嫂嫂。去东京前又对哥哥做一番嘱咐,待到回来“只觉得神思不安,身心恍惚,赶回要见哥哥”。看到武大的灵牌时,只觉“呆了,睁开双眼道:‘莫不是我眼花了。’”“把酒浇奠了,烧化冥用纸钱,便放声大哭。哭得那两边邻舍,无不凄惶。”这个二十五岁的打虎英雄武松,在兄长的灵前却哭得像一个孩子,这是他对亲人的真淳。

武松是一个淳正善良的人,亦是一个不肯向恶势力屈服低头的人。武松要为兄长报仇,对何九叔说:“小子粗疏,还晓得冤有头,债有主。你休惊怕,只要实说,对我一一说知武大死的缘故,便不干涉你!我若伤了你,不是好汉!”武松获取了人证物证以后到县里告状,想通过法律来惩罚西门庆与潘金莲。但是“县吏都是与西门庆有首尾的,官人自不必说”。知县收了西门庆的贿赂不但不秉公执法,反而责备武松“不省得法度”。在西门庆与知县的勾结之下,连潘金莲、王婆都来欺压武松。潘金莲“已知告状不准,放下心,不怕他,大着胆看他怎的”。王婆“已知西门庆回话了,放着心吃酒。两个都心里道:‘看他怎地!’”她们仗势气人,逍遥法外是多么的嚣张与可恨。在告状无门、又被恶人欺压的情况下,武松铤而走险,在武大郎的灵前审问并杀死潘金莲。所以,本性真淳善良的武松,被不讲法理的社会和人们一步一步逼上了杀人的道路。

如果是一般人物,生活在不讲法理的社会,那肯定是没有办法的。但是作为作者塑造的英雄人物,武松自是有办法。武松在那个不公平的黑暗世界里用自己的性命做了最大胆的抗争。知县你不办案,我武松就亲自审清这桩案子,写下供词,不仅把供词写得清清楚楚,明明白白,还亲手杀掉潘金莲与西门庆,实现了“杀人者偿命”的天理与公平。武松杀人是在法度之外,但却是在天理之内,他是在替天行道,用武力向那个不公平的世界讨回公平。

武松以武力和杀戮为自己赢得了一个相对公平的世界,但是却因此戴上了枷锁,成为了一个罪犯。在这个时候,他还是想回归到这个社会,过一种正常人的生活,接受国家的统制与法律的制裁。如果他想造反,在第二十七回遇到母夜叉孙二娘与菜园子张青时,就是一个最好的机会。孙二娘已经把两位押送的公人药倒了,马上就要杀了他们。武松恳求张青说:“武松平生只要打天下硬汉,这两个公人,于我分上只是小心,一路上服侍我来。我若害了他,天理也不容我。”于是张青救起了两位公人。可见武松是一个有情有义,懂天理人道的至情之人。第二十八回中,武松帮助施恩醉打蒋门神,夺回了被蒋门神抢去的生意,也并没有置蒋门神于死地,而只是狠狠地教训了蒋门神一顿。这说明,武松在打人时是有分寸的,该杀则杀,不该杀则不杀。蒋门神离开之后却并不善罢甘休,勾结了张团练、张都监,设计了一个圈套,要治武松于死地。

武松在受到张都监的礼遇时,觉得遇到一位恩人,准备与他以诚相待。武松怀着一颗赤诚之心去捉贼,没想到却被张都监捉为了贼。不仅把他下在大牢里,在武松被发配的路上,还安排蒋门神的两个徒弟和两个公人杀害他。如果武松不杀死那四个人,那四个人就会杀死武松。武松在杀了四人之后"立在桥上看了一会,思量道:'虽然杀了四个贼男女,不杀得张都监、张团练、蒋门神,如何出得这口恨气!'提着朴刀,踌躇了半晌,一个念头竟奔回孟州城里来"。所以,是不公平的社会和奸诈的人们逼迫的武松一再杀人。我们不能苛责受迫害的英雄杀人太多,而应该怨恨张都监害人太歹毒,让自己的全家老小都上阵欺诈良善,鱼肉弱者,以致于招来了杀身之祸。后面武松杀了道士飞天蜈蚣,并没有杀那个女子,也没有要她的钱,说明武松在本质上还是一个淳正善良的人。

三、血溅鸳鸯楼完成对武松形象的塑造

从血溅鸳鸯楼中我们可以看到武松是一个有勇有谋、敢作敢当的英雄。在《水浒传》108将中,与武松形成鲜明对比的人,当是林冲。二人皆武艺高强,经历也颇为相似,但是性格却截然不同。林冲看到小衙内调戏自己的妻子,害怕得罪高衙内,作出的反映是忍耐。如果换作武松,那一定是提着拳头给小衙内一顿好打,打死了自去偿命。第七回《花和尚倒拔垂杨柳　林教头误入白虎堂》中,林冲被高衙内、陆虞侯等人串通起来陷害,发配沧州,林冲在路上受尽两个公人的欺辱与虐待,如果不是鲁智深相救,恐怕林冲在野猪林就丢了性命。到了沧州,林冲看管草营时,又一次被陆虞侯等人设计放火烧死,林冲这一次忍无可忍,杀死了三个人。武松同样也是被蒋门神、张团练、张都监等人设计圈套陷害,同样也被公人欺负,但是武松却是勇敢果断的杀掉四个公人,然后返回身去直奔张都监家,把陷害自己的人尽力铲除。

如果说林冲的经历让人觉得窝心,那么武松的经历则让人拍手称快;林冲身上隐忍的成份太多,武松身上更多的则是伸张;林冲与武松这两个人物都是作者精心设计的英雄人物,林冲的懦弱多虑为后面武松的勇敢善断做了铺垫,武松的不屈不挠则与林冲形成了鲜明的对比。在相同遭遇的不同表现中,体现了武松的

性格，也突出了林冲的性格，从而达到了《水浒传》“叙一百八人，人有其性情，人有其气质，人有其形状，人有其声口”的艺术效果。

综上，通过对武松血溅鸳鸯楼的分析可以看到，《水浒传》中的杀戮行为是英雄们在强权势力的压迫下做出的正当反应，具有强烈的反抗精神与正义感，具有除暴安良、替天行道的性质。作者通过对英雄除暴行为的描写，塑造了众位英雄好汉的鲜明形象，以三拳打死郑关西写鲁达的粗鲁，以抡起板斧劈人写李逵的莽撞。《水浒传》虽然反映了当时的社会现实，但是它毕竟是一部虚构的文学作品，评论者在接受过程中应该正确认识其文学性与艺术性，不能把虚构的行为与现实的行为相混淆，对其进行误导性的苛责与菲薄。

浅析《水浒传》之情节结构

湖北师范学院 胡 焕

作为一部长篇小说,《水浒传》的情节结构大体可以分为三个部分:第一部分是开头到宋江三打祝家庄之前;第二部分是从三打祝家庄到梁山好汉排座次;其余为第三部分。细看这三部分,就会发现《水浒传》的情节结构是严密而有机的。就全文来看,无论是在故事安排方面,还是在情节设置方面,《水浒传》都可算是一个严密、有机、统一的艺术整体。

《水浒传》中几十个相对独立而又完整的短篇故事都是由一根主线贯穿在一起的,这根主线就是梁山起义事业由分散的个人传奇故事而逐步走向联合,再到大聚义,到走上招安道路,最后失败的全过程。从这个意义上说,《水浒传》中无论是英雄好汉的个人传奇故事,还是后来的三打祝家庄、踏平曾头市的集体传奇故事,以及受招安后奉命征辽、征方腊直至最后的悲剧结局,都是小说整体故事框架中的有机部分。这是从内容上考察《水浒传》结构的整体性。在情节结构方面,《水浒传》前七十回的布局谋篇、人物和事件的组合还是严谨有序的。尽管涉及人物众多,某些章节的故事有其相对独立性,但全文的结构是一个有机统一的艺术整体,人物和人物的组合,人物和事件的组合,事件和事件的组合都有内在的关联,并不显得零乱和琐碎,并且由此生发出多种多样的结构方法和技巧,使全书的结构宏大、严密而又巧妙、富于变化。

那么,《水浒传》的作者是怎样将这些人物、故事有机结合在一起的呢?本文就这一问题做简要分析,试图弄清《水浒传》情节结构的奥秘。

一、递相引荐、环环相扣

《水浒传》第一部分是各个英雄的小传。基本上都是独立的篇章,即使独立看来也可自成一文,但每个段落之间又存在着一些必然的联系,就好像是一组并联的电路一样,由一条主线引出,其后分出若干组支线。这种结构形式明显继承了长篇“说话”的表现手法,即把一些主要人物和事件相对集中起来加以叙述,以满足听众每天听一段书的要求。同时，这也与《水浒传》的成书过程有关，即它先有一些独立的短篇，然后再逐步丰富扩展，连缀许多短篇为一个长篇故事。

作者在一开始便采用勾联式的结构方式。也就是一个人物的故事带出另一个人物的故事。这是《水浒传》中运用较多的一种结构形式，如王进受高俅的迫害被迫逃出东京，远走华阴，引出了史进；而史进被逼，不得不出逃渭州寻师，引出了鲁达；鲁达被逼，流落东京，又引出了林冲；林冲受高俅的陷害，被逼上梁山，为纳“投名状”，又引出了杨志。基本上是一种“环环相扣”的写法和结构方式，人物之间前后勾联，有紧密的内在联系，而且联结方式单纯，均为利用各种巧合情节使人物相识之后，小说就不露痕迹地将其主要笔墨由一个人物转移到另一个人物身上，依此类推，故事转换自然、明晰，而且一气呵成，情节连结处没有丝毫疏漏。

但事不过三，在林冲引出杨志之后，作者没有再叫杨志引出谁来，而是安排杨志与鲁智深一起在二龙山当头领。而且杨志和鲁智深素昧平生，他们之间就需要一个“穿针引线者”，那便是林冲。但另一方面，杨志的事情还没有完。作者借失陷生辰纲一事引出晁盖七人，进而，引出及时雨宋江私放晁盖。其后，宋江又因刘唐送书信杀死阎婆惜，不得不流落江湖。至此，众多英雄的故事就写得比较充分了，为避免重复，接下来就借宋江作为线索人物来展开故事。宋江在杀阎婆惜之后依次去了柴进庄上，结识了武松；孔太公庄上再遇武松；清风寨小李广花荣处，结识了燕顺、王矮虎、郑天寿等人一齐上梁山。但是宋江的任务并没有完成，于是作者安排宋江突遇石勇，收到父亲病故的家信，宋江只好书信一封推荐众人上山入伙，自己独自一个飞也似的奔丧而去。其后，作者将剩下的英雄皆由宋江一一引出，宋江发配江州一行，共结识了李俊、李立、童威、童猛等十六位好汉，至此，宋江影响上山入伙的好汉已达二十多人，宋江也基本完成任务。在宋江人物传记的纵向结构脉线中，也交叉着其他英雄的传奇故事。花荣大闹清风寨，黑旋风斗浪里白跳，就是其中的精彩片段。到浔阳楼宋江吟反诗，被绑赴法场，这条主干情节脉线似乎走到了尽头。其实不然，恰相反，围绕“救宋江”这一中心出现了“梁山泊好汉劫法场　白龙庙英雄小聚义”这样的众多好汉汇聚的大场面。主干情节推向高潮，众多的人物关系、故事情节经过聚焦，都归入以宋江活动轨迹为主体的情节脉线之中。而宋江的故事也出现了新的延伸，以劫法场为突转口，引出了宋江上梁山的新的故事情节。

综合考虑第一部分的结构,多是几位英雄人物的小结,多采用递相引荐的方法,将每个人引出,虽然每个人引出的方式不同,但都是在一人小传即将完结之时引出下一人,使之环环相扣,成为一个整体。这一部分,结构的方式方法灵活多变,很好地反映了英雄人物多姿多彩的生活,文势的高低起伏也可以看出作者驾驭题材的卓越能力。

二、横云断山、鸾胶续弦

第二部分是梁山的鼎盛时期。此时梁山义军已经形成气候,可以公开攻城掠县,这期间主要写了三打祝家庄、打高唐州、打呼延灼、打曾头市、打大名府等战役。这些战役个个不同,却个个精彩。细看这些战役的结构,我们就会发现,每次战役都不是顺利完成的,其中必有波折,而正是这些波折给人留下深刻的印象。这种事件中间起波折的写法即为“横云断山法”或者“间阻法”。

这些战役中最为精彩的即为“三打祝家庄”。作者在宋江两打祝家庄失利而无计可施的情况下,横插进来大段关于解珍、解宝两兄弟精彩纷呈的故事,使读者在经历了战场的疲惫之后,缓解了紧张的情绪,同时又可以精神振奋地接着看三打祝家庄了,这样于紧张事件之中横插进另一段故事的手法便是“横云断山法”。“横云断山”不仅使小说故事情节产生起伏不已的波澜,而且由于场景的变化,更增添了小说结构表述形式的多样化和丰富性。如果将三打祝家庄战役看作一个整体的话,这种结构方式又可称作包孕式,以空间线索为基础,大故事中套小故事。

在三打祝家庄之后紧接着写了李逵为了赚朱仝上山而杀死小衙内,继而留在柴进庄上,又随着柴进去高唐,打死殷天锡,陷柴进于高唐。进而便有了梁山英雄打高唐之举。打高唐也是两阵不胜,无人能破高廉妖法,于是便有戴宗寻公孙胜之行,而这取公孙之行,对于打高唐来说又是“横云断山法”,而这二取公孙胜用的则是“鸾胶续弦法”。“鸾胶续弦法”是指将相隔甚远的两条或更多的线索编织到一条线索中的手法。作者巧妙地运用二取公孙胜这一情节,将前后几节连接起来。第一次取公孙胜是无关紧要之事,所以不一定找得到,而这一次则是等着公孙胜去破敌的,所以一定会找到的。于是戴宗先是巧遇一老者指点迷津,接着必然找到公孙胜,杀了高廉,高俅自然恼羞成怒,于是,就有派呼延灼围剿梁山之举。

而在打呼延灼战役中,作者有意再次安排“横云断山”,就是让时迁到东京去盗徐宁的“赛唐猊”甲,赚徐宁上山教钩镰枪法,以破呼延灼的连环马。在战败之后让呼延灼去投青州慕容知府。而就是这一去,使得桃花山、二龙山、白虎山三山的英雄豪杰一起上梁山。所以,没有呼延灼败走青州,就没有三山的统一行动,也就不会有宋江引兵来与三山人马的汇合,而这也是继三打祝家庄之后上梁山人数最多的一次,也是第二部分的一个小高潮。

接下来作者紧锣密鼓地写了晁盖因下山打曾头市而不幸中箭身亡,宋江被推举为梁山泊一把手,从结构上说,这也是必然的。晁盖活着的时候,梁山实际上是两个寨主。宋江因为影响一大批人马上山,极有群众基础,而且很多大战役都是宋江领头的,但是晁盖毕竟是寨主,是奠定梁山事业基础的人,而且救了宋江的性命,所以在发生分歧时一般都是晁盖说了算,但是他们两个的思想存在着很大的差异,晁盖是从没想过要接受招安的,而宋江主张招安。所以只有晁盖死了,宋江才能贯彻他的思想,从而也就决定了后半部分的结构。

晁盖死了之后,接着发生了三打大名府,赚取卢俊义上山。而打大名府又比打祝家庄、打高唐更富于变化。一打大名府后,就有关胜率兵直取梁山泊,实施围魏救赵之举。收服关胜等人之后,再次兵临北京城下,谁知宋江突发背疽,二打大名府就此中断,接着张顺去取神医安道全,水上报冤一事发生,实际上又是一次“横云断山”。三打大名府使用的是里应外合之计,不过卧底不是像登州军马堂而皇之地进入祝家庄那样,而是趁着元宵放花灯之际,扮作各色人混入北京。像北京这样的重镇被攻破,朝廷不可能没有反应。而梁山泊费尽心力打破大名府,也不会立即罢手,于是便有了关胜降水火二将,这样打大名府之后,又有关胜、索超、魏定国等人上山。

从结构上说,二打曾头市也是必然的,而三打大名府可以看作是打曾头市的一个“截断”。打曾头市,卢俊义捉得史文恭,按晁盖遗言,应该卢俊义坐第一把交椅,但情节又不允许,于是便有了打东平府、东昌府之举,以便给各方一个台阶下,最后,宋江顺利坐上第一把交椅。

细看第二部分的结构方法,全是大开大合,大起大落。其中“横云断山法”在打祝家庄、打高唐、打呼延灼、打大名府中都用到过,但每场战役又写得各不相同。其中的大事件、大场面都用正面描写的方法,体现出宏大的气势,每个英雄人物也按照各自的性格行事。最终推动情节向前发展。

三、落入窠臼、毫无新意

《水浒传》的第三部分,在梁山好汉接受招安之前,就内容来说,还是有一些可读性的,但就结构而言,已经开始显得板滞了。宋江、燕青两次下山,都是捉人上山得到消息,才决定下山的,这就难免重复。至于两赢童贯、三败高俅,几乎全用正面描写之法,而没有把英雄人物的个人命运、性格与战争联系在一起,这样就使得战争没有了起伏,难以吸引读者。受招安之后,征大辽、破方腊,基本上都是大战,而且正面描写占了征大辽、破方腊的绝大部分篇章,不变的方法决定不变的结构,这样一场接着一场的大战,使得第三部分变成了一块没有起伏的铁板。没有了起伏不定的文势,没有了大开大合、大起大落的变化。

较之前两部分,第三部分就显得死板。作者显然是在一种身不由己的情况下写出这一部分的,因此,在思想上,很少经过自己深切体验和深思热虑的东西,连对大聚义的真正意义,他们的出路和前途,作者都不曾作过认真的思索,结果让正统的封建意识占据了支配地位,糟粕较多。在艺术上,由于没有经历“说话人”的艺术实践的锤炼,或者主要是由联缀者增补而成,所以也显得芜杂平庸。这样,后半部无论在思想性和艺术性上,都不能与前半部同日而语。而在情节结构上,以招安投降为主线,写了众多英雄人物的覆灭之路。投降之后的战役,也只是模仿着前文中的战役而没有创新。当然,后半部也有若干章节稍具文学意味,那也只是作者在那大躯壳中竭力缀补上去的一块绣花,其价值是无法同和谐完美的前半部相提并论的。但是,总体来说,第三部分还是在主线的前提下完成的,符合作者设定的英雄人物的结局,所以《水浒传》在情节结构上还是有机的。

长篇小说《水浒传》的结构并不是单一化的直线式结构,它一方面继承了我国古代小说的传统结构形式,即以时间顺序、空间的直线移动来组织人物、情节;另一方面又有所革新和创造,巧妙的运用“横云断山”、“胶鸾续弦”等方法来使得结构变得多姿多彩。《水浒传》纵横曲直的结构对后来的《金瓶梅》网状结构有直接的启发作用。研究《水浒传》的结构艺术,掌握其将众多纷繁的人物和情节组织得井然有序的方式和技巧,对我们很有启发作用,对研究中国古典小说结构的民族特色也是很有意义的。

参考文献：

李希凡.论中国古典小说的艺术形象[M].上海:上海文艺出版社,1982:156.

茅盾.谈《水浒》的人物和结构[A].江西:百花洲文艺出版社,1991:137,138.

金圣叹.读第五才子书法[M].北京:中华书局,1973:121.

陈忱.水浒后传论略[M].山东:济南出版社,1980:21.

胡应麟.少室山房笔丛庄岳委谈(下)[M].上海:上海古籍出版社,1986:158.

吴世余.《水浒》艺术探微[M].重庆:重庆出版社,1985:56.

汪远平.水浒寻关录[M].杭州:杭州大学出版社,1993:103.

孙一珍.明代小说的艺术流变[M].成都:四川文艺出版社,1996:119.

论《水浒传》招安叙事背后的时代语境

湖北科技学院 单 怡

金本《水浒》与原本《水浒》最大的异同，也许就是对结局的处理了，金圣叹腰斩水浒，将后来的梁山全伙受招安、征辽国、讨方腊的情节一律删除，以“惊噩梦”作结。然而，这种大刀阔斧，一举删除全文近半篇幅的举动非但没有受到读者的反对，相反取得了巨大的成功，金本《水浒》在后来近三百年中成为最流行的《水浒》版本，甚至人们一度只知有金本，不知有原本的地步。可见，金圣叹的举动顺应了读者的心理，在广大读者心中，招安叙事和随之而来的征辽国、讨方腊的行为的确是全书的转折点，《水浒》的英雄气至此出现变化，一百单八将亡的亡、伤的伤，就连最坚定、一心想要报答赵官家的宋江，最终也只落得个被高俅等奸臣设计用毒酒害死的下场。金圣叹的删书之举，将这些悲剧成分一律删除，保留了全书的精华，自然容易受到读者的赞赏和接受。

问题是，既然金圣叹懂得如此处理小说，为何施耐庵没有进行类似的处理？如果说施耐庵的招安叙事整体上是一个悲剧以至能引发受众的接受障碍的话，那金圣叹的腰斩之举虽然部分迎合了读者，但他的“惊噩梦”结尾虽然简短且玄虚，其悲惨却更甚施耐庵的原本，毕竟原本中梁山水泊尚有漏网之鱼，虽然身陨毕竟名就，实现了“生当户食死封侯，男子平生志已酬”的目标。而金本的结局却是一个自称嵇康的朝廷将军将情愿归附朝廷的梁山众人一起绑缚，将其大骂一通：“万死枉贼！你等造下弥天大罪，朝廷屡次前来收捕，你等公然拒杀无数官军！今日却来摇尾乞怜，希图逃脱刀斧！我若今日赦免你们时，后日再何法去治天下？况且狼子野心，正自信你不得！”，令刽子二百一十六人，两个服侍一个，将宋江、卢俊义等一百单八个好汉在于堂下草里一齐处斩。梁山好汉全体死亡，更谈不上有何功名成就，金圣叹自己则称此结尾才是真正古本结尾，可“破续传招安之谬”。

显然，这里面的差别的关键在于如何看待、对待招安叙事上，原作者施耐庵没有回避这一点，而金圣叹则进行了回避，而从文字描写上看，这种回避并不见得是为了更进一步地强调水浒群雄的英雄气。事实上，在后来众多的水浒续书中,有不少要处理得更加的快意,如陈忱的《水浒后传》就让梁山好汉李俊、阮小七等32人在登云山,饮马川重新聚义,最终处死了蔡京、高俅、童贯等奸臣,并奋起抗御南侵金兵,后又渡海至暹罗建立王业。其情节单以快意和迎合读者而言,显然更胜金本《水浒》。

那么，为何会有如此差别呢？从招安这一行为的性质何当时的社会环境着手,显然有助于我们得到答案。

一、何为招安

所谓招安，乃是一个国家的合法政权对不合法的地方或地下民间组织的一种安置行为,一般是给予听任政府的条件,让不合法的组织有机会重新成为合法组织。招安行为一旦成功,不合法组织成员不但能一举摆脱自己的非法身份,甚至能成为统治机构中的一员，而合法政权也能在付出最小代价的基础上解决掉不合法组织对自身的潜在威胁。

表面上看,招安可以被看作是一个双赢的结果,然而,这一结果能否实现,有一个重大前提条件是国家与不合法组织能否共同达成信任与谅解。

问题是,这种信任何谅解是很难建立的。首先,中国传统文化中缺乏阶级平等的对话机制,朝廷的威严不容冒犯。在中国正统的儒家话语系统中,官与贼之间是不可能共存的,皇帝和贵族是父母,而百姓是子女,父母对子女有先天的正义性和控制权,子女对于父母自有顺从的义务,没有反抗的权利,哪怕是父母做错了,身为子女的最多也只能采用"谲谏"的方式旁敲侧击地对君主尊长进行劝谏。平等的对话既没有合法性,也在现实中缺乏相应的通道。因此,面对忍受不了压迫揭竿而起的"匪",专制政府理论上的可能只会是"剿"。其次,阶级利益和阶级习性的先天冲突，招安而成的官吏一般总是受整个官僚系统的排挤和歧视。《梦溪笔谈》中有这样一个记载:"福建剧贼廖恩聚徒千余人,剽掠市邑,杀害将吏,江浙为之骚然。后经赦宥,乃率其徒首降,朝廷补恩右班殿直,赴三班院候差遣。时坐恩黜免者数十人,一时在铨班叙录,其角色皆理私罪或公罪,独恩角色称出身以来并无公私过犯。"可以想见,那些因为廖恩而被黜免的官员看到廖恩那声称"并无公私过犯"角色(履历)会有何种想法。也许廖恩的确在做官后没有犯下任何错误,但官员们永远也无法忘记他曾有的"盗匪"出身。最后,起义农民组织有过反抗政府的经历和经验，明白政府的统治本质，也很难再安于原有的贫贱地位，甘心于一个任凭摆布的“顺民”的位置。

因此，虽然招安是一个双赢的行为，但实施和成功却极为困难。双方总是存有戒惧之心，朝廷想着的是剪其羽翼好全权控制，而招安的一方则在感受到朝廷的恶意后，对朝廷也缺乏信任，往往降而复叛，将招安当成了一种战略退让和转移。如果时逢乱世，朝廷实力和自身实力的差别日趋缩小，招安的一方也难免会产生“彼可取而代之”这样令统治者无法接受的想法。

宋高宗时的宰相李纲便在他的《申督府密院相度措置虔州盗贼状》一文中阐述了他对招安的看法，认为朝廷的招安虽然“官其首领”，但“其招安出首领，虽已补授官资，或与差遣，多是不离巢穴，不出公参，依旧安居乡土，稍不如意，或资用阙乏，则又相率为盗”。因此，除了要对招安人众“结以恩信，使之改过自新”外，还应当把他们调“赴军前使用，以除后患”。“头首与补正官资，及其强壮人并刺手臂，分隶诸军下使唤。若能用命立功，优与旌赏，或又作过，必杀无赦。其不能悛改，逃亡复归本土之人，许诸色人捕斩，籍没田产，编配妻子，以系累其心”。明代大儒王守仁也认为“盗贼之性虽皆凶顽，固亦未尝不畏诛讨。夫惟为之而诛讨不及，又从而招抚之，然后肆无所忌。盖招抚之议，但可偶行于无辜胁从之民，而不可常行于长恶怙终之寇；可一施于回心向化之徒，而不可屡施于随招随叛之党”。不管是李纲还是王守仁，都称得上是封建社会中极为优秀的人物，但对待反叛过的农民，也仍然是充满了警惕，要将其“赴军前使用，以除后患”，要用“刺手臂”这样有侮辱性的方式进行看管，要求一旦有过，被认定为“长恶怙终”之徒后，一定是“必杀无赦”。问题是，在统治阶级这样充满警惕乃至恶意的眼光中，有多少人愿意曲为忍受呢？

事实上《水浒传》把这其中的矛盾写得相当到位。如吴用就明确指出，如果不能把官军打得“梦里也怕”，招安必然不能成功，即使成功也是个没气度，不受重视的招安。但即使两赢童贯，二败高俅，朝廷吸取“前番招安，皆为去人不布朝廷德意，用心抚恤，不用嘉言，专说利害，以此不能成事”的教训，差闻焕章二次来梁山进行招安时，依然玩弄文字游戏，想要置宋江于死地，最终导致了第三次与高俅的战争。而梁山接受招安后，朝廷马上安排了征辽国、讨方腊等力气活，以此来验证忠心兼削弱力量。但即使如此，在兵发辽国之时，都闹出了“陈桥驿滴泪斩小卒”的事件。虽然小说中将原因归之于贪官贪爱贿赂，但其人之骂“这大胆，剐不尽,杀不绝的贼！梁山泊反性尚不改！”未尝不是整个统治阶级的内在想法。

因此,招安能够成功,要么是统治阶级本身的实力已然衰退,已难以实施“剿灭”的方针,要么是外敌入侵,不得不先“安内以攘外”。实力的不足和外敌的威胁对统治阶级的秩序带来了更大的危害,此时招安才会成为一种可能的、但同时也是一种不得已的选择。

二、南北宋时期的时代背景与招安叙事的出现

梁山故事兴起的南北宋之交时，当时的政府正处于实力不足和外敌入侵两大窘境中。宋朝政权鉴于唐末时节度使兵权过大,强枝弱干,自建立起便极为注重武人专权,大力提升文臣的地位。然而这一做法却无形中使得政府武力不足,在镇压农民起义和防备民族斗争时捉襟见肘。面对农民武装,无可奈何的政府只能选择“招安”,用文的一手加以应对。

而且,比较国内的矛盾,当时的民族矛盾更为尖锐,金兵攻入汴京,掳走徽、钦二帝、帝子皇孙和数之不尽的金银财宝而回,此事被所有宋人以“靖康之耻”加以铭记。于是，南宋初年，北方原有的反政府的武装力量，一些传统眼光中的“匪”,在这民族矛盾激烈时成为抵抗金人的队伍,南宋统治者开始将这些以往的“盗匪”视作同盟军,并不惜给予官爵的虚名进行笼络,企图将其进行编制,成为抗金的前线队伍。当时李纲便指出:“今河北惟失真定等四郡,河东惟失太原等七郡,其余率推其土豪为首,多者数万,少者数千。宜于河北置招抚司,河东置经制司,择有才者为使,以宣陛下德意。有能保一郡者,宠以使名,如唐之方镇,俾自为守。否则食尽援绝,必为金人所用。”王夫之在谈到这段历史时也写道:“……宗汝霖之用群盗,犹之可也。已为盗则不畏死者也。因为盗,则自我洗涤之,其不任为兵者可汰也。为盗而有渠帅,则固可使就吾束伍也。去家为盗,则无身家之累,不以败为忧。故诸帅收之于江南,而藉其用。”当时的抗金义军中,其中以王彦统领的八字军最为有名,其军队之名来自于其部下士兵自觉在脸上刺“赤心报国,誓杀金贼”八字以示抗金的决心。山东义军葛进的部下也主动在脸上刺上“不负赵王”四个字,表示对赵宋政权的认可。

此外,政局的动荡也使得政府的思想控制松弛,统治阶级的意识形态的规训和控制未能得到充分建立。面对政府一味采用招安解决反政府武装的事实,普通人往往从个人功利的角度而非群体道德的角度看待事情,于是,对于招安,人们

羡慕的是它背后所带来的地位升迁,当事人个体自由的被宽赦等。庄季裕《鸡肋编》称:“建炎后俚语,有见当时之事者。如‘仕途捷径无过贼,上将奇谋只是招。’又云‘欲得官,杀放火受招安。’”这些话语一方面有着对政府的不满,但另一方面,其实隐藏大量的艳羡之情。此时,招安叙事就成为了一种发迹变泰,作为大团圆原型的一种受到贫民的喜爱。

事实上,在历史上宋江三十六人有很大可能是以招安为结局。《宋史》中张叔夜传中关于抓捕宋江的描写是:“宋江起河朔,转略十郡,官军莫敢婴其锋。声言将至,叔夜使间者觇所向,贼径趋海濒,劫钜舟十余,载卤获。于是募死士得千人,设伏近城,而出轻兵距海,诱之战。先匿壮卒海旁,伺兵合,举火焚其舟。贼闻之,皆无斗志,伏兵乘之,擒其副贼,江乃降。”记载中并未说宋江被杀。而李若水则记述了宋江等受招安以后的情况:“去年宋江起山东,白昼横戈犯城郭。杀人纷纷翦草如,九重闻之惨不乐。大书黄纸飞敕来,三十六人同拜爵。狞卒肥骖意气骄,士女骈观犹骇愕。……”可见,历史上的宋江应该是接受了政府的招安。

另外,作者施耐庵当时所处的时代与南北宋交替的时代颇有类似之处——统治阶级虽然内部腐朽已现,但还维持着王朝的架子,敌对的双方出于实力的考虑往往能接受招安这一行为。事实上,在正德时有反贪官不反皇帝的知识分子赵隧被迫当了农民领袖,同时也有农民领袖刘六在胜利形式下自主接收了招安,当时的朝廷大臣马中锡也在无力镇压起义军的情况下力主招安刘六,一度被诬陷乃至下狱死,但后来又得以昭雪平反。其事迹恰与历史上宋江的事迹有颇多暗合之处。

在这样的情况下,施耐庵坚持了招安叙事的描写,可以说既合情合理,也富有历史的真实性。

三、清初的时代背景与招安叙事的消隐

相比施耐庵的年代,金圣叹所处的年代可以说完全不同,明末清初是一个前期动乱而后期安定,民族矛盾同样尖锐但异族统治已成事实的社会,在这样的社会情况中,招安叙事难以存在。

首先,专制政府实力的强大使得统治阶级不屑于采用招安的方式来面对农民起义。明朝灭亡,清朝建立后,清政府拥有强大的暴力资源,与反政府武装寻求暂时性和解的可能很小。与明政府面对农民起义一味招抚不同,在李自成进京十

五天后，范文程就鼓吹发兵攻打李自成，占领明朝江山的策略。称“我国上下同心，兵甲选练，声罪以临之，衅其士夫，拯其黎庶，兵以义动，何功不成？”1644年(大顺永昌元年，清顺治元年)四月二十三日，李自成与吴三桂军激战于山海关前，一时难分伯仲，接着清军猝然袭击，农民军失利，李自成败退京师。清军正式入关。四月三十日，农民军放弃北京向陕西撤退。五月一日，清军进占京师。多尔衮奏请六岁的清顺治帝迁都京师。同年九月，顺治帝“定鼎燕京”。令明军措手无策的农民起义军在清军面前却显得战斗力颇为不足。清军在入关后，对汉族人民实行了高压措施，激起了一系列的反抗，如山东西部的榆园军，山东东部的青州起义军，山西西部吕梁山区的起义军，河南怀庆、卫辉等地的起义军，在河北各地也有很多小规模的农民武装，但在清朝的军事力量面前，这些军队均被镇压。在这样的年代中，拥有强大暴力资源的专制政府与反政府武装寻求暂时性和解的可能性显然是很小的。

其次，清朝政府也进行了大量的思想教化工作以巩固自身统治，而这也对招安叙事的合法性产生了影响。清朝虽为异族统治，但统治者在取得天下后却自觉自愿地进行了汉化，奉儒家思想为正宗。如康熙皇帝就曾特别地崇尚朱熹，认为其“文章言谈之中，全是天地之正气，宇宙之大道。朕读其书，察其理，非此不能知天人相与之奥，非此不能治万邦于衽席，非此不能仁心仁政施于天下，非此不能内外为一家”。一些信奉理学的官员如熊赐履、李光地、汤斌等颇受宠幸。正如前文所述，中国儒家思想观念中本就缺乏平等对话的观念与机制，清初国势的强盛更放大这一点，在无形的潜移默化中，士子对原非正统话语所能接受的招安之说无疑更加难以认同。如金圣叹便认为“盖一朝而赦者，天子之恩。百世不改者，君子之法。宋江虽降而必书曰盗，此‘春秋’谨严之志，所以昭往戒，防未然，正人心，辅王化也。后世之人，不察于此，而衰然于其外史，冠之以忠义之名，而又从而节节称叹之。鸣呼。彼何人斯，毋乃有乱逆之心矣夫。”

再次，明末遗民在总结亡国经历时将招安视之为亡国的重要原因。明朝末年农民起义蜂起，其根源当然是专制政府的腐朽、土地兼并的严重、赋税的增长等等，其结果是“盗贼之祸，历代恒有，至明末李自成、张献忠极矣”。然而，这些起义军起初并没有系统的政治思想和军事思想，在面对朝廷的征剿时也有接受招安的想法，如张献忠败走谷城，“时有襄阳督师部院吕大器，差襄阳司李(失名)持檄招安，献忠就抚。是时贼仅满千，皆人人自危。在忠之意，实欲求当事者疏请于朝，博一偏将,可以戮力王室,效宋江《水浒》故事耳”。而明末朝廷实力不足,对于起义军队也大都主“抚”。如崇祯皇帝在询问山西按察使杜乔林流寇事时,便已表示“寇亦我赤子,宜抚之”。因此,在该年批给杨鹤的招降奏章中,即明确指示他“相机招安、允协朕意”。有了崇祯皇帝的支持,杨鹤、杨嗣昌父子与熊文灿更是力主招安。然而,明末时局大坏,政府并不能给那些因为无法生存而揭竿而起的农民一条生路,只是希望借助招安将崩坏的局面拖延一时而已。而当农民起义军发现明朝政府的困境和虚伪之后,降而复叛就成为最有利的选择,招安反倒成为了壮大自身的最好门路。“(熊)文灿下令,杀贼者偿死。贼不肯从,则赍金帛酒牢犒之,名曰‘求贼’”。张献忠等人在时局不利时纷纷请降,熊文灿则上言:“‘臣兵威震慑,降者接踵。十三家之贼,惟革、左及马光玉三部尚稽天诛,可岁月平也。’”“及进忠、万庆等并降,文灿以为得策,谓天下且无贼也。五月,献忠遂反于谷城,劫汝才于房县,于是九营俱反。初,均州五营惧见讨,自疑,相与歃血拒献忠,无何亦叛去。”之后,李自成、张献忠日趋壮大,并最终埋葬了明王朝。而明末遗民在总结这段历史时,无不认为招安乃导致明朝灭亡的重大原因,如王夫之就认为“胥吾民也,小不忍于守令之不若,称兵以抗君父,又从而抚之,胜则自帝王而唯其意,败则卑词荐贿而且冒爵赏之加,一胜一败,皆有余地以自居,而不失其尊富,桀猾者何所忌而不盗也?南宋之谚曰:‘欲得官,杀人放火受招安。’且逆计他日之官爵而冒以逞,劝之盗而孰能弗盗邪?”所以,“弭盗者慎勿轻言抚哉”!

还有一点不能不提的是,水浒中的招安叙事与民族矛盾有关,招安为了彰显忠义,而其外化表现就是征辽国、讨方腊的行为。但清朝本身就是异族统治,所谓的征辽显然容易成为一种忌讳,但受招安而征辽国、讨方腊,则忠义又无从寄放,如此一来,最简单的办法也许就是直接删除招安叙事。

以上种种,都是得在明中期可以被接受的招安话语在明末清初成为了一个不具备合法性的,难以被提及的存在,金圣叹在提及招安时,也认为“侯蒙欲赦宋江使讨方腊,一语而八失焉。以皇皇大宋,不能奈何一贼,而计出于赦之使赎。夫美其辞则曰‘赦’曰‘赎’,其实正是温语求息,失朝廷之尊,一也。杀人者死,造反者族,法也,劫掠至于十郡,肆毒实惟不小,而轻与议赦,坏国家之法,二也。方腊所到残破,不闻皇师震怒,而仰望扫除于绿林之三十六人,显当时之无人,三也。诱一贼,攻一贼,以冀两斗一伤,乌知贼中无人不窥此意而大笑乎。势将反教之合,而令猖狂愈甚,四也。武功者,天下豪杰之士,捐其头颅肢体,而后得之,今忽以为盗贼出身之地,使壮夫削色,五也。传言四郊多垒,大夫之辱,今更无人出手犯难,为君解忧,而徒欲以诏书写弭乱之具,有负养士百年之恩,六也。有罪者可赦,无罪者生心,从此无治天下之术,七也。若谓其才有过人者,则何不用之未为盗之先。而顾荐之既为盗之后。当时宰相为谁。颠倒一至于是,八也。"金圣叹之所以要删除、回避招安叙事,也就不难理解了。

可见,招安叙事能否存在,与作者当时所处的年代密切相关,两宋之交和明清之交不同的历史状况决定了招安叙事是否具有合法性以及人们对其抱有的态度,也只有看到这一点,我们才能对《水浒》一书的招安叙事有正确认知,而不是简单地赞同或否定之。

水浒“义”文化刍议

山东省济宁市旅游局 陈晓霞

《水浒传》是我国古典四大名著之一，具体而生动地描写了以宋江为首的农民起义发生、发展直至失败的整个过程，通过对梁山好汉闯荡江湖的传奇描写，展现出身怀绝技的好汉们劫富济贫，路见不平，拔刀相助的任侠风格，揭露了封建社会的黑暗腐朽和统治阶级的罪恶，讴歌了起义英雄的反抗精神和正义形象，反映了当时的政治经济状况和人民的生活状态及思想情感。《水浒传》展示的“义”文化，对当前社会主义精神文明建设具有重要的现实意义。

一、水浒传中的“忠义”文化

“忠义”作为一种文化现象，体现了为正义和真理奋不顾身的牺牲精神，作为一种人格价值观念，深深植根于中国灿烂文化的沃土，以其深厚的文化内涵影响着一代又一代民众的行为价值取向。《水浒传》以“忠义”贯穿始终，在作品中有许多情节无不饱含着忠君的思想。梁山好汉在宋江领导下齐聚梁山，宋江对众兄弟道：惟愿朝廷早降恩光，赦免逆天大罪，众当尽力捐躯，尽忠报国死而后已。宋江又道：听说皇上至圣至贤只被奸臣闭塞，暂昏昧，有日云开见日，知我以替天行道，不扰良民，赦免招安，同心报国，青史留名，有何不美，因此只愿早早招安，别无他意。宋江对大宋王朝的忠心却是无可置疑的，他的忠君思想在他争取招安、接受招安、帮助朝廷围剿方腊等方面表现得淋漓尽致。宋江的忠表里一致，始终如一。宋江在种种威逼利诱之下，仍然对自己的国家忠心耿耿，忠贞不二。宋江对李逵的一番话很能说明他当时的心态：“我为人一世，只主张‘忠义’二字，不肯有半点欺心，今日朝廷赐死无辜，宁可朝廷负我，我忠心不负朝廷，我死之后，恐怕你造反，坏了我梁山泊替天行道忠义之名，因此请将你来相见一面……”这里可以看出宋江至死仍然对朝廷对皇帝忠心耿耿，临终强调最主要的观念还是“忠义”，所谓“宁可朝廷负我，我忠心不负朝廷”，这正是封建正统思想核心——忠君观念在宋江身上的表现。《水浒传》中借阮小五、阮小七唱的歌来表达忠君思想，阮小五:“打鱼一世蓼儿洼，不种青苗不种麻。酷吏赃官都杀尽，忠心报答赵官家。”阮小七:“老爷生长石碣村,禀性生来要杀人。先斩何涛巡检首,京师献与赵王君。”阮小五,阮小七唱这样的歌并非他们一时兴起,而是源于对贪官污吏的痛恨。阮氏兄弟“歌”以咏“志”,体现的还是一个“忠”字,忠心报答皇帝,报效国家。小说中的李逵、阮小七、鲁智深等人物,生活中不拘礼法、不计名利,做事上不做作、不掩饰,“任天而行,率性而动”,保存了一颗“纯真无邪”的“童心”。他们追求的是“大块吃肉,大碗喝酒,大盘分金银”,“图个一世快活”,向往的是兄弟间“交情浑似股肱,义气真同骨肉”的真情实意,这些或多或少地带有一些小市民的思想和感情,使小说蒙上了一层特殊的江湖豪侠气息。这种快意恩仇,笑傲江湖的兄弟之情,所表现的正是兄弟之间的“忠义”。

二、水浒传中的“侠义”文化

“侠义”继承了中华民族志士仁人的精神,成为推动社会进步的一种力量,正是由于这种精神的存在,从古至今才涌现出许多见义勇为之士。侠义在某种程度上讲是正义的化身,在维护社会公正方面发挥了重要作用。《水浒传》通过描述以宋江为首的梁山英雄人物闯荡江湖的场景,不仅展现了北宋社会的真实情况,梁山一百零八将的高超武艺,而且展示了北宋期间的武侠风采,将中国古代“以武乱禁”的任侠风格刻画得淋漓尽致。鲁达路见不平,倾囊相助金老父女,他听了金老不平之事骂道:俺只道那个郑大官人,却原来是杀猪的郑屠,却这等欺负人。接着对史进、李忠说道:你俩先在这里等洒家去打死了那厮便来。这种侠气说明了鲁达具有强烈的正义感,在仗势欺人的事情面前敢鸣不平。不仅如此鲁达还拿出身上仅有的五两银子,觉得不够又向史进借了十两银子全部送于金老父女。再后来鲁达在赤松林还了史进那十两银子。鲁达不求回报的奉献精神,救人救到底的侠客正气难能可贵,这种侠义诚信之德的确让人佩服。林冲在第三回中为大义火并王伦,林冲道:王伦心术不定,语言不准,失信于人,难以相聚。又道:王伦笑里藏刀,言清行浊,嫉贤妒能,无大量之才,这反映了林冲侠义之气等高尚品格。林冲对于这种不义小人只有杀之。林冲火并王伦后让位于晁盖的气度则是林冲以大局为重侠义风格的具体体现。书中还讲道:史进打抱不平救了王义,为其报仇深陷华州;鲁智深为朋友华州救史进;史进侠义之气,义释草寇;鲁智深野猪林救林冲;武松替兄报仇,敢作敢当;林冲休妻,发配沧州等,这些都是“侠义”文化的具体体现。从书中不难看出,水浒中的侠义渗透于全书的每个章节,每个人物,每个故事,每个细节,使"侠义"成为水浒尚德文化的重要组成部分。

三、水浒传中的"天义"文化

"天人合一、天人感应和替天行道"是《水浒传》中很重要的"天义"思想,也是"天人合一"文化的具体体现。"天人合一"是我国古代哲学的核心思想,是中国古人的生存理念和生活方式,强调的是人与天地自然的和谐,人与大自然要和谐相处,人必须尊重社会发展、经济发展、文化发展规律等,这种"天义"思想千百年来贯穿与中国文明发展进程之中。为在《水浒传》中有效表达这种"天人合一"的文化理念,施耐庵专门在第七十回设计了"忠义堂石碣受天书 梁山泊英雄惊恶梦",其中有这样的描写:是夜三更时候,只听得天上一声响,如裂帛相似,正是西北乾方天门上。众人看时,直竖金盘,两头尖,中间阔,又唤做天门开,又唤做天眼开,里面毫光射人眼目,霞彩缭绕。从中间卷出一块火来,如栲栳之形,直滚下虚皇坛来。那团火绕坛滚了一遭,竟钻入正南地下去了。此时天眼已合,众道士下坛来,宋江随即叫人将铁锹锄头,掘开泥土,跟寻火块。那地下掘不到三尺深浅,只见一个石碣,正面两侧,各有天书文字。那么,这些天书文字说的是什么呢?何道士乃言:"前面有天书三十六行,皆是天罡星;背后也有天书七十二行,皆是地煞星,下面注着众义士的姓名。"这样一段虚构,把一百零八将说成是天上的星宿下凡,把梁山好汉的"替天行道"起义说成是秉承天意,这样就显得合理、可信。这便是人为与天意的有机接合,是天的意旨,是不可违背和抗拒的。《水浒传》的天人感应,还体现于九天玄女本身及其授予天书的行为,对梁山的各种行动起了较大作用。神授天书,使宋江的地位受到了上天的肯定,说明梁山水寨的存在亦属天意。这里"天"的含义有两个:一是苍天,天地神灵;二是皇帝,宋朝天子。在《水浒传》中,梁山好汉惩除那些屈陷良善、恣欲骄横的贪官污吏和依势豪强,严厉打击贪赃枉法、诈害百姓的赃官污吏和土豪地霸,愤怒声讨闭塞贤路、非财不用的权奸佞臣,他们只反贪官,不反皇帝,甚至希望受到朝廷招安,以便更好地为朝廷服务。他们处处打家劫舍,杀富济贫,力所能及地争取社会公正,改变吏治腐败和司法黑暗,受到百姓的欢迎,这就是替天行道。他们上山之后,高扬"替天行道"的大旗,除暴安良。"替天行道",就是替苍天、替皇帝行德政,施仁爱,实行以人为本,实施仁爱之行,努力实现"天人合一"的理想目标。

四、水浒传中的“仗义”文化

《水浒传》之所以有着无穷魅力，流芳千古，很重要的原因之一就是梁山好汉的“仗义”，这种“仗义”是梁山好汉所特有的崇尚勇武阳刚的侠士风范。吉凶相救、患难相扶是《水浒传》着力表现的一种文化。鲁智深的怒打镇关西，倒拔垂杨柳，大闹野猪林；武松的景阳冈打虎，醉打蒋门神，血溅鸳鸯楼；李逵的江州劫法场，沂岭杀四虎，大闹忠义堂等都是这种阳刚仗义的具体表现。《水浒》好汉们因为游荡无根，吉凶未卜，生存权利及生命得不到有效保障，所以，不少萍水相逢的好汉，往往是一见如故，他们十分渴望彼此之间能够同声相应、同气相求，以便“吉凶相救，患难相扶，情逾骨肉”。在大相国寺，鲁智深邂逅了林冲，林冲欣赏鲁智深的武艺和豪气，相识伊始，即与鲁智深结拜成了兄弟。武松在柴大官人庄上刚结识宋江，便引为至交，情同兄弟。如林冲出于“仗义”火并了不讲“义气”的王伦；鲁智深为了“兄弟仗义”，大闹野猪林；李逵出于“仗义”只身劫法场；武松为了“英雄仗义”，怒打蒋门神；石秀因重兄弟仗义而大闹翠屏山等等，都是吉凶相救、患难相助、共度难关“仗义”精神的具体表现。少华山头领陈达为攻打华阴县，带领人马，前来史家庄借路，史进出于对好汉的敬仰，不但放了陈达，而且还与三人结成了兄弟。当官府闻讯来捕捉他们时，史进又说：“若是死时，与你们同死，活时同活。”其深情厚义显而易见！史进逃至渭州，又遇到了鲁智深。鲁智深见他像条好汉，便顿生相敬之心，接着便互通姓名，亲亲热热，浑似同胞兄弟。《水浒传》中的梁山好汉便是这样一群具有“仗义”人格的好男儿。他们勇武无比，豪气凌云，丝毫没有世俗之气，而独有雄伟，劲烈的“仗义”之气。好汉们为患难兄弟抱打不平，如鲁智深拳打镇关西、武松杀死西门庆、杨志杀死牛二、石秀打跑张保等所表现出来的“士为知己者死”的“仗义”精神，让人动容并为之感叹。

五、水浒传中的“聚义”文化

《水浒传》作为世界文学苑中一颗璀璨的明珠，它所反映的“聚义”文化，体现了以儒家思想为主导的传统文化，彰显着小说所特有的中国文化精髓。“义”指人的思想和行为是否适宜，与人们对待利益的态度有关，“义”还被内化为强调道德责任的伦理准则，由于人们的文化根基、伦理判断准绳和社会等级不同，使“义”呈现出同中有异的文化现象。在朝则忠孝节义，在野则忠诚信义。《水浒传》中一百零八好汉为兄弟,为人民除暴安良,出生入死,为了一个“义”字,为朋友赴汤蹈火,两肋插刀,奋不顾身,也为了一个“义”字。“忠义”体现了为正义和真理奋不顾身的牺牲精神,是人们忠孝国家的基本体现,“侠义”则是贯穿于忠义和聚义的始终,一定程度上是正义的化身。“天义”思想,是天人合一的文化精神的诠释,是“替天行道,为主全忠仗义,为臣辅国安民,去邪归正”的具体体现。“仗义”是侠士崇尚勇武阳刚的义气。聚义成就了梁山事业,为我们展现了三教九流,不分贵贱都兄弟相称的英雄传奇。在小说中“聚义”有其相投的精神诉求,是梁山好汉的一种组织形式。《水浒传》人物各异,但他们有相同的性格特点:正直、刚烈、爱好拳棒、仗义疏财、结识好汉、忠诚信义。这种共同的性格使他们聚在“义”旗之下。“聚义”则是“忠义”、“侠义”、“天义”、“仗义”等“义”文化的组合,“五义”相涵、相体、相连是水浒尚德文化的有效展现,更是水浒文化精髓的体现。《水浒传》中“五义”着密切联系和内在逻辑,并通过“聚义”而体现出来,“聚义”是一群具有强烈的正义感的精神高尚的人,作为个人意识觉醒表现“义”的集中体现,共同形成了水浒尚德文化,丰富了尚德文化的内涵,成为中华文化文明进步的有机组成部分;值得我们深入学习研究并有效利用。

时迁为什么被排在倒数第二位？

山东泰安市岱岳区粥店办事处　刘传录

徐宁钩镰枪大破呼延灼的连环马，改变了梁山的发展轨迹，为梁山立下第一大功的看似是徐宁，其实是幕后英雄时迁和打造钩镰枪的汤隆。时迁是《水浒传》中深受读者关注的一个人物形象，他因偷吃一只公鸡，引发了梁山和祝家庄的战争，结果是宋江三打祝家庄立下了威信，还夺取了一批粮食，为梁山的发展奠定了基础。在这场战斗中，引发战斗的杨雄石秀等人，还有被骗上梁山的李应都排在了天罡星内。一只公鸡改变了梁山的进程，成就了很多人的命运，而时迁却因偷这只公鸡受到了委屈，最后只排在了盗马贼段景住之前。

时迁上梁山后立的第一功就是时迁盗甲。梁山杀死高廉，朝廷派呼延灼为兵马指挥使攻打梁山。呼延灼有秘密武器“连环马”，杀得梁山人马掉头鼠窜，梁山走到了生死存亡的关头。受命于危难之时的时迁上演了一场经典的偷窃剧目。他溜进了房间，上了房梁，学老鼠叫骗徐宁娘子，终于盗甲成功，骗来了徐宁。宋江打败了呼延灼的连环马，改变了梁山的命运，但没有改变时迁的命运。

攻打大名府救卢俊义是时迁立的第二功。时迁潜伏进北京城，放火烧翠云楼，引起了恐慌，大名府一下子乱了，梁山人马不费吹灰之力，夺取的大名府，救出了卢俊义和石秀；攻打曾头市，时迁和顶头上司戴宗前去踩点。时迁深入敌人内部，不仅胆大，而且心细：将情况摸得了如指掌。时迁作为梁山的人质，被关押在法华寺内。听到外面杀声大作，就爬上钟楼敲钟为号，打响了决战的第一枪！

大破连环马、火烧翠云楼、攻打曾头市、火烧高俅造船厂的战役中，时迁的功劳都是第一位的。他的功劳绝对要超过朝廷投降的军官和三山归来的好汉，位于天罡星行列是毫无争议的。但是，在最后的梁山排座次时，时迁只排到了107位，仅高于108位的段景住，还不如入伙最晚、寸功未立的兽医皇甫端。梁山领导人为什么会把一个立有大功的人排在倒数第二位呢？

一是两代领导人定位。杨雄、石秀二人杀死潘巧云后，时迁跟随二人投奔梁山，在祝家庄因偷吃公鸡被捉，杨雄石秀到梁山求救，晁盖对偷鸡玷污了梁山形象很是反感，要把杨雄、石秀杀掉。宋江为了顾及晁盖的面子，把时迁和杨雄、石秀做了切割，牺牲时迁的地位来保全二人。一句“那个鼓上蚤时迁，他原是此等人”就把时迁完全打入另册，宋江之言就等于盖棺定论，没人敢去推翻。作为一个政治斗争的牺牲品，时迁最后只能处于一个功高而位卑的尴尬地位。

二是时迁是主动上梁山的。梁山上除了被官方逼上梁山的林冲、宋江之流，就是被梁山逼上梁山的卢俊义、朱仝之流，当然还有降将和技术人员，真正主动上梁山的只有时迁和孙立等不多的人，都没有得到好的排名。这与作者的价值观有关，作者是很喜欢梁山好汉的，但在他的心灵深处是很反对上梁山对抗朝廷的，他不能给这些落魄的好汉找到出路，只能让他们被逼上梁山，而对于找不到理由逼上梁山的时迁等人，都安排到地煞之列。

三是时迁的出身是一个小偷。在中国传统文化里，小偷永远是下三滥的角色。梁山打起“替天行道”的大旗，就是要做道德的制高点，李逵砍到“替天行道”的大旗就是对道德的捍卫。在武力至上的梁山，小偷更是上不了台面，在他们的字典里杀人放火都是可以理解的，小偷永远都是小贼。时迁是以低起点的小偷身份进入梁山组织的，他赖以成功的方法始终是小偷那一套翻墙越户的本领，他只能是个鼠摸狗盗之辈，所以时迁只能排在盗马贼段景柱的前面。

小偷的身份像个沉重的十字架，沉重的压负在时迁身上。但是他没有消沉，招安后主动报效国家，北征辽国，潜入蓟州放火杀退了耶律得重，夺得了蓟州。南剿方腊，时迁先是在独松关，和白胜活捉得原守关将卫亨。昱岭关一战，关键时刻，时迁探到了一条被堵塞的小路，摸上关头，先放火，后放炮，又大声虚张声势，吓退了庞万春，夺取此关。

时迁依靠自己的精明保全了自己的生命，熬到了方腊被抓。可惜没等到凯旋回京，时迁得了搅肠痧死在杭州，让人扼腕。

水浒"梁山英雄"名实考辩

山东聊城大学运河学研究院 裴一璞

《水浒传》取材于北宋末年宋江农民起义为背景,描绘了梁山108位英雄人物的事迹。在该书的情节构成里,作者集纳、吸收民间传说与评话中水浒英雄的传奇故事,创造了梁山义军主要英雄人物精彩的性格传记,广泛描绘了封建社会复杂的生活面貌,创造了那些主要人物的典型性格和鲜明形象。因此对"梁山英雄"的原型考证一直是学界热衷的话题,今据有关史料对其人物进行名实考辩。

一、原型之一:农民起义军首领

"梁山英雄"原型人物最丰满的非"呼保义"宋江莫属,《水浒传》便主要根据北宋末年宋江农民起义为素材加工而来。宋江事迹在南宋时便已流传很广,"宋江事见于街谈巷语"。据史料记载,徽宗宣和初年,宋江因朝廷在山东横征暴敛揭竿起义,"宋江以三十六人横行河朔、京东"。起义军人数虽少,却内部团结,作战英勇,"转略十郡,官军数万无敢抗者"。朝廷视为心腹大患,屡派官军讨伐,皆以失败告终,认为宋江"其材必过人"。与此同时,江南方腊亦反于睦州(今浙江建德市东),统治者南北两路奔波,慌乱不堪。亳州(今安徽亳州市)知州侯蒙遂上书徽宗:"宋江才必有过人者,不若赦之使讨方腊以自赎,或可平东南之乱"。宣和三年(1121),宋江起义军攻掠淮阳军(今河南淮阳县),宋廷遣将讨捕未果。不久,江又犯京东、江北,入楚、海州界,宋廷命海州(今江苏连云港市)知州张叔夜招降之。叔夜长于谋略,"声言将至,使间者觇所向,贼径趋海濒劫巨舟十余,载卤获。于是募死士得千人,设伏近城,而出轻兵距海诱之战,先匿壮卒海旁,伺兵合举火焚其舟,贼闻之皆无斗志,伏兵乘之擒其副,贼江乃降"。宋江投降后,被编入大将刘光世的军队,随即南下参加平定方腊起义。宋江在平腊战役中,曾擒获方腊"伪将相,送阙下"。镇压方腊起义后,宋江再无显著事迹,不知所终。

"赤发鬼"刘唐原型为京西路起义军同名首领。徽宗至和二年(1055),蒋宪任京东西路安抚司指挥使,在围剿一股较大势力的农民军战斗中,捕获了头目"刘唐"等 5 人。刘唐做为起义军首领,长期率起义队伍活跃在山东一带,被朝廷目为"京东剧贼"。此次战斗失利被擒,宋廷极为欣喜,给蒋宪赐笏、加官的奖赏。而等待刘唐等人的命运,只有统治者的极刑。

"九纹龙"史进原型为关西起义军首领史斌,"斌本宋江之党",后受朝廷招安。小说中的史进也是关西大汉,家居华阴县(今陕西华阴市),同为宋江之党。高宗建炎元年(1127),史斌在老家兴州(今陕西略阳县)再举义旗,并自称皇帝,兴州守臣向子宠弃城逃窜。史斌占据兴州后又"谋入蜀",成都府、利州路兵马钤辖卢法原与本路提点刑狱邵伯温共议遣兵扼守剑门关,起义军不能进,乃去。后史斌又攻兴元府(今陕西汉中市),宋统制官韦知几领兵拒之,击败起义军并乘胜收复兴州。史斌因根据地丢失,只得引兵还关中。宋义兵统领张宗诱斌入长安,又设计"散其众","欲徐图之"。建炎二年(1128),泾原兵马都监吴玠袭击力量散弱的起义军,史斌败走鸣犊镇,为玠所擒杀。

二、原型之二:宋军武将

"青面兽"杨志原型为宋军同名先锋官。徽宗靖康元年(1126),金军南下入侵太原,宋廷急令西北边防大将、人称"小种经略相公"的种师中率军由平定出关,前往增援。种师中以"招安巨寇杨志"为先锋官,先行开道。杨志原为绿林之辈,后受招安,投靠官军,恰如他在小说中的话"指望把一身本事,边庭上一枪一刀,博个封妻荫子,也与祖宗争口气"。杨志被朝廷收编后,被安排至名将种师中的麾下,也算没有明珠暗投。他率军行至盂县(今山西盂县)突然遭遇金军伏击,竟然不做抵抗就仓皇逃窜。因怕走大路再遇金军,就改走小路窜回关中,后不知所终。杨志这种临阵脱逃的可耻行径,直接导致宋军大部队的溃败。种师中因无前锋接应,不熟路径,被金军包围,全军溃散,自己也力战而死。看来真实的杨志难副小说中自诩的"三代将门之后,五侯杨令公之孙"的威名。

"大刀"关胜原型为济南府同名骁将。高宗建炎二年(1128),朝廷任命刘豫为济南(今山东济南市)知府,令其阻击金军南下。刘豫却是首鼠两端的人,闻听金军不久攻克东平府(今山东东平县),又前来攻打济南。最先也打算抵御,他派儿子刘麟出战,被金军包围数重,幸亏郡倅张东益来救,方突围而出。刘豫自此惊骇不敢出,金将达赖遣人对刘豫厚利诱降,刘乃蠢蠢欲动。然"骁将关胜"决然反对,主张坚决抵抗,遂成为刘豫降金的绊脚石。不久,刘豫设谋将其杀害,举城投降。

关胜武艺高强,未能死在抗金战场人尽其才,却死于叛徒阴谋之手,令人惋惜。

“行者”武松原型为宋杭州府同名提辖。武松原是浪迹江湖的卖艺人,“貌奇伟,尝使技于涌金门外”、“非盗也”。可知他武艺高强、出身清白。徽宗时,杭州知府高权见其武艺高强,便邀请入府充当都头。这与小说中武松受邀做都头的情节是一致的。武松后因功被提拔为提辖,然高权因得罪权贵,被奸人诬陷而罢官,武松也受牵连被赶出衙门。继任的新知府是太师蔡京的儿子蔡鋆,他倚仗其父的权势,在杭州虐政殃民,人称“蔡虎”。武松对其恨之入骨,一日他身藏利刃,隐匿在蔡府之前,候蔡虎前呼后拥而来之际,向其猛刺数刀,当即结果了他的性命。可知“武松打虎”原为打“蔡虎”,后演绎为老虎。官兵蜂拥前来围攻武松,武松终因寡不敌众被官兵捕获,后惨遭重刑死于狱中。当地百姓“深感其德,葬于杭州西泠桥畔”,后人立碑,题曰“宋义士武松之墓”。

“一丈青”扈三娘原型为抗金将领马皋之女“马氏”。高宗建炎三年(1129),马氏嫁宋将张用为妻,绰号“一丈青”。朝廷闻知马氏武艺高强,任命她在张用军中做中军统领。马氏制作两面大旗,每有战事,必挑二旗行走阵前,一面书写“关西贞烈女”、一面书写“护国马夫人”。马氏从军后屡立战功,曾在鄂州(今湖北武昌区)只身招降曹成等游寇。当时军队乏粮,两万多士兵吃饭无着,便对马氏苦诉。马氏安慰说:“待我措置”,不久果真帮助军队解决粮食问题。后来马氏与丈夫率军渡江南下,继续活跃在抗金战场。

“铁鞭”呼延灼原型为抗金将领呼延通。呼延通为北宋名将呼延赞的“远孙”,与小说呼延灼自报家门相一致。高宗绍兴五年(1135),伪齐兵攻打涟水军(今江苏涟水县),身为韩世忠统制官的呼延通奋身而出将其击溃。后又在宿迁县(今江苏宿迁市)与金兵交战,大胜。不久呼延通在符离城(安徽省宿州市埇桥区)遭敌包围,“奋戈一跃,溃围而出,不遗一镞”,堪称神勇。绍兴六年(1136),韩世忠领军攻打淮阳城(今河南淮阳县),命呼延通前行,通驰至城下大呼:“我乃呼延通也,我祖在祖宗时杀契丹立大功,誓不与契丹俱生,况尔女真小国侵犯王略,我肯与尔俱生乎。”金将牙合孛堇与战,战不几时,双方皆失兵器,“乃以手相格,去阵已远,逢坎而坠,二军俱不知,牙合刅通之腋,通扼其吭而擒之”。通随后与韩世忠合击,大败金军,以功迁永州防御使。在此战中,呼延通勇擒敌将的情节与小说擒辽将相吻合。绍兴十年(1140),呼延通因与韩世忠产生矛盾,备受韩打压,精神抑郁赴水自杀。呼延通作战英勇,忠心为国,却不幸成为官场倾轧的牺牲品。当时举朝

"皆惜其勇,世忠后亦悔之"。

"神行太保"戴宗原型为北宋石州守将,在金军入侵宋军溃兵如蚁的局面下,仍能屡挫敌锋,也算不是平庸之辈。高宗绍兴十五年(1145),金国元帅宗翰统军伐宋,命娄室为先锋进军开封,突合速、沃鲁以五百骑为前驱开道。金军一路势如破竹,克汴京、定陕西,又攻掠河东郡县。孛堇乌谷攻石州,遭遇宋军顽强抵抗,损失偏将3人,士兵数百人。突合速前往看视,对乌谷说:"敌皆步兵,吾不可骑战。"乌谷曰:"闻贼挟妖术,画马以击其足,疾甚奔马,步战岂可及之"。突合速笑曰:"岂有是耶,乃令诸军去马战",最终击败宋军,占领石州。虽然这仅是一次普通的攻城战,但却为水浒人物戴宗的塑造提供了原型,小说中戴宗有异术,腿系马甲,奔跑迅疾,能昼夜急行800里,与史料记载相一致。这位奇异的石州守将在城破后,很可能与城俱亡。

"浪里白跳"张顺原型为南宋抗蒙同名民兵部将。度宗咸淳间,长江中游重镇襄阳(今湖北襄阳市)遭受蒙古围困五年,宋廷组织救援,造轻舟数百艘,出重赏招募死士,得3000人。又招募统领,张顺与张贵前来应募,张顺绰号"矮张",张贵绰号"竹园张",俱"智勇",素为诸将所服,被任命为都统。临行前举行誓师大会曰:"此行有死而已,汝辈或非本心,宜亟去,毋败吾事。"众皆感奋。各船装置火枪、火炮、炽炭、巨斧、劲弩。二日后,进至高头港口,蒙古舟师布满江面,无隙可入。二张乘风破浪,率众死战,转战120里,斩断蒙军拦江铁索,黎明抵襄阳城下。城中"久绝援,闻救至,踊跃气百倍"。宋援军进入襄阳后,查点损失,"独失顺"。数日后,有浮尸溯流而上,"被介胄,执弓矢,直抵浮梁,视之顺也,身中四枪六箭,怒气勃勃如生"。诸军惊以为神,"结冢敛葬,立庙祀之"。此情节与小说中张顺魂断涌金门,乱箭穿身而死的情节相一致。

三、原型之三:义军抗金首领

"拼命三郎"石秀原型为义军抗金首领石子明,为太行山抗金义士。自北宋钦宗靖康以来,金军攻陷中原,中原之民不从金者便于太行山相保聚,组建诸多义军抗金。高宗建炎四年(1130),石子明与金人汉军万户韩常战于真定(今河北正定县)烟脂岭,大败金军。当时义军装备有大炮(即抛石机),金千户刘庆余被炮打中,脖子折断而死。此后石子明的事迹不再见于记载。

"浪子"燕青原型为义军抗金首领梁青,又叫梁小哥。在宋代小哥与小乙通用，故小说中称为燕小乙。梁青为河北怀、卫间人，以聚众40人起家，在太行山逐渐发展为4000之众，斗志“意甚坚确”，数出扰磁、相间，金人颇患之，称其为“太行魁领”。他时常领众袭击大名（今河北大名县）、开德府（今河南濮阳市）界等地，截取了山东路金帛纲、河北马纲，并一度占据山东梁山泊为根据地，金人甚恐梁青从梁山泊内乘船出击。后他回归太行攻破神山县（今山西浮山县）。神山县位置显要，距金平阳（今山西临汾市）帅府不到百里。因此帅府遣兵3000由总管判官邓奭率领前往争夺。奭军过去常与梁青交手，未尝一胜，相去五、六里方敢行。此次前来，远远望见义军旗帜就不敢进。夜间相去十余里方敢下营，多置火炬、巡警以御，不敢少眠，三夕之间两次惊溃。至第四日，有契丹都统马武太师领契丹铁骑五百与奭军会，“大笑其怯，并奭之军率众先登而战”，为梁青所杀，五千余众尽皆奔散。高宗绍兴八年（1138），梁青因得不到南宋支持，孤守太行，力量渐衰，被金军马、步军都指挥使徐文击破。梁青以精骑数百突出渡河，由襄汉投奔岳飞率领的岳家军，两河人民皆尊称为“梁小哥”。自此梁青部众又成为岳家军的一员，追随岳飞继续活跃在抗金战场。

“船火儿”张横原型为太行抗金义军同名首领。张横以18人起家，“啸聚于岚宪之境”，金军前往征讨屡屡失利，后来发展到两万人规模。金平阳帅府遣两同知及判官领太原兵1500人追捕，及与张横相遇，望风而溃，多坠崖而死。两同知与判官尽为张横所擒。自此张横威名远播，太行另一首领、同为水浒人物的梁青亦乐为先驱。自梁青之来，常有往来之人，共谋抗金大计。张横其后事迹不显，可能与梁青一样，在太行抗金失败后投归南宋。

通过对上述“梁山英雄”原型的考辩看，这些人物的生平事迹或多或少在《水浒传》中都会有所体现，通过细致对比，皆能发现小说与真实人物相一致的地方。这些历史原型人物的真实事迹为《水浒传》的成书提供了丰富的素材，而《水浒传》通过艺术加工也使这些真实人物的形象更加饱满、性格更加鲜明，成为后世影响深远的经典文学形象。

浅析《水浒传》的武侠小说特征

辽宁省葫芦岛市法学会 吴玉平

“侠义”是指见义勇为，舍己助人。“忠义”是指忠诚、讲义气；旧时指忠臣义士。

《水浒传》小说故事情节的发展，以聚义厅改为忠义堂为标志，体现了梁山好汉由“侠义”到“忠义”的转变。

《水浒传》的书名一度被叫做《忠义水浒传》，它的核心思想就是“忠义”。罗立群把《水浒传》认作武侠小说发展史上的里程碑，认为：“《水浒传》首倡‘忠义’，是武侠小说发展史上的一个重要转折点，它无论在思想内容上，还是在写作技巧上都影响了后世武侠小说的创作，在中国武侠小说史上，有着不可低估的地位。”实为至论。

有的研究者认为：梁山泊一百单八将里那些人，大多是地痞、流氓、无赖、恶霸、渔霸、反动军阀。梁山泊绝对不是代表公平正义力量的象征。梁山泊起义本质来讲是用一种暴力推翻另一种暴力，用一种专制代替另一种专制，它是社会历史的一次激烈痉挛。

我觉得，看一个人，看一个组织，看他是好还是坏，主要是察其言，观其行。就是要看他怎么说、怎么做，尤其是怎么做。

我们先看一看梁山好汉是怎么说的。小说第七十一回写梁山泊英雄排座次，他们对天盟誓：“自今以后，若是各人存心不仁，削绝大义，万望天地行诛，神人共戮，万世不得人身，亿载永沉末劫。但愿共存忠义于心，同著功勋于国，替天行道，保境安民。神天察鉴报应昭彰。”他们要为国家建功立业，要保境安民。这是他们指天发誓，歃血为盟的誓词，应该可信。

我们再看一看他们是怎么做的。我们可以从一些个案来看一看梁山好汉的侠义。梁山好汉的侠义精神在鲁智深那里体现得比较明显，《水浒传》小说第三回描写鲁达因为有人啼哭影响他喝酒发脾气，然而当他发现金氏爷俩是因为受镇关西郑大官人的欺压而流落街头时，便动员史进、李忠一起给他们盘缠，让他们回东京。这一段写鲁达见义勇为,帮助金氏父女。后来鲁达三拳打死镇关西,犯下命案,丢了官,不得已上五台山出家为僧。当了和尚的鲁智深仍然不忘侠义道,他路过桃花村时听说有个山大王要强娶刘太公的女儿,于是打了小霸王周通,后来又说服周通免了这桩婚事。

鲁智深的侠义性格在救林冲的过程中表现得更加突出。在权势与友谊的衡量中,他宁可得罪高俅也要救林冲。在东京他救不了林冲,于是一路跟随到野猪林,在关键时刻救了林冲,接着又护送林冲到沧州。鲁智深对于林冲,可以说是义气深重。

我们再看武松。我只从武松与四个女人的关系来看武松的品质:一是武松与潘金莲;二是武松与孙二娘;三是武松与玉兰;四是武松与蜈蚣岭那个落难女子。我在这里且逐个分析。

先说潘金莲。潘金莲是武松的嫂子,她主动向武松献媚、勾搭,这种行为无论是在宋代,还是在今天,都是违反伦理道德的,潘金莲的淫荡行为遭到了武松的严厉斥责;后来武松发现潘金莲伙同王婆、西门庆害死了自己的哥哥,于是杀了她。武松与潘金莲交往的整个过程所表现的是武松的一身正气,是武松的大义凛然。

我们再看孙二娘。孙二娘开黑店,要谋害武松,被武松打倒在地;她与张青又要害那两个公人,也被武松制止了。武松的一身正气折服了张青、孙二娘夫妇。

我们再看玉兰。玉兰是张都监家的养娘,武松一开始对她印象挺好,那时如果张都监真的要把玉兰嫁给武松,估计武松不会拒绝;后来武松发现,自己去抓贼反倒被当作贼抓起来了,这个阴谋里面有玉兰作帮凶,于是杀了她。这一段故事所表现的是武松的恩怨分明。

我们再看武松是怎样对待那个蜈蚣岭落难女子的。那个女子当时收拾了一包金银(一二百两)要送给武松,武松不要,让她“自将去养身”,这是何等的胸襟与气魄!这如果是李忠,一定会把钱收了;这如果是王英,可能连人带钱都得要。当然,这两个人上梁山后也都学好了。

通过这四个案例,我们只能说武松是英雄,是传之千古的英雄。

我最近拜读了易中天《水浒四章》,那是散文随笔类的文章,在这四篇文章中,易中天老师“替宋江拿主意”,认为宋江“犯不着那么傻”,为梁山好汉们设计了比招安更好的出路。易中天的议论中虽然也有不少诙谐之处,但他是根据《水浒传》小说的原著来作分析和推理,没有离开原著去凭空捏造。易中天的议论,诙谐之中不乏庄重,他在总体上是同情、肯定这些梁山好汉的。

一些研究者认为,《水浒传》是我国古代武侠小说的代表作。如果我们把《水浒传》作为武侠小说来看,我认为宋江就是水浒第一大侠。为什么这么说?可能有的朋友会问,评论《水浒传》的权威人物金圣叹把宋江评为"下下";中国当代的文化圣人鲁迅也说宋江"终于是奴才"。你为什么说宋江是水浒第一大侠?我这样说也是有根据的,读书要忠于原著,我们先看一看《水浒传》的原著对于宋江是怎样描写和评价的。

在《水浒传》小说中,宋江一直是作为正面人物来描写和塑造的。宋江出场是在第十八回,小说是用了一首词来介绍宋江:

> 眼如丹凤,眉似卧蚕。滴溜溜两耳悬珠,明皎皎双睛点漆。唇方口正,髭须地阁轻盈;额阔顶平,皮肉天仓饱满。坐定时浑如虎相,走动时有若狼形。年及三旬,有养济万人之度量;身躯六尺,怀扫除四海之心机。志气轩昂,胸襟秀丽。刀笔敢欺萧相国,声名不让孟尝君。

这是宋江的总体形象。具体的简介如下:姓宋,名江,表字公明,排行第三,祖居郓城县宋家村人氏。为他面黑身矮,人都唤他做黑宋江;又且于家大孝,为人仗义疏财,人皆称他做孝义黑三郎。宋江在郓城县做押司,刀笔精通,吏道纯熟;爱习枪棒,学得武艺多般。平生只好结识江湖上好汉;但有人来投奔他的,若高若低,无有不纳,便留在庄上馆谷,终日追陪,并无厌倦;若要起身,尽力资助。端的是挥金似土!人问他求钱物,亦不推托;且好做方便,每每排难解纷,只是周全人性命。时常散施棺材药饵,济人贫苦,周人之急,扶人之困,因此山东、河北闻名,都称他做及时雨,却把他比做天上下的及时雨一般,能救万物。

这是《水浒传》小说作者对宋江所做的总体上的介绍。请大家注意,在这里作者是把宋江比作萧相国和孟尝君的,而萧何是汉朝开国第一个功臣,首任丞相;孟尝君是司马迁《史记》中记载的大侠,曾经担任齐国宰相,好客自喜,以侠义闻名,他所养的"鸡鸣狗盗之徒",也大多属于侠义之士。

关于宋江的行侠仗义,《水浒传》小说给予了比较充分的肯定,对于宋江为晁盖等人报信的行为,小说作者认为是"有仁有义"的侠义行为。有诗为证:

有仁有义宋公明,交结豪强秉志诚。
一旦阴谋皆外泄,六人星火夜逃生。

金庸先生在《笑傲江湖?后记》中，对于武侠小说中的人物特点做了进一步划分，他说："聪明才智之士，勇武有力之人，极大多数是积极进取的。道德标准把他们划分为两类：努力目标是为大多数人谋福利的，是好人；只着眼于自己的权力名位、物质欲望，而损害旁人的，是坏人。"

我们按照金庸先生关于"好人"、"坏人"的标准，来分析一下宋江，进一步看一看宋江究竟是"为大多数人谋福利"，还是"只着眼于自己的权力名位、物质欲望，而损害旁人"。

小说第二十一回写阎婆因夫主病故，无钱发送，宋江不但送了一具棺材，还给了十两银子做使用钱。又许卖汤药的王公一具棺木。这些都是宋江做好事的实例。这时的宋江，上进心比较强，一心要做一个符合当时社会传统的忠孝节义之人，这也是我国封建社会大多数士大夫的人生理想。

有人说宋江这是沽名钓誉，我真不明白这些人为什么会有这样想法。你看到一个人做好事，你不是往好的方面去想他(她)的仁义，而是往反面去想他(她)可能居心不良，那么这个世界就不会有好人了。为人要居心向善，看书也应该如此，不要总往坏处想。我想，这应该是当前研究《水浒传》的一个原则性的问题。

东吴弄珠客于万历丁巳(1593)季冬作《金瓶梅序》，其中说："读《金瓶梅》而生怜悯心者，菩萨也；生畏惧心者，君子也；生欢喜心者，小人也；生效法心者，乃禽兽耳。"我们可以由此推及读《水浒传》，我们是否也可以把阅读、研究《水浒传》的人群划分一下，区分为菩萨、君子、小人和禽兽？我这样说可能有的人吃不消，以为我是在骂人，其实我只是在这里提个醒而已。

小说描写宋江"山东、河北闻名"，这也是有实际根据的。小说第二十二回写宋江在柴进庄上遇到武松，颇具戏剧性。宋江在饮酒间出来净手，不慎跐了火锨柄，把炭火掀在武松脸上，武松劈胸揪住宋江要打他。这时柴进出来了。柴进就问武松："大汉，你不认的这位奢遮的押司？"武松说："奢遮，奢遮！他敢比不得郓城宋押司少些儿！"柴进又问："你要见他么？"武松说："我可知要见他哩。"柴进便道："大汉，远便十万八千，近便在面前。"于是武松纳头便拜，说道："我不是梦里么？与兄长相见！"

这一段描写武松与宋江在柴进庄上初次见面，而武松在见到宋江之前就已经知道宋江的名声，对他倾慕已久了。

小说第三十二回写宋江在清风山被燕顺等人捉上山，要把他的心肝做醒酒汤。后来听了“可惜宋江死在这里”的话以后,三个好汉一齐跪下,燕顺说:“小弟在江湖上绿林丛中走了十数年,也只久闻得贤兄仗义疏财、济困扶危的大名,只恨缘分浅薄,不能拜识尊颜。今日天使相会,真乃称心满意。”又说:“仁兄礼贤下士,结纳豪强,名闻环海,谁不钦敬!”由此可见,这时宋江的侠义之名就已经广为传播了。

在第三十六回中,从李俊和李立在浔阳岭上的对话中也可以看出宋江的侠名广为传播。李立问:“大哥却是等谁?”李俊说:“等个奢遮的好男子。”李立问道:“甚么奢遮的好男子?”李俊答道:“你敢也闻他的大名,便是济州郓城县宋押司宋江。”李立道:“莫不是江湖上说的山东及时雨宋公明?”李俊道:“正是此人。”如果不是李俊因仰慕宋江名声到揭阳岭上来迎接他,宋江十有八九要被李立做成人肉包子。后来在浔阳江上,张横本来是要杀人劫财,听了李俊的介绍,知道是宋江,立刻转变态度,对宋江恭恭敬敬,这也是仰慕宋江的名声。

宋江那个时代没有新闻媒体,更没有电信设备,只能是口口相传,宋江的名声能够如此广泛地传播,实在是因为他“为大多数人谋福利”的事迹太突出了。

宋江的侠义行为使他名声远播,不仅限于“山东、河北闻名”。小说第六十五回描写张顺在渡江请安道全时遇到了王定六的父亲,这个卖酒的老汉虽然住在江南,离山东很远,但是也知道宋江。当时老丈问张顺:“你从山东来,曾经梁山泊过?”张顺说:“正从那里经过。”老丈说:“他山上宋头领不劫来往客人,又不杀害人性命,只是替天行道。”张顺说:“宋头领专以忠义为主,不害良民,只怪滥官污吏。”老丈于是说:“老汉听得说,宋江这伙端的仁义,只是救贫济老,哪里似我这里草贼。若得他来这里,百姓都快活,不吃这伙滥污官吏薅恼。”王老汉这时已经下决心要投奔梁山义军,于是把儿子王定六叫出来,和张顺相见。王定六连忙把自己的衣裳给张顺换了,置酒相待。这又是一个证明宋江侠义闻名的例子,梁山好汉大多数是因为某种缘故被“逼上梁山”的,而王定六和他父亲则纯属慕名来投。

小说第八十六回写解珍、解宝在辽国遇到的猎户也知道宋江。独鹿山猎户刘二、刘三管待解珍、解宝,饮酒之间,动问道:“俺们久闻你梁山泊宋公明,替天行道,不损良民,直传闻到俺辽国。”解珍、解宝便答道:“俺哥哥以忠义为主,誓不扰害善良,单杀滥官酷吏,倚强凌弱之人。”那两个道:“俺们只听的说,原来果然如此。”尽皆欢喜,便有相爱不舍之情。请大家注意,这刘二、刘三为什么会有“相爱不舍之情”？就是基于仰慕宋江替天行道的感情所在。

由此可见，宋江被人授予“及时雨”、“孝义黑三郎”、“呼保义”等称号，这些并不是空穴来风。宋江在郓城为吏时，驰名大孝，仗义疏财，经常扶危济贫，声名远播。宋江的“义气深重”感召了一大批江湖好汉，使他们聚集在“替天行道”的旗帜之下。这些“好汉”在加入梁山队伍之前，可以说是良莠不齐，其中许多人是杀人后负案在逃的犯人，林冲、武松、鲁智深自不必说；其他如张青是杀了僧人在逃；石勇是因放赌杀人在逃；杜兴、孟康、李逵也是因杀人而流落江湖。他们各占山头，打家劫舍，杀人越货，与土匪无异。但是“盗亦有道”，这些人有一个共同的特点，那就是“江湖义气第一桩”，是“江湖义气”使他们聚集在一起。这些人仰慕宋江的也是“江湖义气”。

是宋江改造了这些土匪，尤其是宋江主政梁山后，小说多次提到梁山队伍行军对于沿途州县秋毫无犯。且看七十一回排座次之后，梁山上打出来的口号是：“常怀忠义常贞烈，不爱资财不扰民”。大家见过“不爱资财不扰民”的土匪么？答案应该是否定的。所以我说，这时的梁山队伍，从本质上说，已经由土匪改造成为义军。如果说，在这以前梁山好汉做好事只是个别行为，良莠不齐，那么，到了这个阶段，已经形成为整体上的侠义行为。

小说第七十一回描写排座次后，“原来泊子里好汉，但闲便下山，或带人马，或只是数个头领各自取路去。途次中若是客商车辆人马，任从经过；若是上任官员，箱里搜出金银来时，全家不留。所得之物，解送山寨，纳库公用；其余些小，就便分了。折莫便是百十里、三二百里，若有钱财广积，害民的大户，便引人去公然搬取上山。谁敢阻挡！但打听得有那欺压良善，暴富小人，积攒得些家私，不论远近，令人便去尽数收拾上山。”这就是杀富济贫，已经有点“三大纪律八项注意”的意思了。

把一群乌合之众的土匪改造成比较正规的仁义之师，这是宋江的功劳。宋江靠江湖义气团结了这些人，引导他们“替天行道”，“以忠义为主，全施仁德于民”，成为对社会有益的好汉，这在一般人是很难做到的。所以我说，宋江就是金庸所说的“好人”，是当之无愧的水浒第一大侠。

金圣叹说“宋江是纯用术数去笼络人”，我看《水浒传》，觉得宋江主要是靠江湖义气来感召人、团结人，虽然江湖义气有它的局限性，但是宋江的“义气深重”那是梁山好汉公认的，是不容置疑的。“术数”是指权谋、智计。宋江的“义气深重”

绝对不属于“术数”的范围。

从《水浒传》小说的描写来看，应该说宋江是忠义有余而术数不足。易中天老师也认为“宋江其实不是一个城府很深的人”。如果宋江真是一个讲究术数、城府很深的人，他在抓住高俅后，可以扣住不放，接着可以逼迫宋徽宗“清君侧”，把蔡京、童贯等奸佞之徒赶出朝廷，然后由梁山好汉组阁。宋江在三败高俅之后，已经具有了与政府军抗衡的实力，既然大多数梁山好汉都认为当今圣上至圣至明，只是蔡京、童贯等奸佞之徒蒙蔽了圣上，那么梁山好汉完全可以按照自己的这种政治理想来改造大宋王朝。宋江的队伍既然具有征辽的能力，那么给已经腐朽透顶的大宋王朝来一个大换血，也应该是力所能及的。

当然，我这里仅仅是根据小说的描写来说话，历史上的宋江可能没有那么强大，但是这并不妨碍我们以小说的故事情节为基础，来分析问题。

读书发议论，要忠于原著。现在一些研究、议论《水浒传》小说的文章往往对小说中的人物凭空揣测，说出来的东西都是子虚乌有。我想，这大概就是当前社会风气浮躁的一种表现。我这篇拙作不厌其烦地引用《水浒传》小说的故事情节，来证明自己的论点，正是要表明我对于“读书要忠于原著”这一原则的推崇。

我说宋江是当之无愧的水浒第一大侠，并不是说宋江没有缺点和错误，恰恰相反，《水浒传》作者在描写宋江侠义的同时，也向读者展示了宋江的种种缺点与错误，这让读者更加觉得宋江是一个实实在在的英雄人物，而不是一个虚构的、超凡脱俗的“高大全”。我觉得这正是《水浒传》小说的成功之处。

小说第四十一回写晁盖等人劫法场救了宋江，宋江获救后要杀黄文炳报仇。抓住黄文炳后，宋江便问道：“那个兄弟替我下手？”只见黑旋风李逵跳起身来，道：“我与哥哥动手割这厮！我看他肥胖了，倒好烧吃！”于是李逵便把尖刀先从腿上割起，拣好的就当面炭火上炙来下酒。割一块，炙一块。无片时，割了黄文炳。李逵方才把刀割开胸膛，取出心肝，把来与众头领做醒酒汤。吃黄文炳的肉，用黄文炳的心肝做醒酒汤，而且是当着黄文炳的面，把他的肉割一块，炙一块，吃一块。这个场面既血腥，又残忍。这是由宋江、晁盖指挥，由李逵亲自操作的。黄文炳撺掇蔡九陷害宋江，固然不是个好人，宋江也应该报仇，但是如此报仇未免过分。这也暴露了宋江、晁盖等人野蛮、残忍的一面。我觉得，如果说宋江有缺点，莫过于这一段的描写。至于说宋江的其他缺点、错误，比如盲目追求招安，与方腊等人的起义队伍自相残杀等等，都有其特定的原因与背景，只可叹息，不可强求。

《水浒传》对梁山人物的描写,既写他们忠义、正直的一面,也写他们阴暗、残忍的一面,给后人留下了无穷的议论话题,这恰恰是《水浒传》成为经典名著的魅力所在。

一般来说,生死之际,最能够反映一个人的思想品质,我们且看第一百回对于宋江生死之际的描写:

> 宣和六年,朝廷降赐御酒,宋江自饮御酒之后,便觉得肚腹疼痛,心中疑虑,知道御酒里被下了毒药。这时,宋江已经知道中了奸计,自我叹息:“我自幼学儒,长而通吏。不幸失身于罪人,并不曾行半点异心之事。今日天子信听谗佞,赐我药酒,得罪何辜!我死不争,只有李逵见在润州都统制,他若闻知朝廷行此奸弊,必然再去啸聚山林,把我等一世清名忠义之事坏了。”于是连夜使人往润州唤取李逵。

从这一段看宋江,他已经知道自己必死无疑,这时宋江最担心的是什么呢?是“把我等一世清名忠义之事坏了”。由此可见宋江的理想与追求,宋江的忠义之心可昭日月。

李逵来了以后,宋江管待李逵,吃了半晌酒食,对李逵说:“贤弟不知,我听得朝廷差人赍药酒来赐与我吃。如死,却是怎的好?”李逵大叫一声:“哥哥,反了罢!”宋江这时主意已定,在李逵喝的接风酒内,已经下了慢药。次日,具舟相送。李逵还傻乎乎地问:“哥哥,几时起义兵?我那里也起军来接应。”宋江这时告诉李逵:“兄弟,你休怪我!前日朝廷差天使赐药酒与我服了,死在旦夕。我为人一世,只主张忠义二字,不肯半点欺心。今日朝廷赐死无辜,宁可朝廷负我,我忠心不负朝廷。我死之后,恐怕你造反,坏了我梁山泊替天行道忠义之名,因此请将你来,相见一面。昨日酒中已与你慢药服了,回至润州必死……。”言讫,堕泪如雨。李逵见说,亦垂泪道:“罢,罢,罢!生时伏侍哥哥,死了也只是哥哥部下一个小鬼。”言讫,泪下。回到润州,果然药发身死。

“人之将死其言也善”,都说生离死别之际,是集中展示人的思想、情操的时候,看宋江与李逵的生离死别,真有一种视死如归的凛然大义,令人感叹不已。宋江在知道自己将死之际对李逵说的一番话应该是上可对天,下可对地,可将心事质神明。这绝不是“用术数去笼络人”,看到这里,我们不禁要问:一个人品“下下”的人,能够在明知必死的情况下有如此思想境界吗?

一部《水浒传》小说,通篇描写由“侠义”到“忠义”,“忠义”是《水浒传》小说的核心思想。

老梅新花

——评沈家仁、沈忱的大著《煮酒说水浒》

河南中州古籍出版社 马 达 张弦生

从20世纪80年代中州古籍出版社一成立,我社就和水浒研究结了缘,那时每一年的水浒学术研讨会我社都有编辑参加,和研究水浒的专家们很熟,编过他们的许多书稿。那时水浒研究学会会长张国光先生首先振臂高呼,为被清朝官府腰斩的金圣叹平反,将水浒研究引向高潮。三十多年过去了,水浒研究不断深入,长江后浪推前浪,一浪高过一浪,老一辈专家们仍在坚持研究,年青的新秀也已经硕果累累。

沈家仁先生从20世纪80年代起,也多次参加水浒研讨会。他为人温文尔雅,是他在开水浒研讨会引人注目的原因之一,另一个原因是他来自中学,竟然对水浒研究有那么深的造诣。文章深入浅出,明白如话,然又不乏学术深度。他是江西省南昌市南柴中学(现改为广南学校)的高级教师、中国水浒学会理事。1978年后始将研读古代小说名著的笔记整理成短文陆续发表,散见于全国数十家报刊上,其中《南昌晚报》、《南宁晚报》、《贵阳晚报》等多家报刊曾为其开辟专栏。短文《"水浒"人物知多少》曾被《文学报》、《羊城晚报》等20余家报刊转载。他和他的公子合作的《煮酒说水浒》一书于2007年出版后,成为各界读者喜爱的畅销书。现在经过大幅度的增订,作为升级版,又在我们社出版,这是一部很好的鉴赏古典名著的普及读物,相信会有更多的读者欢迎它。

读这部书,就像手捧一杯热茶,坐在和煦的春风中,与老友谈彼此都关心并熟悉的话题一样舒坦。这部书提纲絜领的将他自己经过缜密统计的"《水浒》人物知多少"告诉读者,《水浒传》中塑造的出场和未出场的人物共827人,然后又分析梁山好汉为什么不多不少是一百零八将。全书按每篇或几篇集中《水浒传》中的一个人物或一个故事为议题,分为"开卷解谜""百家争鸣""煮酒说人""品酒赏艺""随笔杂说"等五部分,列为108篇,看似天马行空,信手写来,实则结构严密,厚积薄发。在这"持之有故、言之成理的轻易之间,则是要以深湛的学术功力支撑填充的,更是要以非凡的深厚学养提供智力保障的。”“对《水浒》的解读,对于辅导阅读《水浒传》,弘扬中国传统文化,大有裨益。”(田荣先生对《趣味水浒》评语)

正所谓“一千个读者,就有一千个哈姆雷特”一样,对《水浒传》来说,不同的读者,也会有不同的见解。而每一位读者由于自己学识、经历和阅读的深度所限,对《水浒传》总有那样、这样不甚了了,或者百思不得其解的地方。沈先生高明的地方就在于,他能把读者未曾注意到,或者注意到了,但是解不透的一个个问题,如数家珍般地一一明白告诉你。

在《是文人还是文盲》一篇中,说鲁达打死郑屠后,逃往雁门县,“看见众人看榜,挨满在十字路口,也钻在丛里听”,“鲁达却不识字,只听的众人读”,可知他是个不识字的文盲。在“五台山宋江参禅”一回中,却写他“拜受谒语,读了数遍,藏于身边”,可见他已认字了。再往后,“鲁智深浙江坐化”一回,写他“问寺内众僧处,讨得纸笔,写下一篇颂子……”可见他还能够创作,书中无一处交代鲁智深学文化之事,怎么最后俨然是个“文化人”了?这是一般读者不注意,更无法解释的问题。而沈先生告诉读者说,这是水浒故事从《大宋宣和遗事》开始流传,直到元明杂剧中,以一位有教养、有文化的僧人身份出现的对《水浒传》的影响,留下的痕迹或者说是失误。沈先生介绍了多种杂剧作品中,鲁智深是个什么样的形象,还介绍了在元杂剧《梁山泊黑旋风负荆》,鲁智深的绰号居然叫“镇关西”,而《水浒传》作者把它按在郑屠头上的掌故,读来令人在莞尔一笑中,洞然解惑,增长知识。

沈先生在书中用两篇来分析林冲这个人物。中学语文课本就选有《风雪山神庙》一文,林冲是广大读者最为熟悉的水浒人物。沈先生以《“风雪山神庙”之山神庙》《“火”的艺术内涵》《“风雪山神庙”中的巧合》《一刀一境界,一枪一精神》四篇文字,娓娓道来,照样能道出常人所不能言的道理。作者指出梁山好汉中写明有妻室的共二十六人,但书中对他们的夫妻生活触及得很少,写得最多,又极富人情味的就是林冲夫妻二人了。这对恩爱夫妻的不幸遭遇写得如此详尽,揭露“官逼民反”的社会现实就越深刻,这是《水浒传》最出彩、最成功之处。从行文中读者可以感受到沈先生知施耐庵之心的无限感慨,和引金圣叹为知己的强烈共鸣。接着,沈先生又解读《水浒传》中隐含的林冲与张飞的关系,从而揭示了《水浒传》与《三国演义》的关系,进一步论述了施耐庵花六回书的篇幅集中表现林冲这一血肉丰满人物形象的思想艺术成就。

在《宋江与岳飞》一文中，作者指出宋江与岳飞的关联：比如《水浒》里称宋江为“退虏平寇征西正先锋”，这又正是岳飞的头衔。《水浒》说宋江仗义疏财，极其大方，所以天下归心。这又与岳飞的招贤纳士极其相同。岳飞当时每打一胜仗，朝廷即送来几万赏银。宋高宗还拨了湖北一带许多赋税给他做军饷，岳飞就用这些钱赈济百姓，颇得民心。在武昌时连远在太行山的梁兴，山东的李宝都赶来投靠，可见其真是闻名天下。《水浒》里宋江临死前怕李逵造反坏了忠义，把李逵也骗来喝了毒酒身亡。而《岳飞传》中岳飞怕岳云、张宪不听圣旨，而亲手绑缚他们接旨，又何其相似。以上数例，至少可说，作者们在创作宋江这个艺术形象时，借用了岳飞的不少事实。

作者不仅以浓墨重彩论说《水浒传》中的重要人物，还以不少细致的文字分析了《水浒传》中一些次要的人物。他们将王英和周通加以比较，指出王英是为人不齿的色鬼，而周通虽好色但还较为通达情理，改正错误，有其可贵可敬之处。对周通的描写文字虽不多，但是成功的。而王英好色而淫，在梁山上算不得一条好汉。而在细数朱贵的功劳后，认为他是无怨无悔、兢兢业业干好本职工作的有大大功劳的英雄，这似乎是对于现实有感而发的感叹，对读者也是颇有启迪的。

同样，在《李忠的“啬”》中，沈先生细数李忠的小气，也论及他讲义气的一面。在《小人陆谦》中，沈先生指出：陆谦死了，他的故事也结束了，戏虽不多，但形象突出、性格鲜明。归结一下：陆谦是个城府很深、善于伪装、俯首听命、卖友求荣、阴险毒辣、卑鄙无耻的小人。作者的激愤之情溢于言表，无论读者赞同他的观点与否，都会对沈先生沉浸于水浒英雄故事的痴心，报以会心的微笑。

在《说李小二》一文中，作者说小角色就是构成情节的重要因素，是结构上不可缺少的一个环节。没有小角色，就不会有完整的故事情节，主角的性格就无从表现，小角色的一切都是围绕着作品的中心事件进行、为突出主角性格服务的。《林教头风雪山神庙》中的李小二就是这样一个很重要的小角色。他在整个故事中的作用就非同小可；没有他，以后的情节难以展开；没有他，林冲的性格难以鲜明。描述这个人物文字不多，但形象突出，可信、可爱、可敬。

潘金莲和王婆是跨越《水浒传》和《金瓶梅》两部古典名著的人物。在本书中，作者以《一个不戴头巾的男子汉》和《王婆的“茶”》来对她们进行剖析。他说，潘金莲勾引武松，欺侮武大，与西门庆通奸，合谋鸩杀亲夫，真可谓心黑手毒。但是，仔细地思忖、冷静地分析一下，就会觉得潘金莲并非是个天生的坏人，她也是封建制度下的牺牲品。对潘金莲，要赞扬她的反抗精神，同情她的不幸遭遇，鞭挞她的轻率狠毒。对她全面否定，实在有欠公允。比如他们分析了在“王婆贪贿说风情”一回中西门庆一见潘金莲便垂涎三尺，两日内五次踅入王婆茶坊“喝茶”。王婆针对西门庆五次进门“喝茶”的心理，运用各种不同的茶招待，既介绍了各种茶汤的特点，又巧妙地扣住了对方的心理。这五次“喝茶”，使王婆这个奸诈狡猾、可恶可杀的虔婆形象活灵活现地展现在读者面前。从而入木三分地深刻道出了王婆的风趣，王婆的狠毒，王婆的圆滑，王婆的狡诈，王婆的城府，王婆的贪欲，王婆的心计，王婆这一人物形象在艺术价值上跨越两界的绝活。不由人不佩服沈先生对《水浒传》钻研的精细、文学鉴赏能力的天分和打通文史、昆乱不挡的学问功底。

沈家仁父子还对金圣叹评点《水浒》的功过、《水浒传》与《红楼梦》、梁山地区是否宋江起义的根据地、电视剧《水浒传》改编的得与失等等，有根有据地谈了自己的看法。他检点《水浒传》，真可谓到了滴水不漏的程度。

书中的行文中有许多当下流行的语言，生动活泼，更受青少年的喜爱，仅此一点即可以看出沈家仁先生的公子沈忱也是在此书中付出许多心血的。

文学作品既是读者阅读的对象，读者就要对其阅读、诠释。《水浒传》作为这部优秀的古代文学作品，给读者以广阔的诠释空间，但是，这一空间又有着客观规定的限制。文学的发展离不开读者的阅读和诠释，在读者与文本的互动中，其意义作品的意义被不断发现、丰富和更新。沈家仁先生不但仔细研读了《水浒传》的文本，还对《水浒传》成书之前的有关正史、野史、笔记小说、勾栏话本、元明杂戏及民间传闻做了搜罗研究，对《水浒传》成书后李贽、袁无涯，对别是金圣叹等人评点进行了分析，对今人张国光先生和其他许多水浒专家的研究成果或吸收或扬弃，取百家之长，成一家之言。这本大著将会是沈先生父子又一部雅俗共赏、学术分量厚重的传世之作，在水浒研究史上有着不可磨灭的地位。诚如石麟先生在本书的“代序”中所说：

> 沈氏父子也都是《水浒传》的读者，只不过他们比一般读者更细心、更认真、也更挑剔一些而已。其实，读书有两种最常见的方式，囫囵吞枣的吞咽式和斤斤计较的挑剔式，沈氏父子当属于后者。但有一点我们必须明白，挑剔式的阅读者在完成他们的过程之后，有感而发的一些文字，往往对更多的吞咽式阅读者就具有了一种“导读”的意味。

不读《水浒》，不知天下之奇！

有了《煮酒说水浒》，我们则可进一步领会《水浒》之奇！

尊重历史 存真求实

——对《草泽英雄梦——施耐庵传》之我见

兴化教师进修学校 陈麟德

拜读作家出版社梓行的浦玉生先生的鸿篇巨帙——二十五万余字的《草泽英雄梦——施耐庵传》,浮想联翩,思绪万千,心潮起伏,夜不能寐。作为兴化"文化三杰"——施耐庵、郑板桥、刘熙载之一的施翁,由于封建统治者视《水浒传》为诲盗、诲淫之作,长期列为禁书,因而施翁的生平不见正史,影影绰绰,若隐若现。民国至新中国成立后虽有好转,然而常常受到种种突如其来的干扰,不得不半途而废,功败垂成,令人扼腕浩叹。于今,施耐庵其人身世,虽尚不能准确无讹地表达出来,但已从子虚乌有而语焉不详而粗知轮廓。盐城浦玉生先生三十年如一日,"走遍了传说中施耐庵的流徙地","将施彦端字耐庵的一生及其著《水浒传》的事迹用文学传记形式全面记录下来"。(《施耐庵传·后记》)耐庵故里兴化父老、学者皆奔走相告,先睹为快,一时洛阳为之纸贵。《中国历史文化名人传·出版说明》称,"创作的总体要求是:必须在尊重史实基础上进行文学艺术创作,力求生动传神,追求本质的真实,塑造出饱满的人物形象,具有引人入胜的故事性和可读性;反对戏说、颠覆和凭空捏造,严禁抄袭;作家对传主要有客观的价值判断和对人物精神概括与提升的独到心得,要有新颖的艺术表现形式;新传水平应当高于已有同一人物的传记作品。"品评这部传记,决不可信口雌黄,必须奉总要求作圭臬,进行对照,可圈可点,或增或删,一切以圭臬为依归。

传记为记载人物事迹的作品,大体可分两类:一属史学范围,即史传,以记述翔实史实为主,崇尚严谨、征信,自司马迁《史记》始,廿四史中之人物列传成为史学之瑰宝,拙作《试论古代人物传记中评赞和序言的作用》(载《汉中师院学报》1989年2期)有详尽的论述,不赘;一属文学范围,即传记文学,以史实为根据作基础,而有合理的虚构和想象,《施耐庵传》当然属于后者。一般名人传系以史传为据,再经合理的想象敷衍而成。《施耐庵传》则不同,正史无记载,只能根据纸上材料、地下文物、民间传说综合运用,再经合理的想象敷衍而成。撰著《施耐庵传》,要比其他名人传难得多、玄得多。

浦撰《施耐庵传》能引进、借鉴一个甲子以来的研究成果,以民间传说为线索,以纸上材料为根据,再证之以出土文物,三重证据,当较可信。如施耐庵与张士诚的关系,若即若离,扑朔迷离,令人捉摸不定。我以为恰到好处,留有余地。多次写到施耐庵与刘基的交往与关系,不吝笔墨,似嫌拖沓。祖籍白驹的复旦大学教授、乡贤喻蘅先生曾撰《施耐庵笔伐二潘》称:"在《水浒》中描写了潘金莲和潘巧云这两个水性杨花、出卖灵魂的妇女形象, 作为对潘元明、潘元绍兄弟的笔伐"。喻公之论至为精当,传中引进这一成果,并辅之以流传在白驹耆老中一副对联:"紫石街前新世泽,翠屏山下旧家风"。可谓珠联璧合,相得益彰。尤其难能可贵者,传中在鞭挞潘元绍时,还联系到杨维桢《金盘美人》歌序言中揭露潘残忍成性,草菅人命,同情无辜被害的美人苏氏。杨还写过《蔡叶行》,痛斥张吴误国权奸黄敬夫、蔡彦文和叶德新,惋惜张士诚养痈遗患,直至亡国丧身,哀其不幸,怒其不争。杨维桢与施耐庵同庚,元泰定进士,虽然史载张士诚招之不赴,然传中言其谏阻士诚降元获罪,亦出乎意料之外,入乎情理之中。浦君不辞辛劳,曾沿施翁足迹所至进行采访,因而传中所记颇有真实感。岂但行万里路作考察,还读万卷书作参考,传中借鉴元代杂剧家著作天衣无缝,天籁天成。如施耐庵落第后,被恩师刘善本推荐到郓城当儒学训导,多次游梁山,传中描绘梁山水泊,借用高文秀《黑旋风双献功》中的"寨名水浒,泊号梁山,纵横河港一千条,四下方圆八百里。东近大海,西接济阳,南通巨野、金乡,北靠青、济、兖、郓。有七十二道深河港,屯数百只战舰;三十六座宴楼台,聚得百万军马粮草"。前后内外浑然一体,殊不见斧凿迹。传中还收集不少民谣、小令,如《灶民苦》:"灶民苦,传自古。凄风苦雨没其身,灶实无烟虚其肚,翻悲尽室葬水浒"。《姑苏谣谚》针砭士诚、士信兄弟:"丞相做事业,专用黄菜叶,一朝西风起,干瘪"!不特有助于理解原著《水浒》,也为《施耐庵传》增色不少,收一箭双雕之效。

但是,决不可掠人之美归诸施耐庵,如清代乾嘉著名学者、《四库全书》总纂纪昀曾戏删小杜《清明》:"时节雨纷纷,行人欲断魂。酒家何处有?遥指杏花村"。另有一番情致,怎能划在施耐庵名下?"久旱逢甘雨,他乡遇故知,洞房花烛夜,金榜挂名时"乃宋?汪洙名作《喜》,说人所遇到的四件喜事,言简意明,一字不苟;丰而不余一言,约而不失一辞;增之一分则肥,减之一分则瘦。而施耐庵偏要改成"十年久旱逢甘雨,万里他乡遇故知。僧尼洞房花烛夜,老来金榜题名时"。"久旱"

前增“十年”似重复,“他乡”前加“万里”似累赘,“洞房”前冠“僧尼”似乖谬,“金榜”前弁“老来”似少见,较原诗逊色不少,如此有点圣成凡、点金成铁之弊。在《文星之陨》中写到施耐庵过生日写对联:“尊祖宗一脉传流克勤克俭,教子孙两派正路唯读唯耕”。此联为兴化施家桥施耐庵神牌两侧对联,系乡贤郑燮撰,有墨迹拓片为证。板桥以承前启后语气,表达对先哲的尊敬,后昆的期盼,以克勤克俭、唯读唯耕勖勉之,旨哉斯言!

《草泽英雄梦——施耐庵传》的展开应紧密与《水浒传》相关联,甚至相吻合,使读者不觉突兀而有“似曾相识燕归来”之感,《施传》著者为此用心良苦,有些地方颇具匠心,如传中多次写张士诚,与《水浒传》多次出现“小人姓张”、“张大哥”相呼应。还竭力运用民间传说编成情节,有些地方编得自然,不留痕迹,如应邀为兴化相土筑城出谋划策,“三年成水浒,七月作封神”等。传中述及施耐庵写《水浒传》时,宋江身上有岳飞的影子,常以宋江与岳飞相况,颇堪玩味。岳、宋有很多相似之处:岳飞抗金被冤杀,宋江抗辽被毒杀;岳、宋均为精忠报国的志士仁人,岳为高宗及秦桧所害,宋为徽宗及蔡、童、高、杨所害;岳、宋所处时代皆为内忧频仍、外患空前、神州风雨飘摇之际。岳飞被害,载诸史册;宋江被害,施翁笔诸《水浒》。传中还吸取盐城耆彦周梦庄老先生考证,神行太保戴宗的原型系盐城人张俨,亦顺理成章。

施耐庵为兴化“文化三杰”之首,海内外皆认同“耐庵故里”为兴化,港、台海外概莫能外。浦撰《施耐庵传》数典不忘其祖,多次惠及兴化,学者风范,溢于墨楮。《水浒传》梓行得兴化宗臣之助;有关施耐庵传说还在兴化等地流传;“白驹场(镇)曾隶属过兴化”;至正二十六年施偕妻申氏及门人罗贯中迁居兴化避兵;施耐庵与兴化顾逖相酬唱;张士诚兵败施翁埋名隐居兴化;《兴化县地名录》多“浒”作地名的自然村;施文昱将施耐庵灵柩迁兴化施家桥;江苏省文物保护单位施耐庵墓地位于兴化市新垛镇施家桥村等等。《施耐庵传》两处惠及兴化陈氏:一次是写到“宋元时兴化有四大望族‘顾、陆、时、陈’(《第三章书会才人·风月无边》),后在《第七章牢狱之灾·智改庄名》中再次提到“顾、陆、时、陈”,为敝族扬名;一次是肯定先祖、兴化陈氏五进士之一的陈广德“在《施氏族谱序》中说施耐庵:铭所云‘积德累行,乡邻以贤德称’者,信可征也”。(《第一章少年早成·孝行信义》)“清代陈广德《施氏族谱序》也作这样的记载:‘白驹场施氏耐庵先生,于明洪武初由苏迁兴化,复由兴化徙居白驹场’”。(《第七章牢狱之灾·智改庄名》)首肯先祖广德公在《施氏族谱序》中的论断和记载,彰先祖之德。陈广德《施氏族谱序》乃 1952 年中央调查团发现的资料,载《文艺报》1952 年第 21 号,可作千秋信史传。

然而不尽如人意的是,《施传》的著者可以承认施耐庵祖籍兴化,而一提到耐庵故里则讳莫如深,千方百计要把兴化撇开而后已。谓予不信,请看在《引言》中写施耐庵"生于泰州海陵县白驹场街市"。"海陵县"治在泰州,二者为同一概念,叠床架屋反嫌累赘。据《方舆纪要》载,原兴化县境本为海陵县的一部分,而且,海陵县"明洪武初废入泰州"(《辞海》)。元末明初,白驹场在盐政赋税上属泰州管辖,而民政户籍则隶兴化县。白驹场"在今江苏大丰市西南"(《辞海》),今分属兴化市、大丰市。而"白驹场街市"系专指白驹镇,今属大丰市。故年表内又重复了一次,还加了括号标明现属。如此三令五申,不厌其烦,著者旨在反复强调施耐庵"生于泰州海陵县白驹场街市者",即生于今大丰市白驹镇之谓也。言下之意,耐庵故里专利,不容别人染指,不肯分我一杯羹。再看《施耐庵传》对张士诚籍贯的表述:"张士诚出生于今大丰市西团镇黄浦村张家墩(古属泰州白驹场内)",张士诚生时尚无大丰之称,理应古属在前,今属在后。《辞源》称"张士诚元末泰州白驹场人",《辞海》表述同,但在白驹场后加括号(今江苏大丰西南)。权威工具书的提法比较准确,当可效法,不必标新立异。写到"笔伐二潘",《施传》称"六百年来大丰民间留下了这段不见史乘的'史料'"。在《施耐庵研究论文集粹·序》中称:"大丰自古多俊彦。在江苏大丰这块古老而年轻的神奇'息壤'之上,自古以来就诞生了众多的名流大家,名闻遐迩的《水浒传》作者施耐庵、明代五朝阁老高谷、《名山游访记》作者高鹤年等等"。大丰自 1951 年建县以来,迄今历时 64 载,何来六百年来?谓年轻则可,言古老则闻者咋舌。"三年成水浒,七月作封神"并非大丰古谚,而是流传在古邑昭阳的民谣,切不可颠倒失序。美国人也想说历史悠久,然而在泱泱中华面前却张不开口。君不见历史人物的籍贯,有个约定俗成的办法,即应以古代历史疆域的划分来考证认定,绝不能以变迁后的现代疆域来确定,当以历史人物生活的年代为何地何名为准,浦君其三思乎!

真实是人物传记的前提与灵魂,施翁尹钱塘,断案似戏说。《第二章官场岁月·谒林冲墓》中,考证地名称兴化市合陈镇界牌头"传说穆桂英在此镇守海关,即界牌关", 大丰白驹境内有马家舍,"相传此处为唐朝薛仁贵东征时的扣马之地"。薛仁贵、穆桂英皆为戏剧人物,如此考证,画蛇添足,戏说与史实不可同日而语。武松打虎的描写水分也嫌多些。

此外,《施传》行文不够缜密,前后重复,不止一处。如元代人分四等,在《雁塔题名》中写,《愤而悬印》中又写;为徐家看地,在《天罡地煞》中写,《更名耐庵》中又写。传中还有一些谬误:如称“元代扬州诗人成廷珪”,其实,《咸丰重修兴化县志》编纂者之一的李福祚于《昭阳述旧编卷一·桑梓述上》载:“成公居竹廷珪乃吾兴诗家鼻祖,而乡人罕知之者。其集虽入《四库》,而坊间殊不易购”。“其集”指《居竹轩诗集》四卷,《咸丰重修兴化县志·艺文志·书目》有载。《咸丰重修兴化县志·人物志·隐逸》有成廷珪传。在《风月无边》中,写施耐庵、刘伯温同游江心寺,“蓦地飘来晚钟暮鼓的声音”,只有“晨钟暮鼓”或“朝钟暮鼓”,“晚钟暮鼓”则闻所未闻。

我与浦玉生先生曾有过公开的笔墨之争,但我们都确认《水浒传》作者为古白驹场施彦端字耐庵而非钱塘施耐庵。在遏制某地既无史乘记载,又无家谱文献,也无出土文物,更无村夫野老口耳相传的民间传说,仅凭小说中的地理态势、气候物象、土语方言的杭州情结,就一厢情愿,异想天开地称《水浒传》作者为钱塘施耐庵的论辩中,我们又是一个战壕里的战友。某省《水浒》研究会会长在《济宁学院学报》发表《〈或疑或信重说施耐庵〉续篇——兼答浦玉生、陈麟德先生》不就是明证吗?浦撰《施耐庵传》的问世,是一甲子以来研施的重要成果,来之不易,《水浒传》作者苏北施耐庵已逐渐定于一尊,只是浦先生胸怀要更加坦荡些,耐庵故里是兴化的,也是大丰的,一损皆损,一荣皆荣,休戚与共,肝胆相照。兴、丰两地的学者,一定要全力以赴,不遗余力,为中国长篇小说之父、乡贤施耐庵写出一篇史信、事实、情真、辞美的人物传记。惟其尊重历史,存真求实,才能经得起岁月的检验,而立于不败之地。刍荛之见,不足为训,幸高明裁之!

学识诚可贵 学品价更高

——答杨大忠先生

泰州历史文化研究所 莫其康

《文学与文化》2014年第3期刊发了杨大忠的《〈关于施耐庵籍贯“习称”及其他〉辨——再与莫其康先生商榷》，研读后甚是纳闷：我与杨大忠素昧平生，在“施学”上从未有过“商榷”，从何谈起“再与我商榷”？通观“杨文”，以学德、学理及学术规范考量，算不上真正意义上的商榷文章，而是一篇以形而上学思想方法统领，学术失范、逻辑混乱、玩弄文字游戏之作，不得不撰文作答，以正视听。

一、奇文共欣赏

我与马成生商榷之文，始刊《文学与文化》2011年第4期，收入凤凰出版社2012年出版的《施耐庵研究》前作了修订。马先生曾以《“事实一件抵万金”——答莫其康先生》，我又撰《奇文共欣赏疑义相与析——也答马成生先生》。杨大忠对此竟然不顾，事隔近三年，侈谈的只是马先生对我的文章进行了“有理有据、针锋相对的论辩”，而对我“也答马成生先生”的文章缄口不谈，这哪里是“商榷”，分明是自说自话，蒙蔽读者，有何学术操守和公正可言？！

一是断章取义。“杨文”总体上就是一篇断章取义之作，论争中凡对己有利的就引述，对己不利的，或回避，或省略，或删改，或歪曲，刻意剪裁，误导读者。如，在“关于施耐庵‘里籍’的问题”首节中，采用间接转述和摘述，刻意将拙作中“即便郎瑛所称的‘杭人罗本贯中’，事实上亦并非‘杭人’。郎瑛所称‘杭人罗本贯中’，明眼人一看就知道，是言其寄籍，‘钱塘施耐庵’亦是如此。这正如钟嗣成《录鬼簿》记载关汉卿、王实甫为大都人一样，均是就其寄籍习称而言，并非为其里籍”的论据删去，为其诡辩服务。再如，在此问题的第二节中引述拙论时用了一个省略号，故意省略了“因为施耐庵曾和钱塘发生过极密切的关系，并在那儿生活过较长时间，且有一定影响之故”和“旧本《水浒》‘引首’说，‘试看书林隐处，几多俊逸儒流’，也许这正是指的在那‘书林隐处’、‘大有有心人在’的一种注解也说不定”等论据，以售其私。又如，在此问题的第四节中，杨氏刻意删去拙作中“如唐代柳宗元是河东人，故而人称柳河东；北宋王安石是江西临川人，故而人称王临川，等等”论据，而反问我“这是什么逻辑？”“杨文”删略了拙作的论据，还倒打一耙，妄责我的观点“纯属臆测，为想当然之论，没有可靠的证据作为支撑”。其学品委实不敢恭维！

二是刻意偷换。如，“杨文”在“关于施耐庵‘里籍’的问题”这部分中，将拙作中“像施耐庵这样一位伟大作家”偷换成“中国所有的经济学家”，将“发生交往”偷换成“慕名前往”。再如，在此部分中，杨氏以间接转述、摘述和“弱归纳”的手法，将单独概念“施耐庵”、“罗贯中”偷换成普遍概念“明代学者”，称明代学者“都将《水浒传》的作者归结为‘杭州人’而非‘兴化人’”。又如，在“关于施耐庵‘长期生活在杭州’之说”这部分中，将拙作中的“兴化一带”偷换成“兴化”；将“好些是兴化独有的”减去“好些”，说成是“兴化独有的”，为己所用，违反了同一律。

三是删改和转移论题。“杨文”对拙作指出马成生著作《杭州与水浒》(以下简称“马著”)中的问题，采取删改和转移论题的方法予以回避。如，拙作与马成生商榷的五个问题，被“杨文”删改成四个问题，回避了“马著”“关于‘从善本容与堂《水浒传》来看，错别字尚有不少’之说”的问题，默认了“马著”之错；将拙作第一部分的标题“关于郎瑛‘杭人罗本贯中’与‘钱塘施耐庵’之说”，转移成“关于施耐庵‘里籍’的问题”，回避和默认了“马著”“关于郎瑛‘杭人罗本贯中’与‘钱塘施耐庵’之说”中的舛错；将“关于古代南北方分界和诸地距离之说”删改为“关于诸地距离之说”，回避和默认了“马著”“关于南北方分界之说”之错。对于无法回答的问题，“杨文”则施以反问转移论题。如，对我提出的“如果钱塘是其里籍，钱塘籍志为何无其人记载，如果施耐庵是杭州人，怎么在杭生不见故居，死没有坟茔？”的问题，“杨文”自知理屈，只得以反问转移论题。

庄邦指出：“争鸣不能偷换概念、断章取义。理论研究少不了使用特定的概念来表达特定的内涵。任何置原文于不顾，不深入分析、不实事求是而别有用心地采取偷梁换柱、混淆视听，刻意制造分歧、矛盾和冲突的做法，都只会扰乱正常的舆论环境。”“现在，有些所谓的‘学者’，面对具有特定意涵的问题，习惯于通过偷换概念、转移问题来达到自己的目的。”不知杨先生读后作何感想？

二、疑义相与析

(一)关于施耐庵的“里籍”

1.“如果钱塘是施里籍，钱塘籍志为何无其人记载”的问题，杨氏自知理屈，未能正面回答,而是转移论题施以反问:“如果苏北进士施彦端真是《水浒传》作者施耐庵,何以《元史》、《明史》及淮安、泰州、扬州等府志,对此人毫无记载?《兴化县志》旧本亦无记载,仅汪伪组织县长所修之续志《补遗》中附有所谓王道生所撰《施耐庵墓志》与所谓《施耐庵传》而已。而《施耐庵墓志》与《施耐庵传》则是彻头彻尾的伪造之物,前贤已将其驳得体无完肤,不能征信也。”

众所周知,小说在古代被视为不经之物,《水浒传》描写和歌颂的又是农民起义,长期遭到封建统治阶级的禁毁,故而造成施耐庵生平事迹正史不载,方志空缺。这是令人遗憾的事情。对于这样一个显而易见的常识问题,杨氏犯得着明知故问吗?

至于杨氏所说“《施耐庵墓志》与《施耐庵传》则是彻头彻尾的伪造之物,前贤已将其驳得体无完肤,不能征信也。”完全是信口雌黄!王道生的《施耐庵墓志》,在学界存在争议,这是不争的事实。而认为《施耐庵墓志》可信的学者大有人在。

《纪念文化部关于施耐庵身世调查60周年暨〈施耐庵文物史料考察报告〉发表30周年学术座谈会述要》指出:“上世纪初以来陆续发现的《施氏家簿谱》、《处士施公廷佐墓志铭》等文物史料,在那个缺少功利思想的年代,应该说是确凿可信的,由此可以确认兴化施耐庵的存在。至于在学术界存在一些认识上的分歧是可以理解的。在我国备受歧视的通俗小说的传播过程中,出现某些记载可疑,或者故老传闻失实的情况,并不奇怪,应从总体上看待它的真实性。解读上的细微歧义,不构成是非问题。王道生的《施耐庵墓志》也可能存在这一情况,但不可一概否定。该墓志是较完整的文献,由于发表时间较晚,与胡瑞亭的版本有简繁之分,先后之别。1952年文化部调查团《再次调查有关施耐庵历史资料的报告》认为,经鉴定‘原稿《施耐庵墓志》和《兴化县续志》上所载的原文是毫无出入的’。1982年的调查因故没有看到这份报告,留下了遗憾。”

试问杨先生,《施耐庵墓志》与《施耐庵传》何时被多少“前贤”批得体无完肤,又何时被哪些权威部门确证为“彻头彻尾的伪造之物”?杨氏不妨认真研读以上引录的文献,全面深入地梳理施耐庵研究的学术史,如果良知还未泯灭的话,就不会这样信口雌黄了!

2.如果施耐庵是杭州人,“怎么在杭‘生不见故居,死没有坟茔’”的问题,“杨文”亦无法正面回应,而是转移论题,避开“生不见故居”的问题,只引刘操南和黄霖之说予以反问:“难道苏北地区真有施耐庵的墓吗?我们来看看苏北所谓施耐庵墓的来历：此墓乃民国三十二年(1943)兴化人民公建，‘施彦端明时不与施耐庵挂钩；追溯原委，民国公建之施耐庵墓，可知其为近世附会也。’”。“其实，苏北大地何止一个施耐庵墓，我们再看当代学者黄霖先生的一段话：‘我真想不到江苏人中不但有人说大丰有施耐庵的墓，而且还有人说常熟也有同一位小说家的墓。中国人民政治协商会议常熟县委员会一九六〇年编写的《常熟地方小掌故》第一辑《施耐庵墓》条：恬庄西有河阳山，山南有文昌阁，相传其旁有明初施耐庵(写《水浒传》的著名作家)墓，今已无遗迹可考。我想，编写者也必有根据，故本想查一查它的来龙去脉。但转而一想，这类传说毕竟是传说，正如兴化、大丰的种种传说一样，它们究竟还有多少？又有多少学术价值？’学风严谨的学者，大概不会相信这些所谓的施耐庵墓地吧。”

果真如此吗？非也！1943年抗日民主政府兴化县县长蔡公杰所撰施耐庵古墓碑文就记载得很清楚：“施氏之墓在庄之北，以年久失修，一抔黄土，状殊冷落。……爰重修其庐墓，以为后人风，或不为非乎？于竣工之日，因题其颠末。”赵朴初于1982年12月手书的《重修施耐庵墓记》记载得更为明确：“施耐庵墓始建于明初，兴化县抗日民主政府于一九四三年复修，中华人民共和国成立后墓列为江苏省一级文物保护单位，一九八二年省人民政府拨款重修，爰书以志。”可见，杨氏所谓的“难道苏北地区真有施耐庵的墓吗？”和引据刘操南所谓的“民国公建之施耐庵墓，可知其为近世附会也”(笔者按：此公故意将抗日民主政府于1943年“重修”、“复修”施耐庵墓，篡改为“民国公建”施耐庵墓)是完全不符合事实的。至于引据黄霖在《宋末元初人施耐庵及‘施耐庵的本’——兼析兴化、大丰‘新发现’恰恰证明其地确无施耐庵》一文中所说的“江苏人中不但有人说大丰有施耐庵的墓”，显然有误。实际上施耐庵的墓在兴化而不是大丰，而常熟河阳山有施耐庵墓(衣冠冢)也是事实。当地人赵关虎保存的1931年在施耐庵墓前拍的一张老照片尚存，老百姓称此墓为“招魂墓”，其实“是明代八房巷徐八都堂所建。原来元朝末年，施耐庵曾隐居于滚塘岸徐捷家教书，替徐家选了‘三元宝地’，还帮助徐家订了‘徐氏家规’。”针对黄霖的文章，喻蘅和林同撰《〈靖康稗史〉编者是《水浒》作者吗？——兼质黄霖同志“白驹确无施耐庵”之说》予以反驳，至今未见回应。

3.“怎么在杭至今未见施后裔族群”的问题，杨氏肯定地说我根本没有认真看过马成生的《杭州与水浒》，这完全是想当然了！鄙人至今已将“马著”研读过数遍。如果说我没有认真看过“马著”，怎么能指出他书中诸多的谬误，甚至连严重超标的错别字都能一一拈出。杨氏抬出马先生关于“施耐庵,其姓‘施’字,可能来自其家族,因为,施姓本是杭州传统的一个大姓,如‘施家桥’,既是杭州城北一座桥名,又是一个村名和一片土地名”的说法,是经不住推敲的。当然马先生说的是“可能”,现有的文物史料证明,根本就没有这种“可能”。如有可能,杭州的施族后裔早就将《施氏家谱》公之与众,认祖归宗了!中央文化部调查团也就不会来兴化“施家桥”而去杭州“施家桥”或苏州“施家桥”调查!“神州何处无施族,唯有此乡认祖宗!”即使1975—1976年间全国开展声势浩大的“评《水浒》”运动,兴化施家桥的施氏后裔并未因此动摇,清明仍一如既往地去“施墓”虔诚祭拜。兴化“施家桥”一带的施姓后裔才真正是施耐庵的后裔,这里有经专家鉴定已被公布为国家二级文物的《施氏家簿谱》和江苏省公安厅“刑事科学技术鉴定书”等一系列文物史料可证。杨氏在这里引据马先生的说法,纯属瞎扯,没有丝毫根据,实在可笑!

(二)关于施耐庵“长期生活在杭州”之说

拙作《关于施耐庵籍贯“习称”及其他——与马成生先生商榷》无意也并不否认施耐庵较长时期乃至长期“生活在杭州”之说,只是认为“长期”之说目前尚缺乏足够的证据,着重指出的是杭州并不是施耐庵的出生地,而是施耐庵的流寓地。

杨先生在此部分中妄责我“莫名其妙”、“文法与逻辑完全不通”,说什么“试问宋元明文献中有关于‘里下河’与杭州相联系的记载吗?《水浒传》中有‘里下河’吗?既然没有,马先生的《杭州与水浒》为什么要凭空论述‘江淮之间里下河地区’呢?莫先生岂不是强人所难?”请杨先生不要偷换概念,于此将“里下河地区”与“里下河”混为一谈,拙文从未使用“里下河”的概念,而说的是“里下河地区”!杨先生先得搞清楚“里下河地区”的概念,怎能“以己昏昏使人昭昭”?《百度百科》的释义是:里下河地区位于江苏省中部,西起里运河(是连接长江与淮河的运河),东至串场河(将一线的富安、安丰、梁垛、东台、何垛、丁溪、草堰、小海、白驹、刘庄十大盐场串联起来的复堆河),北自苏北灌溉总渠,南抵新通扬运河,总面积13500余平方公里。“里下河地区主要有海安、兴化、东台、大丰、高邮、江都、姜堰、淮安区、建湖、宝应、阜宁等城市。”《水浒传》中怎么不涉及到“里下河地区”中的地名?从淮安到润州必须经过连接长江与淮河的运河——里运河。这里我同样引用马先生的一个例句“《水浒传》第九十回,宋江平方腊,进驻淮安时,当地的官员对宋江诉说:‘前面便是扬子大江……隔江却是润州。’”就能说明问题。关于宋元明文献中涉及“里下河地区”城市中人和事的记载不胜枚举，凭什么一厢情愿，处处都得“与杭州相联系”？

杨氏质疑我“在文中已不再引用被前贤批得体无完肤、已被确证为伪物的王道生《施耐庵墓志》，大概莫先生也认识到此墓志不能服众，故弃而不取；但莫先生大概又觉得弃之可惜，于是间接引用王道生的结论而不注明出处，妄图蒙混过关、混淆视听”。

王道生的《施耐庵墓志》是一篇较为详细的记载施、罗二公情况及关系的第一手资料，明确指出罗是施的门人。施耐庵著《水浒》最初的书名为《江湖豪客传》，并说施耐庵每一著作必与门人校对，“其得力于罗贯中者为尤多”。其中所说《三国演义》、《隋唐志传》、《三遂平妖传》等，历来都知是罗贯中的著作，而《墓志》却说都是施耐庵的著作。对于这一错误，吕乃岩认为：“《墓志》是王道生遇罗贯中若干年后写的，可能记忆有误，或是当时误听，或是后来误记，罗贯中当时是不可能这样说的。生活中误听误记的事，有时发生也不足为奇，决不能因此否定《施耐庵墓志》的真实性。罗贯中续《水浒》是否受到其师的嘱托，不得而知，但可知施耐庵生前把《水浒》书稿交到罗贯中手里是完全可能的。因此罗贯中才得以续写《水浒》。《墓志》中说《水浒》初名《江湖豪客传》，顾名思义，这只能是指现今《水浒传》的上半了。《江湖豪客传》落在罗贯中手里，由他续成了一百回的《水浒传》，《水浒传》当然从罗贯中后人传出。因此在传闻中才有《水浒》由罗贯中作之说。”

(三)关于诸地距离之说

拙文第四部分“关于古代南北方分界和诸地距离之说”，文字计26行，杨先生截取其中的5行作辩，显然以偏概全。

他妄责拙论“大谬”：“《水浒传》中或许存在一些地理、生活方面的错误。应该明了，《水浒传》是小说作品，不是历史地理教科书……古人缺乏地图等认知工具和便捷的通讯、交通设施，囿于见识，书中出现一些差错是难免的，或有隐情。”不知何谬之有？李在敬说得好：“古时交通不便，文人闭门虚构，写的又非正史，应是常有的事，文采如苏东坡，他所写的赤壁赋，地理环境就不对，可为一大例证。”

杨早所撰之文更是绝妙：“幸好，总是会有人脑洞大开。他们不去讨论四大名著的艺术价值，不去研究写作时代与人物索隐，不去纠结文学史地位与小说技巧，他们认死了‘地理’这个问题，一锄锄深挖细掘，史料传说实地考察，一起上阵，用一个个的细细分疏的问题无比雄辩地证明了：施耐庵罗贯中吴承恩你们这帮路痴！这些伟大的小说家们，为什么会成为路痴？我想又得归罪于中国薄弱的地理传统。我相信，施耐庵罗贯中吴承恩跟当时的万千出色的读书人一样，从经典中获知了无数的名城名胜，说起它们的得名渊源，治所变迁，甚至风土习俗，都能头头是道，侃侃而谈。但你要他们搞清它们的地理位置，尤其是在大中国的范围内的相对定位，他上哪儿去了解呢？没有精确的地图哇。施、罗二人，据说都参加过元末明初的战事，对经战过的地方，定不陌生，可是你要他连河南江西，四川云南，都能搞清搞楚，这就是强人所难了。”“如果你哪天运气好真穿回明朝清朝，就可以去当面数落施耐庵罗贯中吴承恩：你们这帮路痴！”

(四)关于“双施合一”之说

1.关于杨氏所云《施氏家簿谱》中“‘字耐庵’三字出自一人之手，乃是令人哭笑不得之论”。

杨氏引用马成生和洪东流的只言片语对“‘字耐庵’三字出自一人之手”的观点予以反驳，本不足怪，也无济于事。众所周知，肯定“‘字耐庵’三字与《施氏家簿谱》字迹为同一个人所写”的结论系江苏省公安厅(82)公文检字第80号《鉴定书》所作，具有权威性和可信度。冯其庸、章培恒等大多数学者均予认同，并非如杨氏所说的“莫氏说”、“莫先生认为”。冯先生认为：“这旁加的三个字，与原来抄写正文的是一个人的笔迹，只要仔细辨认就可以看出，尤其明显的是那个‘字耐庵’的字，与相邻的四个‘字’笔势完全一样，‘耐庵’两字虽未找到同样的字，但仔细分析其笔势，与正文抄写者的笔迹也完全一样。这说明这三个字，虽系旁添，实际上是一个人写下来的，很显然是抄漏后补添上去的。这种情况并不难理解，试想我们现在抄写东西，能保证一字不漏吗？如果我们抄漏了又自己补抄在旁边，别人却说这不能算数，因为是旁添，这我们能同意吗？因此，这施谱上抄漏后原笔旁添的三个字，我认为应与正文一样看待，不能因为旁添而不承认它的重大的史料价值。”“何况在封建社会里，施耐庵是个危险人物，思想带有叛逆性，在这种情况下，如果不是他们的老祖宗，又何必要旁添上这个具有强烈的危险性的人物呢？”章先生也认为：“‘字耐庵’三字的笔迹与《施氏家簿谱》其他诸字相同，当亦为满家手笔，而非他人窜入。”

冯先生认为“字耐庵”三字为“旁添”，而杨先生非要说成“夹批”！杨氏且引卢兴基之说“虽然经过正式鉴定，与谱文系同一笔迹，也不能排除系乾隆原谱整理抄录后添加上去的可能”，但这丝毫不影响“施彦端即施耐庵”的结论。卢先生的观点非常明确:"《水浒传》作者施耐庵是不是江苏兴化一带施姓一族自认的祖先施彦端?本文从我国通俗小说的文学生态和传播史出发,认为一个地区口耳相传中的错杂纷乱、疑信参半,恰是它历史悠久的证明。而清代晚近施姓谱系、碑志的文字植入,是《水浒》普及以后与口传系统的合流,施彦端应即施耐庵。"杨先生何必"哭笑不得",何不向江苏省公安厅质询,何不与冯其庸、卢兴基诸先生商榷?

2.关于对"元朝辛未科进士"七个字避而不谈问题。

杨氏于此妄责我"狡猾"、"老谋深算",作为人民教师能否积点口德?试问杨先生,拙作对"马著"所涉及的"施学"问题是否都要无所不包地展开论谈?诚如你言"《商榷》的内容过于繁富",如此再将"元朝辛未科进士"等问题论谈下去,难道期刊篇幅就没有限制?为此这里不得不占用一点篇幅以袁世硕、欧阳健、陈建华三先生对"元朝辛未科进士"的认识作复。袁世硕说:"当时有种风气……称讲史书的艺人为贡士、进士、解元。""施耐庵在说话门庭里被称作进士,也是极有可能的事。"欧阳健认为:"《浙江通志》著录元代选举,时因沿袭旧志而致误,而旧志之致误,又各有其复杂情由。元文宗至顺三年八月驾崩,至顺四年会试,秉政者是悖逆比董卓更甚的燕铁木儿。此科后被政敌攻为科场舞弊与腐败,导致科举的罢废。故至顺四年进士要撇清与燕铁木儿的关系,不致留下'附逆'与'行贿'的恶名。'至顺二年辛未余阙榜',是时局与心态双重变化的产物。"陈建华认为:"施耐庵确为'元朝辛未科进士',但这是'乡贡进士'"。此三说有待考定,拙作对此并未论及,借此杨氏恶语中伤我"妄图蒙混过关"、"此种做法,是自作聪明,以为天下人看不出来。这与高俅采纳王瑾的建议,有意读破句度破坏梁山的招安计划又有什么两样"云云,这简直是胡扯!王瑾系阴毒老吏,怎可"弱类比"?学术争鸣岂能使用话语暴力,其结果只能玷污自身人民教师的形象,奉劝年轻气盛的杨先生还是积点学德!

3.关于《处士施公廷佐墓志铭》的价值。

拙作引用了16位专家学者签署的《考察报告》和复旦大学教授喻蘅的《施耐庵四世孙廷佐墓志铭校读札记》(以下简称《校读札记》),将"曾祖彦端会元季兵起□□□家之"中的三个"□"字(乃字迹模糊不清之处),分别认读为"播浙遂"和"播流苏",这二者并不矛盾。

喻蘅认为:"对于施廷佐《墓志》残损文字的重新校读,不但不会影响该《墓志》作为证实施彦端即《水浒传》作者耐庵的重要文物,相反,却更提高了它的史料价值。首先‘会元季兵起，播流苏，家之’是一条具有特殊历史背景的线索材料，在时间、空间上找到耐庵与张士诚起义军行踪的联系……特别是当时苏、湖、杭一带都属江浙行省，‘流苏’的去向自然不排除‘播浙’。大丰、兴化的其他文物资料中已涉及施耐庵在浙江钱塘、吴兴等地区的行踪，现在又证实了‘流苏’，则其他一切与‘流苏’有关的‘播浙’资料，自然更属可信。

喻蘅对《墓志》中“关键性的一段文字作必要的笺注和论证”后进一步认为：“像施彦端这样一个文学上具有卓越才能的高士，在此时‘播流苏’，必然是受吴中人文荟萃的风气和士诚招揽人才的政策影响而来的……现在施廷佐《墓志》上记载的‘播流苏’，无疑证实了上述矛盾统一于选择了合作之路。这和当时张士诚治下的某些人士由徘徊观望态度而终于合作的情况是很相似的。因此，‘播流苏’是一条具有深邃内涵的历史信息。”“白驹施氏(耐庵)宗祠世代相传有‘吴兴绵世泽；楚水封明禋’的门联，笔者曾撰文论述它与耐庵一生行踪的关系，认为施耐庵虽然投奔苏州张士诚，但却把家室安置在浙江吴兴。这一重要民俗资料，具有连接史实佚失的线索价值。”

综上所述，《考察报告》和《校读札记》将三个“□”字分别解读为“播浙遂”和“播流苏”，二者并不矛盾。“校正了‘播浙(遂)’为‘播流苏’，决不等于否定‘播浙’事实，更不等于否定施彦端即施耐庵。”

而杨先生自作聪明，想当然地认为“播浙遂”、“播流苏”自相矛盾、抵触龃龉，“《处士施公廷佐墓志铭》对于证明《水浒传》作者没有任何参考价值。”并妄责我的结论有许多无法圆融的漏洞，“这恰恰是一个学风严谨的学者所忌讳的”。殊不知，杨先生的这番“高见”只能适得其反。读者诸君不妨认真研读喻蘅的《校读札记》，孰是孰非，自会一清二楚。鄙以为，这一解读上的歧义，纯属学术问题，可以见仁见智，何必强求一律，说什么“让人无所适从”！毋庸置疑，《考察报告》和《校读札记》对“播浙遂”、“播流苏”解读上的歧义并没有影响《处士施公廷佐墓志铭》对证实施彦端是施耐庵的重要价值。

至于“杨文”所论及的杨钟淮关于施耐庵生卒年的观点和例举的“掇、掼”等方言土语以及在注释中提及的“在浦玉生先生辨文的基础上”三处，这在收录于凤凰出版社 2012 年出版的《施耐庵研究》一书中早已删除，但原文已发表于网站怎能刻舟求剑、弃新取旧，杨先生的“商榷”太不讲规矩了吧？

杨氏妄责我“提出的各条证据，没有一条是经得起推敲与反复论证的，苏北施彦端与钱塘施耐庵根本不能‘合一’”之说，是完全经不住唯物辩证法和系统论分析的。列宁说过：“罗列一般例子是毫不费劲的，但这是没有任何意义的或者完全起相反的作用。因为在具体的历史情况下，一切事情都有它个别的情况。……如果不是从全部总和、不是从联系中去掌握事实，而是片段的和随便挑出来的，那么事实就只是一种儿戏，或者甚至连儿戏都不如。”列宁精辟的论断，似乎就是针对杨先生所说，用在其身上，再确当不过了！

王同书指出：“连当年持否定论最强烈的中国水浒学会执行会长、湖北大学教授张国光先生（他曾表示“死也不信”）也已认同我们的观点，并恭立在白驹施耐庵纪念馆像前与刘冬老（江苏社科院文学所老所长，力主白驹施耐庵即《水浒》作者的专家），握手言欢，留影志念，何谈其他。”

在为《施耐庵传》正本清源的幌子下

中共江苏盐城市委 浦玉生

2014年11月20日至22日，中国水浒学会在浙江省富阳市召开中国水浒文化高峰论坛，全国百余名专家学者出席了会议，在大会发言时我说，写了一本《草泽英雄梦——施耐庵传》，一霎间誉我、捧我、毁我、棒我的如潮。围绕施耐庵故里之争有水浒学名家说是“白驹场、白驹镇、白热化”，还有知名记者说是“白色恐怖”。我深知我还不如捧我的全国顶级专家说得那么的好，也不像棒我的学术政敌说得那么的差。作为问题探讨我欢迎，损我的人以兴化莫其康等为主，吹毛求疵，毁人不倦，说我“弄虚作假”、“肆意造假”、“无中生有”，“从自身群体利益出发解构历史，有失一个学人应有的良知和道德”；还有的背后黑枪、人身攻击，用一种“下三烂”的手段。莫其康在会上说没有损我，浦玉生写了一本《施耐庵传》我写不出来，兴化籍某某教授也写不出来。正因为如此莫其康内心妒忌，撰写了《为浦著〈施耐庵传〉正本清源》（载《水浒争鸣》第十五辑），“以正视听”。

回顾人生境遇，一个数十年披星戴月、冒着生命危险自费进行田野调查的人，写出中国文学的“巨人三传”（施耐庵、罗贯中、吴承恩传记），如果主观想要“弄虚作假”最好不要写书，白字黑字的均要留于青史的。

让我们看看，莫先生在为《施耐庵传》正本清源的幌子下，到底是在做了些什么。

一、截清流

本来你对《施耐庵传》本身有什么缺点错误，尽管针对书中的内容来说，而莫先生的第一节却是掐头去尾、断章取义，首先将全国新闻界学术界对《施耐庵传》的褒扬，说成对《施耐庵传》的揶揄、嘲讽。

莫先生在指瑕文章中说：“正如一位电视节目主持人不无揶揄地特别提到，《施耐庵传》以故事的形式写人物传记，这在我国出版史上还是头一回。……人物传记的生命贵在真实，传说岂能当信史？尤其是缺乏可靠文物史料佐证的民间传说,绝不能成为断定施耐庵生平的证据,怎能采入人物传记?文史专家王春瑜的评语首句'拄个黄瓜当拐棍',真乃的评!区区以为,浦先生如此作传,是对历史和后人的不负责任,甚至还会使传统文化的传承和发展迷失方向”。

事实是这样的吗?否!《草泽英雄梦——施耐庵传》一书中记述的施耐庵有三个省、市文物保护单位、一个省级非物质文化遗产以及一百多个笔记、文献资料的链接,众多的事实组成的“历史碎片”复原着一件“元青花”,是当今施耐庵研究的集大成者,不是一句“民间传说”所能概括的。

《草泽英雄梦——施耐庵传》作为“中国历史文化名人传丛书”首批十部作品之一,在2014年初作家出版社出版向海内外发行后,新华社等海内外200余家媒体报道了盛况,仅《人民日报》及其海外版半年时间就三次报道提到浦玉生著《施耐庵传》一书。《中华读书报》2014年8月6日,还报道肯定“‘丛书’首批十部作品去年年底面世以来,产生了良好的社会影响”。在兴化人莫其康那里,这一切都可听而不闻、视而不见。只是因为我的书中定施耐庵故里为泰州白驹场(今盐城市大丰区白驹镇),他作为兴化人,在他眼里就将别人对此书的表扬全部看成批评。2014年1月8日,北京卫视做了一档节目《时代重托:中国历史文化名人传大型丛书隆重面世》(可在央视网查阅),报道2014年北京图书订货会的情况,主持人特别提到《庄子传》(王充闾著)、《施耐庵传》(浦玉生著)以故事的形式写人物传记,在我国出版史上还是头一回(大意)。这是主持人的揶揄吗?揶揄,《辞海》解释,是戏弄、侮弄之意。王充闾先生是我国散文大家,《庄子传》好评如潮;长篇人物传记《施耐庵传》从无到有,是一个填补空白的作品,胡适、鲁迅先生没有搞清楚的问题,这本书里有答案,这本身就是具有划时代意义的。十部作品只点了两部,而且有好友王充闾大家(我们同一期在北京出席创作会)在前面给我顶着,莫先生不够朋友将我列为唯一的一位,2014年中共盐城市委领导代表组织上对我的评价是“为人低调”,莫先生总是将我从第二位推到第一线,这哪是浦玉生的一贯作风。

我国第一部全景式描述施耐庵生平事迹的长篇人物传记《草泽英雄梦——施耐庵传》的撰写,是本着“史求真实,文须好看”的要求进行的,完稿之后,中国作协组织23位历史学家、文学家进行审读,赢得了中国学术界、文学界专家的好评。文史专家王春瑜先生对该书的评价是:“当代文化巨匠王元化先生二十世纪八十年代强调文化的大传统,小传统。从大传统看,元末明初无施耐庵史料记载,但是清朝中叶以后,家谱、墨碑、地券、民间传说等等大量资料涌现,构成研究施耐庵的独特的文化小传统。这是其他任何一个地区没有的。浦玉生同志在繁忙的党务工作之余,刻苦研究施耐庵三十多年,将小传统中的施耐庵文献、文物、传说等资料广泛搜集,并实地调查,……是研究施耐庵的最新最高成果"、"拄个黄瓜当拐棍,耐庵故里每事问。拾得掌故几箩筐,施传读来不沉闷"。文学专家白烨先生对该书的评价是:"作者不仅在史料搜集上显示出了特别的功夫,而且在史实钩沉与艺术铺展的关系上也把握得当,尤以对环绕施耐庵的社会环境、人际关系的考察与梳理,考据和叙述,相当用心用力,笔墨也较为集中。以充分的事实,感人的故事,写出了一个时逢乱世的小说先行者不懈追求的独特人生。"中国水浒学会会长佘大平教授说:《施耐庵传》进入国家课题并首批出版,是一件值得庆贺的事情,因为这是《水浒》研究历史上一部重要的著作。

俗话说:"人嘴两张皮,咋说咋有理。"莫先生使用"掐头去尾、断章取义"之法,将本是媒体、专家的正面肯定,说成是"不无揶揄","真乃的评!"纯属混淆是非,颠倒黑白,让人非解!

二、搅浑水

(一)兴化莫其康曾引《大丰县志》(江苏人民出版社 1989 年版)的文章说,元代"白驹场、刘庄场隶扬州府兴化县"。其实这是一个孤证。东汉王充说:"两刃相割,利钝乃知;二论相订,是非乃见。"史学研究遵循"孤证不立"的原则。

施耐庵(1296~1370)故里是泰州白驹场(现属盐城市大丰区白驹镇),这里有国家和地方十多个的史志、图册等证据加以说明。张士诚同样是泰州白驹场人,《元史·顺帝纪》、《明太祖实录》、《明史》、《辍耕录》、《平吴录》等权威史册都是这样记载的。我们还可以从分门别类记述中可见一斑:

一看 2006 年 8 月方志出版社《大丰市志》在隶属演变中介绍:"元代两淮设 29 个盐场,其中就有丁溪、小海、草堰、白驹、刘庄 5 盐场名称。明代沿袭元制,大丰盐区仍为丁溪、小海、草堰、白驹、刘庄 5 盐场。洪武元年(1368),两淮盐运司设泰州、南通、淮安 3 个分司,其中,丁溪、小海、草堰 3 盐城,隶属泰州分司;白驹、刘庄两盐场,则隶于淮安分司。但在行政隶辖方面,丁溪、小海、草堰、白驹、刘庄 5 盐场,统属泰州东西乡三十五都。明洪武二十五年(1392),各场设立盐课司署,配备场大使,分管各场盐务。万历四十七年(1619),曾将白驹、刘庄两场的行政管辖权从泰州划归淮安府盐城县。清代，行政区划和盐政管辖均有变化。在行政方面，清初，丁溪、小海、草堰等场行政上属兴化管辖，后来白驹、刘庄两也从盐城县划属兴化县管辖。”

二看1983年5月出版《江苏省大丰县地名录》对大丰白驹、刘庄、草堰镇的记载：白驹，“唐宋设置北八游场。北宋时属楚州盐城监。元代建白驹场，地方行政属扬州路泰州海陵县。明初，地方行政属泰州东西乡三十五都，天启时，改属淮安府盐城县。清朝划归扬州府兴化县”。刘庄，“相传古代地名云溪，后名紫庄。唐宋时设紫庄场，属楚州盐城监。元代设刘庄场，盐政隶属淮安分司，地方行政则属扬州泰州，为东西乡三十五都一部分；天启时改属淮安府盐城县。清初属扬州府兴化县。”草堰“相传唐、宋设竹溪场，元、明、清设小海场(驻今草堰居委会所在地)、草堰场。元代行政隶属扬州路海陵县，明、清两朝行政均隶泰州东西乡三十五都。”

三看1934年(民国版)《兴化县续志》卷十三补遗记载，施耐庵“白驹人，祖籍姑苏。”

四看1928年(民国版)支伟成、任志远辑录《吴王张士诚载记》引袁吉人编《耐庵小史》云：“施耐庵，白驹场人，与张士诚部将卞元亨友善。”

五看《南宋·淮南东路淮南西路》可知，南宋时兴化靠近海滨，但不临海，白驹一带海边属泰州海陵县管辖范围。(《中国历史地图集》第六集，中国历史地图集编辑组编辑，中华地图学社出版1975年第11版)

六看《元·河南江北行省》可知，元代大丰境内的刘庄、白驹、草堰场均属泰州海陵县管辖，不属兴化县。(谭其骧主编《中国历史地图集》中国地图出版社1982年10月第1版)

七看《嘉庆重修扬州府志(一)》(江苏古籍出版社1999年6月影印)记载：“明泰州……何垛场、白驹场、东台场、丁溪场、草堰场、小海场、刘庄场”。

八看嘉靖《兴化县志》图，兴化的版图抵串场河(运盐河)，将白驹场街市排斥在外，显然此处属泰州管辖范围(今属盐城管辖)。

九看谭其骧主编《中国历史地图集》，也是元明部分的主编，中国地图出版社1982年10月第1版《元·河南江北行省》元代大丰境内的刘庄、白驹、草堰场均属泰州海陵县管辖，不属兴化县。不是此处如莫其康所说“河南与江北行省”，将一个省说成两个省。

综述所述可知，施耐庵(1296~1370)是泰州海陵县白驹场(今盐城市大丰区白驹镇)人，或泰州白驹场人，不是兴化县白驹场人。

(二)“兴化的大纵湖”这是莫先生搅浑水的又一个例子。这个表述较典型，怪不到本来很清楚的问题，怎么会愈辨愈难的，原来他有一种“与他沾边的就是他的”强盗逻辑。大纵湖在兴化与盐城市盐都区共有的水域面积，盐城拥有的面积还大一点，“大湖秋月”、“纵湖秋月”分别是盐城古八景、新十景之一，怎么成了“兴化的大纵湖”?！盐都区还有大纵湖乡，现为大纵湖旅游度假区，国家4A级旅游景区呢！

《草泽英雄梦——施耐庵传》一书是这样写的：“盐城市盐都区与兴化市接壤的大纵湖是里下河地区中最大、最深的湖泊。湖略呈椭圆形，东西长六公里，南北宽五点五公里，总面积二十六点七平方公里，在盐城境内面积为十四点一四平方公里，占大纵湖总面积的百分之五十三。大纵湖距今约有近千年历史，据《盐城县志》记载，缩头湖(后名得胜湖)、大纵湖一带为张士诚起义军所占，官府派兵进剿，起义军奋战于湖荡水乡，后南撤。《元史·董抟霄传》记载：一三五四年，董抟霄“俄降枢密院判官，从丞相脱脱征高邮，分戍盐城、兴化。贼巢在大纵、得胜两湖间，凡十有二，悉剿平之一。既其地筑芙蓉寨，贼入，辄迷故道，尽杀之，自是不复敢犯。”大纵湖镇北宋庄《宋氏家谱》1903年刻本也有记载。要说大纵湖得名的来历，却有了一些神话色彩，据说大纵湖身底是一座繁华的东晋城，城池下卧着一条几千年的老鳌鱼。有一年鳌鱼醒来翻了个身，顿时地动山摇，地面下陷数尺，一片汪洋，形成了湖泊，湖身东西横十五里，南北纵三十里(包括今兴化市境内的中堡南湖)，后人因此取名称“大纵湖”。

我们再来看看《兴化市志》(上海社科院出版社1995年6月第108页)的记载：“大纵湖，位于市境西北，与市区直线距离约19公里，为兴化、盐城交界湖。……面积为26平方公里(其中：兴化境内占12平方公里)，呈圆形。”显然，大纵湖在兴化市范围内不足一半，但怎么能说“兴化的大纵湖”呢?！让我们联想到本文，还写了张士诚是“泰州草堰人”而不是盐城市大丰区西团镇人，岂不是怪事吗?!如此的搅浑水，无非想“浑水摸鱼”，闹得这几年在全国的高校教师和博士生的论文中出现了“盐城兴化”、“兴化大冈”不应有的“硬伤”，就连这之前的学术名家也出现了“白驹桥”的概念，仍然在学术界“以讹传讹”！

(三)张士诚是“泰州草堰人”的又一滑稽现象。《草堰乡志》记载：“张士诚

(1321~1367),元末泰州白驹场人,清乾隆元年(1736年)并入草堰场。现大龙乡戚家团西南方三里,在三十里河(旧称“牛湾河”)南岸”。这个点在哪里?今盐城市大丰区西团镇黄浦村张家墩,写作长篇人物传记《施耐庵传》、《罗贯中传》、长篇历史小说《吴王张士诚》我多次去采风过,大丰区白驹镇向东过七里桥,再向东,路是越来越难走,我是搭人家的摩托车去的,路是乡间的“鲫鱼背”,路狭窄,中间高两边低,弄不好就栽跟头的,好不容易跑到张家墩,有中年妇女问:你们是修电火的?这里电灯俗称电火。据从外地返乡的张姓两位耄耋老人,他们是张士诚之后,确认这是张士诚的出生地,且在墩子的东南有明代的土地庙,庙不大,却至少有400多年历史。当年同行的施耐庵第十九世孙施金根(1947—2014)所著《驹隙拾遗》一书有记。至于说大丰区草堰镇是张士诚青年时贩盐、起义时所在地。此处有北极殿,《水浒传》楔子一回点到“北极殿”,这不是偶然的巧合,是施耐庵将家乡的风物写进《水浒传》。

三、泼污垢

(一)关于写作《施耐庵传》“弄虚作假”“惶恐”问题。参加中国历史文化名人传丛书的每一个作家,在听取中国作协书记李冰、副主席何建明传达中央领导的指示精神时,大家都有一种“诚惶诚恐”的感觉,是整个团队的精神基因,中国作协领导的这种心态感染了每一个作家。2012年8月25日在北京开会,在作家团队我作为一个小字辈被列为第3名,并不是我的资历、名望有多高,而是我的后面连着一个伟大的名字——施耐庵,我在后记中是这样说的,写完后仍有一丝惶恐,但在莫先生看来:“浦先生作为盐城大丰人,满怀浓烈的家乡情绪和功利思想,从自身群体利益出发解构历史,有失一个学人应有的良知和道德,不惶恐才怪呢!”入选国家级重大文化工程的写作,由于时间紧、任务重、资料少、学术性强,所以大家都曾流露一种“诚惶诚恐”的感觉。比如:《忠魂正气——颜真卿传》(作家出版社2014年7月)作者权海帆在后记里说:“当我向丛书组委会提交书稿的时候,委实诚惶诚恐,不知自己是否为传主的忠魂正气曲准确地谱写了每一个音符……但待专家、学者以及有识者指教耳!”《梦归田园——孟浩然传》(作家出版社2015年8月)作者曹远超说:“有幸入选写作《孟浩然传》,深感背负历史之重,诚惶诚恐,不敢擅然着笔,以致翻读史籍,夜以继日,累月经年”,等等。

(二)关于《白驹镇志》引用“妄言惑人”问题。在同一篇文章中,莫先生多次引用大丰区《白驹镇志》佐证自己的观点，当别人引用后，他指出《白驹镇志》编纂者的功利思想以“妄言惑人”，又说“浦先生这种偷换概念、以孙推祖的逻辑是极其荒谬的”。施耐庵在大丰区白驹镇到底有没有故居，相传施耐庵小时候曾在北宝寺读书，晚年又在这里教书，距茅家园、白驹镇北街 33 号均很近。《白驹镇志》(1989 年 12 月)的记载我愿做一个“文抄公”，原文照录：“茅家园位于北宝寺之北，西临串场河，东靠范公堤，环境静谧优美。相传施耐庵有一得意门生居住于此。该生及其父亲与施公关系十分融洽视同一家。施耐庵经常住在这里，时而漫步于田间小径，观赏景色，时而与周围好友谈论家常，既指导门生读经，自己又细心揣摩著书。相传刘伯温受朱元璋之命前来聘请施耐庵出山做官时，看到茅家园一片雾气腾腾，便料定此地必有能人。经过打听，原来是耐庵先生为著书《水浒传》而在沙盘上摆八卦阵，刘伯温曾与施耐庵对诗。”

至于说施耐庵出生于大丰白驹，有三重证据法(地下文物、地上材料、民间口碑)：一是据施耐庵的儿子《施让墓志铭》(《故处士施公(让)墓志铭》)记载，施让“鼻祖世居扬之兴化，后徙海陵白驹”。将“扬之兴化”与“海陵白驹”对举，指明兴化、白驹是两个不相隶属的地方。查《嘉靖维扬志》等，白驹均记为“泰州东西乡白驹场”，到明万历晚期，在施耐庵死后二百多年后，都保持不变。“鼻祖”即远祖，最早的始祖，至少在如《施廷佐墓志铭》所载的施让祖父元德以前，施氏何时“徙海陵白驹”的呢？据《施廷佐墓志铭》记：“彦端……及世平怀故居兴化，还白驹生祖以谦”。可知施氏定居白驹是从彦端(耐庵)开始的，“以谦”是在白驹生的。二是《大丰市志》、《白驹镇志》、大丰发现的国家二级文物《施氏家簿谱》(祭一世祖彦端字耐庵) 都有记载。2006 年 8 月方志出版社《大丰市志》记载：“施耐庵故居——施氏宗祠遗址：位于白驹镇北市街今粮管所内。原为施耐庵住所，清乾隆戊申年(1788)施耐庵后裔施文灿等发起改建为‘施氏宗祠’。咸丰壬子年(1852)施埈重修。全祠共十五间，前后穿堂三进，颇具规模。……今建于白驹镇西花家垛上的‘施耐庵纪念馆’的造型，布局多依‘施氏宗祠’旧制。”《白驹镇志》记载：“施耐庵故居——施氏宗祠遗址：施氏宗祠位于白驹镇北市街，是我国伟大文学家施耐庵居住过撰写过古典小说《水浒传》的地方。施耐庵后裔施文灿等，于清乾隆戊申(1788)将施公故居改建成。”我于 1982 年开始施耐庵寻踪之旅，撰写《施氏宗祠遗址(故居)的寻觅》游记体散文发表于《盐阜大众报》1983 年 11 月 15 日副刊上。三是田野调查。我在 1982 年访白驹镇北街 33 号时施氏宗祠(故居)遗址时，问街坊邻居,三十多年过去了,记得他们用的江淮方言,至今记忆犹新。我说普通话问“施氏宗祠”,她答“施格嘎祠”(施家家祠)。施耐庵在茅家园常住,在白驹镇街市有住所,至于说施耐庵家有几间房屋,他们听前辈们传闻是三间茅屋。又据《昭阳二杰》作者徐敬高记载“施耐庵的家就住在白驹镇上一条小巷里,三间旧瓦房,半亩小庭院”。徐敬高的曾祖徐寿芝是清朝秀才,家藏古书颇丰,他是根据家父徐钟文的讲述。所以我在《施耐庵传》中相信三十多年前的第一直觉、第一手材料,元末明初施耐庵住所是三间茅屋。后来至清朝中叶用作施氏宗祠时有三进十五间,等于将庭院都建了房屋,这与故居遗址的事实是符合的。

我们看问题要用全息思维、系统思考、综合分析方法,不能以一件证据就板上钉钉。我国的历史太长,记载太乱,需要我们去伪存真,这是真正的学者所追求的目标。不能因为《元史》《明史》《中国历史地图集》有“瑕疵”,就一概否定;也不能想当然地说《白驹镇志》有功利思想,就一棍子打死。你要推翻我的举证,你要拿证据;你拿不出过硬的证据,对不起,先听我的。

(三)关于“罔顾”事实、“臆造”“生编硬造”问题。我在《施耐庵传·施耐庵年表》中说“1280 年施元德由苏州迁盐城东溟(今便仓镇);母亲卞淑贞,与苏州枫桥迁盐城便仓卞氏为同一支”一句,前已注明:“据《古盐卞氏宗谱》”,并不是我的臆造,莫先生随便给人“扣帽子”是不对的!反而莫先生在文中给我臆造一句:“施氏与卞氏为同一支”。

“武松杀嫂”在白驹场有这样的文学原型,并不等同于历史。并非我的创造,是我的采访所得,与兴化人徐敬高先生所言相类似。

在同一篇文章中,先是指责我“白驹场一带”说法是“心怀叵测”,而他自己可以屡屡出现“兴化一带”。正应了古人的话,只许州官放火,不许百姓点灯。怎么也学起了某些霸权国家,强权政治,判断事物的标尺不是同一尺度。

施耐庵在大丰区白驹镇有故居遗址,并在此读书、教书、著书,“施公遗踪”是中国优秀旅游城市——盐城十景之一,央视走遍中国盐城,两次给予报道,怎么能说“在白驹镇上也未发现任何施耐庵故居遗址”呢?在相当长的历史时期,施耐庵死后二百多年,白驹场(镇)属兴化,而今天在盐城市大丰区管辖范围内,这是不争的事实。请让外人用第三只眼看施耐庵故里。远离大陆的台湾赵知人先生在 1981 年 7 月 26 日《大华晚报》刊载的《施耐庵的故里及遗迹》一文中说:“笔者于抗战胜利后,从政于苏北地区,一个偶然的机会,经过施公故里”,“笔者当时所能看到的施族中最古老的屋宇，要算白驹镇北街的'施氏宗祠'了"，"祠前有砖石砌成高大门楼，上嵌一匾，有'施氏宗祠'四个大字。后有瓦屋三进，最后一进祭供施公神位，并在高大石碑上刻施公生平事迹"（转引自《参考消息》1981 年 8 月 9 日）。试想，如果不是施耐庵的后人在此，为什么要供奉施耐庵的牌位呢，"神州何处无施族，唯有此乡认祖宗"！

说别人弄虚作假的人，往往自己在以售其奸，莫先生也不例外，他在引用胡瑞亭《施耐庵世籍考》，硬是将原文中的"东台白驹镇"改成"兴化白驹镇"，胡瑞亭《施耐庵世籍考》原本是个刻本，路人皆知。如此作伪伎俩只能骗人一时，不能骗人一世。

莫先生口口声声说人们都知道施耐庵是 "元末明初兴化县白驹场人""元末明初兴化县白驹场倪邵庄人"，张士诚规范的称法 "元末泰州草堰籍白驹场亭人"，我想，请出示史料依据，果有这样荒诞的区域地理概念吗？若真是这样，那还要在毛泽东主席关心下 1952 年中央派出调查组来调查吗？！民国时期的《兴化县续志》记载，施耐庵"白驹人，祖籍姑苏。少精敏，擅文章。"施耐庵墓"在县境东合塔圩内施家桥葬元隐士施耐庵，淮安王道生撰志。"显然，"白驹"与"合塔圩内施家桥"，是两个不相隶属的行政区划。显然白驹是属盐城大丰，施家桥现属泰州兴化，泾渭分明、清浊烛照！

要想了解施耐庵，还是从阅读《草泽英雄梦——施耐庵传》开始，谁清谁浊，读者自会明辨是非。很多问题书中已有答案，勿需我多说什么。

《重修二圣庙记》碑发现经过及在水浒研究中的价值

山东省郓城县宋江武校 曹先锋

山东省郓城县水浒文化博物馆内有一清嘉庆七年(1802)《重修二圣祠记》拓片,其中云:"郓邑东离城五里许,灉河右岸,古名西溪村。"《水浒传》第十四回《赤发鬼醉卧灵官殿 晁天王认义东溪村》中说"郓城县管下东门外有两个村坊,一个东溪村,一个西溪村,只隔着一条大溪。"西溪村在《水浒传》中作用不大,但东溪村却具有重要地位。晁盖、吴用、公孙胜、刘唐和阮氏三兄弟"七星聚义"、策划智取生辰纲的故事就发生在东溪村。虽然《水浒传》属文学作品,我们不能用历史的标准看待文学作品中的每一个细节,但《水浒传》写的是北宋末年的宋江起义,书中涉及到的许多人物、地点皆有所本。找到东溪村的具体位置对于水浒研究工作具有重要意义。东溪村地处现在何处,过去一直因为找不到确凿证据而难以定论。既然《重修二圣祠记》中提到了西溪村,根据地名、方位的基本常识和《水浒传》的描述,东溪村应该在西溪村东面不远处。《重修二圣祠记》中提到了西溪村,这就为人们确定东溪村的位置提供了重要参考依据。

郓城,地处山东省西南部,春秋时期属鲁国。鲁国的西部与曹国、卫国接壤,边界纠纷连年不断,武装冲突时常发生。为了防止别国侵扰,鲁成公四年(前587),鲁国在其西部边陲筑城名"郓"。《春秋》载:成公四年"冬,城郓。"明崇祯年间《郓城县志》述:郓"为鲁西鄙,地临曹、卫,尝聚军于此,以防侵轶。"古时,郓城确有灉河。《清史稿》卷六十一载:"古灉水,自巨野入,入郓城。"由上述可知,《重修二圣祠记》中的"郓邑"即为现在的山东省菏泽市的郓城。

北宋时期郓城县城在今何处目前有两种观点,一是张营说。此说的依据是《金史》。《金史·地理志》卷二十五载:"郓城大定六年五月年徙治盘沟村,以避河决。"明清以及之后的《郓城县志》皆沿用此说。按照此说,郓城县城始建于今郓城东7公里左右的张营村附近,金大定六年(1166)因黄河决口县城被淹,于是搬迁至地势较高的盘沟村,即今县城。目前,郓城县城仍有以盘沟村命名的盘沟路。二是盘沟说。此说是卢明先生最近提出。其依据有二:一是《续资治通鉴长编》卷一百十五载:“景祐元年,徙济州郓城县于盘沟店”。二是北宋著名思想家石介在《郓城新堤记》①中有言:景祐四年四月,“郓城县令刘君准遣使致书于予,曰:‘故郓城为水湿败,予作新城于故城西南十五里,迁其民而居之。’”读《郓城新堤记》可知,当时的郓城县令刘准在信中告诉石介:“雨逾月不止,水如故城。谋再迁之,则重劳吾民。且巨野在天下为大泽之一,周视邑内无高燥旁可居万家之处,虽再迁之,水亦随去。与其劳民而再迁,迁不远水,不若借民力,择久安之计。民无频迁,水不为患,斯亦可矣。于是环城筑长堤千九百步,高二十尺,厚九尺,足以捍城矣,足以御水矣。”综合《续资治通鉴长编》和《郓城新堤记》可知:宋景祐元年(1034)郓城县城从今张营迁至“故城西南十五里”即盘沟村。但迁后“雨逾月不止,水如故城”。为了不一迁再迁,把郓城新城建得标准很高。且为了防御洪水,不但建了城,而且随后还在城外修建了高标准的大堤,这样人们就可以长久安居其中。石文中说的“故城”当指今张营的古县城,因为遍查史书,宋代郓城县城只有张营和盘沟二址。说新址“在故城西南十五里”,就是今县城的大致方位。

郓城县城迁城、筑堤,县令为何请石介撰文纪念呢?石介是北宋著名思想家、学者,23岁师从范仲淹。天圣八年(1030),26岁的石介中进士,任郓州观察推官。景祐元年(1034)郓州秩满,调任南京留守推官兼提举应天府书院。景祐二年(1035)石介在泰山修葺房舍,构筑厅室,聚徒讲学。《郓城县乡村志》③在介绍郓城县陈坡乡石堂村时说:“北宋天圣年间(1023~1031)始祖石介、石会兄弟二人从泰安徂徕迁居于此,以姓取村名石堂。”可能由于某种原因,石介在郓城居住时间短暂,不久又重返泰安老家。但是其弟石会却扎根于郓,并繁衍至今。不论石介在郓城居住时间长短,但毕竟曾为郓城一民。石介名声大震是郓城的骄傲。加之泰安、郓州(北宋时州治在今山东省东平县州城附近)距郓城较近,来此看望家人时走访地方官员合情合理。如此,郓城县令请其撰文就不难能理解了。

石介是北宋朝廷重臣,文化名家,以他的人品和学养,对自已亲自经历的事,不可能胡乱记述。郓城县令作为迁城的当事人,托石介撰文刻石,并介绍了有关情况,绝非道听途说。城立,堤成,请名人写记,符合常理。宋人写宋事比之《金史》元人写宋事可信度更高。所以说,“盘沟说”完全可以成立。

“张营说”乃史料所记,不能否定;“盘沟说”既有史料记载,又有当事人描述,更不容置疑。那么,如何处理二者的关系呢?只能这样解释:郓城县城初建于今张营附近,宋景祐年间“为水湿败”迁盘沟,后又于某年因某原因迁回原址,金大定年间为“避河决”复又回迁盘沟，延续至今。县城数次搬迁者历史上并不罕见。何况宋景祐元年(1034)至金大定六年(1166)132年！

既然如此，为何金大定迁盘沟《金史》有记载而《宋史》无宋景祐迁盘沟的记载呢？《宋史》和《金史》都是元至正三年(1343)三月由元顺帝下令开始组织修撰的。此时距金大定六年(1166)177年，距宋景祐元年(1034)已有309年之久。记述这么久以前的事，出现遗漏在所难免。

郓城盘沟古县城东五华里左右还有一条南北流向的河，名叫宋金河。《水浒传》中说“郓城县管下东门外有两个村坊，一个东溪村，一个西溪村，只隔着一条大溪。”“大溪”究竟有多“大”，不得而知。今之宋金河当初可能为沟溪，后开挖成河。有上述可以推断：碑记中的西溪村当在今郓城东五华里左右的宋金河西岸。

郓城城东、宋金河西岸村庄稠密，西溪村究竟是现在的哪一个村庄？经查访得知，20世纪90年代，县文物考古人员进行文物普查时在郓城镇三义村村东宋金河河滩发现了重修二圣祠记石碑，于是将碑文拓了下来。石碑原地未动。仅凭拓片，不见实物，难以定论。2015年4月初，笔者途经三义村，发现村内有二圣庙。联想到水浒文化博物馆内的《重修二圣祠记》拓片，便萌生考察之意。可惜院门紧锁，无法入内。4月16日，与卢明先生一同再至三义村，经老者指点，找到了55岁的二圣庙管理人谭秀君女士。谭女士打开院门，三间普通瓦房跃入眼帘，庙前左右分立石碑一块，右为清嘉庆七年(1802)重修二圣祠记碑，左是2005年农历十一月重修二圣庙捐资纪念碑。《重修二圣祠记》中确有“郓邑东离城五里许，灉河右岸，古名西溪村”的字样。就在我们忙于抄写、拍照时，谭女士告诉我们：走廊下还有一截残碑，不知有没有价值。我们上前搬掉杂物，擦去尘土，赫然看到了“隆庆五年三月十五日”等字，其中还有“郓邑东去城有五里许，古河西岸，在宋时名曰西溪村，原有二郎关圣庙”的记载。隆庆是明穆宗朱载垕的年号，隆庆五年即公元1571年，早于清嘉庆七年即1802年231年，所以，更有文物价值，可信度更高。

谭女士告诉我们：她听公公袁振宇说，祖辈上村里就建有二圣庙，“文革”前庙内有三块石碑，“文革”中庙被毁，三块石碑中一块被拉到邻村坝头，一块被拉到宋金河河滩里，还有一块被弃置村内路旁。重修二圣庙后，人们欲将三碑重立于庙内。可惜，坝头那一块多方寻找至今不知下落；村内这一块早已断为两截，而且下半截不知去向；唯有河滩一块幸被土掩埋，保存完好。于是，人们将河滩这一块重立于庙内，这块便是清嘉庆七年《重修二圣祠记》碑。半截碑移置于庙内走廊,这便是隆庆五年《重修二圣庙记》碑。这说明,清嘉庆七年《重修二圣祠记》和明隆庆五年《重修二圣庙记》中所说的二圣祠、二圣庙的旧址就在今三义村。由此可以断定:今三义村即古之西溪村。

既然西溪村被确定,确定东溪村就不难了。与三义村一河之隔的七里铺村,现属郓城县唐塔办事处,该村干部过去曾讲,文革前村内曾有一块石碑,上面记载七里铺村古时曾名东溪村。可惜,该碑"文革"之后已不知去向。但是这里流传着许多晁盖的传说。其中《晁盖镇鬼》的故事曾被收入《水浒传说》③一书。

故事说,晁盖是郓城东溪村(今郓城县郓城镇七里铺村)人,东溪村和西溪村只隔一条溪,两个村常闹鬼。风水先生建议用石头凿个镇妖塔放在溪边。村人照此办理,那踏七尺多高,千多斤重。修了镇妖塔还是闹鬼,晁盖说:"不管谁看见鬼,快来喊我。"一天夜里鬼又来了,晁盖掂着朴刀,赶到远处一看,见那鬼披头散发,一身雪白,红舌头耷拉半尺长。那鬼见有人来,便想开溜。晁盖紧撵,到了溪边,那鬼跳过了溪。晁盖一刀砍去,那刀正砍在镇妖塔上,把刀打成两截。晁盖把半截刀扔了,双手抓住那塔用力一举,便举过头顶。吓得那鬼磕头求饶。晁盖一听是人的声音,把塔用力一扔,竟然把塔从溪西扔到了溪东。晁盖仔细一看,原是赌鬼张三。穿的是白孝褂子,那舌头是用红纸剪的。原来张三赌输了,没钱还账,常常装鬼吓人,搞这偷鸡盗狗的勾当。晁盖骂道:"你这泼皮,竟敢吓唬良民,盗人财物,如不改过自新,我便托起塔来,把你镇在这塔底下,让你永世不得翻身!"自此,东溪村再没闹过鬼,而晁盖便落了个"托塔天王"的绰号。这与《水浒传》第十四回《赤发鬼醉卧灵官殿 晁天王认义东溪村》中说"郓城县管下东门外有两个村坊,一个东溪村,一个西溪村,只隔着一条大溪"的描述是一致的。

民间传说是历史的折光,它能帮助我们了解历史,充实历史,它是没有写进史书的历史。《晁盖镇鬼》中所说"郓城镇"现已分为郓州和唐塔两个办事处,七里铺村隶属唐塔办事处。

谭女士还告诉我们:听老人们讲,自从镇妖塔被晁盖从溪西扔到溪东后,东溪村不再闹鬼了,可是西溪村仍然闹鬼,为了镇鬼,村民便在村头溪边兴建了二圣庙。二圣庙内供奉的是关公和二郎神。关公有万夫不当之勇,被尊为武圣,是百姓的保护神,可给人们带来平安吉祥。二郎神是水神,可以镇一切水中妖魔。谭女士又告诉我们:抗日战争时期,日军进犯郓城,一颗炮弹落在二圣庙西南角,地上砸了一个大坑但炮弹没有响。当时,许多村人正在此处闲玩,如果炮弹爆炸,不但二圣庙和周围的房屋会毁于一旦,而且周围四五十名百姓将死于非命。人们说,是二圣显灵，保佑了大家，自此，二圣庙的香火更旺。

综合上述因素，可以确定：今山东省郓城县唐塔办事处七里铺村即宋代的东溪村。

明隆庆五年《重修二圣庙记》的发现，对于水浒研究其价值主要有三：一是现在的山东省郓城县唐塔办事处七里铺村即为《水浒传》中的东溪村是可信的。现在的七里铺村和三义村隔河相望，鸡犬之声相闻，既然三义村是宋代的西溪村，那么，河东岸只有七里铺一村，村内百姓有许多与晁盖相关的传说，所以，七里铺村即宋代的东溪村是成立的。二是破解了宋时郓城县治所在今张营之说与《水浒传》个别地方的描述相矛盾的难题。长期以来，"张营说"与《水浒传》个别地方的描述相矛盾一直是水浒研究中的"哥德巴赫猜想"。《水浒传》明明写着去东溪村、晁家庄、灵官殿等是出郓城县城往东，可是按照"张营说"，今东溪村、晁家庄、灵官殿等都在今张营西面，也就是说，去上述地方出郓城县城必须向西。二者显然是矛盾的。既要坚持"张营说"，又不能否定《水浒传》的说法，这就成为一道难题。进入 21 世纪之后，郓城的水浒旅游开发建设迅速发展，但对部分遗迹、景点的来龙去脉不能自圆其说。《重修二圣庙记》碑的发现，为"盘沟说"提供了证据。"盘沟说"与《水浒传》对郓城县城、东溪村、晁家庄、灵官殿等的方位记述是一致的，这就破解了"张营说"与《水浒传》的矛盾。三是《水浒传》作者施耐庵确实曾经在郓城任职或者生活过。《水浒传》最早的版本为嘉靖(1522~1566)年间的刻本，重修二圣庙记碑刻于隆庆(1567~1572)五年，二者相隔时间较短，村庄的地理位置变化不大，《水浒传》中的东溪村、西溪村与实际的东溪村、西溪村高度一致，说明施耐庵对郓城非常熟悉，所以才写得如此精确。之前学术界有人对施耐庵在郓城任职一事存有争议，认为缺乏根据。《重修二圣庙记》虽然还不能作为施耐庵在郓城任职的确切证据，但是，从《水浒传》对东溪村的记述可以看出，施耐庵如果没有在郓城任职或者生活过，根本不可能把如此细节写得与郓城史实如此高度一致。这为施耐庵在郓城任职提供了佐证。

注释：

①《徂徕石先生文集》卷十九，中华书局 1984 年 7 月出版。

②郓城县地方史志办公室编《郓城县乡村志》，中国出版社 2005 年 3 月出版。

③曹先锋编著《水浒传说》，山东人民出版社 2011 年 1 月出版。

“据”说宋江

山东黄河河务局东平湖管理局 丁永林

在梁山,乃至世界,宋江自然是耳熟能详的人物。不过,人们心目中的宋江,大多来自演义了的文学形象,其实,宋江更是个历史人物,均与梁山有关。

对于历史上的宋江,典籍留下的信息很少,有限的事迹也只是作为“宋江起义”领袖散见于其他题目连带的叙述中,由于各题目侧重点不同,仅依这些散在只言片语给他梳理出个传记来,几乎是不可能的。

一、宋江的籍贯

根据目前浮出的资料,记载宋江籍贯的只有一个,那就是元郑镇的《宋家僭乱诸寇》。我没有见过这本书,据说只有“原刊本”。王利器先生在他的《〈水浒〉的真人真事》中只引用了其中的一句话:

宋江,梁山人。

自然,这里的“梁山”,也只能从地理概念上来理解,因为,山东省梁山县是当代新中国的政区。就是说,宋江可能为梁山泊渔民,也可能是住在梁山泊岸边不远的地方。

二、逼上梁山

时间上明确记载宋江为“盗”最早的资料,是李埴的《皇宋十朝纲要》,其卷十八记载道:

宣和元年十二月,诏招抚山东盗宋江。

宣和是宋徽宗的第六个年号, 也是最后一个年号, 使用了 7 年, 即 1119-1125 年,宣和七年十二月宋钦宗即位之始曾沿用。

对于宣和元年即 1119 年朝廷下诏招抚宋江一事,余嘉锡在他的《宋江三十六人考实》中说:“夫必官不能捕讨,然后降诏招安,其势已张甚。然则江之起,当在宣和纪年以前。”

余嘉锡此说,当可信,因后世史料多处追忆宋江"保据"于梁山为盗的时间为"宋政和中"。例如,清顾祖禹在他的《读史方舆纪要》卷三十三"东平州"中的记载:

> 梁山,(东平)州西南五十里,接寿张县界。本名良山。汉梁孝王常游猎于此,因改为梁山。《史记》"梁孝王北猎良山"是也。山周二十余里,上有虎头崖,下有黑风洞。山南即古大野泽。宋政和中,盗宋江保据于此,其下即梁山泊也。

"政和"是北宋宣和以前的年号,自元年正月一日(1111 年 2 月 10 日)至八年十一月一日(1118 年 12 月 15 日),共使用 8 年。

"宋政和中"是个什么概念?可以笼统地理解为政和年间,也可以具体理解为政和年间的"中间"。

先看看政和年间发生了什么事情。

《新二十五史》有宋江起义,对其起事原因是这样说的:政和元年,为增加岁收,朝廷任用杨戬设置了个"括田所(西城所)",京东地区百姓倍受其害,或赋税额巨增,或田产被括为公田,不服上诉则惨遭酷刑,冤死者数以千万计。方圆数百里的梁山泊也被西城所括占,对湖上渔户依保甲法进行编制,并于渔船上刻立标志,禁止其他船只进入梁山泊。凡渔民入泊捕鱼、采摘莲藕等,一律定立赋税,按船只大小交纳税收。更有甚者,杨戬还令州县于常赋之外,再增租钱 10 余万贯,遇天灾常赋可减免,而租钱不减。百姓无以谋生,"相聚为盗",奋起反抗。

那么,梁山泊被西城所括占是在哪一年?

元末撰修的《宋史》卷四百六十八《杨戬传》中记载道:

> 政和四年……有胥吏杜公才者献策于戬……梁山泺古巨野泽, 绵亘数百里,济、郓数州,赖其蒲鱼之利,立租算船纳直,犯者盗执之。一邑率于常赋外增租钱至十余万缗,水旱蠲税,此不得免。

就是说,宋江在梁山泊起义当在政和四年(1114)稍后,也就是"宋政和中"之所指。并且,宋江之为盗,当为"逼上梁山"。

三、四处出击

梁山泊作为北宋时期著名江北大泊,实乃黄河下游的一个自然滞洪区,有多条黄河泄洪泛道东来,鲁中山区西坡来洪也聚集与此,南北绕鲁中群山分流入海皆有水路。与后世史料形容的梁山之险在水而不在山一样,其交通之利也在水。所以,宋江于“宋政和中”起事后得以“保据于此”,并“分兵”四处出击,“其势已张甚”,官不能捕讨,进而出现朝廷于“宣和元年十二月诏招抚”事。然而这次“诏招抚”,没写具体执行者,也没有下文,原因不得而知。从散在的资料看,朝廷似乎低估了宋江的阵容而没有形成统一的“戡乱”行动。

宣和二年(1120)十月,两浙路方腊雄起割据称帝。由于朝廷将大量的兵力投入江南,给宋江“分兵”四处出击提供了有利时机,或“横行齐、魏”,或“出入青、齐、单、濮间”,“转掠十军,官军莫敢撄其锋”、“官军数万无敢抗者”,被所到之处的官府分别称为“河北剧贼”、“山东盗”、“京东贼”、“淮南贼”等。

宣和三年,中书郎侯蒙认为宋江“才必过人”,上书“今青溪盗起,不如赦江,使讨方腊以自赎”。帝曰:“蒙居外不忘君,忠臣也。”命知东平府(治今山东省东平县州城镇),未赴而卒。(《宋史》卷三五一《侯蒙传》)此事说明,朝廷至此已明白宋江的大本营仍在梁山,因为,东平府属京东西路,宣和元年(1119)由郓州所改,辖须城、寿张、东阿、平阴、阳谷、中都六县。时梁山泊正在东平府辖区,所以皇帝才让侯蒙知东平府,以便对宋江予以招抚。

关于宋江在海州投降给张叔夜史料,学术界一直仍耿耿于怀,现已弄清当为“以讹传讹”,这里钩沉一下。

> 叔夜……以徽猷阁待制再知海州。宋江起河朔,转略十郡,官军莫敢婴其锋。声言将至,叔夜使间者觇所向,贼径趋海濒,劫钜舟十余,载卤获。于是募死士得千人,设伏近城,而出轻兵距海,诱之战。先匿壮卒海旁,伺兵合,举火焚其舟。贼闻之,皆无斗志,伏兵乘之,擒其副贼,江乃降。加直学士,徙济南府。山东群盗猝至,叔夜度力不敌,谓僚吏曰:“若束手以俟援兵,民无噍类,当以计缓之。使延三日,吾事济矣。”乃取旧赦贼文,俾邮卒传至郡,盗闻,果小懈。叔夜会饮谯门,示以闲暇,遣吏谕以恩旨。盗狐疑相持,至暮未决。叔夜发卒五千人,乘其惰击之,盗奔溃,追斩数千级。以功进龙图阁直学士、知青州。

这是《宋史·张叔夜传》的记载,其中,至“江乃降”以前的部分,来源出自《东都事略·张叔夜传》,原文为:

> 张叔夜……以徽猷阁待制出知海州。会剧贼宋江剽掠至海,趋海岸,劫巨舟十数。叔夜募死士千人,距十余里,大张旗帜,诱之使战。密伏海旁,约候

兵合即焚其舟；舟既焚，贼大恐，无复斗志，伏兵乘之，江乃降。

而《东都事略·张叔夜传》出自《张叔夜家传》中的《以病乞致仕官观箚（zhá同札）子》，其中，他讲自己“出守海壖”时说的原文是：

逮出守海壖，会剧贼猝至，偶遣兵斩捕，贼势挫创，相与出降。

这就是了。张叔夜自己并没有讲“剧贼”是宋江，如真的“相与出降”是宋江，如此大功，咋会仅“加直学士，徙济南府”了事！

由此也不难看出，和主政海州时招降的“贼”一样，张叔夜在济南府任上所斩之“贼”或可是四面出击的宋江之一部，进而其“以功进龙图阁直学士、知青州”也可能是用其所长而剿匪，因为，当时宋江的活动范围就在“青、齐、单、濮间”。

宋江尽管在起事和分兵四处出击的前一阶段所向披靡，但并非官军无能，一旦所到之处的官府有所准备，宋江的各路兵马则每每失利，所以，有限的史料记载多为宋江的败绩——除了前述分别受挫于海州和济南外，还有：

南宋张守《毗陵集》卷十三《左中奉大夫充秘阁修撰蒋公墓志铭》：

……徙之沂州。宋江啸聚亡命，剽掠山东一路，州县大震，吏多避匿，公独修战守之，备以兵，扼其冲，贼不得逞”

汪应辰《文定集》卷二十三《显谟阁学士王公墓志铭》：

公讳师心……授迪功郎，海州沭阳尉。时承平久，郡县无备。河北剧贼宋江者肆行，莫之御，既转掠京东，径趋沭阳。公独引兵要击于境上，败之，贼遁去

随着各路出击的节节失利和官军征剿方腊的势如破竹，宋江最终选择了接受招安。

四、接受“招安”

然而，宋江被招安之事宋史没有片言只字记载，却被与宋江同时代并目睹其受招安后进京场面的李若水和《水浒传》记录下了。

先看《水浒传》描写。宋江接到的朝廷招安的诏书落款日期是“宣和四年二月”。在朝京面圣前，宋江采取自愿原则，赏钱物，赍发下山了“三五千人”。宣和四年三月，宋江又告示四方，买市十日。事罢，先令戴宗、燕青前来京师宿太尉府中报知，宋江等辞了张太守，出城进发，带领众多军马，径投东京来。天子闻宿太尉奏大喜，差太尉并御驾指挥使出城迎接，传旨次日进城面圣：

次日，宋江传令，教铁面孔目裴宣选拣彪形大汉五七百步军，前面打着

金鼓旗幡，后面摆着枪刀斧钺，中间竖着"顺天"、"护国"二面红旗，军士各悬刀剑弓矢，众人各各都穿本身披挂，戎装袍甲，摆成队伍，从东郭门而入。只见东京百姓军民，扶老挈幼，迫路观看，如睹天神。是时天子引百官在宣德楼上，临轩观看……(见《水浒全传》第八十二回"梁山泊分金大买市　宋公明全伙受招安")

自然，水浒中描写的多数情节虽为史实演义而成，但虚构大大多于史实，唯上述场面与史实相当接近。请看李若水一年后写的《捕盗偶成》诗：

去年宋江起山东，白昼横戈犯城郭。
杀人纷纷翦草如，九重闻之惨不乐。
大书黄纸飞敕来，三十六人同拜爵。
狞卒肥骖意气骄，士女骈观犹骇愕。
今年杨江起河北，战阵规绳视前作。
嗷嗷赤子阴有言，又愿官家早招却。
我闻官职要与贤，辄啖此曹无乃错。
招降况亦非上策，政诱潜凶嗣为虐。
不如下诏省科繇，彼自归来守条约。
小臣无路扪高天，安得狂词裨庙略。

李若水(1093~1127)，字清卿，广平曲周县(今属河北)水德堡村人。早年在太学读书，政和八年(1118)敕赐同上舍出身。徽宗宣和四年(1122)为元城县尉(《睽车志》卷二有"忠愍李公若水，宣和壬寅尉大名之元城"句。宣和四年为壬寅年)。"时河朔盗贼起，以捕护功改承仕郎，复以功赏转宣教郎，授平阳府司录。宣和六年(1124)春试学官，有司爱其文典雅近古，擢为第一，除济南府府学教授(《三朝北盟会编》卷八一《靖康忠愍曲周李公事迹》语)"。时徽宗昏庸无能，朝政由蔡京、童贯、高俅等奸臣把持，对北方日渐强大的金国采取妥协投降战略，"主和"派占据上风，李若水对此极为愤慨，多次上书皇帝，深中时病，条陈兴国治邦良策。

上引《捕盗偶成》诗收入在《忠愍集》卷二。前八句，全都叙述宋江等三十六人从起义到受招安的事。诗中把这一系列复杂过程都作为发生在"去年"一年之内的事，当是诗的字句限制使然。这里的"去年"二字，是用来与第九句中的"今年杨江"表示时间区别的，指宋江等三十六人接受北宋王朝的招安，骑肥马、率众卒一同进入开封的年份说的，不应理解为宋江等人于起义的当年就接受了宋王朝的招安。并且，诗中明确指出，宋江在山东“起事”，后来三十六人并受招安。

关于“今年杨江起河北”以下八句，“今年”自然指宋江招安后的第二年，“杨江”不知是何许人，遍查手头资料，未得。“战阵规绳视前作”是说“杨江”这支起义军的人员和作战能力和宋江等三十六人所领导的一支相仿佛。对此，河北居民纷纷上言希望宋廷对之进行“招安”，而不愿意宋廷再发兵去“征讨”。李若水当时刚刚进身到统治阶层，对北宋王朝正无限忠诚. 对于河北居民的意见自然是反对的：“去年”对宋江等三十六人的招安并没有使朝廷获益，担心“招安”决非上策。从而提出“不如下诏省科徭”的治本之策。

关于李若水写《捕盗偶成》诗的时间，作者没有注明，这里考察一下。按诗中“小臣无路扪高天”句，时李若水为“无路扪高天”的“小臣”，所记“捕盗”也定与其当时职务有关。从这两个“要素”看，该诗应写于其元城县尉任上。李若水是于宣和四年上任元城县尉的，至宣和六年(1124)任济南府府学教授，中间仅2年，期间，又有因捕(盗)护功改承仕郎、复以功赏转宣教郎，授平阳府司录的经历，而后司之职与捕盗就不相干了。既然因功升迁，至少要在元城县尉任上任职一年以上，所以，李若水写《捕盗偶成》诗的时间应是宣和五年(1123)。

就是说，历史上的宋江接受朝廷招安的时间与水浒描写是一致的，即：朝廷下招安诏书是“宣和四年二月”，宋江朝京面圣在“宣和四年三月”。

五、覆灭

看李若水《捕盗偶成》中记载，历史上的宋江等梁山好汉是被招安了，并且“三十六人同拜爵”，但诗中也流露出招安宋江当为朝廷的一个阴谋，属于“政治诱降”。

事实正是如此，宋江被招安后好境不长，当年即被折可存“奉御笔”捕杀了——

> 公讳可存，字嗣长，府州之折也……方腊之叛，用第四将从军。诸人藉才，互以推公，公遂兼率三将兵。奋然先登，士皆用命。腊贼就擒，迁武节大夫。班师过国门，奉御笔：“捕草寇宋江”。不逾月，继获，迁武功大夫。

这是北宋将领折可存(1096~1126)的墓志铭中的文字，为涉及“宋江”的现有历史资料中仅次于李若水的《捕盗偶成》诗的最早、最原始记载之一，乃不可替代的第一手“实物”资料。折可存墓志铭全称《宋故武功大夫河东第二将折公墓志铭》，(宋)范圭撰文。原墓碑立于庚戌年(宋建炎四年，金天会八年，1130)，1939年出土于府州天平山(今陕西省府谷县)，现保存在西安碑林，碑文已收入《水浒传资料汇编》中。

那么，墓志铭所载折可存平方腊后凯旋，“班师过国门，奉御笔：捕草寇宋江。不逾月，继获”是在什么时间呢？

方腊是在宣和二年(1120)十月初九假托“得天符牒”、率领农民杀死方有常一家、以帮源峒为据点聚集贫苦农民起义的，十一月初被尊称为“圣公”改元“永乐”，建立起农民政权。童贯于当年十二月二十一日受命为江淮京浙宣抚使率兵前往镇压，时折可存为河东第四将，率领其他三将兵(东南第一将、第七将和京畿第四将)从军南下。宣和三年(1121)四月方腊被擒，但余众仍继续抗拒官军几达一年。对此，历史记载为宋师自出至凯旋“凡四百五十日”。就是说，折可存“班师过国门”的时间至少应在宣和四年(1122)三月二十六日之后。

问题来了：根据前面对李若水的《捕盗偶成》诗中的分析，宋江等受招安进城接受“拜爵”的时间也是在宣和四年三月，既然已经接受了招安，为什么折可存还“奉御笔：捕草寇宋江”？合理的解释就是宋江等受招安后旋即复叛了。为什么复叛？从李若水的《捕盗偶成》诗句“狞卒肥骖意气骄，士女骈观犹骇愕”看，宋江太招摇、太猖狂了，遭了朝廷的“忌”，而此时方腊起义军已被彻底消灭，朝廷已有足够的军力了，并没有对其“妥善”安置。这在《捕盗偶成》中“招降况亦非上策，政诱潜凶嗣为虐”句似乎也似乎在暗示，当时朝廷的招安本就是“政治诱降”，被宋江识破后旋即复叛且更加“凶虐”，也暗示折可存捕杀宋江等时的惨烈。

尽管宋江被折可存“不逾月，继获”了，但留守梁山泊之余部被彻底消灭，则是在宣和六年(1124)，凶手是蔡居厚。

关于蔡居厚诛杀宋江余部的史实，宋·洪迈在他的《夷坚志·乙志》卷第六《蔡侍郎》中记载道：

> 宣和七年，户部侍郎蔡居厚罢知青州，以病不赴，归金陵。疽发于背，命道士设醮，倩所亲王生作青词，少日而蔡卒……夫人恸哭曰：“侍郎去年帅郓时，有梁山泺贼五百人受降，既而悉诛之。吾屡谏不听也。今日及此，痛哉。”

该文字所在原文《蔡侍郎》亦被《水浒传资料汇编》收入。

洪迈(1123~1202)，南宋饶州鄱阳(今江西省上饶市鄱阳县)人，与蔡居厚老家抚州临川邻郡，《夷坚志》所载抚州事颇多，况洪迈与蔡居厚相去不远，所以记载当是可信的。

值得一提的是"宋江之党"也有漏网者,至少有史斌。

(宋)李心传的《建炎以来系年要录》记载说,"建炎元年(1127)秋七月,史斌据兴州,僭帝号。斌本宋江之党,至是作乱"。"建炎二年十一月,泾原兵马都监兼知怀德军吴玠袭叛贼史斌,斩之。"

参考文献:

湖北省水浒研究会编《水浒争鸣》第一辑,长江文艺出版社 1982 年版。

朱一玄、刘毓忱编《水浒传资料汇编》,南开大学出版社 2002 年版。

简论盐城地域的湿地文化特征

盐城市盐都区图书馆 王登佐

盐城历史悠久,文化底蕴深厚。盐城位于北纬32.85°~34.2°和东经119.57°~120.45°之间,沿海北起灌河入海口,南抵东台南坝港,全长582公里。淮河在其北端入海,气候属于北亚热带向暖温带过渡型气候。盐城地处中国沿海中部,位于“一带一路”中心区域,是沪、宁、徐三大都市圈300千米辐射半径的交汇点,北邻新亚欧大陆桥东方桥头堡连云港,与日韩隔海相望;具有对接上海、融入长三角的区位和地缘经济优势,拥有盐城港和盐城机场两个国家一级口岸。盐城拥有太平洋西岸最广阔的沿海湿地,总面积为683万亩,占江苏省滩涂总面积的70%以上,占全国滩涂面积的七分之一,是太平洋西岸、亚洲大陆边缘最大的沿海泥沙淤质滩涂湿地。盐城沿海湿地南涨北蚀。西处里下河地区腹地的湖荡湿地,河流纵横,湖泊众多,大纵湖、九龙口、马家荡等湖泊水域面积达数百平方千米,是典型的泻湖型湖泊。原始生态环境赋存较好,被誉为“金滩银荡、鱼米之乡”。盐城湿地面积大,生物多样性丰富,生态宜人,吸引力强。繁茂的天然植被,有600多种,动物有750多种,其中鸟类378种,两栖爬行动物45种,哺乳类动物48种,鱼类281种,昆虫310种。滩涂土地和生物资源极其丰富,生态地位重要,又是我国最大的后备土地资源。在1.7万平方公里的土地上有1140万亩湿地、450万亩林地,2.7万条河流、1200多万亩耕地。盐城湿地自然风光十分秀丽,有整体的和谐美。盐城湿地拥有巨大的近海辐射沙洲,拥有三种国家级珍稀动物,盐城麋鹿自然保护区和盐城丹顶鹤自然保护区是两个国家级的自然保护区。盐城丹顶鹤保护区是联合国教科组织盐城生物圈保护区,并被纳入东北亚鹤类保护区网络,盐城麋鹿自然保护区是世界上最大的重返大自然麋鹿自然保护区,1995年加入中国人与生物圈保护区网络。东台弶港海滨旅游度假区拥有中国特有的国家一级保护名贵珍稀鱼类中华鲟,在研究生物进化、地质、地貌、海浸等地球变迁等方面具有重要的科研价值,素有“鱼类活化石”的美誉。

盐城独特的淤泥质海岸成陆历史、滩涂自然环境和湿润的气候,形成了一部独具一格的湿地开发史。在盐城湿地开发过程中孕育了海洋文化、海盐文化、铁军文化、水浒文化和民俗文化等绚丽多彩的文化。

盐城海洋文化历史悠久内容丰富,盐城发展史就是一部海洋湿地开发史。中华文明带有盐城海洋文化明显烙印,盐城海洋文化是中华文明的文化基因之一。据考古和调查及相关文献的记载,尤其是地下文物的陆续出土。可以推断:盐城市曾经历了几次海浸海退的沧桑变化,其最后成陆的时间约在距今五、六千年的新石器时代。盐城先民正是在这样的恶劣环境下劳动、生息,创造了原创、冒险、开拓的史前盐城海洋文化。尽管此时的历史发展链条还比较模糊,还不够具体,但大体的和合理的脉络应该是“黄河文明”是沿海包括盐城在内的东夷海岱文明从黄河下游向中上游的延伸和推进。盐城海洋文化始于中华史前文明,随着盐城海洋五次大开发而发展。

盐城因盐而得名,盐城的盐业伴随着草煎盐业的兴起而兴起。盐城早在战国时即产盐,《史记·货殖列传》称盐城为“东楚有海盐之饶”。汉武帝元狩四年置盐渎县时,即设盐铁官署管理盐铁生产。晋时,盐业繁盛,环城皆为盐场,唐时设有盐城监。宋范公堤的修筑,保障沿海煎盐生产。元末,盐业生产因战乱一度收缩。明清时,盐业再度兴盛。清末民初,沿海废灶兴垦。至20世纪50年代末,煎盐基本废除。盐城的盐文化涉及盐场、盐业生产、盐业经销、盐业储运等各个方面。因而有着重要的保护意义和旅游价值。千百年来,海岸带历经沧海桑田,才形成今天的局面。随着海势东移,境内滩涂面积日渐增大,多样、独特的生态环境,为先民提供了获取食物、繁衍生息的场所。随着对滩涂资源认识的加深和生产技术的提高、滩涂的开发利用不断向纵深发展。盐城的历史在这个意义上就是一部滩涂开发利用的历史,以建堤御潮和农垦开发为主体的滩涂盐垦文化贯穿盐城整个发展史。

盐城作为革命老区,早在20世纪20年代,就建立起中国共产党的基层组织;20世纪30年代,胡乔木等一批共产党人经过艰辛努力,通过办报等形式宣传革命真理;20世纪40年代,东进北上的新四军与南下抗日的八路军在大丰白驹狮子口胜利会师之后,在海安成立华中总指挥部。1941年皖南事变后,中共中央在盐城重建新四军军部。盐城市新四军纪念地、遗址众多,它向人们展示了在民族存亡的关键时刻,新四军在华中敌后与日寇进行殊死搏斗的丰功伟绩,是新四军后代寻访前人遗迹、回顾历史的重要地区,也是对广大青少年进行爱国主义教育、革命传统教育的重要基地。新四军的“铁军”精神以及丰富多彩的根据地文化,共同融合而成盐城红色文化。

盐城历史悠久,名人资源丰富。汉代孙坚是首次见之于史料记载的盐渎县丞,后被追谥为东吴武烈皇帝,建安七子陈琳,神医华佗曾在盐渎行医,东郡太守臧洪、东郡丞陈容;隋末韦彻据盐称帝;宋范仲淹在盐筑范公堤,韩世忠、梁红玉夫妇驻盐抗金,南宋丞相民族英雄陆秀夫;元末张士诚、卞元亨等在盐起义;元末明初施耐庵在盐创作《水浒》,罗贯中在盐创作《三国演义》,明崇祯皇帝的生母孝纯皇后,明代哲学家“泰州学派”创始人王艮、明翰林院大学士朱升,戚继光在盐抗倭,明末抗清英雄司石磐、孙光烈、厉豫,为民请命的孙矩;顺治、康熙两朝帝师孙一致,清代水利学家冯道立,清代孔尚任在盐治水,清末张謇在盐废灶兴垦,清代薛鼎臣兵科给事中,画家万岚、周涤钦,著名书法家、爱国诗人宋曹,翰林院编修徐铎,清代词坛大家蒋鹿谭长期寄居伍佑场,他和夫人黄婉君合作的水云楼词至今享誉词坛,清代学者沈俨两次续修《盐城县志》,苏北阿凡提沈拱山,郑板桥早年、晚年都在盐生活,皖派金石名家邓石如长住盐城并娶继室,出生盐城曹家角的清末名媛赛金花(曹梦兰);民国江北讨袁军总司令刘天根,印水心自费首次编印《盐城县乡土地理》和《盐城县乡土历史》;刘少奇、陈毅、黄克诚、粟裕、张爱萍等一大批老一辈无产阶级革命家曾长期在盐城战斗和生活过,毛主席称为盐城二乔的胡乔木、乔冠华。苏北鲁迅宋泽夫,爱国民主人士胡启东,标准草书传承人胡公石,国民党军政要员郝柏村,知识青年标兵董加耕,新闻摄影家唐理奎,著名作家李国文、曹文轩、杨守松、谢俊美、李有干,著名演员朱亚文等。大纵湖有二十四孝之一王祥卧冰处传说,隋炀帝巡游传说,唐初李世民与韦彻在盐交战传说,唐代薛仁贵征东传说,唐末黄巢起义军在盐修整,武则天与便仓枯枝牡丹传说,宋代杨家将在盐城驻兵传说,岳飞抗金传说,吴承恩创作的《西游记》孙悟空灌河口大战二郎神素材就来自盐城,曹雪芹创作的《红楼梦》二孔原型,就是盐城徐铎的门生孔继涵、孔继涑兄弟,李汝珍以便仓枯枝牡丹等为素材写入《镜花缘》一书。

盐城由于历史的悠久性、空间的多样性、人口的迁移杂处、湿地、海洋、平原的相辅相成、改革开放的交流沟通,自然形成多姿多彩的盐城民俗。如:摸秋、祭张王、祭灶神、腊八粥、庙门朝北、腊月扫尘、开船习俗、沿海渔俗、盐俗;还有三月踏青、除夕爬板门、鞭炮声中迎新娘、清明门前插柳枝、立夏节称重吃烧饼等,其中有不少一直延续至今。盐城民俗主题祛灾去祸，期盼平安，追求幸福。如果把盐城民俗比作一本书，那么这本大书的关键章节便是岁时节庆、生日寿诞、婚丧嫁娶、生产劳作、衣食住行、游艺娱乐、民间禁忌、社交礼仪等等。每一章都有悠久的历史、每一节又流传着动人的故事。

地方戏剧淮剧——表现湿地文化的典型剧种。淮剧原是江淮地区的一种傩戏，当地贫民(包括大批盐民)的困苦生活为其唱词的主要表现内容，唱腔多为悲剧色彩的哀怨的民间小曲，为“门叹词”和“香火戏”所吸引和应用。明代开始，由于湿地运销制度的变革，许多徽商来到盐城地区，作为京剧艺术的主要前身的徽剧也开始在盐城沿海一带流传。清代以来，徽剧与唱“门叹词”、“三可子”、香火戏的艺人同台演出称之为“徽”夹“淮”，以后又逐步发展成江淮地方小戏，并在唱腔音乐、演出剧目和化装服饰等方面逐步丰富起来，为淮剧的形成和后期发展为完善的地方剧种作出了一定的贡献。盐城杂技产生也与湿地文化相关。

盘沟大圣与泗州大圣

山东郓城县政法委 卢 明

《水浒传》第四十二回写李逵到沂水老家接娘回梁山，途中于泗州大圣祠取石香炉舀水与娘喝，不料娘却被老虎吃掉。有一段写道："李逵来到溪边，捧起水来，自吃了几口，寻思道：'怎生能够得这水去，把与娘吃？'立起身来，东观西望，远远地山顶上见个庵儿，李逵道：'好了'。攀藤揽葛，上到庵前，推开门看时，却是个泗州大圣祠堂，面前有个石香炉"。另一段写道："那李逵一时间杀了子母四虎，还又到虎窝边，将着刀复看了一遍，只恐还有大虫，已无有踪迹。李逵也困乏了，走向泗州大圣庙里，睡到天明。次日早晨，李逵却来收拾亲娘的两腿及剩的骨殖，把布衫包裹了，直到泗州大圣庵后掘土坑葬了"。由此，泗州大圣祠成了李逵杀四虎不可忽视的事物，在小说情节中起着重要作用。

初读《水浒传》，对此颇不理解：李逵接娘，去的是沂州，怎么会有"泗州大圣"？经查资料方知，泗州大圣本是西域僧人，世称"僧伽大师"，被世人看作观音化身。僧伽长期在泗州弘法。景龙二年(708)，唐中宗派特使迎接大师来京城，百官行礼，颇为隆重，皇上除亲自迎接外，还亲笔题写了佛寺"普光王寺"的匾额。景龙四年三月三日僧伽圆寂，归葬泗州，并漆身起塔。太平兴国七年(982)，宋太宗下令翻建泗州僧伽大师塔。雍熙元年(984)，太宗又加封僧伽大师"大圣"谥号。从此"泗州大圣"更是名扬四海。

"大圣"虽然以"泗州"命名，但对他的崇拜却遍布各地。不少地方的大街小巷都供泗州大圣，或作小龛，或凿壁为龛，或供立像，或供牌位，或壁凿"泗州大圣"四字。在江阴青阳镇悟空村悟空寺华藏塔地宫出土的银瓶中就瘗藏有僧伽大师的舍利。想来，《水浒传》反映的北宋时代，山东一带对泗州大圣的崇拜也是很盛行的，所以才有关于李逵在泗州大圣祠前搬石香炉的情节。

《水浒传》与郓城有着重要的渊源关系。郓城县城自宋金以后迁到盘沟村，延续至今。产生于这里的盘沟大圣，影响很大，尤其是影响到江南一带。究其实，盘沟大圣就是泗州大圣。在这里，泗州大圣与盘沟大圣就合二而一了。

关于盘沟大圣的记载，多出于宋代以后的文人笔记中，有的还收入四库全书，可以查到。宋代龚明之的《中吴纪闻》“盘沟大圣”一文载：

承天寺普贤院，有盘沟大圣，身长尺许。人有祷祈，置之掌上，吉则拜，凶则否，人皆异之。推所从来，乃盘沟村中有渔者，尝遇一僧云：“何不更业？”渔者云：“它莫能之。”僧云：“吾教汝塑泗州像，可以致富。”渔者云：“人不欲之，则奈何？”僧云：“吾授汝一法。”遂以千钱与之，令像中各置一钱，所售之直，亦以千钱为率。渔者如所教，竞求买之，果获千缗。今寺中所藏，乃其一也，岂非僧伽托此以度人邪？

这段话的大义是：苏州承天寺(即远近闻名的重元寺)普贤院中，有盘沟大圣神像，该神像身长尺把高。人们有祷告的事项，就把神像放在手掌上。如果吉利，就做出拜的动作，如果凶险就不拜，人们都感觉奇异。查考神像的出处，知是来自盘沟村。有一个故事：盘沟村有个以捕鱼为生的村民，遇到一个僧人。僧人问他为什么不换一个职业呢？村民说其他的营生都不会。僧人说我教你塑泗州大圣像可以致富。村民说人们不喜欢买，那咋办？僧人说我教你一个办法。于是，就给村民者一千铜钱，让他在塑造的每一尊泗州大圣像中放置一个铜板，每尊神像售一千个铜钱。村民按僧人教的办法做，果然销路很好，人们竞相购买，村民果然获得了一千串铜钱。

有人会问，《吴中纪闻》的记载，只能说明盘沟大圣就是泗州大圣，怎么能证明这个文中的盘沟就是山东郓城的盘沟村呢？元代陶宗仪的《说郛》中一篇短文的记载，意思是说，苏州承天寺里边的普贤院中有一尊神像，称为盘沟大圣。他的来历大致是这样：济州盘沟村的沈文老汉，以塑像为业，技术很精湛。可惜在儿子刚出生的时候，老汉就死了。等儿子长大以后，老汉的妻子对儿子说：我没福气，不能兴家，你父亲又早早死了，咱们怎么办？因而发愿为僧人提供斋饭。第二天一早就有来就食的僧人，从这以后经常这样，一直坚持了十多年。有个僧人在外面感谢他们家长期给僧人提供斋饭的功德，并且询问老汉的儿子以什么为业。当得知其会塑像以后，给老汉儿子一把小米，告诉他把小米用于塑佛像，每尊佛像里放一粒米，有祈祷者时，将神像拿出来，如果吉利就拜一拜，如果凶险就不拜。老汉的儿子依言而行，一个佛像卖一百二十个铜板，每天售出好几尊，别让人再去别处买，只要与祷告的内容一致就让他们将佛像买回家中供奉。这种神像来历是这样的：出身于常州无锡县的侍郎徐梓，当年曾在济州做官时得到。后来他回到江南老家,这佛像也就放在苏州承天寺中供奉。现在已经一百多年了,这神像还和以前一样灵验。光宗皇帝曾经命寺里将盘沟大圣送到皇宫内供奉,并赐给僧人两件相关文书,用双井产的黄酒做记。这尊神的圣像,高大致尺把,制作很朴素,却神采慈善微笑,其他塑像没法和这个比。

由以上内容可知,苏州承天寺的盘沟大圣,的确来自于郓城的盘沟村。上面写得分明:佛像是无锡人徐梓在济州做官时得到并带回老家江南的。宋代的济州只有四县,即:郓城、巨野、金乡、任城(今济宁),那时郓城的盘沟村非常发达,远近闻名,还有五代后唐建起的观音寺塔,郓城县城就是从旧处迁到这里的。济州四县不可能再有另一个影响很大的盘沟村。

重元寺始建于梁武帝时期,与寒山寺、灵岩寺、保圣寺同时代。本取名"重云",被梁武帝题为"重玄",在宋代一度称"承天",清代因讳康熙帝玄烨之讳而改为"重元"。盘沟大圣被供入承天寺始于宋代。寺内除有无量寿佛铜像外,还有盘沟大圣祠、灵佑庙、万佛阁等建筑。如今,重建后的重元寺成为阳澄湖区域重要的佛寺。

关于盘沟大圣的记载还有一些, 内容大同小异。盘沟大圣像不仅供奉在民间,而且供入江南名刹重元寺,可见盘沟大圣千百年来在江南一带的影响,说明宋代郓城与苏州、常州一带就有文化交流。江南一带的盘沟大圣崇拜,源于郓城的盘沟村。撇开神性,从生意经营上说,郓城人的商品经济意识也萌生很早。盘沟塑者手巧心也巧,能以一钱赚千钱,真是令人啧舌。或许,在盘沟大圣的传播过程中,这种商品经济意识影响了江南人。

方腊被擒“帮源”“梓桐”溯源

——兼论“梓桐”记载形成原因

山东外国语职业学院 赵永泉　日照市外国语学校 丁 霞

有赖《水浒传》的广泛流传,方腊被擒于“帮源洞”,为世人熟知。然而方腊被擒地点在史书中还有另外一种记载,那就是“梓桐”。前者可见于《皇宋通鉴长编纪事本末》、《嘉靖淳安县志》、《宋史纪事本末》等,后者可见于《泊宅编》、《宋史》等。另有《青溪寇轨》一书并见“帮源”“梓桐”。

一、“帮源”“梓桐”史料溯源

(一)帮源说

关于帮源洞的记载,可见于《宋史纪事本末》、《嘉靖淳安县志》和《皇宋通鉴长编纪事本末》。三书比对,前两者重文较多,后一者的记载则自成一家。

<table>
<tr><th>书名</th><th colspan="2">相同或相似内容</th></tr>
<tr><td>宋史纪事本末</td><td rowspan="2">世忠擒腊</td><td rowspan="2">洞贼深据岩屋为三窟,诸将莫知所入。世忠潜行溪谷间,问野妇得径,即挺身仗戈捣其穴,格杀数十人,擒腊以出。</td></tr>
<tr><td>嘉靖淳安县志</td></tr>
<tr><td>皇宋通鉴长编纪事本末</td><td></td><td>青溪县有洞曰帮源,广深约四十余里,群不逞往往囊橐其间。方腊者因以妖贼诱之,凶党稍集。是月丙子,杀里正方有常,纵火大掠,还处帮源,遣其党四出侵扰,鼓扇星云、神怪之说以眩惑众听,从者几万人。……王禀、辛兴宗、杨惟忠生擒方腊于帮源山东北隅石涧中,并其妻孥、兄弟、伪相、侯王二十九人,振旅赴杭州宣抚司。</td></tr>
</table>

然而,以《宋史纪事本末》与《宋史》对照,则可发现《本末》多有文字与《宋史》相同或相似。

书名	相同或相似内容	
《宋史》	筹备起事	(方腊)世居县堨村,托左道以惑众。初,唐永徽中,睦州女子陈硕真反,自称文佳皇帝,故其地相传有天子基、万年楼,腊益得凭籍以自信。县境梓桐、帮源诸峒皆落山谷幽险处,民物繁多,有漆楮、杉材之饶,富商巨贾多往来。
《宋史纪事本末》	起事缘由	朱勔花石之扰,比屋致怨,腊因民不忍,阴聚贫乏游手之徒。
	起事初始	自号圣公,建元永乐,置官吏将帅,以巾饰为别,自红巾而上凡六等。无弓矢、介胄,唯以鬼神诡秘事相扇訹,焚室庐,掠金帛子女,诱胁良民为兵。人安于太平,不识兵革,闻金鼓声即敛手听命,不旬日聚众至数万。
	冲州撞府	北掠新城、桐庐、富阳诸县,进逼杭州。郡守弃城走,州即陷,杀制置使陈建、廉访使赵约,纵火六日,死者不可计。凡得官吏,必断脔支体,探其肺肠,或熬以膏油,丛镝乱射,备尽楚毒,以偿怨心。
	官府反应	警奏至京师,王黼匿不以闻,于是凶焰日炽。……东南大震。
	军事部署	(徽宗)始大惊,童贯、谭稹……率禁旅及秦、晋蕃汉兵十五万。
	秀州受挫	方七佛引众六万攻秀州……大军至,合击贼,斩首九千……贼还据杭。
	敌我对峙	贯、稹前锋至河堰,水陆并进,腊焚官舍、府库、民居。
	官军将领	诸将刘延庆、王禀、王涣、杨惟忠、辛兴宗相继至,尽复所失城。
	方乱后果	破六州五十二县,戕平民二百万,所掠妇女自贼峒逃出,倮而缢于林中者。

除上表中所列内容之外,两书中还有部分类似的内容。比如《宋史》记载"兰溪灵山贼朱言吴邦、剡县仇道人、仙居吕师囊、方岩山陈十四、苏州石生、归安陆行儿皆合党应之",《宋史纪事本末》则简略为"附者益众";《宋史》记载"发运使陈亨伯请调京畿兵及鼎、澧枪牌手兼程以来,使不至滋蔓",《宋史纪事本末》则详细

记载了陈亨伯的奏请内容。由此可知,两书的渊源颇深。

值得一提的是,《本末》还记有"腊有漆园,造作局屡酷取之,腊怨而未敢发“一段文字,却又与《青溪寇轨》所附“容斋逸史”记载相似。

有人考证认为,“《宋史》的《童贯传》所附方腊事迹与《青溪寇轨》首两段相符,《韩世忠传》、《朱勔传》与《青溪寇轨》“容斋逸史曰”一段相符,《何执中传》与《青溪寇轨》末段相符,因此,有理由推断,《宋史》此诸人列传基本上应系依据洪迈《四朝国史》列传而修,而《四朝国史》关于方腊事迹则应系采自《青溪寇轨》”。然而,《青溪寇轨》最后一段“容斋逸史曰”中有“传言何执中守官台州”一语,“传言”即是史书列传所说的意思。既然是列传之“传”,可见无论是之前的《四朝国史》还是后来的《宋史》,《青溪寇轨》“容斋逸史”一段都应当是在“传”之后才有的,否则何以言“传”呢?据此,认为《青溪寇轨》直接为《四朝国史》、间接为《宋史》提供了方腊变乱的史料的观点,当为不妥。《青溪寇轨》应是后来人假洪迈之名撰写的。

再细考之,1524 年编纂的《嘉靖淳安县志》和 1605 年编成的《宋史纪事本末》对韩世忠擒获方腊的记载与《宋史·韩世忠传》相校,亦多有同文,如“(方腊)深据岩屋为三窟……(诸将)莫知所入。……(韩)世忠潜行溪谷,问野妇得径……捣其穴,格杀数十人,擒腊以出”。从这一点我们可以看出,《宋史纪事本末》《嘉靖淳安县志》有关“方腊被擒”的记载均脱胎《宋史》。但是,这里就产生了一个问题:《宋史》童贯、韩世忠两传里并无“帮源洞”的记载,而《县志》、《本末》则明记“帮源洞”。那么“帮源洞”的记载是从何而来呢?

带着这个疑问,我们查阅了《皇宋通鉴长编纪事本末》。该书 141 卷记载:“宣和二年十月丁酉,睦州青溪县有洞曰帮源,广约四十余里,群不逞往往囊橐其间。方腊者因以妖贼诱之,凶党稍集。……庚寅,王禀、辛兴宗、杨惟忠生擒方腊于帮源山东北隅石涧中,并其妻孥、兄弟、伪相、侯王二十九人,振旅赴杭州宣抚司。”涧者,山夹水也;石涧,即是山沟。从这段文字记载,我们可以看出,前述广深四十余里的“洞曰帮源”,后述“帮源山东北隅石涧”。

《皇宋通鉴长编纪事本末》作者杨仲良,生卒年不详,故而成书时间不确。考之该书欧阳守道序,云“《皇宋纪事本末》,宝祐元年(1253),直徽猷阁谢侯守庐陵,始以家藏本刻于郡斋”,谢氏所刻乃家藏本,可见该书著成当在于 1250 年之前。李之亮先生认为该书“大概当在理宗初年”著成,即 1224 年以后。如果推论成立,那么该书著距方腊之变已有百余年。

为了进一步理清“帮源”记载源头,我们再考证地方史志的记载。方腊平后,睦州改称严州,青溪县先改称淳化县,后改称淳安县。考之地方志,目前有《淳熙严州图经》(淳熙系南宋孝宗赵昚的年号,起止时间为1174~1189)和稍晚的《景定严州续志》(“景定”是南宋理宗赵昀的使用过的年号,起止时间为1260~1264)以及《嘉靖淳安县志》。《严州图经》云“威平洞巡检司在县西距县四十里(旧名帮源洞,属万年乡。宣和二年,方腊据洞作乱,三年讨平之。诏改洞曰咸平,乡曰永平,置巡检司,管土军三百人。绍兴八年,省为一百五十人)。

《淳熙严州图经》成书于1186年,附有1139年董棻序。据该序,1137年董棻知严州,曾访求严州历代沿革、国朝典章,但因方腊起事,该州典籍散佚而不得。后主持编纂图经,“检订事实,呼以类从,因旧经而补缉,广新闻而附见,凡是邦之遗事略具矣”。后来陈公亮知严州,又命刘文富取董棻本订正之。由此,我们可知,方腊被擒“帮源洞”的源头当出自董棻主编的“严州图经“,后由陈公亮续修图经时继承,正式载于可见的史籍当中。

至于《嘉靖淳安县志》中的记载,则是缉之《淳熙严州图经》和《宋史·韩世忠传》的史料合成。

(二)梓桐说

“梓桐”的记载,分别见于《宋史》、《泊宅编》。以文相校,两书记载差异极小。关于这一点,我们列表以对照。

书名	相同或相似内容	
《宋史》	起事手段	托左道以惑众。
《泊宅编》	历史遗迹	初,唐永徽中,睦州女子陈硕真反,自称文佳皇帝,故其地相传有天子基、万年楼,腊益得凭籍以自信。
	自然环境	梓桐、帮源诸峒皆落山谷幽险处,民物繁夥,有漆楮、杉材之饶,富商巨贾多往来。
	部属来源	贫乏游手之徒。
	起事声势	自号圣公,建元永乐,置官吏将帅,以巾饰为别,自红巾而上凡六等。无弓矢、介胄,唯以鬼神诡秘事相扇訹。

	危害乡里	焚室庐,掠金帛子女,诱胁良民为兵。
	地区反应	安于太平,不识兵革,闻金鼓声即敛手听命,不旬日聚众至数万。
	军事部署	童贯、谭稹为宣抚制置使,率禁旅及秦、晋蕃汉兵。
	秀州受挫	方七佛引众六万攻秀州; 斩首九千,筑京观五,贼还据杭。
	方腊被擒	生擒腊及妻邵、子毫二太子、伪相方肥等五十二人于梓桐石穴中,杀贼七万。
	方乱后果	戕平民二百万。

由上表可知,两文相校多重文。以成书先后计,可知《宋史·童贯传》中的记载即脱胎于《泊宅编》。尚需要说明的是,《宋史·韩世忠传》有"世忠穷追至睦州清溪峒"一语,然清溪应为青溪之误,青溪县多"峒",所以并非有"清溪峒"一地。

《泊宅编》作者方勺,籍贯婺州金华人,又说为严濑人(在浙江桐庐县),无论是婺州金华,还是桐庐严濑,两地都为方腊之变的重点地区。他生于1066年,1120年方腊之变时正值55岁左右。《泊宅编》的成书时间虽不可考确,但洪兴祖在书序中曾有方勺"过予于桐汭,出所著《泊宅编》示予"一言。洪兴祖曾于1134年知广德军,桐汭即广德境内第一大河流。我们由此可以推断,该书著成必早于1134年。我们还可以进一步推断,《泊宅编》成书距方腊1121年败亡之时仅晚12年左右。而且方勺在该书卷五还曾言"会稽进士沈杰,尝部民兵深入贼境,亲睹其事,为予言贼之始末,因稽合众论,摭其实著于篇"。所以,有人认为"他在《泊宅编》中的有关记载,应是第一手资料,是有可信度的"。

梳理清楚方腊被擒地点"帮源"、"梓桐"两种记载的脉络之后,综观上述记载,我们不禁产生了一个疑问:为什么《泊宅编》会把方腊被擒地点记为"梓桐"呢?

二、新疑探求

20世纪80年代末,浙江省淳安县出土了一块石碑,碑文第一句即说"庚子十月初九日,睦州青溪县万年乡方十三作逆",落款为丰源院僧人用琴。查《淳熙严州图经》,碑文中提到的"万年乡",《图经》中不曾著录,在"威平洞"条中有"旧名帮源洞，属万年乡。……诏改……乡曰永平”的记载。因此，《淳熙严州图经》中的“永平乡”是万年乡改称而来。

而浙江淳安研究者徐树林、江涌贵在《淳安古威坪曾为县治年限考》一文中提到古威坪建县前称“新定里、叶乡”，建县后称“始新县城”，县治迁出后称“万年镇”。唐永徽四年(653)，万年镇南隅梓桐爆发陈硕真起义。北宋宣和二年(1120)，镇北又爆发方腊起义。方腊败亡后帮源洞被改为威平洞，威平镇自此始称。而威平镇“一作威坪镇，又名永平镇”。

由此我们可以明确推断，“永平镇”当是《淳熙严州图经》所载的“永平乡”。再由此，我们可以大胆推断：历史上梓桐曾归属于万年镇即永平乡。这或许就是方勺在《泊宅编》中误记方腊被擒点为“梓桐”，又被《宋史》采纳的原因。

参考文献：

〔明〕陈邦瞻.宋史纪事本末[M].北京：中华书局，1977.

〔明〕姚鸣鸾.淳安县志[M].北京：中华书局，1965.

〔宋〕杨仲良.皇宋通鉴长编纪事本末[M].李之亮点校.哈尔滨：黑龙江人民出版社，2006.

〔元〕脱脱.宋史[M].北京：中华书局，1985.

凌郁之.《青溪寇轨》作者平质[J].古籍整理研究学刊，2008(5)：20-23.

〔宋〕杨仲良.皇宋通鉴长编纪事本末[M].李之亮点校.哈尔滨：黑龙江人民出版社，2006.

〔清〕段玉裁.说文解字注[M].杭州：浙江古籍出版社，2006.

夏征农，陈至立.辞海[M].上海：上海辞书出版社，2009.

〔宋〕杨仲良.皇宋通鉴长编纪事本末[M].李之亮点校.哈尔滨：黑龙江人民出版社，2006.

〔宋〕方勺.泊宅编[M].许沛藻，杨立扬点校.北京：中华书局，1983.

张振萍.论《水浒传》之“宋江征方腊”[J].湖州师范学院学报，2007(5)：66-69.

徐树林，江涌贵.淳安古威坪曾为县治年限考[J].浙江方志，2012(3)：47.

陈桥驿.浙江古今地名词典[M].杭州：浙江教育出版社。

话说《水浒传》中的几个女人

山东梁山县委党史办 赵 萍

《水浒传》中提到的有名有姓的女性近70名，其中有人们熟悉的顾大嫂、孙二娘、扈三娘这些同众位梁山好汉一起出生入死、南征北战的女豪杰；有林娘子、玉娇枝那样宁为玉碎，不为瓦全，以死向黑恶势力抗争的贞节烈女；有深明大义的好妻子、好嫂子、好母亲；有立志为父母报仇雪恨的义女；有同情理解梁山好汉的京师名妓；有遭受恶霸欺凌的金翠莲、刘太公之女；有淫妇、荡妇的代表潘金莲、潘巧云；还有人们不太熟知的童贯之弟童贳之女娇秀、王庆之妻段三娘、柴进之妻金芝公主等。这些性格鲜明、命运迥异的女人们，除了《水浒传》本身的故事外，梁山地区还流传着大量多姿多彩的有关她们生平的传说故事，从中可以看到她们对生命意义的理解与不懈追求。下面就讲讲有关顾大嫂、阎婆惜和金芝公主这三位水浒女性的传奇故事。

一、顾大嫂

顾大嫂与丈夫孙新登州大劫狱后，一行八条好汉上了梁山，壮大了好汉队伍，这其中顾大嫂功不可没。

顾大嫂上梁山后，被宋江派遣镇守在山南酒店。山南酒店附近有个村子叫郝山头，住着一位姓梁的老汉。他年轻时便死了妻室，又当爹又当娘地拉拔大了独生儿子，并给儿子娶了亲，媳妇名叫牛玉娇。牛玉娇人心不厚道，人称“牛辣椒”，过门后今天嫌老人吃得多，明天嫌干活少，儿子性情懦弱，不敢反驳，只得眼睁睁看着媳妇将老人家逐出门去。

梁老汉只得找了一间茅草房暂且安身。这天是八月十五中秋节，可顾大嫂发现梁老汉的房门紧闭，里面还传来呜呜的哭声。顾大嫂推门进去，见梁老汉正对着一碗清水萝卜伤心，原来儿媳妇一家大鱼大肉，连汤也不端给老人一碗。顾大嫂十分气愤，将梁老汉接到酒店，好酒好肉招待了一番，又让丈夫孙新写了一张条幅。此时，电闪雷鸣，暴雨将至。顾大嫂潜入牛玉娇院墙外，瞧见牛玉娇从屋里出来,将一把尖刀嗖地扔在牛玉娇脚下。正在此时,咔嚓一声惊雷。牛玉娇捡起尖刀,见插着的条幅上写着:“逆子者欺天也!”

牛玉娇一看,哎哟不得了,自己确实太过分了,惹得天怒人怨,她忙跪倒在地向天神祷告,保证今后再也不虐待老人了。牛玉娇怕遭天谴,忙改邪归正,把老公公接回家中供养,使老人得以安心颐养天年。顾大嫂不仅勇敢善良,而且还足智多谋。

且说高俅带领十路节度使率军十万余人在梁山泊首战失利,退回济州后,在济州城中会集诸将,再议收剿梁山之策。济州太守张叔夜禀道:“此次失利,皆因对梁山泊地理不熟,人员安排掌握不清有关,不如太尉派两位武功高强之人,上梁山泊探听消息虚实,回来禀告,预先准备军马交锋,方可出奇制胜。”太尉准奏,特派两名探子高个子王飞,矮墩儿程二化妆成商人模样,连夜赶往梁山,至山南酒店时,天正晌午,探子已得知这里是梁山寨的耳目,特地进店来吃酒。

顾大嫂见来了客人,热情相迎,布置桌椅碗筷,端上好酒好菜招待。王飞程二同顾大嫂套了半天近乎,便问顾大嫂:“我们自东京来,徐宁是我姐夫,不知怎样上得梁山,家中老人不放心,特地谴我兄弟前来探望,不知大嫂可认得我姐夫一家?”因这几日正与高俅打仗,顾大嫂多了个心眼儿,装作随意地问起徐宁的家事。她知道徐宁娘子姓何,叫何莲芝,父亲开着酒楼、茶坊,是东京的大户人家。

“即是徐头领的内弟,敢问兄弟也姓张?”

“对,我姐姓张,我自然姓张,自然姓张。”那探子故作聪明地顺着顾大嫂说。

“你们家药铺的生意一向可好?”

“祖辈行医,生意好着呢。家父如今身体健朗,医术高明,连当今万岁爷还请我父亲进宫瞧过病呢。”

顾大嫂心中暗笑,面上依然高兴地说:“既是徐头领亲戚,二位吃饱喝足之后,我亲自送兄弟上山。趁去灶上炒菜的当儿,顾大嫂对孙新细说了此事,孙新一听不怠慢,忙依计上山火速报与宋江等众位头领。吃完酒饭,顾大嫂亲自划船将二人送上梁山大寨。宋江这边在山上山下布了假阵势迷惑探子。顾大嫂带二人上山转了一圈儿,俩探子眼睛贼溜乱转。顾大嫂带他们来到忠义堂外,说:“两位兄弟稍等,我去里面问问徐头领去向。”

俩探子见顾大嫂向里走去,仗着水性武功好,就要开溜,刚转身不久,顾大嫂就喊着追了上来:“兄弟,你们来的真是不巧,徐头领一家下山去东昌府未归,你看如何是好？”

俩探子对看一眼这下放了心，顾大嫂在一旁说：“徐宁兄弟不在，你们再随我下山，住到酒店，过几日待徐头领一家归来再上山不迟。”二人喜不自禁，大摇大摆又随顾大嫂下了山，半夜开溜，回到济州向高俅仔细描述梁山大寨上的军事布置，高俅大喜，奖赏了二人。然后加紧打造连环船，结果被梁山好汉火烧战船，再次大败高俅。

石奶奶和石爷爷的传说就更为离奇。抗日战争时期，一次我八路军一个连百余名战士被几百名鬼子、汉奸团团围困在梁山虎头峰口，一连三天断水断粮，眼看就有被困死的危险。乡亲们都急坏了，可是敌人围得铁桶一般，人们无计可施。

第三天傍晚，忽见山间升起一层乳雾，飘飘渺渺，越升越浓。战士们见升起了浓雾，心中也生起了希望，准备借雾突围，只可惜饥渴交加，战士们打不起精神。这时，云雾中忽然响起一阵咯吱的扁担声，由远而近。只见一前一后飘飘地走来两位老人，前面是位老爷爷，肩挑两只木桶，后面是位老奶奶，腕挎一只竹篮。二人爬上山崖，笑容满面地招呼战士们来喝水吃饭。老爷爷用木碗给战士们舀了一碗又一舀，老奶奶从竹篮里给战士们拿馒头，百十号人个个水足饭饱，竹篮里竟还有那么多雪白的馒头。山中的雾越来越大，日寇怕我军借雾突围，向山头发起了猛攻，一时间枪声大作，火炮齐鸣。战士们怕伤着二位老人，忙劝他们去石洞里躲避。

老爷爷、老奶奶哈哈大笑，说：“都跟我来，我路熟！”说着，头前带路，左拐右转，右转左拐，竟轻巧地把战士们带出了南山重围。绝路逢生，战士们万分感激，追问老人家姓甚名谁，老人齐声念了一首诗：

村居岭南燕儿家，镇山开店好生涯。
只因除狼驱虎豹，离瑶复返蓼儿洼。

说罢挑起担子，挎上竹篮，高唱山歌，颤悠悠地向南山飘然而去。战士们后来在一起破译了那四句诗，原来老爷爷和老奶奶是便梁山好汉孙新和顾大嫂夫妇显灵。“村居岭南燕儿家”一句，是个“梁”字，因为燕子的家在梁上，梁，即梁山；岭南，即山南，当年孙新和顾大嫂就镇守南山，为山寨开酒店以作耳目。为了纪念孙新、顾大嫂救护子弟兵的功德，大家在南山岭上立起两座高大的石人，人称石爷爷和石奶奶。

二、阎婆惜

阎婆惜生在东京，出身虽非大富大贵，但家中做着买卖，吃穿不愁。她还是父母的心头肉，掌上珠。至于她是怎样流落到郓城县的呢，当地的传说是：

阎婆惜的父母原来在东京经营一家小绸缎铺子，家道殷实。阎婆一辈子生了五男二女，谁知一个个生下来都没能成活，直到阎婆45岁上生下第八个孩子，只这一个闺女命大活了下来，所以取名阎惜姣，稀罕的意思呗。

阎老儿把闺女当小子养，指望她长大支撑门户、接管生意。所以还让她跟着邻居家的先生学识了几个字，要不是认字，日后看不懂宋江招文袋里晁盖的书信，阎惜姣怕还能逃条活命呢，这是后话。谁知好景不长，阎老儿因做生意得罪了人，被人夜里一把火将绸缎铺子烧了，眼睁睁看着多年的积蓄化为青烟灰烬。

此时，阎惜姣已长到十二三岁，模样儿出挑得水水灵灵，因家道中落。阎老儿不光请不起先生，还要为一家三口的生计发愁，阎婆的娘家嫂子有个妹妹家开着戏班子，无奈，家中只好让她跟着学唱戏，唱曲儿，好混一口饱饭吃。

阎惜姣自幼娇生惯养，乍沦落到这个地步，心里很不是滋味儿，但为生计所迫，阎惜姣不得不每天早起为师父师母端尿盆、看孩子、帮厨，还得吊嗓子，每天忙个脚不沾地，幸好师母为人厚道，又碍着亲戚情面，对阎惜姣不错，要不阎惜姣早熬不下去了。

阎惜姣学了三年的戏，到十六、十七时更加楚楚动人，眉毛赛柳叶儿又细又弯，眼睛似水葡萄又黑又亮，面皮儿向桃花又红又白，师父见阎惜姣越长越俊，便起了歹心，常常趁师母不在眼前时调戏惜姣，惜姣起先害怕，后来竟瞒着师母与师父眉来眼去，此事幸亏被师母发觉得早，师母暗暗去找了阎婆，说明了事情原委，为了保护自己的女儿，阎老儿决定带着妻女离开东京，去郓城县投奔本家哥哥阎本旺。

阎惜姣本不愿离开东京，无奈父亲去意已决，只得跟着父母上了路，起身时是春暖花开时节，一路之上走走停停，来到郓城时值三伏天，瘟疫流行，阎老儿刚刚踏进郓城县城便染病身亡。

连亲戚家门都没找到，阎老儿就横死当衙，阎婆已身无分文，加之天气炎热，一天不入土也不行，阎婆母女真是叫天天不应，叫地地不灵，阎婆几次哭昏过去。阎惜姣此时只得头插草标，自卖自身换银子葬父。

郓城南关有一恶霸盛贵财,这日正在街上闲逛,正瞅见阎惜姣跪在父亲身边哭泣,那家伙见惜姣生得俊秀,又欺负她们孤儿寡母,当街上拉住惜姣就动手动脚,惜姣说:“你休得无礼,只要先给银子把父亲埋葬了,我就随你处置。”

盛贵财淫荡地哈哈笑着:“我不给你银子,我给你……”

阎婆见势不对,忙给盛贵财磕头:“这位大爷行行好,先让我们母女把人安葬才是道理。”

盛贵财不仅不给银子,上前就拉惜姣嚷嚷着回家拜堂。

郓城县衙押司宋江从这里路过,他这几天,因朋友在县西巷给他买了一块地方,正忙着盖屋子,要去买木料打这里路过,见围了一群人,近前看见母女二人跪着哭泣,见盛贵财如此欺负人,心中不满。宋江原本仗义疏财之人,见盛财纠缠不休,便心生一计,虽然他并不认得阎本旺故意走上前说:“兄弟,她母女说的阎本旺,是我一个朋友,朋友的亲戚便是我宋某的亲戚,兄弟今日给我个薄面,待日后答谢如何?”

盛贵财虽是恶霸,但也不敢硬惹宋押司,只得作个揖就坡下驴去了。

宋江平生最见不得穷人受难,就说:“你们母女在这里守住别动,我去里边棺材铺买口棺材,再找俩人把人拉出去埋了,让老汉入土为安吧。”

阎婆闻言“扑通”跪倒在地,连连叩头说:“世上还有这么行好的善人,真是活菩萨呀。”

宋江忙扶起阎婆说:“出门在外,谁都有个做难的时候,老人家不要客气,我去去就来。”

周围的人纷纷说:“你们今儿是遇见贵人了,他就是咱郓城县大名鼎鼎的及时雨宋公明。”一个老婆子将阎婆拉到一边,悄悄地给她出主意:“宋押司正在县西巷盖楼呢,盖了上下五间木楼,你们若跟了宋押司,正好有地方安顿你们母女。”

阎婆正为无处安身发愁,忙看看女儿,阎惜姣正愁得无奈,又见宋江受人尊敬,也顾不得宋江生的个矮面黑,点头应承下来。不久宋江便带着人和棺材来到面前,众人帮忙把阎老儿盛殓了,拉到城外乱葬岗埋了,这时日已西斜,宋江又掏出几两散碎银子递给阎婆:“你们先找个客店住下,慢慢寻找本家也就是了。”说罢起身要离开。

阎婆上前一步紧紧拉住宋江的衣襟道:“恩公可不能走,我们讲明是自卖自身的,我闺女就是你的人了,你上哪儿我们母女就跟到哪儿。”宋江的面皮都红了:“我宋江只是帮您的忙,万不能趁人之危,坏了我一世清名,使不得,使不得。”阎婆这边不放,宋江那头执意要走。原来宋江邻村有个姓曹的姑娘,二人两情相悦,只因父亲宋太公嫌曹姑娘脚大,不肯允婚,令宋江十分伤心。宋江来县衙谋这个差事也是为了避开烦恼,所以根本无心婚嫁之事。

谁知阎婆母女铁心要跟宋江,众人也劝说宋江:“押司你救人救到底,行行好安顿下这可怜的母女吧。”宋江见阎婆姣确实情愿,又颇有姿色,不由心动:“我年龄大出许多,与姑娘不相般配,再说这不是父母之命,只能做妾……”阎婆一见宋松了口,忙欢喜地说:“只要押司不嫌小女,别说当妾,就是当丫嬛使女,当牛做马都报答不清恩公的情份。”话说到这份上,宋江只好先把母女安顿到客店,自己回到西巷忙活着火速盖屋。不久,楼房竣工,宋江盖的这两层木楼东西长,南北窄,宛如乌龙摆尾,故取名“乌龙院”。乌龙院盖好后,宋江在楼下安置了锅灶、客厅、楼上收拾了卧房,买齐了一应家具摆设,又为阎惜姣打制了首饰头面,绸缎衣裳择吉日一顶花轿将阎惜姣接进乌龙院。

宋江在县城为人豪爽,人缘甚佳。亲朋好友,左邻右舍都来帮忙,婚事办得热闹风光。

婚后阎惜姣也实心踏地跟宋江过了半年日子, 后来宋江领自己的徒弟张文远来家吃酒,阎惜姣张文远二人偷偷勾搭成奸,宋江有苦说不得,只得不去乌龙院。但张文远和阎惜姣的行为却受到郓城县人的唾弃,有人看见张文远向乌龙院摸就悄悄地砸杠子,扔石头,挠得这对男女心绪不宁。为做长久夫妻,阎惜姣张文远遂起了杀害宋江之心。

二人商量好杀人计策,阎惜姣亲自下楼烧一桌子下酒菜,又差母亲阎婆请宋江回来吃酒。

宋江那日和几个朋友吃酒回来正待回县衙,被阎婆堵住非接住回到乌龙院。宋江正要喝酒,合该宋江命不该绝,一只猫跳上桌子趴翻了酒壶,酒倒在地上,腾起一股白烟。宋江知道阎惜姣在酒中下了毒药,怒上心头,方才下决心杀了阎惜姣。

后来这件事被施耐庵润色写进了《水浒传》。从宋代到民国,大概是因乌龙院是“凶宅”,很少有人居住。由于年久失修,房屋逐渐倒塌。只留一眼古井,成为历史的见证。1935 年,蔡飞任郓城县长。蔡飞是江苏大丰人,与施耐庵同乡,又非常欣赏“水浒传”，到任不久，便在乌龙院遗址上立了一块石碑，上书“乌龙院遗址”。“文化大革命”动乱时，石碑被砸烂。

郓城县政府招待所扩建时，把“乌龙院”旧址圈在院内，现在只存古井一眼。1997 年 12 月，郓城县人民政府把乌龙井列为重点文物保护单位。

三、金芝公主

金芝公主是方腊之女。方腊在江南造反，自立为王。占据了杭州、苏州、常州、润州、湖州等八州二十五县，并在清源县帮源洞中造起宫殿、内苑、宫阙、并设文武职台，省院官僚、内相外将、一应大臣，自立为国王，渐渐成了气侯。他还扬言早晚要打扬州，徽宗闻奏大惊，方腊打了扬州就肯罢手么？宋天子不敢再往下想，遂派主动请命出征的宋江为平南都总管、征讨方腊正先锋。

宋江率部进入江南后，方腊凭借水险地熟，负隅顽抗，连杀了张顺、刘唐、索超、徐宁、邓飞等几员大将宋江，心痛烦恼不已，只得另想计策对付。此时，柴进化名柯引，带燕青依宋江，吴用之计扮做主仆二人，深入清溪帝都装做来投方腊的雅士。方腊见柴进仪表非凡，有龙子龙孙气象，又兼腹有经纶，谈吐超俗，十分喜欢。柴进曲意奉迎，小心地赢得了方腊的信任，哄得方腊半个月就将其女金芝公主下嫁柴进。柴进摇身成为驸马爷，跟金芝公主入住东宫。

一般人讨老婆，用一个“娶”字就结了；要讨公主做媳妇儿，则要用“尚”字，“尚”通“上”，以下奉上之意。柴进尚了主，实际是倒插门的入赘女婿。金芝公主和柴进婚后夫妻感情如何，书中没有交待。在打清溪的攻坚战中，柴进出战，先后佯败了花荣、关胜、宋江急令诸将引军退去十里下寨，把个天大的面子留给了柴进。方腊见驸马爷大败宋江，更加将驸马视为心腹。结果柴进反戈一击，杀了方腊侄子方杰，将宋江众人引向方腊的老巢帮源洞。

当金芝公主在东宫内苑听说柯驸马带人杀向自己的府弟时，不知会怎样震惊？

可以想象的是，一边是自己天高地厚的生身父亲，一边是恩义缠绵的夫婿郎君，金芝公主在惊惧之后一定是又羞又愧又气又恨，这复杂的心情谁能说得清楚？公主毕竟是一个妇道人家，天崩地陷之际，王朝鼎革之时，公主的命运是可想而知的。大军压境之时，金芝公主不死对不起父亲，死则舍不下柴进。但覆巢之下，安有完卵，金芝公主的选择是自缢身亡。

柴进“杀入东宫后”，这句话杀气腾腾，但一旦见了自缢身亡的妻子，血肉之躯的柴进不会不悲痛，但人各有志，各为其主，也是没法子的事。柴进为金芝公主做的最后一件事是将她的尸首连同宫宛一起烧化，让妻子在冲天烈焰之后永远安息。然后放下人各自逃生。请看官注意，放下人各自逃生确是柴进网开一面。君不见众军将杀入正宫之后，掠尽宫内珠宝，杀尽嫔妃彩女，亲军侍御，皇亲国戚，那可是刀光剑影，血肉横飞的场面，而柴进则故意放东宫下人逃命，夫妻之情，主仆之谊已跃然纸上。

梁山地区流传的柴进与金芝公主的传说是：

金芝公主和柴进婚后夫唱妇随，十分恩爱。金芝公主是方腊的掌上明珠，方腊因喜爱柴进学问非凡、相貌俊秀且聪明可人，将宝贝女儿许配给柴进，不仅装奁丰厚，婚礼盛大，而且亲拨东宫作为女儿的公主府第。

一日，金芝公主与柴进在御花园游园。虽然时值深秋，但南国依然花繁叶茂，烟雨空濛，景色美丽。夫妇正慢慢游走于花园石径上，燕青慌慌张张从外边跑来，双手抱拳喊了一声“柴大人”。燕青立刻感到失口，忙闭了嘴去看金芝公主。原来燕青听说又折了索超、徐宁等几员大将，特来向柴进报信，心里一慌，就将柴进的名字喊了出来。金芝公主看着燕青惊魂未定的样子，联想到夜半驸马梦中直喊宋江大哥的名字，心里一紧，再也无心游园，默默无语地回到了住处。

柴进陪公主进了卧房，金芝公主看着驸马，话未出口，两行珠泪簌簌而下。她对柴进说：“你我夫妻虽不及满月，但你敬我爱，情投意合，请看在夫妻一场的面上，告诉我你到底是何人。”

柴进见瞒不过公主，只得横下一条心，直言相告他便是宋江手下的将领柴进。柴进做好了准备，若是金芝公主大哭大闹，去见她父亲方腊，那就只有现在就将金芝杀掉，然后同燕青一起杀去帮源洞。那样也许时机不到，不仅杀不了方腊，反而会被方腊杀掉。柴进偷眼去看公主，只见公主低了头，只是暗暗垂泪。金芝公主自知此事干系太大，若向父亲告发，柴进顷刻丧命，若顺着夫君，怎对得起生他养她的老父亲？柴进见公主心情矛盾，一边好言相劝，一边晓以大义，说明大军压境，方腊必败无疑，这是命里定数，不是人力可以违拗的。

金芝公主也知大势已去，趁柴进不在眼前，欲上吊自杀，不期然又被柴进撞见。柴进见金芝公主如此深明大义又顾念夫妻之情，十分感动，对妻子说：“你这样折磨自己，我也很难过，不如你就把我押到你父皇面前去吧！”金只芝公主泣不成声地说：“我只有这一条路可以走了……”

柴进打完方腊之后，打算弃官不做，要携金芝公主回沧州横海郡家中过活。但金芝公主在经历了这一场变故之后，虽与柴进情还在，但恩义已绝，她内心里已拿定了主意。金芝公主向柴进双手合十，飘然而去，自此夫妻永诀，天各一方。

行者悟空对行者武松形象塑造的影响

赵春阳

《水浒传》中，在很多人物身上都可以找到其他“历史偶像”的影子，外貌方面，有像关羽的朱仝、像张飞的林冲等；名字方面，有“小温侯”吕方、“赛仁贵”郭盛等。笔者认为，《水浒传》作者在塑造武松这个形象时受到了西游记故事中孙悟空形象的影响，行者武松的外貌、性格、事迹都与行者悟空有相似之处。

一、外貌方面

先说外貌方面，《水浒传》三十一回，武松为掩人耳目，扮作行者模样，他“着了皂直裰，系了绦，把毡笠儿除下来，解开头发，折叠起来，将界箍儿箍起，挂着数珠。”书中有一段韵文描写武松的外貌：

> 前面发掩映齐眉，后面发参差际颈。皂直裰好似乌云遮体，杂色绦如同花蟒缠身。额上戒箍儿灿烂，依稀火眼金睛。身间布衲袄斑斓，仿佛铜筋铁骨。戒刀两口，拿来杀气横秋。顶骨百颗，念处悲风满路。神通广大，远过回生起死佛图澄。相貌威严，好似伏虎降龙卢六祖。直饶揭帝也归心，便是金刚须拱手。

在杨景贤《西游记杂剧》第十出“收孙演咒”中，观音收服孙悟空后，送给他的三样物品，分别是戒箍、皂直裰、戒刀：

> 通天大圣，你本是毁形灭性的。老僧救了你。今次休起凡心。我与你一个法名，是孙悟空。与你个铁戒箍、皂直裰、戒刀。铁戒箍戒你凡性，皂直裰遮你兽身，戒刀豁你之恩爱。好生跟师父去，使唤作孙行者。疾便取经，着你也求正果。

武松和孙悟空都有戒箍、皂直裰、戒刀，但《西游记杂剧》并没有写孙悟空是否有数珠。不过，在泉州开元寺的西塔上，有一个的猴行者石雕，这个猴行者头戴戒箍，身穿直裰，手拿戒刀，项挂佛珠，《水浒传》中武松的几样物品他都具备。

猴行者是孙悟空演化史上的过渡原型。关于孙悟空的原型往上追溯有哈姆曼说、古代妖猴说、佛典说等说，但是目前学界普遍认为猴行者是孙悟空形象发展的一个里程碑，一个节点，以猴行者为主要角色的宋元话本《大唐三藏取经诗话》是百回本《西游记》的前身。

此外，韵文中武松的“火眼金睛”和“钢筋铁骨”更像是来源自对孙悟空的描述，《西游记杂剧》第九出“神佛降孙”中孙悟空自称：“我盗了太上老君炼就金丹，九转炼得铜筋铁骨，火眼金睛……”

第十出“收孙演咒”中山神也说：“你道你弘誓如海深，那胡孙气力与天齐。这厮瞒神唬鬼，铜筋铁骨，火眼金睛。偷玉皇仙酒，盗老子金丹。他去那众魔君中占第一，他是骊山老母兄弟，巫支祇是姊妹。”

“火眼金睛”与“钢筋铁骨”颇有神话色彩，武松虽然武艺高强，但是终究是个凡人，用这两个词汇形容他多少有些突兀。或许，武松勉强可以称得上“钢筋铁骨”，但是他与“火眼金睛”一点边都不沾，否则也不会被张都监陷害。

二、性格方面

行者武松是人，行者孙悟空是神，但性格方面，两人却有同样的缺点。

1.两人都虚荣自大

《水浒传》二十三回，酒店酒家劝武松不要一个人过岗，武松说：“你鸟子声！便真个有虎，老爷也不怕。你留我在家里歇，莫不半夜三更要谋我财，害我性命，却把鸟大虫唬吓我？”

而当他真看到官府张贴的山中有虎的榜文时，武松却害怕了，准备再回酒店，但他怕人嘲笑不是好汉，这才勉强上山。

景阳冈打死老虎时，武松累得手脚都软了，动掸不得，但事后却多次在人前夸说自己“三拳两脚”就把老虎给打死了，如《水浒传》三十回醉打蒋门神后，武松说：“休言你这厮鸟蠢汉！景阳冈上那只大虫，也只三拳两脚，我兀自打死了。量你这个直得甚的！快交割还他！但迟了些个，再是一顿，便一发结果了你这厮！”

在百回本小说《西游记》中，孙悟空非要上天做官，当上弼马温后，又嫌官小，要玉帝封他作齐天大圣，等成为齐天大圣后，又因蟠桃会没有请他而大闹天宫，喊出“皇帝轮流做，明年到我家”，最后被如来佛降服。取经路上，他还不忘就吹嘘自己，如《西游记》三十一回，孙悟空对猪八戒说：“老孙五百年前大闹天宫，普天的神将看见我，一个个控背躬身，口口称呼大圣。”

但是,实际情况是,天宫的神将一般都称呼孙悟空为“妖猴”或“泼妖”,也没有人对他“控背躬身”。

孙悟空的这种性格早在《西游记杂剧》中就有体现,在第九出“神佛降孙”中,孙悟空先是说:“小圣一筋斗,去十万八千里路程,那里拿我!”但是最后还被李天王和哪吒捉住。

2.两人都不尊重女性

《水浒传》二十七回,武松曾在言语上调戏过孙二娘:

> 武松道:“我见这馒头馅内有几根毛,像人小便处的毛一般,以此疑忌。”武松又问道:“娘子,你家丈夫却怎地不见?”那妇人道:“我的丈夫出外做客未回。”武松道:“恁地时,你独自一个须冷落。”

等武松假装喝蒙汗药醉倒后,等孙二娘准备提武松时:

> 武松就势抱住那妇人,把两只手一拘,拘将拢来,当胸前搂住,却把两只腿望那妇人下半截只一挟,压在妇人身上。那妇人杀猪也似叫将起来。

《西游记杂剧》十九出“铁扇兄威”中,孙悟空也曾在言语上调戏过铁扇公主:

> (行者上,叫科)(洞里小鬼做出科)(行者云)小鬼,对恁公主说,大唐三藏国师摩合罗俊徒弟孙悟空来求见,借法宝,过火焰山咱。(小鬼进禀科)(公主云)我知道,这胡孙是通天大圣孙行者。着他过来。(行者做入见,混科,云)弟子不浅,娘子不深。我与你大家各出一件,凑成一对妖精。小行特来借法宝,过火焰山。(公主云)这胡孙无礼。我不借与你。

在孙悟空形象的演化史上,早期的孙悟空皆带有淫猿基因,这可以上溯到唐传奇《补江总白猿传》和宋话本《陈巡检梅岭失妻记》,这一特征延续到元代《西游记杂剧》,直到明代百回本小说《西游记》的出现才让孙悟空告别了儿女情长。长期存在于行者悟空身上的痞气可能也影响了行者武松的形象。

三、事迹方面

《水浒传》是历史演义,《西游记》是神话传说,两者在内容上有很大差异,但是发生在行者武松和行者孙悟空上故事却有很多相似:两人皆嫉恶如仇,多次帮助弱者,如《水浒传》中武松帮助张太公女儿,《西游记杂剧》中孙悟空帮助刘太公女儿;两人起初皆被迫出家,但后来又都真心皈依。这样的例子很多,笔者略举两例,以期抛砖引玉。

1.两人都曾打虎

为了体现武松的神勇,《水浒传》的作者把武松的第一个故事安排为打虎:

武松走了一直,酒力发作,焦热起来,一只手提哨棒,一只手把胸膛前袒开,踉踉跄跄,直奔过乱树林来;见一块光挞挞大青石,把那哨棒倚在一边,放翻身体,却待要睡,只见发起一阵狂风。那一阵风过了,只听得乱树背后扑地一声响,跳出一只吊睛白额大虫来。

在百回本《西游记》中,孙悟空拜唐僧为师后做的第一件事也是打虎:

不多时,过了两界山,忽然见一只猛虎,咆哮剪尾而来,三藏在马上惊心。行者在路旁欢喜道:"师父莫怕他,他是送衣服与我的。"放下行李,耳朵里拔出一个针儿,迎着风,幌一幌,原来是个碗来粗细一条铁棒。

武松打虎用的是哨棒,孙悟空打虎用的是铁棒。有意思的是,武松遇到的老虎是"吊睛白额"虎,而在《西游记杂剧》第十一出"行者除妖"中,孙悟空也打死了一只"银额金睛"的虎精:

(银额将军上,云)银额金睛锦毛遮,黑雾黄云罩涧斜。为我英雄多勇猛,太山深洞号三绝。某乃银额将军。

2.两人都被曾败于恶犬

《水浒传》三十二回,武松醉打孔亮后:

武行者醉饱了,把直裰袖结在背上,便出店门,沿溪而走。却被那北风卷将起来,武行者捉脚不住,一路上抢将来,离那酒店走不得四五里路,旁边土墙里走出一只黄狗,看着武松叫。武行者看时,一只大黄狗赶着吠。武行者大醉,正要寻事,恨那狗赶着他只管吠,便将左手鞘里掣一口戒刀来,大踏步赶。那黄狗绕着溪岸叫。武行者一刀砍将去,却砍个空,使得力猛,头重脚轻,翻筋斗倒撞下溪里去,却起不来。

堂堂一个武二郎,竟败于一只黄狗,让人哭笑不得。其实,这个亏当年孙悟空也吃过,《西游记》第六回:

猴王只顾苦战七圣,却不知天上坠下这兵器,打中了天灵,立不稳脚,跌了一跤,爬将起来就跑,被二郎爷爷的细犬赶上,照腿肚子上一口,又扯了一跌。他睡倒在地,骂道:"这个亡人!你不去妨家长,却来咬老孙!"

对比这两段描述,我们可以发现很多相似之处:

①孙悟空与武松在被狗咬之前都有些腿脚不稳,武松是因为醉酒,孙悟空是

因为被金钢琢打中头部。

②孙悟空和武松都因狗跌倒，并因此被擒。

③孙悟空和武松被擒后，故事很快就发生了大转变。武松被擒后，故事很快就引入到宋江那里；孙悟空被擒后，故事很快就引入唐僧那里。

四、结语

对于武松的形象演变，我们知之甚少，《大宋宣和遗事》只留下一个名字，南宋话本只留下一个名目，唯一可以让我们产生联想的只有《宋江三十六人赞》中的“汝优婆塞，五戒在身；酒色财气，更要杀人”，但这也仅仅是一个普通的“花和尚”形象，并没有其他特点，且鲁智深的形象重复。这都反映出在宋元阶段行者武松的形象并不鲜明，需要再创作。

泉州西塔石雕建于南宋，《大唐三藏取经诗话》流行于宋元，《西游记杂剧》产生于元末明初，可见，在宋元时期，“行者悟空”的形象就已经被大众熟知，并一直延续到明代。一个是已经成熟的“行者悟空”，一个是有待丰满的“行者武松”，《水浒传》的作者在塑造“行者武松”的形象时，很容易受到“行者悟空”的影响。

（编者附注：施耐庵（1296~1370）生活于元末明初，而吴承恩（1506~1582）生活于明代中叶，似应武松形象对行者悟空形象塑造产生影响。）

参考文献：

蔡铁鹰：《西游记的诞生》，中华书局，2007

王寒枫：《泉州东西塔》，福建人民出版社，1992

汪维辉：《大唐三藏取经诗话》、《新雕大唐三藏法师取经记》刊刻于南宋的文献学证据及相关问题，语言研究，2010(4)

丽琴：蒙元文化视野下的杨景贤《西游记》杂剧研究，内蒙古大学，2013

文中《水浒传》文字皆引自人民文学出版社 1997 年版《水浒传》

文中《西游记》文字皆引自人民文学出版社 1997 年版《西游记》

文中《西游记杂剧》文字皆引自《古本戏曲丛刊初集杨东来先生批评西游记卷1~6》

接受视野下经典名作的续作研究

——以《水浒传》为例

山东菏泽学院教师教育学院 孙 琳

纵观人类历史,实际上是人们思想不断相互冲击、碰撞、变化和发展继而自我意识不断觉醒的过程。从横向角度来看,同一时代的人们之间互相交流信息、沟通思想甚至是观点论辩,从纵向角度来看,不同时代的人们之间也在不停地进行着思想回应和观念补正,这是人类之所以不断进步的重要源泉。而在此过程中,经验和教训的接续必不可免,也甚为关键。从广义角度来理解,所有的人类文明都是前人所创文明的某种接续,正如沙滩上的海浪,一波未停息之时已为下一波所承续,在代代相因的过程中,以文字为代表的文明符号系统逐渐由此而定型,人类特有的文化以层累的形式逐渐形成并日渐成熟。从这个层面上来理解,"续作"形式存在于所有的人类文化样式之中,"原作"反而往往更难找寻。像哲学类作品对某些问题如国家、公平、正义、人性等的不同回答,虽然表面上看各执一词,但实质上又皆不离其探究"我是谁、我从哪里来、我到哪里去"等基本问题的主旨,问题与解答之间多有接续之处;像宗教的产生、传播,如果没有代与代之间的传承与发展,哪来今日那么多种类的宗教派别;像文学类作品某种文体形式的产生、传播、承续,如诗、词、曲、小说等文体类型在不同时代虽然有着某些变化,但共同的文体形式也可视为一种传续。从这个视角来看,"续作"即是思想交流、意识辩争、文化传承、文学变迁的重要体现形式之一,人类几乎所有的文化形式都离不开续作,而"续作"及其"续作"共同构成了人类文明之河,至于文明的源点则往往莫衷一是,很难确定到底在哪里,唯一可以确定的是今天我们所接触到的几乎所有文明形式应都是文明起源之后的续作。

一、续作与续书概念界定

从字面上来理解"续作",应是相对于原作而言的新作品,没有原作,也就无所谓续作不续作。人类意识觉醒之初的文明样式往往是杂糅在一起的,像政治、哲学、宗教、艺术、文学起始阶段肯定没有完全分化开来,因此诸多现代文化样式在找寻其起点时往往会指向有文字记载或文明遗迹的时间或事件节点,如果这个节点真的存在的话,那这个节点便是“原作”或“源点”,而其后的所有接续与发展都应该算是“续作”。然而这个节点事实上又太过难以确定,正如为了找寻一道清泉的源头,你可以溯流而上,中途会遇到许多山穷水尽的情况,即便峰回路转还可找到路径,但那个泉水发源之地即泉眼便是真正的“源点”吗?泉眼从何而来,泉水从何而来?答曰:从地底来,从天上来。而地底之泉的源点又在哪里?天上之水的源点又在哪里呢?像另一个问题“鸡和蛋孰先孰后”,是鸡生蛋还是蛋生鸡,其实也是在探讨着原作与续作的关系问题,这也是一个循环没有最终答案的问题。对此最后的答案可能只会是“不可说,不可说,说了就是错”。从这个角度来理解,原作只能模糊地定义为人类意识觉醒的那一刹那,即产生“我是谁、我从哪里来、我到哪里去”疑问时的那一个瞬间,而其后所有的努力化为人类文明则均是对这些终极问题的不同回答,都可以算是“续作”。而“续作”即是对前面所发现问题的解答以及对已有解答的进一步阐释或反驳,只是“续作”和“原作”这两个概念都是相对意义上才能存在的。打个比方说,《水浒后传》可以算作《水浒传》的续作,两者相比《水浒传》便是原作,而如果将《大宋宣和遗事》和《水浒传》来比较的话,《水浒传》又明显借鉴了《大宋宣和遗事》中的某些人物和情节,《水浒传》又成了续作。从表现形式上来讲人类所有的文化样式都存在着接续现象,即都有“续作”,而“续作”并不仅仅体现为具体的作品或书籍,更应包括观点、内容、形式、类型等各个方面,这样的续作才可算作真正广义的概念。

续书属于“续作”的一种,大多以整本书或大部头文章的形式存在,因篇幅较大,在取名时又有许多直接借鉴某些书籍的明显表现,其接续方面的特征尤为明显,因此现在诸多理论普遍关注的是“续作”中的续书现象。关于续书,有几种不同的观点:一是从“广义”角度来理解,“续书是对前书(包括前期短帙作品及传说)的增删、加工、改写和补撰,从而使得前书或前作得以提高、扩展、充实和完美”;而从“狭义”角度来理解,则有两种类型,“一种类型是就前书中的有悬念的人物或情节,进行引申或演义。如陈忱的《水浒后传》,……另一种类型则是对前书立意之反动(全部的或局部的),意不在续,而在于抒发与前书相反的观点,如《后西游记》”。这样的分类方法主要以前书与续书之间的关系进行比较,相对而言分类比较清晰,但有些类型的续作像清末民初的一些贯以“新”字开头的作品往往无法归入此类。有的专家对于续书的分类更为详尽,如李忠昌的《古代小说续书漫话》中将小说续书分为顺续、逆续、截续、连续、套续、反续、活续、类续和仿续等九类,但这样的分类依据不一,有的是以原作与续作之间的接续方式为标准,有的是以主题的顺逆为标准,造成各类型之间的相互交融性,反而不如简单的分类更容易接受。

在本文中,“续作”指相对于某一作品而言进行的新的创作,既包括同样体裁类型的续作,如某小说对某小说的接续,也包括不同体裁类型的续作,如评论性文章对小说的接续,如以图像或影像方式对经典的重新解读与架构等等。两个概念在很多时候虽然指的是同一个意思,但两者的区别也是比较明显的,“续作”的内涵远远大于“续书”。

二、阅读理论中的续作现象

1.阅读亦是一种续作

现代阅读理论认为,阅读是一个再创作的过程,作品的意义与价值只有通过读者的接受才能得到完成和实现,“一切阅读要遇到的第一个问题是面对一部本文时以什么态度来阅读。”从此角度来看,续作亦可视为阅读者对某一作品的阅读体验的文学表达。续作有多种类型,或感书之未尽而续,如《红楼梦》的诸多续书;或书已完而续,如《西游补》、《后西游记》对于《西游记》。

《水浒传》因为民间传说、话本、流传等因素的影响,其版本众多,在情节、人物方面也有诸多不同,其续作相应的也呈现出更为复杂的情况,如平王庆、田虎情节的有无,如梁山英雄座次的排名与贡献问题等在不同版本中都有不同表现,更有金圣叹将它腰斩而成“断尾巴蜻蜓”,除了将情节齐腰斩断外还对宋江的“忠义”进行了某些改编,在主题或情节方面承续《水浒传》而作的作品也更为多见,如《水浒后传》、《后水浒传》等。当然,由于《水浒传》在人物、情节、环境等方面为历代读者留下的印象过于深刻,尤其是在它成为经典之后,作为读者来说总是近乎固执地在抵抗着任何改写和续写,梁山大业覆灭、众英雄凋零、宋公明神聚蓼儿洼,固然叫人不甘于心,其中的阅读缺憾感是普遍存在的,而历史上却没有任何一部企图弥合此空白的水浒续书可以拥有广泛的读者,并获得广泛的认同。续书似乎永远不可能超越原作,更不用说取代原作了,更何况还有大量续作其立意仅是借助经典以扬其名、以抒其胸,正如刘廷玑所言:“作书命意,创始者倍极精神。后此纵佳,自有崖岸。不独不能加于其上,即求媲美并观,亦不可得,何况续以狗尾、自出下下耶?”俞平伯甚至提出“凡书都不能续”的结论。然而,诸多读者又难免有“欲知后事如何”的奢念,续作者相对而言又是较为优秀的阅读者,写作能力也比较强,写作目的往往是借题而发,顺势托古议今、别寓怀抱。尽管一直以来都有“蛇足”、“续貂”之类的评价不一而足,但续书创作却也在中国古代小说发展史上蔚为大观。

2.小说中的续作

好承书而续,虽然不仅仅是小说所独具的现象,但是在小说方面表现却是异常明显,尤其是名著的续作、复作更是多见,正是所谓“旧小说喜续,新小说喜复”。而无论是续还是复,都可以看作是对原作的新阐释、新发掘,虽然“狗尾续貂”者多,出类拔萃者少,但此种现象的存在有其深刻的历史和社会根源。像明清之际以及民国时期很多名著都曾引出数部相应的续书。其中《红楼梦》和《水浒传》的续书最多,李忠昌曾经统计说:“《水浒传》和《红楼梦》的续书就已近六十部,再加上仿写、改写,仅这两部名著的续书就超过一百五十部。”此外,像《三国演义》、《西游记》、《金瓶梅》、《七侠五义》、《杨家将》等小说自出版之日起也都有各种续书相继出现。这样的现象不但在以前比较普遍,直至今天仍有大量小说续作拥有其市场。

此外从评价标准上来看,以往的评论往往将续作与原著放在一起来进行评价,或以经典化原著的标准来评价续作,这样的得出的结论往往是负面的。在众多的中国古代白话小说里,从未出现过续书艺术水平超过原作的现象,且大多数续书都没有得到读者的认可,因而“狗尾续貂”常被用作形容小说的续书。续书毕竟是对原著的续写,受到很多方面的制约,无论是仿写原书还是另辟蹊径,续书的写作都很不轻松。正如清代解弢对续书不如原著的原因进行的分析:“一,一书有一书之宗旨,其文既成,其义已足,勿庸辞费矣,续之实适成蛇足。二,识高笔健者,必自起炉灶,断不屑因人而热,故续人书者,率皆不才也。三,书非家传户诵者,亦无人肯作牛后,被续之书,概为荦荦名著,是以不易与之颉颃也。”上述几个原因固然是导致续书不如原著的重要方面,然而如果换种思路来看,将续作不仅仅视为文学著作,而是对原著的阐释性或评论性作品,很大程度上评论的因素还远远大于著作,将续作当作是通向原著的桥梁,这样得出的结论往往会是正面的:即续作对于原著的阐释远比某些单纯的评论性作品更为深刻,也更为文学化。本书即是在这样的视角之下对“续作”所进行的某种尝试研究，只是“续作”一词又太宽泛，如果就纯理论进行探讨，笔者深感修养欠缺，恐怕难以达成初衷，为此准备以《水浒传》续作为例来探讨续作现象。而之所以选择《水浒传》续书为例，主要原因是成书数百年来，《水浒传》对中国历史的进程产生了重大影响。据称多次农民起义都是模仿水浒故事而发动起来的，因此专制王朝斥此书为“诲盗”之作，而屡次加以查禁，直至辛亥革命之后才开始全面开禁。且自此书成型以来，便产生了对此书的很多争论，争论的焦点包括：主题是忠义、诲盗、农民起义还是其他？作者究竟是谁？最早的版本是哪一部？传播过程中版本衍变的顺序是什么？此类问题众说纷纭，以至于到现在很多问题还是没有一致的答案。而如果换个角度来看，所有的《水浒传》版本其实都是某一出版者思想的展现，有的重在情节，有的重在人物，有的重在字数，有的重在意境，此类不同关注点与续作本质上是一致的，都是一定时代、一定作者的观念展现。而《水浒传》的诸多续作，能够清晰地体现出各个时代对《水浒传》的不同接续关注点。通过对《水浒传》续作的研究能够帮助我们更好地理解续作现象，更好地理解不同时代对同一著作的不同接受，并以点带面的方式更好地理解其他续作的典型价值和意义。

三、续作研究的基本内容举要

为了在接受视野下更好地阐释经典名著续作现象的实质及其表现，至少可以从几个内容层面入手，下面将以《水浒传》的续作为例简单探讨此一问题。

1.同类文体的续书研究

自作为小说的《水浒传》问世之后，其人物、情节、主题便引起诸多讨论，更有某些优秀的读者因对其中的空白结构不满，而另辟新径，进行新的小说创作。像明末清初的《水浒后传》、《后水浒传》，清中叶的《荡寇志》，清末民初的两部《新水浒传》，民国时期的《残水浒》、《水浒中传》、《水浒新传》，乃至建国后的《水浒别传》、《水浒新传》等，此类作品皆属小说，且均与《水浒传》原著有着千丝万缕的联系，又有着诸多的新创之意。不同历史阶段对于小说原著的接受重心有着明显的差异，通过小说续书的深入研究不仅可以更好地发现原著中的空白结构，更可以了解不同时期读者是如何看待、接受《水浒传》和重新认识经典的。

2.评介争论

在中国文学史上，小说虽然受到包括历代文人的喜欢，但自《汉书·艺文志》

始便处于"君子不为"的"稗史"不经地位,为人所轻。明中叶,李贽开始将《水浒传》比为经传,"殆有《春秋》之遗意",并将之与《史记》、《杜子美集》、《苏子瞻集》、《李献吉集》并举为"宇宙内五大部文章",分别作为汉、唐、宋、元、明五代文学的代表。更有甚者竟有人将《水浒传》推之于诗文之上,尊之为文学之"圣"之"神",称"施耐庵作《水浒传》,其圣于文者乎!其神于文者乎!"以《水浒传》为代表的小说逐渐摆脱"稗史"而走上经典之路就此开始。随后金圣叹继其余绪,将之称为"第五才子书",确立了小说的"立言"之功,为小说赢得了文学上的尊严。同时,《水浒传》不同版本的前言、序、跋,明清的不少文人笔记、诗文唱和以至清末民国的报刊杂评等也多有涉及小说评论者,这些也应视为小说经典化过程的有机组成部分。

3.与文字的并行的插图

图像是可悦的,亦是可乐的,既可以充分引起大众的关注,又可满足日渐兴盛的市民文化参与的需求。同时它对文字起到了补充化的作用,使文字的传播范围更广。像《水浒传》故事比较早的记载即是龚开的三十六人图赞,虽然其图不存,但通过他的赞语可知水浒人物形象在当时确实是有一种影响的,及至明中叶小说的大量刊行,众多版本中大部分都有图像的存在。如上图下文式的场景再现式全像(相)、章节赋图的出像、人物形象刻画的绣像等,不但可以弥补某些读者识字无多的缺憾,亦可增加文士阅读的乐趣,尤其是明后期专门画家如陈洪绶等人的加入,更是极大地提升了插图本身的艺术性和感染力。图像属于小说文本,但长期以来由于某些版本的稀缺和佚失,对于图像之间的传承、图像与文字之间的互动的研究相对较少,这一方面理应成为当下图像时代文学研究的一种侧证而深入进行。

4.戏剧的选择与改编

《水浒传》与宋元说话、元杂剧的关系密切,而成书流传之后出现的一些《水浒》题材的杂剧、传奇实际上既承续了民间演出的类型特点和思想倾向,另一方面又不得不与《水浒传》文本大体相一致,其中在文本与表演之间所蕴含的张力实是《水浒传》续作中颇值得深入探讨的独特现象。像《宝剑记》、《义侠记》、《盗甲记》、《翠屏山》乃至清初由宫廷出力所编的《忠义璇图》等,在选择富有表演性、主题相对突出、矛盾相对集中情节的同时,对于人物形象又有不同于原著的改编与重新塑造,这些戏剧性人物和情节对于民间的影响在某些方面远远大于小说文本本身,理应视为《水浒传》传播过程中的重要一环。

5.连环画的普及与转化

建安版的多种《水浒传》版本均采用了上图下文(亦有少数如嵌图式的变形)式的印刷样式,虽然其图相对于出像、绣像而言构图简单、线条粗糙,但如果将文字隐去,实已可视为较早的《水浒传》连环画而存在。民国以来,伴随印刷技术的发展和城市化进程的加速,连环画以新的通俗艺术形式深入人心,而以上海为中心的连环画印刷形成规模,而其内容大多选择了经典性的故事和小说。只是从文字到图像的转化中,选择与删改必不可免,经初步统计,从 1928 年到 1993 年现存的水浒题材连环画有 370 余种,通过对各种连环画主题、图像、文字等方面的研究,定可补益于《水浒传》的大众传播研究的深入。

6.现代影视改编

进入读图时代以后,名著的影视改编大大扩大了经典作品的影响面,对于文化普及来说功效非凡。《水浒传》的影视改编是文本接受与传播的一种现代形式,而此种形式的出现对于经典的解读出现了某些新的变化, 为了适合动态图像的展示和迎合当前大众心理,无论是情节还是人物都变化大于接受。与其他文本类的续作相比,往往更具欺骗性,因为有相当数量的观众会将影视剧当作经典的原作,并将影视接受的经验和感想运用到对经典文本的评价之上,文字与图像尤其是动态图像的表现形式不同,其背后意蕴更是差别显著。

除此之外,伴随国际化程度的日益加深,经典名著在历史和当下域外传播乃至环流亦应为当下的研究开拓新的视野。这一点从文本的回流已经开始,像《水浒传》流存于国外的很多版本陆续以影印的方式重新出版,为传统的文本研究提供了更多的资料,但深入研究这些版本在域外的流传及影响更应及时展开,这也更有利于我们站在国际的视角上重新审视名著,重新审视传统文化。

如同诸多《水浒传》续作,此文极有可能也属于“狗尾”或“蛇足”,但为“引玉”之故,“抛砖”在所不惜。能够对于以《水浒传》为代表的经典文化遗产的接受与改编拓展一些视野,于愿足已。

参考文献:

林辰.明末清初小说述录[M].春风文艺出版社,1988.117.

金元浦.论文学阅读的三级视野[J].文艺研究,1996(5).

[清]刘廷玑.在园杂志(卷三)[M].中华书局,2005.125.

周大荒.反三国演义[M].中国经济出版社,2012.10.

李忠昌.古代小说续书漫话[M].辽宁教育出版社,1992.6.

[清]解弢.小说话[M],转引自朱一玄编.红楼梦资料汇编[M].南开大学出版社.1985.890.

[明]袁无涯刻.忠义水浒全书?发凡[M].转引自朱一玄编,朱天吉校.明清小说资料选编(上册).南开大学出版社.2012.284.

[清]盛于斯.休庵影语[M].转引自朱一玄编,朱天吉校.明清小说资料选编(上册).南开大学出版社,2012.304.

众里寻他千百度

——读浦玉生长篇人物传记《施耐庵传》

盐城市大丰区政协 刘兆清

20世纪80年代初,对施耐庵问题的调查研究,是一次规模最大、影响最深远、成果最丰硕的学术活动,及至形成全国性的“施耐庵热”。其中最突出的成果,当是出土于1978年的《处士施公廷佐墓志铭》,这是一块地下文物,是真的是没有疑义的。其中有这样的记述:“施公元德……生(曾)祖彦端。会元季兵起,播浙(遂)家之。及世平,怀故居兴化(还白驹),生祖以谦……”结合存世的两本施氏家谱:《施氏长门谱》和《施氏族谱》,以及稍后的陈广德“施氏族谱序”的记述,苏北白驹镇上居住过一位施彦端(字耐庵)是毫无疑义的。盐城周梦庄老先生提供的《耐庵遗曲》是第二大成果,词曲所赠的鲁渊、刘亮是史传有载的名人,这个遗曲,提供了彦端“播浙”以后的信息,喻蘅先生论证的施氏门对“吴兴绵世泽,楚水封明禋”为之佐证。还有一个淮安王道生写的《施耐庵墓志》,补上施公怀故居后的结局。其次是大量的民间口碑传说,民间传说为伟大的专家所不屑,但这些传说,范围之广,存量之大,作为施作《水浒》的佐证,也不能视而不见。上述文物与文献和口碑传说,好比两只脚,使施耐庵牢牢立足于苏北白驹镇上,终于在白驹镇建成了“施耐庵纪念馆”。

20世纪90年代,年方而立的盐城浦玉生先生,异军突起,他另辟蹊径,坚持全息思维、系统思考、综合分析,开始走上研究施耐庵的行程。他的研究方法是致力寻迹访踪,举凡文献所及,口碑所述,他都据之一一实地寻访,其足迹遍及江浙平原,齐鲁大地。他访浙南刘基故里、江阴大宅里、淮安小方壶斋,四登梁山之巅,行程万里,锐意探求,艰苦倍尝,所得甚丰,先后有《千秋才人——施耐庵小传》、《水浒寻根》专著出版。寻访中,遇有疑难,则引经据典,予以诠证,其引用经典之繁富,也非一般学者所能穷尽。为寻证“耐庵遗曲”中一句“恨磨穿玉洗鱼”,出自元末明初诗人杨维桢的《游秀峰》诗,他遍查46万字的《杨维桢诗集》而未得。后终于在张家港地方志中,见到杨维桢《游秀峰》诗中有“玉鱼金碗埋黄土”句,其勤苦认真如此。浦玉生在寻迹访踪中，得到了大量资料后，开始酝酿《草泽英雄梦——施耐庵传》的撰写。

江苏省社科院文学所所长、研究员陈辽先生在20世纪80年代中期寄稿《耐庵学刊》(第二期)，提出“用系统方法解开《水浒》作者施耐庵之谜”，他把现存的有关施耐庵资料分为：施氏家谱——出土文物——历史资料——友朋交往——民间传说五大系统。指出这五大系统是相互关联的有机整体。在这相互关联的整体中，把握和解决施耐庵问题。这个方法，浦玉生把它正名为江苏学派的“三重证据法”(地下文物、纸上材料、民间口碑)。遵循这一方法，以文献资料为纲，以口碑传说与寻访所得为经纬，浦先生开始了《施耐庵传》撰写工作。他以深厚的学术素养、勤勉的探求精神和十分的辨证智慧，充分而熟练地驾驭这三大系统纷繁复杂的资料，终于写出一部可读可传可存的施耐庵传。

浙江水浒学会会长马成生教授，应约为浦玉生《千秋才人——施耐庵小传》写了一篇小序。对写施耐庵传记，写了两个字：一个字是“难”，说“这是一本难写的书”，我以为唯其难，所以可贵，所谓难能可贵者也；还有一个字是“虚”，愚以为凭空捏造为虚，我们可以大胆地说，全国还没有一个地方，能像苏北白驹提供出如此丰富的施耐庵的材料。传记是文学，文学是创作，依据传主经历材料，按生活的逻辑，写出其生平，这是传记文学传统写法。至于一颦一笑之间，只能“想见其为人”(司马迁语)了，因为它毕竟不是史料注释。

企盼已久的第一部长篇人物传记《草泽英雄梦——施耐庵传》终于放置在我的案头，读之得益良多，写了以上一点文字，表示由衷的欣喜和对浦先生的敬意。

结在藤蔓上的硕果

——漫评浦玉生《施耐庵传》《罗贯中传》

盐城市作家协会 管国颂

一

在中国文学史上,《水浒传》《红楼梦》《西游记》《三国演义》四大文学名著无疑是中国文学的巅峰。对这些名著的研究,古往今来,生出了许多门派。这就好似一棵大树伸延出的藤蔓,年代久了,终归是盘根错节。名著,得之不易,读之不倦。而生之于名著之上的研究,不言而喻,又会是怎样的一种高深学问,大家心里都明白。

浦玉生是研究《水浒传》的大家,也是考证其作者施耐庵何处人氏最为成功者。一定是出于这样的原因,中国作协在实施国家级文化工程《中国历史文化名人传丛书》时,才有了把写作历史文化名人施耐庵的任务交给了他的动因。玉生先生也的确不负众望,凭借自己历年研究《水浒传》的成果,在浩如烟海的史料中,又为《草泽英雄梦——施耐庵传》成功地树了一座碑,也给《水浒传》的全景图,添上了浓墨重彩的一笔。“拄个黄瓜当拐棍,耐庵故里每事问。拾得掌故几箩筐,施传读来不沉闷。”著名文史专家王春瑜如是说。中国当代文学研究会会长、著名文艺评论家白烨则更是从文学批评的角度,对长篇人物传记《施耐庵传》给予了充分评介——“作者不仅在史料搜集上显示出了特别的功夫,而且在史实钩沉与艺术铺展的关系上也把握得当,尤以对环绕施耐庵的社会环境、人际关系的考察与梳理,考据和叙述,相当用心用力,笔墨也较为集中。以充分的事实,感人的故事,写出了一个时逢乱世的小说先行者不懈追求的独特人生。”

对于《水浒传》的研究,对于施耐庵何处人氏的考证,耗费了玉生先生一生太多的精力与时间,这里面除了有他对文学的挚爱,也隐含了他那种对生于斯长于斯一方故土的深深眷恋的情感。从施耐庵是你们盐城大丰人吗?一连串的疑问甚至于近乎苛刻的质疑,到施耐庵是盐城大丰人。这样一个过程的嬗变,个中研究、考证的甘苦,一定不是一二句话亦或是几行评语了结的事情。事实上,也正是经过对《水浒传》的研究、作者何处人氏的考证这么一个过程,玉生先生从一个事务者变成了《水浒传》研究的专家,进而有了长篇传记文学《施耐庵传》的诞生。也正如玉生在《施耐庵传》后记中感言:寻踪、破译、发现施耐庵已成为我生命中重要的一部分,这部传记文学的写作不像科学是跨越性的,而是累积式的,是一个个证据、遗址、口碑的链条连接。

传记文学也是需要故事、需要形象的,而传记中的故事、传记人物形象的架构却又有别于纯虚构小说。这是传记所"记"之难,也是写传记功夫之"要"。当然,写史传,中国是有传统的,从司马迁的《史记》中的传,到明清的演义,传记写法风采纷呈,但每一个严肃的传记作家,绝不会让传记信马由缰,而是对所写传记的人物,进行长时间的研究、寻踪与挖掘。施耐庵何许人,除了《水浒传》作者这样一个特定符号外,我们其实要了解的还有很多。拨开时间的雾障,从玉生的《施耐庵传》读起,径直走进去,我们就有了一次和历史亲密接触的机会。

施耐庵其人不见于正史,稗史野闻众说纷纭。要写准写好施耐庵,必须从若干素材中据理然后考证。也就是从事实出发,探究事物的本源。《水浒传》究竟是怎样一部著作,施耐庵又到底是哪里人,他为什么会写出《水浒传》,是先有《水浒传》的素材让施老爷子在作品中透露了他生活中的影子,还是他生活的影子成了他作品的部分素材,大量的史实,不同的论据,求证的逻辑常会让人压得透不过气来。但是,聪明的人绝对不会陷入像是先有鸡还是先有蛋一样的逻辑纠缠中,这里,《施耐庵传》给了我们很多答案。

生活化、历史化的写作风格,是浦玉生写作《施耐庵传》的基调。忠于史料、挖掘史料、拓展史料,全景展示《水浒传》与施耐庵之间关联的方方面面,从生活到事件,从人物到个性,结合史实、史料,向读者展示一个有血有肉、智慧而不失做人原则、充满鲜明个性的人物,这是体现在《施耐庵传》长篇人物传记中最为成功的关键。人物传记,考究史实要基准,掌握史料要充分,但基准的史实又往往容易束缚写作者的灵感,太多的碎片化史料处理不好也会湮没传主的整体形象,这是一般传记写作者都比较纠结的地方。为此,在《施耐庵传》成书后,我们通过整部传记的章节,沿着作者的叙述脉络,不难发现作者确实在史料的挖掘上,善于从细微处着手,客观、沉稳地梳理发散式的碎片化史料,并将这些原本碎片化的形态深入到施耐庵一生的时空信息之中,做到让历史还原施耐庵。像一章节之"孝行信义"中,作者就撷取了施耐庵在家孝敬父亲,在外文打官司、武惩地痞,面对邪恶势力，不畏强暴，敢于仗义执言的几个史料细节，为全书施耐庵的开篇形象塑造作了有力的铺垫。

施耐庵景仰英雄，无穷无尽的英雄情结让他活在了更多的文人情怀中，“我是写水泊梁山好汉的，虽然胡乱凑集了不同朝代的人，一道到这儿来造反，却正好寄托了我的思想。我喜欢梁山，喜欢这些英雄，所以想叫它〈英雄传〉或者〈豪客传〉什么的。”施耐庵对他的弟子就曾这样解释过他为什么写作《水浒传》。事实上，施耐庵的一生，本身就充满了许多的传奇色彩：他自幼聪明伶俐，过目能诵；赐进士出身后，为民办事，能力卓著；路见不平，他侠义出手，刚正不阿斗纨绔，深得民心。同时他又视官场为轻，恃才傲物，不为五斗米折腰；及至女儿出嫁，只能以文稿去换钱，以解无陪嫁之难。这样一个嫉恶如仇、侠义柔情、参透世事、爱憎分明，始终集严肃与诙谐、仁慈与刚烈于一身的封建时代的文人，他的一生，注定是困顿、坎坷而又不会沦落平凡。即使在到了七旬高龄，还仍因《水浒传》手抄本《江湖豪客传》的广泛流传惹祸而身陷囹圄。作者在对这些平静的叙述中，在引人的情节里，注意让主人公通过事件展现自我的个性特征。不仅如此，在叙述跨度，引证比较大而复杂的情况下，作者还运用场外道白、夹叙夹议的方式，为传记人物的跳跃与下一轮的发展、起承转合作必要的阐释。

浦玉生写作《施耐庵传》长篇人物传记的过程，实际上也是向读者继续破解《水浒传》的过程，我们可以这样理解：一部《水浒传》成就了施耐庵，而没有施耐庵、没有围绕他的生活、围绕他所处的时代，也断断出不了《水浒传》。像《水浒传》里，被三打的祝家庄，在施耐庵生活的环境里也确实存在。古时的祝塘，与《水浒传》中的祝家庄差不多，有巷门庄墙，凡遇紧急情况，巷门一闭，凭着厚实的庄墙，就可以抵挡一阵子。直到现在，在江阴祝塘一带，民居前的小桥、围河，都可以找到《水浒传》中的情形。《水浒传》中还有很多细节，施耐庵都将江淮之间的地名及其风物融入了其中。

“以文献、文物、遗俗的三重证据法，甚至多重证据法，消弥作者与传主之间在时间、空间、心理上的三重距离，让作者与传主心性接近、身心交契，完成一个生命相生相克的过程”。这是《施耐庵传》作者对自己写作传记的一种内在要求，同时也是他本书的另一大亮点。据理、考证、说事，进而写人，作者把这几种方式有机融合，交替运用，相互影响，最终就是为了一个目的，写成《施耐庵传》，写好施耐庵、写活这一个！像《水浒传》素材的搜集，三章节之“造访真人”有写，“吴山会友”也有罗列,乃至《水浒传》水浒原型,我们在《施耐庵传》里同样也能得到解读。《施耐庵传》第六章节,满章专题就水浒中的一些原型娓娓道来。像一些地名、像白驹风情、像逼上梁山、武松打虎等等,原形都有了对应的情节,施耐庵就活跃、穿梭于其中。鲜活的动态,想像的空间,形象的阐释,愉悦的快感,给后来者一读、再读《水浒传》提供了无限的可能。

写作《施耐庵传》的过程,依然是浦玉生先生继续研究、发现《水浒传》内藏密码的过程,同时也是他人生高度实现的又一次跨越。一部《水浒传》,让我们看到了中国传统文化的精华,正如作者所说,它就像一根充满了甘美汁液的甘蔗,而《施耐庵传》长篇人物传记则不仅告诉了我们甘蔗产地、营养成份,还向我们提供了一个榨汁机,让我们从自己的角度出发,寻找自己想要的知识和愉悦。水浒文化的甘蔗汁,是在中国文化的土壤中汲取了养料而形成的,人们已经吸食了千年,终将还要被我们继续吸食下去。

二

关于《罗贯中传》、关于怎样写作并研究罗贯中的,浦玉生在他《罗贯中传》的引言与后记已经写得很详实了。而对于读者,更多在乎的则是一本《罗贯中传》能带给我们什么。这与读书的功利扯不上边。读书开眼界、长学问,知道《三国演义》、也想了解其作者罗贯中何许人也,这对于通读、熟读并热衷《三国演义》的读者来说,不是一个过分的要求。可惜,多少年来,正史上关于罗贯中的记载,十分有限。“罗贯中,太原人,号湖海散人。与人寡合,乐府、隐语,极为清新。与余为忘年交,遭时多故,天各一方。至正甲辰复会,别来又六十余年,竟不知所终。”寥寥几十个字,关于罗贯中仅有的一点介绍,直到20世纪30年代,郑振铎等人才在浙江宁波《天一阁蓝格写本正续录鬼簿》中搜寻到一点线索。由此伸展,对罗贯中要“窥一斑而见全貌”,其难度可想而知。“我研究罗贯中是从研究施耐庵开始的,寻踪施耐庵已经整整30年过去了,而对罗贯中寻踪的研究则始终与研究施耐庵相伴左右,其间经历了蜜蜂采花、蜘蛛织网和蛾蛹化蝶的过程。”浦玉生先生在谈到他如何写作《罗贯中传》时如是说。

罗贯中生活的元末明初,其时代背景颇似三国时期,政治形势复杂多变,整个社会处于动荡之中,对民众生活和心理造成的影响,一定程度上也阻碍了社会的发展。罗贯中一生的生活与写作无疑脱离不开他那个时代。在有关历史上对罗贯中记载十分有限的情况下，为了写好罗贯中“这一个”，浦玉生不得不广泛阅读史籍、走访三国古战场，从见诸于历史笔记、文物、口碑等入手，研究罗贯中的交游，梳理罗贯中一生求学、经商、从戎、著书的人生轨迹。依然如研究施耐庵一般，在浩瀚的历史烟云中，挖掘一切有价值的史料，再将若干历史“碎片”以“三重证据法”拼贴、复原出一件《罗贯中传》这样的“元青花”。

罗贯中身世复杂，但究其一生，仍因写作《三国演义》而享盛名。纵观罗贯中的作品可以发现，他的小说，戏剧都是以“乱世”为题材的，中国历史上共有七个分裂的时代，罗贯中就写了三个时代。《三国演义》描写的仍然是东汉末年黄巾起义到晋武统一中国为止近100年的动乱史。可以说，罗贯中是描写乱世文学的专家，他的作品在我们面前展现了一幅幅触目惊心的“乱世纷争图”，这些作品大都表现了一个相近的共同主题，就是通过对封建社会前期著名“乱世”的描写，客观反映了乱世中人民灾难生活的痛苦以及封建统治者的昏庸、腐败和地主阶级的凶残、自私的本质；从而表明了黎民百姓对明主贤臣、开明政治与和平、统一、安定生活的期待和向往。作为封建社会的知识分子，罗贯中不可能对那种“乱世”现象作出科学合理的解释，只能用当时流行的“天运循环”的观点，得出“合久必分，分久必合”的结论，这个结论也几乎成为他作品中统一提示的“兴亡之理”。

罗贯中写“乱世”，浦玉生又怎样从罗贯中的乱世文学、乱世身世中，溯源而上，写作《罗贯中传》的，则成了我们带着疑问读《罗贯中传》需要细细探究的地方。

罗贯中因为《三国演义》而成中国乃至世界文学巨匠，写罗贯中的一生不可能也不应该回避《三国演义》。这里就面临两个问题：一是不能把《三国演义》与罗贯中分开，因为没有《三国演义》就没有罗贯中的成名，这是一个显而易见的事实；但是为罗贯中立传，只仅仅围绕《三国演义》来写罗贯中，无疑会让人产生一种错觉：读《罗贯中传》等于又读了一遍《三国演义》，那样的话，写出来的“罗贯中”显然会流于图解，造成罗贯中形象的单一和片面。这就带来一个悖命题：到底是《三国演义》成就了罗贯中还是罗贯中成就了《三国演义》?罗贯中是《三国演义》的作者，他是它的主宰和全部，而《三国演义》却不能涵盖罗贯中的一生。所以作者在详写罗贯中与《三国演义》相融相合、影踪不离的同时，更是善于从罗贯中的平生经历中挖掘出“这一个”的独特故事，以强化罗贯中的鲜明个性形象。象第二章节“经商岁月”中的“骗子赎当”、“夺镯揭被”、“买缸保盐”、“饭粥之间”等关于罗贯中的生活段子，无一不以传记的细节塑造，刻画罗贯中机智、刚正的形象。

《三国演义》是罗贯中一生集大成之作。罗贯中生活的动荡时代、书会中无数的历练，使得罗贯中写作《三国演义》有了很多的机会和很大的把握。而透过《三国演义》看罗贯中，我们又不得不佩服浦玉生是怎样使罗贯中游走于“三国”并使其在“传”里活起来的，一种虚实结合、以点带面的手法，这就是为罗贯中列传，做到既借助《三国演义》，又跳出《三国演义》。关于罗贯中生平记载的故事史料极少，如果在此纠结，列“传”下去几无可能，这个时候，作者只有采取避实就虚的方法。不错，传记文学是要强调客观与真实，所以在《罗贯中传》里，我们看到了作者选材上的严谨，即坚持“无一事无来历”的宗旨，凡传中涉及罗贯中的种种事件，包括一些细节，均有文献根据，绝不凭空捏造。而同时，作为一本文学传记，写作规则也从未拒绝想象，这个时候，读者在《罗贯中传》里，就会沉缅于作者把关于罗贯中的一些客观的存在演绎成的故事里，这样既增强了传记作品的文学性，同时也提高了作品本身的可读性，可谓一石二鸟，事半功倍。

当然写作《罗贯中传》仅有若干故事的架构还是远远不够的，列传作为文学艺术的一种，它同样对典型环境中的典型人和事件的叙述有很高的要求。《罗贯中传》的写作也遵循了这一点。即有意识地在罗贯中的生活中取其典型片断，让“传”与“形”、“情”与“节”既互为实证又在实证中让“传”存活。像第一章节“童年时光”中，作者就有意识地抓取了罗贯中小时候的拆字、饮酒、拜师等细节故事，以表现出罗贯中才智上的出类拔萃。第三章节“书会才人”中写罗贯中如何结识当时写传奇的高手贾仲明、如何痴迷三国中的早期人物、又如何拜师耐庵等等，这些都为记述罗贯中后来为什么写作成功《三国演义》作了很好的铺垫。

许是长期研究《水浒》、施耐庵的缘故，浦玉生继而研究《三国演义》、罗贯中，依然是串联与并联的方法，由研究《水浒》而研究《三国演义》，由研究施耐庵而研究罗贯中；由《水浒》中的情节看到《三国演义》中的类似。在为罗贯中列传的写作过程中，也依然脚踏实地、重考证与挖掘、发现，将罗贯中的阅历与三国情节有机融合。像《三国演义》中的重要章节如“长坂之战”、“舌战群儒”、“街亭失守”等，都在《罗贯中传》里或多或少出现过阐释与印证。甚至连三国中的人物和事件的发生发展在搜寻罗贯中生活材料中也能得到实证。还有像《三国演义》中出现的一些地名，包括罗贯中为什么将《三国演义》里的一些事件的发生地放在那里，《罗贯中传》里也都有所考证。其实说到底，浦玉生写作《罗贯中传》同样也是一次发现、破解《三国演义》密码的过程：罗贯中开始写《三国演义》，常常学习借鉴《水浒传》，所以《三国演义》中有《水浒传》的明显痕迹：一是刮骨疗毒；二是忠奸分明；三是英雄与酒；当然，施耐庵作为罗贯中的恩师，还是希望罗贯中能走出自己的路子。所以到后来，我们看《水浒传》就很佩服其中的细节刻画和人物心理描写，而《三国演义》却也在战争场面、语言风格的特色上表现出了大手笔。

一个长期研究《水浒》，并对《水浒》作者始终充满探究的人，在写成《草泽英雄梦——施耐庵传》后，一个华丽转身，终于又让我们读到了一部《湖海散人——罗贯中传》(四川民族出版社 2015 年 6 月出版)，我知道，这同样是浦玉生几十年磨一剑的工夫。可以想象，磨剑的过程漫长而艰难，真可谓“耐得住寂寞，做得了学问。”值此玉生新作《罗贯中传》推出，我当再次击掌，以表祝贺。

千山万水走过

——读浦玉生《草泽英雄梦——施耐庵传》

盐城市图书馆 周玉奇

晚上偶然看到央视综艺频道播出“筷子兄弟”一档专题节目,在一番采访和“小苹果”的表演之后,主持人朱迅概括说,你们的梦想是一致的,就是热爱和坚守。

看到此处,我的思维突然跳跃了一下,想到我的文友浦玉生了。去年,浦玉生为乡党施耐庵立传的梦想终于实现了, 他成功的原因也可以概括为他三十年的热爱和坚守吧。

浦玉生《草泽英雄梦——施耐庵传》入选“中国历史文化名人传丛书”首批十部作品,由作家出版社出版,2013 年 12 月 23 日在北京首发,这是盐城人的光荣与骄傲吧。

对于浦玉生出版《施耐庵传》,我并不意外,因为天道酬勤,因为我早在 8 年前就收到他的《千秋才人——施耐庵小传》。8 年后,他做大了施耐庵,也进一步弘扬了水浒文化。他一直在呼吁,盐城不止于海盐文化,铁军文化,淮剧杂技文化等文化名片,还有一张水浒文化的名片。

2014 年的 1 月 9 日,作者浦玉生在《盐城晚报》发表“我写《施耐庵传》”,说起自己的创作甘苦,他开宗明义:“从我发表第一篇施学散文《施氏宗祠遗址的寻觅》起,到第一部全景式纪录施耐庵生平事迹的《草泽英雄梦——施耐庵传》的出版,整整三十年过去了。回顾三十年的历程,《施耐庵传》的创作仿佛是受到仿生学的启示,经历了蜜蜂采花、蜘蛛织网、蛾蛹化蝶的过程。

追梦,热爱,坚守;采花,织网,化蝶……“谁知盘中餐,粒粒皆辛苦。”

千山万水走过——从藏书到用书

读起这样一本关于施耐庵的三十万字的大书, 我的眼前就浮现出浦玉生家的一面面高大整洁的书橱。五万册藏书, 其中有十分之一为水浒研究方面的书籍,谈何容易?这样的特色藏书无疑为他后来的水浒文化的研究埋下了伏笔。他不是要做盐城的藏书家,他藏书是为了用书,用书是为了写书。读万卷书,行万里路,他从此有了底气。

"文章是案头之山水,山水是地上之文章",一位哲学家说,不读书的人充其是只能活一辈子,读书的人活上三辈子:过去、现在和未来。我们说不尽的是《水浒传》,浦玉生读不尽是关于研究《水浒传》的书。

一本书与五万册藏书,它们之间的距离是三十年时光,这三十年时光用四个字是不是可以概括:"厚积薄发"。

掩卷长叹,作家写书就是先将书读厚,再将书读薄。作家做人相反,先将人读薄,苛求于人;再将人读厚,宽容待人,最终,自己也成为一个厚道的人。这个"家",那个"家",或者没成"家"的,概莫能外。如此而已。

千山万水走过——田野调查

安泰之所以有力量,是因为他足踏大地。传记文学作家不能"躲进小楼成一统,管它冬夏与春秋"。《水浒传》的作者施耐庵需要穿越宋元明三代,抚今追昔,又以古讽今。《施耐庵传》作者浦玉生则穿行在宋代以来的千年风雨中,对浩如烟海的史实条分缕析,考察与梳理施耐庵所处的自然环境、社会环境和人际关系,画出传主施耐庵的生命图谱。作者以明确的判断告诉读者,施耐庵是一个时逢乱世又不懈追求的读书人。这本书回答了这样几个问题:施耐庵有着怎样的坎坷人生?他为什么要写《水浒传》?他怎样写作《水浒传》?他在哪里写作《水浒传》?元末明初的风云人物与《水浒传》中的一些人物是如何对应的?盐城里下河地区的水环境和大丰白驹的张士诚盐民起义,施耐庵是怎样有意或无意识地映照在《水浒传》里的?而这一系列问题正是读者感兴趣的。无疑,《水浒传》背后的故事对读者更好地欣赏和理解经典是大有裨益的。

浦玉生三十余年寻找施耐庵,作者在传说中施耐庵流徙过的地方都走过一遍以上。他曾四登山东梁山之巅,四十次流连于施耐庵故里,深度挖掘史料,行程数万公里。

正史上几乎没有施耐庵的记载,怎么办?作者处变不惊,另辟蹊径,从见诸于笔记、文物、口碑等入手,研究施耐庵的交游,梳理了施耐庵一生求学、为官、从军、著书的人生轨迹。

作者以文献、文物、遗俗的三重证据法，甚至多重证据法，消弭作者与传主之间在时间、空间、心理上的三重距离，让作者与传主心性接近、身心交契，完成一个“生命相生相克的过程”。

传记文学作家的史识就是这样养成的。

千山万水走过——百家争鸣

坦率地说，没有百家争鸣，也许就没有《施耐庵传》的问世。只有争鸣，学术才可以交流观点才能碰撞，擦出智慧的火花。孔子云，“独学而无友，则孤陋寡闻”。

三十年，浦玉生的学术功力就在学术论争中成长。他与全国同行学长切磋，就施的出生地、祖籍地、书中的宋江起义与元末明初的张士诚盐民起义之间的关系等进行激烈的争鸣。他先后在刊物、在研讨会上提交论文与同道切磋，如《三重论据法重说〈水浒传〉作者施耐庵》，《钱塘施耐庵与上海的鲁迅》，《元末明初江苏沿海水浒风物》，《所谓〈水浒传〉北方地理态势描写错误的考辨》……这样的争鸣文章积几十万字。

君子和而不同，真理越辩越明。争鸣使浦玉生考据更为扎实，争鸣的过程也是对他的论据和判断重新验证和再锤炼的过程。所以，传记文学的创作离不开争鸣，也不能没有争鸣。学术的生命存活在争鸣中。

千山万水走过——张开想象的翅膀

法国文学史家郎松认为，文学史家和历史学家有不同之处，“历史学家处理的对象是过去——今天只能靠一些残存的迹象或碎片来再现的过去。我们的对象也是过去，但这是今日仍然存在的过去；文学这个东西既是过去也是现在。

好一个“文学这个东西既是过去也是现在”。看来，传记文学作家就是活在“过去和现在”里。在辛苦的田野调查、枯燥的文本考证和激烈的学术争鸣之后，接下来，浦玉生开始沉潜于书斋，张开了想象的翅膀，遨翔在天地之间。他明白，没有前三者，想象就是空想，就是没有根的浮萍；无后者，失去美好的想象，人物就不灵动，传记就不好看，史而无文，传之不远了。

30 万字《施耐庵传》有二分之一内容写了《水浒传》与盐城的关联，比如：施耐庵是否参加了张士诚农民起义？武松原型是不是与便仓镇枯枝牡丹园主卞元亨有关？林冲雪夜上梁山、火烧草料场是不是在白驹场周围？白日鼠时迁、神行太保戴宗在盐城有没有人物原型？西门庆与白驹镇历史上的药店有没有联系？《施耐庵传》一书的作者在考证中展开了丰富的想象。

《施耐庵传》不能只是史料的堆砌、现象的罗列，如此就会枯涩难读。传记文学姓史又姓文，文史兼容，基于历史时空中的文学想象，才会让读者心悦诚服。千山万水走过，可以说，浦玉生独具一双慧眼，他从《水浒传》的阅读欣赏中，总是能发现施耐庵生活与情感的影子，找到地域风情的影子，发现作品与那个时代的痛处。显然，浦玉生是带着瑰丽的文学梦"游山玩水"的。

作者创作《施耐庵传》就像《水浒传》中的行者武松那样，带着一个信念而云游天下。他是"信天游"，他又在梦游中不断地校正或者丰富着自己的信念。作者对心中的人物不断想象不断校正丰富的过程也许就是传记文学作品创作创造的过程。作者的精神愉悦和美学享受就蕴藏在这一过程之中。

一部成功的《施耐庵传》，不仅要有史实性、真实性，还需要有故事性、文学性、知识性和趣味性。"有气则有势，有识则有度，有情则有韵，有趣才有味"。穿越历史时空，与文学大师施耐庵对话，领略其逸飞的豪情、横溢的才华、博大的胸怀、独具的人格。感悟正气、大气、浩气、朝气和锐气。这于他是艰辛的，也是幸福的，因为千山万水走过，有了这一本《草泽英雄梦——施耐庵传》。

长篇人物传记《施耐庵传》的社会影响综述

盐城市大丰区教育局 陆 轶

根据中央领导的提议,中国作协实施了国家级重大文化工程——“中国历史文化名人传丛书”,我国第一部全景式描述施耐庵生平事迹的长篇人物传记《草泽英雄梦——施耐庵传》由作家出版社 2014 年 1 月出版,该书是首批十部作品之一。

《草泽英雄梦——施耐庵传》全书分八个篇章,披露一百多个文献资料,将施耐庵一生求学、做官、从军、著书的经历,以记实的笔触、艺术地再现了这位世界级的小说大师、文化巨匠的风貌,作者以三四十年时间将研究成果转化为文学作品,是作者集“深度研究、亲历考察、有效激活”于一身的结果,是一部优秀之作。

本着“史求真实,文须好看”的要求,中国作协组织专家进行审读,赢得了学术界、文学界专家的好评。中国水浒学会会长佘大平教授说:《施耐庵传》进入国家课题并首批出版,是一件值得庆贺的事情,因为这是《水浒》研究历史上一部重要的著作。中国社科院历史所研究员、明史研究室原主任王春瑜说:“当代文化巨匠王元化先生上世纪八十年代强调文化的大传统,小传统。从大传统看,元末明初无施耐庵史料记载,但是清朝中叶以后,家谱、墨碑、地券、民间传说等等大量资料涌现,构成研究施耐庵的独特的文化小传统。这是其他任何一个地区没有的。浦玉生同志在繁忙的党务工作之余,刻苦研究施耐庵三十多年,将小传统中的施耐庵文献、文物、传说等资料广泛搜集,并实地调查,……是研究施耐庵的最新最高成果”。中国当代文学研究会会长、中国社科院文学所研究员白烨说:“中国历史文化名人传记中,不能没有施耐庵传记,而撰写施耐庵传记,浦玉生也堪为最为合适的人选。”

《草泽英雄梦——施耐庵传》出版后,中国作协在北京举行隆重的首发式,《人民日报》及其海外版、《光明日报》、《文艺报》《中国青年报》、新华社等 200 余家媒体(单位)均对其人其书作了报道,深受好评。《施耐庵传》被国家新闻出版广电总局列为“引航导读”之书,被中国作协机关列为 2014 年阅读日书目,百道网将其列为“重磅图书”，我国各大新华书店、网络书店均有销售，国家图书馆、北大、清华、复旦等各地图书馆、大学图书馆多有收藏，纽约、台湾、香港均的销售。该书还被列为2014年广东省中小学图书馆(室)馆藏推荐书目、2014—2015年广东省中小学图书推荐书目；被尼山书院、江苏师范大学附属中学列为国学必读经典。《施耐庵传》成为各大书店的畅销书，一年之内作家出版社已第二次印刷。

中国作协党组书记李冰在2014年2月19日在《中国作协八届四次全委会上的工作报告》中指出：“多种举措催生精品力作。……《中国历史文化名人传记》丛书已面世10部”。中国作家协会发布《2013年中国文学发展状况》报告将《施耐庵传》载入史册：“传记文学创作取得丰硕成果。作家出版社的《中国历史文化名人传》是弘扬中华传统文化的重要基础性工程，首批推出庄子、王羲之、施耐庵、顾炎武、曹雪芹、梁启超等10位名人传记”(同时见2014年4月22日《人民日报》，中国作家协会《2013中国文学发展状况》)。

北京卫视2014年1月8日在报道北京图书订货会时，主持人特别提到《施耐庵传》，以故事的形式撰写的人物传记这在我国出版史上还是头一回(参见央视网)。网友们反映，读了《水浒传》再读《施耐庵传》感到特别过瘾；有的读者携书前来盐城市大丰区白驹镇寻找施耐庵纪念馆。

盐城市文联、作协于2014年12月27日在白驹镇召开水浒文化暨《施耐庵传》作品研讨会，据盐阜大众报主任记者施东明的报道：“会上大家对这部作品给予了较高评价。一致认为，作为我市的文化名人、中国文学史上的巨匠施耐庵的生平传记，由我市作者成功创作真是莫大幸事，是盐城人的骄傲和自豪。”(《盐阜大众报》2014年12月29日、光明网)盐城晚报副总编、主任编辑范进撰文《采花成蜜》：浦玉生是“走基层、转作风的榜样”、“正是因为浦玉生在故事讲述中吸纳了多种文体的写作技巧，所以读者评价《草泽英雄梦》‘好看’：书中有新闻的影子，但是比新闻有思想；有小说的影子，但是比小说有学问；有散文的影子，但是比散文有情节；有故事的影子，但是比故事有品位。”(《盐城晚报》2015年1月7日)记者孙志华采写《仰望家乡伟人穿越与古人“对话”，盐城作家浦玉生三十余载著施耐庵传填历史空白》，发表于中国江苏网、《东方生活报》2015年2月6日(一个整版)。

张雄艺术网以《传统文化的守望者——记中国水浒学会副会长浦玉生》为题，播出十分钟的视频。南京大学教授、博导张光芒发表于《雨花》2015年第5期

《直面无边的生活挑战》一文，回顾2014年江苏长篇文学创作观察时特别提到《草泽英雄梦——施耐庵传》。该书也因此获得盐城市政府文艺一等奖殊荣。

中宣部根据习近平总书记在文艺工作座谈会上的讲话精神，围绕创造文学“高峰”和“为人民”的要求，《党建》杂志负责人读了《施耐庵传》一书，特邀浦玉生撰写《施耐庵和〈水浒传〉》一文，发表于《党建》杂志2015年第5期，这是中央主流媒体自1952年以来再一次介绍“施耐庵与水浒传”，所不同的是，上一次刘冬、黄清江发表于《文艺报》的文章，是论文形式，此次是文学形式艺术地反映了“施耐庵与水浒传”，还首次采用微信的形式传播。2015年10月9日《文艺报》发表了浦玉生的《采花·织网·化蝶——〈草泽英雄梦——施耐庵传〉创作谈》一文。

胡适说，优秀的传记作品，不仅要“给史家做材料”，同时还要“给文学开生路”。《施耐庵传》一出，即被中国历史文化名人传丛书第二批作品之一的王作光撰写《史志巨擘——章学诚传》列为“主要参考文献”。

浦玉生近期接受了中央电视台中文国际频道的专题采访，并应邀在北京、河北、江苏、江西、甘肃等地举办“《施耐庵传》背后的故事”、“四大名著与中华文化”专题讲座。

《施耐庵传》《罗贯中传》作品北京研讨会综述

苏州 浦海涅

在中国文学史上双峰并峙的文学之星有不少,唐代大诗人中李(白)杜(甫),宋代大文人中有欧(阳修)苏(东坡),施(耐庵)与罗(贯中)则是元末明初伟大的文学家,《三国演义》与《水浒传》的作者,他们共同揭开了中国小说史的全新面貌,形成“双峰并峙”的壮丽景观。而《三国演义》的作者罗贯中,又恰恰是施耐庵的门人——学生。《三国演义》已进入世界文学之林,成为世界名著之一。《三国演义》与《水浒传》、《金瓶梅》、《西游记》在明末清初被称为“四大奇书”;在现、当代《三国演义》与《水浒传》、《西游记》、《红楼梦》被称为“四大名著”,属于国学范畴。这两种称号都反映了人们对这些作品的思想内容和艺术成就的高度评价。

撰写生活于七百年前的古典名著作家的长篇人物传记,是史传文学,不是历史小说,这是一个高难度的动作。因为正史记载的施耐庵、罗贯中的资料很少,比如,罗贯中也仅仅只有五十六个字的信息,要完成一本三十五万字的著作是何等艰难,然而,数十年的研究,浦玉生完成了这一宏大的事业。诚如作者在《湖海散人——罗贯中传》后记里所说,撰写《罗贯中传》,不仅要知道汉末三国,还要知道隋唐五代、元末明初;不仅要知道陈寿的《三国志》、裴松之的注,还要读懂《三国志平话》、司马迁的《史记》、司马光的《资治通鉴》,此外,还要研读相传是罗贯中的小说、戏曲等等。如果说写《草泽英雄梦——施耐庵传》是一条线上的叙事,是运河一条线连成江、浙、鲁等省。写《罗贯中传》是三根弦上的运作,三国的古战场分布于二十多个省市自治区,其出生地山西晋中市祁县、祖籍地山西太原市清徐县,终老地大名府浚县许家沟(今属河南鹤壁市淇滨区一带),所以涉及到华夏的长江、长城、黄河三根弦。作者亲历考察了十七八省市自治区的三国古战场遗址。

浦玉生在考证罗贯中史料的方法是“三重证据法”(纸上材料、地下文物、民间口碑),由此,像文物考古家将若干历史“碎片”拼贴、复原出一件“元青花”一样,他让历史还原了罗贯中。罗贯中(约1316~1400),名本,字贯中,号“湖海散人”。祖籍山西太原市清徐县,出生于山西晋中市祁县,青少年时期在麓台山学佛,青年时离开故乡,漂泊黄、淮、江、浙一带经商,并流连于书会才人之间。他在晋中和晋东南地区了解、搜集了关于五代时期梁晋交战的故事与传说,后离开山西到冀、鲁、豫交界处的大名府,河南卫辉府、怀庆府、开封府,在山东临清、东平一带活动,为他的小说创作搜集素材。中年时入张士诚幕,足迹于江、浙、鲁、赣、闽、蜀。1363 年,因张士诚拒绝劝谏,施耐庵、罗贯中、鲁渊、刘亮等有识之士纷纷离去。罗贯中经杭州到淳安等地考察了解方腊起义的遗迹。与施耐庵相伴,流徙于泰州海陵县白驹场(今盐城市大丰区白驹镇)、淮安市淮安区大香渠六号,1370 年施耐庵在淮安逝世后,罗贯中与淮安王道生告别,山西太原的家是不能回了,他先取道汤阴县, 凭吊了民族英雄岳飞故里, 又来到与汤阴毗邻的大名府浚县(今河南鹤壁市淇滨区许家沟一带),在黑山之麓、淇水之畔的许家沟背山依水,山青水秀,风景优美,在这里他撰写《三国演义》、续写《水浒传》一百二十回本平河北田虎、平淮西王庆部分,直至逝世。罗贯中号“湖海散人”,这个号颇有浪迹江河湖海的意味。他长期生活于江淮之间、苏杭一带,明代文学家、浙江杭州人郎瑛(1487~1566)《七修类稿》卷二十三说:“《三国》、《宋江》二书,乃杭人罗本贯中所编。予意旧必有本,故曰编”。明代藏书家、浙江兰溪人胡应麟(1551~1602)所著《少室山房笔丛》卷四十一,在谈及施某编《水浒传》时,说:“其门人罗本亦效之为《三国志演义》”。再结合他留下来并流传至今的几部章回小说多是历史演义或英雄传奇,从文本与作者、版本与本事之间,从作者、时代、版本、本事考证连同文本诠释结合起来,这是三(山)里三(山)外的里应外合,让我们发现了罗贯中的足迹,从而钩沉历史资料,无数的“碎片”复原出一件“元青花”。

2015 年 5 月 28 日,浦玉生著《施耐庵传》《罗贯中传》作品研讨会在北京举行,此次活动由中国水浒学会、四川民族出版社、首都师范大学附属小学、林萃书院等单位主办,与会的评论家先后发言。

中国作协创联部原副主任、散文家尹汉胤说:《草泽英雄梦——施耐庵传》、《湖海散人——罗贯中传》这两部作品长篇人物传记,不同于一般的作者传记,这两部书非常有价值。最近的中韩论坛,韩国人对《三国》、《水浒》人物了解很多,美国西点军校也将两部书作为经典读物,它不仅是古代小说的高峰,对当今“一带一路”走出去也具有重大的意义,是文化走出去的根基。

中国散文协会副会长王彬说,施耐庵、罗贯中的资料都很少,我很佩服浦玉生,传主的材料少很麻烦,编是不可靠的。我去过大丰,看过麋鹿,提出访施耐庵遗踪,他们回答说在修路,没去成。施耐庵故里是传统文化的诞生地,如何输出文化的工作值得研究,我们经济发达,文化还弱,浦玉生先生开了个好头,他揭示了四大名著作者有两个与大丰白驹有关。

《民族文学》杂志主编、评论家石一宁说,这两部人物传记首先是填补空白的意义,其次创出了自己的特色,正史与野史的结合,学术与故事的结合,历史与文学的结合,基本上交待了传主写作《三国》、《水浒》的意义、目的、原由,古人讲"知人论世",读人物传记能够使我们更好地了解作者的意图。人物传记有多种写法,希望作者一以贯之,坚持文史兼备的风格,在这个领域里打出自己的旗号。

《环球企业家》杂志主编、评论家石厉说,根据王道生《施耐庵墓志》,施耐庵与罗贯中是师生关系,"门人"一说,可师生关系、追随者关系,浦玉生先生将施耐庵与罗贯中一起研究,研究他俩的交往史。通过作品可见施、罗二人参加了元末农民起义,通过作品揭示了那个时代背景、思想交锋,这是作品的意义所在。

中国作协机关服务中心副主任、著名诗人班清河说,这两部书可见作者深厚的文史功底,读《三国演义》之后,再读《罗贯中传》,更加清晰看到作品与作者的内在联系,他的生平事迹、人际交往,顺理成章。

中国诗歌万里行秘书长、著名诗人祁人说,在中国诗书画校园行来到首都师范大学附小的同时,出席浦玉生传记作品研讨会,丰富了校园行的内涵。祝贺浦玉生,很钦佩浦玉生能够写出两部经典名著大家的传记。《水浒传》一百单八将,《三国演义》上千个人物,看完能够深深地感受到它们的艺术魅力,当今世界形势错综复杂,启迪今天的中国人从《三国》、《水浒》中得到启示,也很感谢浦玉生撰写的两部长篇人物传记带给我们的启示。

中国作家协会副主席、书记处书记吉狄马加出席并讲话,他说,浦玉生《施耐庵传》、《罗贯中传》这两部长篇人物传记都是填补中国文学空白的作品,前者是中国作协中国历史文化名人传丛书首批作品之一,由作家出版社出版以后,社会反响很好,后者由四川民族出版社出版,也非常有价值,现在国际上的三国文化热,一些国外政要、公司巨头都将《三国演义》作为必读经典,从中汲取智慧和谋略,古典名著的作者值得研究,在这方面浦玉生作出了贡献。考证这两部名著的时代背景、社会文化基础,很有意义,这不是一般的人物传记,它是我们了解中国传统文化的一把钥匙,这也正是撰写这两个文化名人传记的价值所在。希望浦玉生在中国历史文化名人传记中写出更多更好的精品力作。

中国水浒学会会长、湖北大学教授张虹发来贺信:“作为中国水浒学会副会长浦玉生先生八方调研,数载耕耘,著述丰硕。学会预祝浦玉生作品研讨会圆满成功”。她对《施耐庵传》、《罗贯中传》两部作品的评价是:“视野开阔,文史兼备”。

此次活动,《文艺报》、《农民日报》、光明网、新民网、东北作家网、湖南作家网、江苏文明网、新华报业网、盐阜大众报、东方生活报、《名师讲作文》、《写作》杂志等20多家报刊、媒体陆续报道了此次活动。2015年6月1日《文艺报》报道说:“这两部作品既讲究文献的可靠性,又注意表达的文学性。作者善于从细微处着手,沉稳地梳理碎片化的史料,并较好地将其还原到人物的生命轨迹之中,写出了鲜活的人物形象”。当然,评论家们也指出了作品中值得思考和完善的一些方面。

此外,2015年由盐城市作家协会主办的《湖海散人——罗贯中传》首发式,在盐城市大丰区白驹镇施耐庵纪念馆举行。白驹镇小学的师生代表与慕名而来的专家、学者及媒体参加了首发式。据凤凰网等消息,《湖海散人——罗贯中传》是一本描写罗贯中生平的传记文学作品。该书以历史资料为纲,博采前代和当代学者研究罗贯中的众多成果,借助政治、经济、军事、宗教、哲学、风土人情、官场礼俗等各方面的丰富知识,详尽地描绘出元末明初动乱前后的历史画卷,并将罗贯中交游的数十位人物编织在这张社会的大网之中,运用综合考察、纵横比较的方法塑造出罗贯中的真实形象和复杂性格,适合各年龄层读者阅读。

12月26日,中国作家·雨花读者俱乐部举办“施耐庵罗贯中在盐城——《湖海散人——罗贯中传》读评会”,此次活动由盐城市文广新局、市文联、市作协、市图书馆联合举办,盐城师范学院教授顾国华说,《三国演义》为四大名著之一,虽广为流传,但大家对作者罗贯中知之甚少。在快餐文化流行的当下,浦玉生在人物传记这个传统文学方面有所突破,书中充满思辨性和可读性,使这本书具有了深度、高度和温度。盐城工学院教授李开玲说,第一部长篇人物传记《罗贯中传》的问世是作者青灯古卷、长期坚守的结果,需要爬罗剔抉、刮垢磨光的功夫,传记文本视野开阔,形成了特色产生了影响。市作协副主席管国颂说,《罗贯中传》不仅有详实的文献考据,也有丰富的想象和深刻的细节刻画,如果有些地方采用夹叙夹议的方式效果可能会更好。市文联主席嵇绍乾讲话时说,浦玉生多年来的辛勤笔耕,硕果累累,新著《湖海散人——罗贯中传》,为盐城市的作家和文学爱好者树立很好的榜样,对提高盐城文学创作水平具有积极意义。

清末状元实业家张謇说过:“天之生人也，与草木无异，若遗留一二有用事业,与草木同生,即不与草木同腐朽。”浦玉生先生通过数十年的努力,为我国伟大的文学家施耐庵、罗贯中第一次树碑立传,这是一件载入史册的事情,随着时间的推移,将日益显示其重大的文化价值。